DEON MEYER
SKORPIO

Griessel moet die saak in Idasvallei vat. Die een van die private speurder, vergruis onder die BMW in die motorhuis. Want Cupido ken die slagoffer. Dit was sy boesemvriend. En hy sê dis g'n ongeluk nie. Dis moord, finish en klaar. Hy wil met alle mag deel wees van die ondersoek.

Bennie smag na sy kollega se hulp, want elke leidraad lei na nêrens. Probleem is, die kolonel het vir Vaughn op die brandstigting van 'n skaapwagtershut gesit. Hy, eindelik weer 'n kaptein, net soos Bennie. Wat sy tyd nou só moet mors.

Tot die woonwa op die spogplaas daar naby ook in vlamme opgaan. En die identiteit van die verkoolde liggaam die media tot raserny dryf.

Dis wanneer die poppe begin dans.

DEON MEYER
SKORPIO

Human & Rousseau

Omslagontwerp: Mike Cruywagen
Outeursfoto word gebruik met die vriendelike vergunning van Bruis
Geset in 11.5 op 17 pt Sabon deur Susan Bloemhof

Oorspronklik gedruk in Suid-Afrika
ISBN: 978-0-7981-8567-7 (Eerste uitgawe, eerste druk 2025)

LSiPOD: 978-0-7981-8593-6 (Eerste uitgawe, eerste druk 2025)

Epub: 978-0-7981-8568-4

Met dank opgedra aan die
Rostock-stasie van die
Duitse Bundespolizeiinspektion

En, soos altyd, vir Marianne
Met liefde

Scorpio's representation as a scorpion is related to the Greek legend of the scorpion that stung Orion to death (said to be why Orion sets as Scorpius rises in the sky). Another Greek myth relates that a scorpion caused the horses of the Sun to bolt when they were being driven for a day by the inexperienced youth Phaeton.

– britannica.com

SCORPIO (OCTOBER 23 – NOVEMBER 21)
Scorpio is one of the most misunderstood signs of the zodiac. Because of its incredible passion and power, Scorpio is often mistaken for a fire sign. In fact, Scorpio is a water sign that derives its strength from the psychic, emotional realm. Like fellow water signs, Cancer and Pisces, Scorpio is extremely clairvoyant and intuitive.

– allure.com

'n Handige manier om te bepaal of die skerpioen giftig is of nie, is om na die knypers en stert te kyk. 'n Skerpioen met 'n dun stert en groot knypers is gewoonlik nie giftig nie, maar wanneer die stert dikker is en die knypers klein is, is dit gewoonlik die giftige Parabuthus granulatus *wat in die Wes-Kaap voorkom.*

Die Parabuthus granulatus-*skerpioen se steek kan lewensbedreigende vergiftiging veroorsaak wat veral by kinders noodlottig kan wees. 'n Uitge-sproke rusteloosheid kan veral by kinders voorkom.*

– Universiteit Stellenbosch

1

Dinsdag, 6 Junie
Metropol Hotel, Moskou

Voor die spieël in die groot badkamer, haar vingerpunte om die lip-stiffie. Sy wend dit aan met meganiese spiergeheue, haar gedagtes by môre, bewus van die onderdrukte spanning in haar.

Sy weet dis oor die vergadering wat voorlê, ondanks die gewo-ne diplomatieke voorspel en haar deeglike voorbereiding. Want die Russe is hierdie keer . . . Dis asof die volume van hul jovialiteit, hul gasvryheid en hartlikheid net so 'n aks afgedraai is.

Is dit omdat hulle vermoed waarom sy hier is? Of dalk bloot die invloed van hul oorlog met Oekraïne op die Russiese nasionale gees? Of die feit dat alles verander het sedert haar laaste besoek, 'n dekade gelede, toe sy nog adjunk-direkteur-generaal van Kernkragregulering en -Bestuur was? Want die politieke landskap in al twee lande – en wêreldwyd – lyk baie anders. Sy is nuut, haar Russiese eweknieë ook, en daar is geen ou, gevestigde kontakte en vertrouensverhoudings nie.

Dit gaan moeilik wees môre. Sy sal dit baie delikaat moet hanteer. Sy is nie hier om Suid-Afrika se belange te skaad nie. Inteendeel. Sy is hier om op haar land se belange aan te dring. En dié van die naas-bestaandes. Sy sal die ultimatum stel. Diplomaties. Beslis.

Hoe sal hulle reageer?

Dit is die groot vraag.

Sy draai die lipstiffie toe, neem bestek van haar voorkoms. Die meestal grys hare is versteek onder die vrolike veelkleur van 'n kop-doek. Haar lyf is skraal in die helder umbhaco-oorvourok, sy is nog kaalvoet, haar skoene wag langs een van die leunstoele in die voorste ontvangsvertrek van die Deluxe Suite.

Dis goed genoeg vir 'n aand by die Groot Moskouse Staatsirkus, dink sy.

Sy kyk na haar Apple-horlosie. Tyd om haar persoonlike assistent en die Russiese attaché in die voorportaal te gaan ontmoet. Sy stap uit, na die slaapkamer toe. Deur die oop venster hoor sy die geruis van die vroegaandverkeer in die breë Teatral'nyy Proyezd. Dis nog lig buite. Sy kyk weer uit oor Revolusieplein, na die Vitali-fontein en die broeiende, bonkige Karl Marx-monument.

Hierdie deel van die stad herinner haar aan Parys, elke keer. Die wye boulevards, die drieverdieping-argitektuur.

Sy trek die venster toe, neem haar klein handsak op die bed, loop deur na die voorvertrek vir haar skoene.

Sy hoor die biep van 'n elektroniese slot, dink dit is die kamer langsaan s'n.

Haar kamerdeur gaan oop. Meteens en onverwags.

Hulle kom in. Ses mans. Groot en genadeloos.

Sy snak na asem, woordeloos verstar.

Die voorste een gryp haar, druk 'n hand oor haar mond.

Haar naam is Aishah Fernandez. Sy is twee-en-sestig jaar oud.

2

Hulle is meestal 'n indrukwekkende spesie, die manlike speurders van ons kollektiewe onbewuste. Geskep deur rolprente, televisie en fiksie, soms bevestig deur die werklikheid, dra ons die geromantiseerde beeld van forse, formidabele ridders op die ewige kruistog na geregtigheid. Bulhonde eerder as bloedhonde, roofdiere op jag na misdadigers, doelgerig en meedoënloos.

Dit is immers hoe ons dit wil hê, in hierdie land, want die leërskares van die bose is groot en skrikaanjaend. Ons borswering, ons fortifikasies, ons teenaanvalsmagte moet sterk en aggressief en imposant wees.

Kaptein Bennie Griessel is dit nie.

DERTIG JAAR SE MOORDSAKE — DIE OË WAT ALLES GESIEN HET
deur Marinda Ferreira, vryeweekblad.com (19 November)

Donderdag, 9 Oktober
Kaapstad

Griessel stap haastig in by die apteek in die Kloofstraat-winkelsentrum, net voor ses in die aand.

Die plek is vol. Besig. Hy sug, val in by een van die drie lang rye mense wat wag om met 'n apteker te praat.

Nie een van die rye beweeg nie. Sy moed sink.

Hy kyk ingedagte af na sy nuwe wit Nikes. Sy vrou, Alexa, het dit vir hom present gegee. Sy het hom vanoggend op en af gekyk. "O, dit lyk lieflik," het sy met haar hees griepstem gesê. "Sexy."

Sexy. Hy het dit laat begaan. Hy dink nie die tekkies is gepas vir 'n man van sy ouderdom nie. Dis boonop hopeloos te opsigtelik by die bruin Jonsson Workwear-broek, ligblou kraaghemp en donkerblou baadjie. Dit trek aandag. Wat hy nie wil hê nie. Maar wat kan jy doen as jou vrou só sê?

Hy kyk weer na die ry. Dit het nog nie beweeg nie. Hy raak bewus van die apteekreuk, die bekende versnit van pille en parfuum. Hysbakmusiek wat saggies speel. Die helfte van die wagtendes is besig met hul fone om die tyd te verwyl. Ander voer gedempte gesprekke en kug en snuif onharmonieus. Lente. Hooikoors- en griepseisoen. Hy kan nie nou loop en siek word nie, daar's 'n lessenaar vol dossiere wat môre op hom wag.

Aan sy periferie is daar iets wat sy aandag trek, sy gedagtes terugbring na hier en nou.

Dit neem 'n oomblik van ratte verwissel, fokus verskuif, die winkel deegliker deurkyk.

Dis die man teen die venster. Iets is nie reg nie.

Griessel fokus op hom. Die man staan met sy rug na die apteek, al sy aandag na buite. Swart drafskoene, blou denim, dik swart windjekker, té dik vir vandag se matige weer. Blou mus laag oor die kop. Linkerhand klem 'n selfoon vas, regterhand in die jekker se sak. Hy's lank, dalk een-komma-nege, breë rug, redelik atleties, middel-dertigs. Donker dag oue stoppelbaard.

Die bolyf is doodstil. Gespanne. Fyn sweet bo die wenkbroue, onder die mus se rand. 'n Frons, 'n geklemde kakebeen. Klein senuagtige bewegings van die regterknie.

Asof die man Griessel se blik op hom voel, kyk hy om, vinnig weer weg. 'n Aks te vinnig.

'n Kanteling van die kop, klein senuagtige bewegings om die drukking op nekwerwels te verlos, spanning uit te skud.

Waarna staar hy, daar buite?

Griessel kyk. Dink. Dan besef hy: Bloumus staar na die juwelierswinkel oorkant die gang.

Hy voel hoe die adrenalien vloei, kyk fyner na die bult van die windjekker waar Bloumus se regterhand versteek is.

'n Handwapen?

Sy hartklop versnel, hy oordink moontlikhede en scenario's. Daar sal meer van hulle wees. Buite in die gang. Wagtend. Minstens nog een, bes moontlik twee of drie. Griessel kyk na sy horlosie. Vyf voor ses. Hulle wag vir die juwelier se toemaaktyd. Die foon in die hand: Bloumus wag vir 'n teksboodskap. Of 'n oproep.

Die naaste polisiestasie is Kaapstad-Sentraal, onder in Buitenkant-straat. Griessel weet, al bel hy nou, hulle gaan nie betyds hier wees nie.

Hy sal iets moet doen. Met groot omsigtigheid, want daar's te veel mense hier binne, daar buite. Griessel skuif sy hand onder sy baadjie in, na sy dienspistool aan sy lyfband, regs. Hy verlaat die ry, loop stadig na die man toe. Gaan staan langs hom.

Hy sien die sweet op die bolip. En in sy nek, net onder die regter-oor, die tatoeëermerk. Slegs die nek en kop van die kraai steek uit. Hy ken dit. Bloumus was 'n lid van die Restless Ravens, eertydse misdaadbende op die Kaapse Vlakte.

"My naam is Bennie," sê Griessel.

"Fokkof," sê Bloumus sag, sonder om na hom te kyk.

"Ek dog die Ravens is lankal geskiedenis."

"Fokkof."

Griessel hou sy stem gemoedelik, rustig. "Ek is 'n speurder. Adju-dant-offisier. Op Stellenbosch. My hand is hier op my Z88. Nege mil para, vyftien in die magasyn."

Geen reaksie nie.

"Ek dink jy't self 'n pyp daar in jou sak," sê Griessel. "Probleem is, as ek en jy nou hier begin skiet, gaan van hierdie mense seerkry. Kan 'n lelike storie word."

Bloumus staan. Snaarstyf.

"My vrou is sleg siek," sê Griessel. "Al wat ek wil doen, is om vir haar medisyne te kry en huis toe te gaan. As ek jou nou arresteer, kom ek eers vanaand tienuur by haar uit. Met al die papierwerk en goed. Nie ek óf jy wil dit hê nie."

Bloumus se selfoon biep. Nou kyk hy na Griessel. Intens en takserend.

*   *   *

Hy is 'n onopvallende man. Nege-en-veertig jaar oud, van gemiddelde lengte (175 cm om presies te wees), met vier of vyf kilogram ekstra, veral om sy middellyf. Sy deurmekaar, byna kleurlose bruin kapsel is sonder styl, sy kleresmaak gedikteer deur 'n staatsalaris, sy aura vaagweg verskonend vir wie hy is. Nie wat jy verwag as jy een van Suid-Afrika se mees ervare speurders ontmoet nie.

Jy moet fyner kyk om die spore van dertig jaar se wetstoepassing te sien. Die effens geboë skouers is 'n leidraad – hy dra immers die gewig van tallose moord-en-doodslag-dossiere saam met hom. Sy verweerde gelaat vertel 'n storie van te veel help-my-vergeet-doppe in rookgevulde, skemer drinkplekke. ("Ja, ek is 'n alkoholis. Ek is vandag seshonderd-vier-en-dertig dae skoon," sê hy met 'n gelate eerlikheid, die manier waarop hy al my vrae beantwoord.)

Dis sy oë wat hom eindelik verraai. Eienaardige oë. Die vorm én kleur van amandels. Oë wat alles gesien het. Oë wat steeds niks miskyk nie.

Dertig jaar se moordsake – die oë wat alles gesien het deur Marinda Ferreira, vryeweekblad.com (19 November)

*   *   *

"Sê vir jou ouens hier's Boere. Sê julle moet dit los."

Bloumus staar na hom. Koue oë.

"Okay," sê Griessel. "Jy wil weet wat ek gaan doen. As julle nou loop, gaan val ek weer in by die ry vir die medisyne. En terwyl ek wag, bel ek Kaapstad-Sentraal. En ek sê, ek dink hier was ouens wat die juwelier kom uitkyk het. Vir 'n roof. Ek sê vir hulle om die CCTV-opnames te kom haal. Want ek dink julle foto's is op rekord. So, as ek julle is, sal ek gaan laag lê vir 'n ruk. Dis die beste wat ek nou kan doen. Jou keuse. Laaste aanbod."

Bloumus kyk uit, na die juweliersswinkel.

Griessel se foon vibreer in sy baadjiesak. Hy ignoreer dit.

Die man lig sy eie foon op. Talm. Tik 'n boodskap. Dan druk hy die foon in sy sak, begin deur toe loop. Hy kyk nie na Bennie nie.

Griessel hou hom dop. Uit by die deur, in die gang af. Anderkant die juweliersswinkel kom nog een uit die Crazy Store gestap, swart baadjie met die hoodie oor die kop. Bloumus knik vir hom. Dan kyk die ander man terug na die apteek, na waar Griessel staan. Die twee hou aan met loop. Tot hulle buite sig is.

Griessel haal diep asem om van die spanning ontslae te raak. Laat sy baadjie oor die Z88 val. Gaan staan weer agter in die ry.

Hy haal sy foon uit. Dis 'n whatsapp van Alexa af. *Hoesmiddel wat nie alkohol in het nie, asseblief, my lief.*

Hy stuur vir haar 'n duim.

Sy vrou. 'n Alkoholis, net soos hy.

Hy soek Kaapstad-Sentraal se nommer tussen sy kontakte.

Die foon lui meteens. Hy ruk van die skrik.

Hy sien dis sy kollega Cupido en hy antwoord: "Vaughn?"

"Kôn ek met *kôptein* Benjômin Griessel prôt, ôsseblief?" Cupido is opgeruimd en gebruik sedert 'n winkeldiefstal-arrestasie twee dae gelede pal dié aangesitte, oordrewe Pretoria-aksent.

Dit neem 'n rukkie voor Griessel verby die draakstekery verstaan. "Jy's nie ernstig nie," sê hy.

"Damn straight, pappie. Orders het nou net deurgekom. Reinstated, ek en jy. Captains, all over again. About fucking time, too."

15

* * *

Oë wat nou kort-kort deur se kant toe loer, asof hy wil wegkom, steeds onwillig vir hierdie gesprek.

Ons sit in die kombuis van die Griessels se ruim huis in Brownlouwweg, Tamboerskloof. Ek vra hom waarom hy aanvanklik so teësinnig was vir 'n onderhoud oor sy werk en sy lewe.

"Ek is maar ongemaklik met die kollig. Dis meer Alexa se wêreld," sê hy.

Alexa Griessel (née Barnard) is sy vrou. Sy was die een wat hom oortuig het om met my te gesels. Ons ken mekaar al drie dekades lank, sedert die jare toe sy as die sangsensasie Xandra die Afrikaanse treffersparade oorheers het met liedjies soos "Soetwater," "'n Donkiekar net vir twee" en "Tafelbaai se wye draai".

Hulle is ses maande gelede getroud. Dis 'n sonderlinge liefdesverhaal met 'n tragies-sensasionele beginpunt: Bennie, wat 'n dekade gelede verbonde was aan die Wes-Kaapse Afdeling Speurdienste en Misdaadintelligensie van die SAPD, het die moord op Alexa se oorlede man, Adam Barnard, ondersoek. En opgelos.

<small>DERTIG JAAR SE MOORDSAKE – DIE OË WAT ALLES GESIEN HET</small>
deur Marinda Ferreira, vryeweekblad.com (19 November)

* * *

Hy sit langs die bed en hou Alexa se hand vas totdat sy slaap.

Hulle sou vanaand saam by Alkoholiste Anoniem se gereelde Donderdagaand-byeenkoms gewees het. Langs mekaar. Sy sou, soos altyd, sy hand vasgehou het en die hardste geklap het wanneer hy opstaan om te sê hoe lank hy nou al op die waterkar is.

Hy voel haar voorkop met die palm van sy hand. Die medisyne werk. Die koors het bedaar en haar asemhaling is nou diep en rustig.

16

Hy sak stadig terug in die stoel, kyk na haar in die sagte lig van die bedlampie.

Sy vrou.

Soos altyd, verwonder hy hom aan haar skoonheid. Dit is 'n som-totaal. Van haar aura, die sagte mooi daar binne, en haar lieflike mond en oë. Hy kry weer die gevoel van onwerklikheid, asof sy en hierdie verhouding, hierdie huwelik, hierdie lewe saam met haar 'n droom is waaruit hy die een of ander tyd gaan wakker skrik.

Te goed om waar te wees. Veral vir hom. Wat dit nie verdien nie.

Op pad huis toe het sy seun, Fritz, gebel. Soos elke laat Donderdagmiddag, die afgelope maande. Kwansuis om sommer net te gesels. Maar eintlik om te hoor of hy AA toe gaan.

Deel van die skade wat agter hom lê. Dit wat hy aan Fritz en sy dogter, Carla, gedoen het.

Toe, in die motor, het sy gewete hom gepla oor sy besluit in die apteek, onseker of dit die regte ding was. Meng sy vasberadenheid om hierdie huwelik te laat werk in met sy goeie oordeel? Alexa, wat so goed is vir hom, probeer hy te hard om dié ereskuld terug te be-taal? En Fritz en Carla, wat net so lief vir haar geword het. Hy sê vir homself hy wil hulle beskerm teen nog 'n egskeiding, maar hy weet die eintlike dryfkrag is dat hy nie weer hulle respek wil verloor nie.

Hy dink aan Alexa se dankbaarheid oor die medisyne, oor die feit dat hy vroeg weg is by die werk om haar te versorg. Dit het sy gewete gesus. En die feit dat hy eintlik nie veel meer kon doen nie. Nie met 'n apteek vol mense nie.

Hy sal môreoggend gaan regmaak.

3

Hoog teen die suidwestelike flank van die Bottelary-heuwels klim kaptein Vaughn Cupido net ná sewe in die oggend uit sy rooi Volkswagen Golf GTI.

Hy is lank en breed van skouer, sy hare kort en presies geskeer, sy klere gemaklik stylvol. Met die Vektor SP1-pistool aan sy lyfband en 'n strak, beneukte trek op sy gelaat, is hy oënskynlik die perfekte vergestalting van 'n "forse, formidabele ridder op 'n ewige kruistog na geregtigheid".

Die probleem met dié beeld is dat Cupido nie gewoonlik beneuk is nie. Sy natuurlike staat is een van opgewekte lewenslus, optimisme en kwiksilwer kwinkslae. Die huidige weerbarstige uitdrukking het 'n baie onlangse geskiedenis: Hy was op pad werk toe, vyftien minute gelede, maar toe lui sy selfoon. Die Stellenbosch-speurtak se bevelvoerder, kolonel Waldemar "Witkop" Jansen, het half verskonend gevra: "Ken jy die Paradijs-wynlandgoed, Vaughn?"

"Nee, colonel."

"Uit op die Stellenboschkloof-pad. Lyk my die boer is 'n vooraanstaande kêrel. Ken die stasiekommissaris op die voornaam, het hom nou net gebel en gesê, dit help nie ons stuur 'n klomp konstabeltjies vir die ondersoek nie, hy soek 'n senior man. Sal jy gaan kyk? Om die vrede te bewaar?"

"Watse ondersoek, colonel?"

"Brandstigting."

Dis 'n ernstige en interessante misdaad, daarom het Cupido gesê: "Cool bananas, colonel. I'm on my way. Laat die blougatte net vir my 'n pin drop."

"Maak so. Dankie." Maar toe las Jansen by: "Klink my dis 'n pomphuisie wat gebrand het."

" 'n Pomphuisie?"

"So iets."

Cupido het dié inligting, saam met die geïmpliseerde apologie in Jansen se stem, 'n oomblik lank verteer, toe sê hy: "Roger, colonel, over and out," en hy lui af.

Die Google Maps-ligging van die Groot Vuur het 'n paar minute later deurgekom. Toe ry hy. En die ding het aan hom begin vreet: 'n Rykgat whitey boer wat hiet en gebied? Wat ontevrede is omdat hardwerkende, goeie uniformmense die moontlike brandstigting van 'n fokken pomphuisietjie kom ondersoek? Sodat hy wat Cupido is, al sy ander dossiere moet los, net om die vrede te gaan bewaar? Hy is immers 'n senior lid van die Ernstige en Geweldsmisdaad-groep, die enigste spesialisspan by Stellenbosch se speureenheid. 'n Pomphuisie wat brand is nie ernstig nie, en dis nie gewelddadig nie.

Nee, o bliksem.

En toe is die grondpaadjie van die wynproesentrum af tot hier nog boonop 'n hindernisbaan van slaggate en hobbels, verspoelings en stof, net om hom nog meer die harnas in te jaag.

Nou bekyk hy die toneel met sy donderweer-gesig, heeltemal te moerig om die mooie uitsig te kan waardeer: Die plaas is soos 'n lappieskombers van wingerde en natuurlike veld oor die golwende heuwels gedrapeer. Die kloof slinger van hier af tot daar onder in die Eersteriviervallei. Die majestueuse berge daar anderkant lei jou oog tot in Jonkershoek, Simonsberg se dramatiese draakrug raam die oostelike kim en dertig kilometer wes is betowerende Tafelberg die sentinel.

Al wat Cupido sien, is die klein, uitgebrande geboutjie op die kruin, waar drie brandweermanne werskaf terwyl 'n rokie nog lui-lui uit die oorblyfsels draai. Twintig meter ondertoe het die munisipaliteit en Volunteer Wildfire Services se brandweerbakkies en -waens en drie patrollievoertuie laer getrek. Daar gesels 'n troppie SAPD-uni-formmense en brandbestryders nou land en sand. En net hier voor hom staan twee Toyota Land Cruisers met die logo van Paradijs Wyne op die voorste deure.

Twee mans, aangeleun teen die neus van die regterkantste Cruiser, bekyk die toneel. Die een is groot, grys, geset en in sy sestigs, sy arms ontevrede voor sy bors gevou. Die ander een is jonk en skraal. Al twee dra dieselfde tweekleurhempies en kakiekortbroeke.

Hulle kyk om toe Cupido aankom, en staan nader. Die ouer een hou 'n uitgestrekte hand: "Fred Metzinger," sê hy.

"Cupido," sê Vaughn stug en skud blad.

"Aangenaam. Dis my bestuurder, Tertius Bam."

"Jy's die baas van die plaas," sê Cupido vir Metzinger, want hy ken sy soort.

"Dis reg."

"So, is kaptein senior genoeg?"

"Hoe bedoel jy nou?"

"My rang is kaptein. Ma' ek hoor jy demand 'n senior officer om jou pomphuisie se brand te kom ondersoek. Nou wil ek net seker maak, is kaptein senior genoeg? Da's 'n colonel by die kantoor, but that's as high as we can go locally. Da's 'n brigadier in die Paarl, da's 'n general in die Kaap. Jy sal maar moet sê, dan lat ek hulle kom. Wil nie jou tyd mors nie."

Hy sien in die groot man se oë hoe die ratte verwissel. Hy wag vir die humeur wat opvlam, die groot konfrontasie, hy's reg daarvoor.

Dit kom nie.

"Ek dink daar's 'n misverstand," sê Metzinger en vryf verleë oor die bles kol op sy agterkop.

"O?"

"Ek het nie gevra vir 'n senior mens nie. Ek het net gevra vir Stellenbosch-mense."

Hy sien dat Cupido nie verstaan nie. "Ons lê hier op die grens met

Brackenfell. Met van die vorige kere het Brackenfell-polisiestasie se mense gekom, dan's dit 'n deurmekaarspul van jurisdiksie en klomp ekstra papierwerk en goed, want ons is Stellenbosch-distrik en hulle moet die lêer dan elke keer weer oorplaas."

"I see," sê Cupido, die wind uit sy seile.

"Toe sê julle stasiekommissaris hy sorg sommer vir 'n senior speurder om te kom. Ek het dit nie gevra nie."

Cupido kan verstaan hoe dit uitgespeel het, want hy ken Witkop Jansen se irritasie met enige inmenging. En hy ken die stasiekommissaris, wat maar altyd in vername mense se goeie boekies wil bly. "Okay," sê hy, nog nie heeltemal gereed om sy opgeruktheid te laat vaar nie. "Vorige kere? Hoe baie goed brand op dié plaas?"

Metzinger sug. "Nee, die ander gevalle was diefstal, by die proelokaal," sê hy met groot geduld. "Dis ons eerste brand in baie jare. O . . ." Metzinger wys 'n dik vinger in die rigting van die smeulende murasie, ". . . en dit was nie 'n pomphuisie daai nie. Dit was 'n skaapwagtershuisie. Meer as tweehonderd jaar oud. Dis geskiedenis wat daar gebrand het."

"Bliksem," sê Cupido, beïndruk. "Is die skaapwagter okay?"

"Nee, hier was dekades laas skape. Ons gebruik dit deesdae net as 'n stoortjie. Vir besproeiingspunte en -pype. En kunsmis."

"En wanneer was die brand?"

"Vroeg vanoggend. Ters het die hele ding sien gebeur," sê Metzinger en draai na sy plaasbestuurder toe.

Tertius Bam lyk ongemaklik met die skielike fokus op hom. Hy is pynlik skraal en die borselkop maak sy ore en die adamsappel prominent. "Vanoggend, oom. Ek . . . uh . . . Dit was so halfses."

"Jy't gesien wie dit is?"

"Uh . . . Ek . . . Nee, oom . . ."

"Sê hom wat jy gesien het, Tertius."

"Okay. Oom . . . uh . . . Ek het daar onder gery, toe sien ek . . . Dit was so 'n klein ontploffinkie, oom."

Cupido besef Bam is effe senuagtig. Hy wonder of die mannetjie bang is vir sy baas. " 'n Klein ontploffinkie?"

"Ja, oom. Ek . . . Dis net . . . Ek weet nie wat dit was nie. Ek wil nie . . ." Hy kyk na Metzinger, bly vir 'n oomblik stil, asof hy homself bedink. "Daar was niks, en toe skielik, toe is dit asof die huisie . . . asof sy dak so ontplof. En toe brand hy, oom. Toe jaag ek hier op en ek bel vir VFS en sê hulle moet kom, ek wou solank kom keer dat die veld aan die brand raak . . ."

"VFS?"

"Volunteer Wildfire Services, oom. Hulle is ons speed dial. Vir die veldbrande. Dis 'n renosterveld-bewaararea hierdie . . ." Hy waai met sy arm om die wye heuwels in te sluit.

"Daar's nog net vier persent natuurlike renosterveld oor in die hele Wes-Kaap," sê Metzinger. "Dis kosbare erfenis. Jy kan dink, ons skrik maar vir brande."

"Genuine?" sê Cupido. "Net vier persent?"

"Ja, oom," sê Tertius Bam. "Meeste van die Kaap is fynbos. Jou fynbos groei in arm grond. Renosterveld hou van vrugbare aarde. Soos dié."

"Weet jy waar kom die naam 'Bottelary-heuwels' vandaan?" vra Metzinger.

"Hier was in die ou tyd 'n plek waar hulle die wynbottels gemaak het?" Dit was nog altyd Cupido se afleiding.

"Nee," sê Metzinger. "Die VOC – die Verenigde Oos-Indiese Kom-panjie – het mos vir die Hollandse skepe vrugte en groente en vleis voorsien aan die Kaap, in die laat sestienhonderds?"

Cupido knik.

"Dit het daardie tyd maar geneuk om gewasse aan die groei te kry op die vlakte. Oor die sandgrond, en die wind, net reën in die winter . . . Maar hier, oor dié koppe, het die goed floreer. Toe noem die VOC-amptenare dit die 'bottelarij heuwels'. Want 'bottelarij' be-teken 'spens' in Nederlands. Sewentig, tagtig persent van die vars-

produkte wat hulle vir die skepe voorsien het, het van hier af ge-
kom."

"Cool bananas," sê Cupido. Hy kyk na Bam. "Jy wou kom keer
dat dié veld brand."

"Ja, oom. Toe jaag ek hier op. Maar gelukkig is die huisie ver
genoeg van die veld af, en daar was niks wind gewees nie. Toe wag
ek maar vir VFS. Hulle het die munisipale brandweer ook laat weet,
almal was binne vyftien minute hier. Maar toe's die huisie al in sy
kanon in. Toe dag ek dis beter om die polisie te laat kom ook. Oor
die ontploffinkie."

"En julle dink iemand het die ontploffinkie kom maak?"

Tertius Bam knik net klein.

"Moet wees," sê Metzinger. "Jy weet self, daar was nie 'n wolkie
in die lug nie. Kon nie weerlig of iets gewees het nie."

4

"Ja," sê die senior brandweeroffisier vir Cupido. "Brandstigting is die logiese afleiding."

"Hoekom?"

Die brandweeroffisier kyk na Tertius Bam. "Julle is doodseker hier was net ammoniumnitraat-kunsmis in die huisie?"

"Ja, oom," sê Bam. "En so honderd drupkoppe en twee dertig-meter-dragline-rolle. Dis plastiekpyp vir die besproeiing. Niks anders nie."

"En die kunsmis was in plastieksakke?"

"Ja, oom."

"Right," sê die brandweeroffisier. "Nou, jou ammoniumnitraat gaan nie sommer vir niks aan die brand slaan nie. Hy't 'n vlam nodig. Groot, warm vlam en ander brandbare materiaal. Die plastiek sal brand, maar ook nie spontaan nie. So, iets moet die hele ding aan die gang gesit het. En as ek na die brandpatroon kyk, het dit bo teen die plankdak begin."

"Wat van die 'ontploffinkie'?" vra Cupido.

Die brandweeroffisier skud sy kop. "Ek dink wat Tertius gesien het, was toe die ammoniumnitraat ontplof het. Hy máák so. Die ammoniumnitraat ontbind as hy kwaai warm raak, dan maak hy 'n gas. Nou, daai sakke is swaar, op mekaar gepak. Dit skep interne drukking. As daai gas ontvlam, sit hy met geweld uit teen die drukking. Dis jou ontploffing. En dan brand hy éérs kwaai."

Cupido kan sien Tertius Bam is skepties oor dié verduideliking. "Kan jy sê hoe hulle die brand gestig het?" vra hy vir die brandweeroffisier.

"Dit gaan sukkel. Jou moeilikheid met die ammoniumnitraat is, as hy eers brand, is die intensiteit baie hoog. Veral in so 'n klein spasie

soos dié. Daar's nie veel oor waarmee ons kan werk nie. Jou meer-
derheid brandstigters gebruik petrol as 'n versneller. Jy kan hom par-
ty keer ruik ná die tyd. Maar dié een . . . Die vuur was te kwaai. Ek
sal monsters neem, as julle dit forensics toe wil vat . . ."

* * *

Griessel het die poging om Bloumus te identifiseer om sewe-uur in
die rooi baksteengebou van die SAPD se Kaapstad-Sentraalstasie by
Buitenkantstraat 28 begin.

Hy het saam met twee speurders van hul Misdaadondersoek-
eenheid die videomateriaal bekyk wat hulle gisteraand by die win-
kelsentrum se sekuriteit bekom het. Toe maak hulle 'n skermgreep
van die beste skoot van Bloumus, waar hy en sy makker in die gang
af stap, verby die juwelierswinkel.

Met die man se gesig nog vars in sy geheue en die uitgedrukte
skermgreep langs hom op die lessenaar, het Bennie die Misdaad-
rekordsentrum op 'n rekenaar begin raadpleeg – die SAPD se intydse
CRC-databasis.

Griessel het vermoed dit was nie Bloumus se eerste misdaad nie.
Daarvoor was die rooftog net te goed beplan, die man in die apteek
net so 'n bietjie te beheersd met sy uiteindelike besluitneming. Toe
soek hy volgens geslag, ouderdom – tussen dertig en veertig – en vo-
rige veroordelings: gewapende roof, inbraak, diefstal, motorkapings.
Hy kon verdagtes in gevangenisskap uitsluit en het sy soektog be-
perk tot mans met 'n huisadres in die Wes-Kaap. En hy het twee
sleutelwoorde gehad wat die deurslag kon gee: Restless Ravens.

Om sewentien minute ná agt kyk hy na die inhegtenisname-foto
op die skerm, dan na die uitgedrukte skermgreep van CCTV-video-
materiaal, en sê: "Dis hy. Dis Bloumus. Daar sit die kraai in sy nek."
Hy lees die inligting op die skerm: "Ronald Raymond Joster. Voor-
malige lid van die Restless Ravens. Sewe-en-dertig jaar oud. Laaste

huisadres was Clarkerylaan 64, Elsiesrivier. Vier jaar vir huisbraak in 2007, uit op parool ná twee. Ses jaar vir gewapende roof by 'n vulstasie in Bellville in 2012, vyf jaar gesit. Niks sedert 2017 nie."

"Great," sê die adjudant-offisier van Kaapstad-Sentraal. "En wat nou?"

Griessel het gewag vir 'n vraag met daardie strekking. "Nou sirkuleer ons die inligting vir die Wes-Kaap, en ons gee sy foto vir die Metro se SSU."

Die twee speurders lyk onbeïndruk. Griessel weet hoekom. Dis sy verwysing na die Strategiese Waarnemingseenheid, of Strategic Surveillance Unit. Die meeste lede van die SAPD is steeds wantrouig oor die stad se uitgebreide munisipale stelsel van CCTV-kameras met 'n sentrale beheerkamer, ondanks aansienlike suksesse daarmee.

Daarom las hy by: "En nou weet julle met wie om eerste te gaan praat as daar weer 'n gewapende rooftog in die stad is."

Hy staan op en groet.

Met die uitstap dink hy hy het nou sy verantwoordelikheid nagekom. Dis die beste wat hy kon doen.

* * *

Cupido loop op tot by die hoogste punt van die heuwel. Hy bekyk die omgewing: Die smal paadjie van 'n bergfietsroete wat al met die kruin langs kronkel, deur die natuurlike veld, van wes na oos. Die lae doringdraadheining 'n ent daaragter.

Hy kyk af na die ruïne van die skaapwagtershut. Die plantegroei eindig tien meter duskant die huisie, dan so twaalf meter van hardgebakte grond tot waar dit staan. Die wingerde begin net onder die huisie en strek tot daar onder teen die rivierlopie.

Dit sou baie maklik wees om te voet hier in te sluip, van enige kant af.

Hy stap af na die ruïne – net die vier swartgebrande mure staan nog. As daar spore was, is dit nou vertrap deur die brandweermense.

Hy sien Metzinger en Bam staan steeds by die Land Cruisers en wag. Hy loop na hulle toe.

"Enigste manier om met 'n kar hier bo te kom, is soos ek gery het?" vra hy vir die boer.

"Dis reg."

"Verby die wine-tasting centre?"

"Ja."

"En da's altyd security by daai hek?"

"As hy oop is. Agtuur soggens tot twaalfuur saans."

"Ma' te voet kan jy eintlik enige plek entry kry?"

"Ja."

"No wildlife motion-detection cameras daar op die mountain bike trail nie?"

"Nee."

"Okay. Ek scheme da's net twee moontlikhede: Dit was 'n random act of vandalism stroke arson. With no motive. Almost impossible to solve. Of dis iemand wat kwaad is vir julle. Disgruntled employee, jealous neighbour, unhappy business partner, daai soort ding. Iemand wat geweet het dié huisie is special . . ."

"Dis wat ek ook gedink het," sê Metzinger. "En daar's net een moontlikheid. Gawie Bakkes. My vorige plaasbestuurder. Die donner het oor 'n tydperk van drie jaar amper tweehonderd kiste van my 2018 Boschkloof gesteel. Tweemiljoen rand se skade."

"Jou Boschkloof?"

"Dis ons premiumwyn. Bordeaux-versnit van cabernet sauvignon, merlot, petit verdot en cabernet franc. Die 2018 was uitstekend, Platter-vyfster, Veritas-dubbelgoud, duisend-sewehonderd-en-vyftig vir 'n bottel in die kleinhandel. Toe smokkel Bakkes dit uit my pakhuis uit en gaan verkwansel dit aan 'n agentjie."

"En toe?"

"Ek het sy gat gefire. Dis al wat ek kon doen. Die probleem was, hy't die bottels uit die kiste gehaal en hulle oor die jare so twee dosyn op 'n slag hier weggery. Teen die tyd dat ons dit agtergekom het, was daai wyn al oorsee. Ons het hom met vier-en-twintig bottels gevang. Al wat ons kon bewys. Nou, jy weet self, die landdros gaan vir hom 'n boetetjie gee, nog opgeskort ook. Net vier kiste, eerste oortreding, man met 'n vrou en kinders . . . So, toe fire ek hom en beweeg aan."

"En jy dink dit kon hy gewees het?"

"Enigste ou wat 'n byltjie te slyp het."

"Wanneer het jy hom gefire?"

"Verlede jaar in Desember al."

"Waar is hy nou?"

"Laaste wat ek gehoor het, werk hy by 'n sokkiefabriek in Bell-ville."

"Het jy nog sy nommer?"

"Die kantoor sal dit dalk nog hê."

"Okay," sê Cupido. Hy wys in die rigting van die uniformmense wat vir hom staan en wag by die SAPD-voertuie. "Ek gaan net vir hulle sê ons is klaar, dan kom ek af."

* * *

Daar's drie konstabels en 'n sersant. Cupido sê hulle kan maar stasie toe gaan, hy sal die papierwerk hanteer.

"Geluk met die promotion, captain," sê die sersant.

"Dankie, sarge," sê Cupido en wil omdraai om te loop.

"Nou hoor ons jy't hierdie Varsity Cup rugby-playing shoplifter nog gehospitalise ook."

Cupido lag. "Fokkit, die stories kry darem vinnig stertjies in die SAPS, nè? Daai's fake news, my broer. Most of it."

"So what are the facts?" vra 'n konstabel. Al vier die uniform-mense is nou om Cupido, afwagtend, nuuskierig.

"Julle wil dit nóú hoor?"

"Asseblief," sê die sersant. Die ander drie knik geesdriftig.

"Okay, nutshell version, want ek moet loop. Twee dae terug, late afternoon, Sportsmans Warehouse, Eikestad Mall. Mannetjie wals da' in. Looks like a rugby player, I'll grant you that. Ma' as jy my vra, is sy game body shaping om die girls te attract op Instagram. Big boy, maklik one point nine, bulging biceps, so 'n los gym-vestie aan om die muscles te showcase. En basketball baggies en sulke swart shower sandals. Nou't hy 'n padelraketjie wat hy wil steel, so toe niemand kyk nie, toe werk hy die raketjie so onder die vestie en die baggies agter sy rug in. En hy saunter daarmee uit. En net so by die exit se security, toe glip die raketjie uit onder die baggies se rek, seker so van die boude wat heen-en-weer as hy loop . . ."

"Padelraketjie?" vra die sersant. "Daai's al wat hy wou steel?"

"Wat meen jy, 'daai's al'?" sê Cupido. "Adidas Metalbone-raket, pappie, hulle retail vir amper ten K."

"Jirre," sê 'n konstabel.

"Ek sê jou, dis crazy. Anyway, die raketjie val da' voor die auntie van security uit, en sy kyk vir Muscles en hy kyk vir haar, en toe hol hy. Escalators toe. Auntie is so sawwelyf, about thirty excess kilos, Muscle Man dink, nee wat, sy sal hom nie vang nie. Ma' die fout wat hy maak, is hy vergeet watter escalator gaan op en watter een gaan af, daai mall s'n werk mos so snaaks da' langs die lifts. En hy hol af met die een wat opkom, die auntie agterna, blaas op haar fluitjie, skree blou moord. Hy's los voor, two steps away from first-floor freedom, toe raak die voete in die shower sandals deurmekaar met die stairs wat óp en hy wat áf, en hy slaat da' neer, spectacularly, slides across the recently polished tiles, sy kop slaat die annerkanste muur lat die ruite rattle. Curtains, pappie, lights out, world goes dark, sê howzit vir Petula Clark."

"Jô, jô, jô," sê 'n konstabel.

Cupido sien dat Tertius Bam nou daar oorkant alleen by sy Land Cruiser staan. Dit lyk of die man vir hom wag.

"Long story short," sê hy, "mall security bel die paramedics en die SAPS, paramedics vat hom hospitaal toe, SAPS cuff hom aan die bed, en dis hoe ek hom kom kry. Bietjie groggy, kop bandaged up soos 'n mummy, ripped body lê die hele bedjie vol. Ek introduce myself en hy sê, hy's Boeta Prinsloo. Ek vra, van waar, Boeta. Hy sê, Pretôria, oom. Ek sê, ai, Boeta, wat gan jou ma sê oor dié shenanigans? Jou future in die water oor 'n padelraketjie? Nou, jou regular shoplifting suspect, caught red-handed, will give you the usual passionate protest: Dis net 'n misunderstanding, ek wou nog gaan betaal, daai soort van ding. Maar nie Muscles nie, pappie. Eerste ding wat Boeta sê, is: 'My mô gaan my doodmôk, oom, ôsseblief, ôsseblief, my mô gaan my doodmôk.' En hy huil, pappie, lat daai groot lyf so ruk, snot en trane . . ."

Die uniforms lag en skud hul koppe.

"Die grapevine sê the charges were dropped," sê die sersant. "Omdat captain gaan praat het by die mall."

"Grapevine is reg. Mannetjie se ma is 'n single mom. Swaar gekry om hom in die universiteit te sit. Lat sy vir hom straf. Anyway, ek dink hy't sy les geleer. Kêrels, ek moet daar gaan praat," sê hy en knik in Bam se rigting.

Cupido onthou die plaasvoorman se ongemak en senuagtigheid. Hy dink Bam wil met hom praat sonder dat Metzinger by is. En dit kan interessant wees.

5

"Oom, ek weet dit gaan snaaks klink," sê Tertius Bam langs sy Land Cruiser. Sy lyftaal verklap sy angstigheid.

"Try me," sê Cupido.

"Dis oor wat ek gesien het, oom. Vanoggend."

"Wanneer vanoggend?"

"Toe ek daar onder gery het. Halfses. Dit was nog donker, oom." Hy maak nie oogkontak met Cupido nie en sy duim tik-tik teen die kakiekortbroek se gordel.

"Da' was nie 'n ontploffinkie nie," sê Cupido.

"Nee, oom, daar wás. Maar dis wat vóór die ontploffing gebeur het."

Bam bly stil, asof hy sy kragte bymekaar maak.

"You have my full attention," sê Cupido.

Bam trek sy asem stadig in: "Dit was 'n UAP, oom." Met 'n mate van verligting dat hy dit uit sy gestel kon kry.

" 'n UAP?"

"Ek weet dit klink mal, maar dis wat ek gesien het."

" 'n UAP? Wat is 'n UAP? 'n Soort kar?"

"Nee, oom. Dis 'n unidentified aerial phenomenon."

" 'n Unidentified aerial phenomenon?"

"Ja, oom. Die ding is, ek dink ek het hom eers gehoor. So 'n . . . hummm. En toe kyk ek, en ek sien 'n lig, en so 'n streep. So half oranje. En toe is dit die ontploffinkie."

"Boeta, I'm not feeling you. 'n Unidentified aerial phenomenon? Ek verstaan nie daai nie."

"Dis . . . uh . . . oom . . . dis wat hulle in die ou dae 'n UFO genoem het, oom." Die angstigheid is weer terug.

"Jy meen, soos in little green men from Mars?"

"Nee, oom, ek . . . Ek weet daar's nie Marsmannetjies nie, oom. Maar UAPs . . . Dis rêrig. In Amerika . . . Oom kan dit google. Daar's vlieëniers wat die goed heeltyd sien. Hulle het 'n hele kongressitting oor die goed gehad. Dis genuine. Ek sweer. Ek . . . Oom, dis wat ek gesien het, ek wil net die waarheid praat." Dan sê hy mismoedig: "Miskien moes ek niks gesê het nie."

Daar gaan 'n lig op vir Cupido.

"Jy't vir jou baas gesê van die UAP."

"Ja, oom."

"En toe sê hy jy's batshit crazy en jy moenie vir die polieste sulke kak vertel nie."

"Hy't gevra of ek iets gerook het, oom."

"Het jy?"

"Nooit, oom."

"Let me get this straight. Jy't da' onder gery in jou Land Cruisertjie . . . Hoekom so vroeg, in die donker?"

"Dis wanneer die drupbesproeiing loop, oom. Ek was op pad dam toe om die pompe te gaan check. Ek doen dit elke oggend."

"En jy hoor die hummm-geluid deur die toe venster, met die enjin wat loop?"

"Die venster was oop. Ek kyk na die druppers soos ek verbyry. Toe hoor ek dit. Dis hoekom ek gekyk het, in daardie rigting."

"En toe sien jy die spaceship?"

Hy skud sy kop moedeloos. "Oom, ek sê nie dis 'n spaceship nie. Ek het 'n lig gesien wat beweeg. 'n Wit lig. 'n Ding in die lug, 'n ding wat ek nie kan . . . En toe die streep, so vaal-oranje, so 'n streep, van die wit lig af, tot op die skaapwagtershuisie. En toe ontplof hy, en hy brand."

"Like a gamma ray," sê Cupido met groot erns.

Bam maak 'n handgebaar van radelose frustrasie. "Ek weet nie wat dit was nie. Maar dis wat ek gesien het."

"Relax, boeta, I'm just messing with you," sê Cupido en lag. "Kom ons gaan da' na julle office toe, dan gaan vat ek jou statement."

"Nee, oom. Ek sê dit net nou. Hier. Ek wil nie my werk verloor nie."

"Cool bananas, I get your conundrum. Ons hou dit tussen ons. Okay?"

"Dankie oom," sê hy, weer eens verlig.

Cupido dink hy gaan nou vir sy kollega bel en vir hom sê: "Benna, you're not going to believe this."

* * *

Griessel staan in 'n motorhuis in Kahlerstraat in Stellenbosch se Idasvallei-buurt en kyk na die lyk van die man wat langs die ou 3-reeks BMW lê.

Hy hoor sy selfoon lui.

" 'Skuus," sê hy vir die twee paramedici van ER24 langs hom. Hy moet grawe vir die foon, want hy het sy PPE-pak aan – die Personal Protective Equipment wat SAPD-speurders op 'n misdaadtoneel moet dra. Hy kry die foon eindelik beet, sien dis Cupido en hy dink, dis die een of ander vorm van telepatie, want albei van hulle ken die man langs die BMW. En Griessel sien nie nou kans om die nuus van sy dood aan Vaughn oor te dra nie.

Hy sal eers moet probeer uitwerk wat hier gebeur het. Hy druk die foon terug in sy sak.

Die boodskap wat hy 'n kwartier gelede van kaptein Rowen Geneke, die senior speurder aan diens by die Stellenbosch-polisiestasie se Misdaadkantoor, gekry het, was: "Hulle sê dit lyk na 'n ongeluk, Bennie. Sal jy gaan kyk? Vir die wis en die onwis?"

Toe ry hy.

Idasvallei is 'n werkersbuurt, klein twee- en drieslaapkamerhuisies uit die laat jare sestig, met asbes- of sinkdakke. Sommige is netjies en goed versorg, ander vergaan stadig onder armoede en die Afrikason. Die oorledene s'n is onberispelik, met ivoorwit huismure en betonheining, 'n rooi sinkdak wat onlangs geverf is, verniste houtvensterrame, die plaveisel skoon van onkruid. Die klein grasperk is groen en gesny. Onder 'n groot vyeboom langs die inrypad is 'n jaar oue oranje dubbelkajuit-Isuzu D-Max geparkeer.

Buite, agter die geel misdaadlint voor die hek, staan twee SAPD-patrollievoertuie van Cloetesville se satellietpolisiestasie, die ambulans van ER24 en 'n klein skare nuuskieriges die eng straat vol.

Die enkelmotorhuis is na agter verleng en as 'n werkswinkel toegerus. Die groot opswaaideur voor is nou wawyd oop, die sydeur na die huis se kant toe ook. Teen die dak brand twee buisligte. In die middel staan die BMW, wat lyk na 'n model uit die vroeë negentigs. Die agteras se wielvellings rus op die grond, die voorkant is opgelig deur twee hidrouliese Mac Afric-domkragte. Die motor se verfwerk is verbleik, die enjinkap en wiele is afgehaal en teen die muur gerangskik. Voor, agter en onder die kar is vier omgekantelde metaalbokke wat vermoedelik gebruik was om dit in die lug te hou. Die lyk lê langs die voertuig, op sy rug. Hy het 'n blou oorpak aan, oopgerits oor die bors. Daar is snywonde en kneusing aan sy gesig en torso.

Griessel gaan trek die opswaaideur toe. Hy wil die toneel rekonstrueer soos dit gebeur het. En die nuuskierige oë van buite weghou.

Hy loop stadig om die BMW.

"Julle het die kar opgejack en hom uitgetrek?" vra hy vir die paramedici terwyl hy langs die liggaam buk en dit bestudeer.

"Nee," sê die ouer een. "Dit was die buurman. Mansour. Hy't hom onder die kar vasgepen kom kry. Hy't gedink hy leef nog."

"Dis Mansour wat vir julle gebel het?"

"Dis reg."

"En die oorledene was DOA?" vra Griessel.

"Ons dink dit moes laat gisteraand gebeur het. Rigor mortis is amper volledig."

"Tienuur? Elfuur?" Want Griessel weet rigor mortis tree een tot twee uur ná dood in en neem twaalf uur om ten volle te ontwikkel.

Die ouer paramedikus trek sy skouers op. "Die patoloog sal moet sê."

"Julle het sy overall oopgemaak?"

"Ja."

Griessel wys na die motorhuis se sydeur: "Dié deur was oop toe julle aankom?"

"Ja."

"Het julle aan die jacks en die bokkies gevat?"

"Nee. Net aan hom."

"Aan die kar?"

"Nee," sê die ouer een.

Die jonger paramedikus frons: "Hoekom vra jy? Dit was tog 'n ongeluk."

"Miskien nie."

Die paramedikus lyk baie skepties. "Die kar het op hom geval. Dis wat die trauma sê."

"Kyk sy hande," sê Griessel.

Die paramedici kyk na die slagoffer se hande, die palms sigbaar langs die liggaam op die sementvloer, dan weer vraend na Griessel.

"Sy hande is skoon," sê Griessel.

"Miskien het hy net begin werk toe die jack stands omval," sê die jong paramedikus.

"Daar's nie gereedskap op die vloer nie." Griessel beduie onder die motor in. "As jy onder 'n kar werk, vat jy die gereedskap saam. Dis moeite om uit te kom, op te staan, dit daar teen die muur te gaan haal, al die pad weer terug."

"Hy kon net gou iets gekyk het."

"Jy trek nie 'n oorpak aan as jy net iets wil kyk nie."

"Voor hy begin werk?"

"Dit is moontlik," sê Griessel. "Maar sy hande . . . skoon, geen merke of wonde nie. As jy sien die jack stands val nou om, dan keer jy eers met jou hande."

"Okay . . ." Onoortuig.

Griessel buk weer by die liggaam en soek noukeurig deur die sakke van die blou oorpak.

Al die sakke is leeg.

"Die ding is," sê Bennie en knik in die rigting van die oorledene, "sy naam is Brandon Maarman. En hy was 'n private speurder. By Regal Investigations. Sy spesialiteit was internetbedrog."

"Bliksem," sê die paramedici in harmonie.

6

"As ek net vroeër gesien het, meneer, as ek tog net vroeër gesien het," sê die buurman Wilton Mansour en kyk met ontsteltenis in die rigting van die oop garagedeur. Sy oë is nog rooi van die huil, sy stem hees. Hy's iewers tussen sestig en sewentig, diep lyne op die gesig, die kort grys hare maak 'n kroon om die bles. Hy het 'n mank regterbeen wat aan hom 'n hinkstappie gee.

"Ons vermoed dit het al gisteraand gebeur, meneer Mansour," sê Griessel. "Dis nie jou skuld nie."

Hulle staan in die oprit, net voor die groot motorhuisdeur, nou weer oopgemaak deur die paramedici. Mansour het sy rug na die BMW, asof hy dit nie weer wil sien nie. "Ai, meneer. Brandon . . . Hy was 'n wonderlike man," sê hy. "Sy soort . . . In dié gemeenskap . . . Hulle is maar skaars."

"Ek is regtig jammer vir julle verlies."

"Groot verlies, meneer. Groot verlies."

"Jy bly hier langsaan?"

"Ja, meneer. Ek en my dogter en die twee kleinkinders."

"Ek neem aan jy is afgetree?"

"Ses jaar terug geretire by die Simonsrust SuperSpar."

"Wanneer het jy laas vir meneer Maarman gesien?"

"Jy bedoel voor vanoggend?"

"Dis reg."

Mansour vryf met sy hand in sy nek. "Dit moes . . . Woensdagmiddag, toe het ek 'n biertjie daar by hom in die workshop gaan drink."

"Kan jy vir my sê hoe die kar toe gestaan het?"

"Jissou, meneer, dis wat ek nie kan verstaan nie. Brandon sou nooit die kar net op die vier trestles gesit het nie. Daai houtblokke daar voor by die tools . . . As hy opjack, wiele aan of af, hy't hulle altyd só onder gesit dat dit die kar sal hou. Vir veiligheid, as die trestles omval."

"Maar hoe het die kar gestaan toe jy hier was Woensdag?"

"Niks opgejack nie. Die wiele was nog aan, net die bonnet was af. Hy was besig om die hele cooling system oor te doen. Hy't gesê, dís jou moeilikheid met die E30s, die thermostat, die waterpomp en die radiator is die goed wat ingee ná dertig jaar."

"Het hy gesê hy wil die wiele afhaal?"

"Hy't gesê die kar is omtrent klaar, hy wil dit stuur vir 'n paint job."

"Dit was sy stokperdjie? Karre regmaak en verkoop?"

"Net E30s. Vir die spinning. Daar's kwaai aanvraag vir hulle."

"Jy het niks gister gesien of gehoor nie?"

Hy skud sy kop.

"Ook nie gisteraand nie? Hier van nege-uur af?"

"Nee, meneer. Daai tyd kry ons die kinners in die bed, dan gaan lê ons ook maar. My dogter moet vroeg op. Sy werk by die Oude Werf, in die kombuis, breakfast shift begin al vyfuur."

"En vanoggend?"

"Ek was op pad kêffie toe, toe sien ek, maar die hek staan oop en die . . ."

"Hoe laat was dit?"

"Net voor nege, die kêffie maak eers nine o'clock oop."

"Toe sien jy die hek."

"Die hek én die garage se deur, die klein deurtjie, daar langs die kant. Brandon los dit nooit oop nie, meneer. In dié buurt steel hulle, maak nie saak wie jy is nie. Die hek was halfpad oop, en die garage se kantdeur was net só bietjie oop . . ." Mansour hou sy hande dertig sentimeter uitmekaar. "En ek gaan kyk daar in, en ek sien, maar dié kar lê op sy hubs, en die trestles lê skuins. Toe dog ek hier's moeilikheid, maar ek sien nie vir Brandon daar onder nie, dis te donker. En ek gaan klop daar . . ." Hy beduie na die huis se kant toe.

"Dit was te donker in die garage?"

"Ja, meneer."

"Die ligte was af?"

"Ja, meneer, ek het hulle loop aansit. Maar eers, toe gaan klop ek, toe is daar niemand nie . . ."

"Hy't alleen hier gebly?"

"Stoksielalleen, hy's mos geskei, al twee jaar terug, Pearl bly daar in die Grassy Park in. Sad ding, want hulle was lief vir mekaar. Maar die lewe loop mos maar snaaks, meneer."

"Jy's doodseker oor die ligte."

"Doodseker, meneer. Toe ek die eerste keer by die garage inkyk, toe kon ek nie mooi sien nie. Die ligte was af."

"Toe niemand die voordeur oopmaak nie, toe is jy terug garage toe?"

"Nee, meneer, ek het agter gaan klop, by die kombuis. Dis die naaste aan die garage. Ek het geklop en geklop, toe maak ek maar oop en ek roep in die huis in. En toe is dit asof ek so 'n verskriklike gevoelente oor my kry. Toe hardloop ek garage toe, en ek sit die lig aan en ek kyk, en ek sien vir hom daar. Toe skree ek, meneer. En ek gryp die jack en ek wil die kar oplig, maar toe sien ek hy lê in die middel, ek kan nie die jack daar instoot nie. Ek kon net daar onder die linkerwiel inkom. Toe kry ek die ander jack ook, en ek lig hom dié kant en ek lig hom daai kant en toe trek ek vir Brandon daar uit, maar . . . Jirre, meneer, dit was 'n vreeslike ding," sê Wilton Mansour en sy lyf sidder soos hy huil.

* * *

Net ná elf. Griessel het sy PPE-pak aan, dra blou nitrielhandskoene en het sy moordtas in die hand. Hy maak die agterdeur agter hom toe. Dit is skielik stil in Brandon Maarman se kombuis, die enigste klank is die yskas se kompressor wat loop.

Die vertrek is skoon en netjies – geen skottelgoed in die wasbak nie, geen potte of panne op die stoof nie. Daar is nie eetgerei op die klein viersitplek-houttafel nie. Teen die muur langs die deur is 'n houtbalkie met hakies waaraan sleutels hang – die Isuzu KB s'n, ander wat met 'n plastieketiket gemerk is: *Voordeur. Hek. Garage.*

Op die toonbank lê 'n drasak vir 'n skootrekenaar. Griessel sit sy moordtas langs dit neer – die groot, verweerde aktetas wat hy al sedert sy dae by die ou Moord en Roof-eenheid saamdra. Dis waarin hy die beskermingsklere en ekstra handskoene bêre, saam met bewyssakkies, vingerafdrukmateriaal, knyptange, 'n flits, 'n kamera, 'n paar SAPD-vorms, penne, ekstra notaboekies en 'n maatband.

Hy maak die drasak op die kombuistoonbank oop. Brandon Maarman se skootrekenaar is daarin.

Hy laat dit daar, vir latere ondersoek, trek 'n stoel uit en gaan sit. Hy moet vir Witkop Jansen bel, dan vir Vaughn. Maar hy wil net eers tot verhaal kom.

Netnou, in die motorhuis, het hy weer 'n oomblik gehad.

Hy het by die voorkant van die BMW gaan sit en probeer visualiseer wat gebeur het.

Brandon Maarman wat inseil onder die motor, reg onder die enjin. Niksvermoedend. Hy wil iets nagaan, iets doen. Hy druk of stamp teen iets, versteur die balans van die massa staal op die bokke. Hy hoor die kras en kraak van toerusting wat meegee. Op dié oomblik, die doodsvrees, die liggaam wat in skok en desperaatheid wil úit, die wêreld wat stilstaan. Geen tyd om te keer nie, dit val, die geluid van been en vlees wat vergruis word.

Die dood is hier.

En nou, hier in die kombuis, probeer Griessel die donkerte daarvan afskud, die oergil wat hy in sy kop gehoor het, verban.

Hy moet dit "prosesseer", soos sy sielkundige hom geleer het.

Want dit was nog altyd sy gewoonte. Om die moontlike gebeure wat tot gewelddadige dood lei, te visualiseer. Te rekonstrueer. In detail. Sodat hy die misdaadtoneel kan verstaan, die stukkies van die legkaart kan meet en pas. Dis sy grootste wapen, sy unieke talent. En dit is die ding wat hom die meeste beskadig. Want, sê die sielkundige, hy gaan te ver. Hy beleef die oomblik van dood te intens. Asof dit met hóm gebeur, asof hy die een is wat so skreeuend aan die lewe wil vasklou terwyl die dood hom insluk.

Sou hy dit nie leer hanteer nie, kom besoek die vier ruiters van die psigologiese apokalips hom telkens – oorlewingskuld, skeidingskuld, omnipotente verantwoordelikheidskuld en selfhaat. Die geleerde woorde wat sy aan hom verduidelik het. Die gif van sy post-traumatiese stres, die katalisators van sy vrese dat hy nie die onheil van sy geliefdes kan weghou nie. Die drywers van sy lus om te suip.

Die shrink met die fokken teddiebeer in haar spreekkamer, wat hom oor maande en jare dit alles geleer het.

En hy wil nooit weer suip nie. Daar is nou eenvoudig te veel om te verloor. Sy huwelik, die brose verhouding met sy kinders waaraan hy so hard werk. En sy loopbaan. Op nege-en-veertig is daar nie meer kanse oor nie.

Daarom sit hy nou koponderstebo. Hy haal asem, stadig in, stadig uit. Om kalm te word. Dinge te oordink. Perspektief te kry.

* * *

Gawie Bakkes lyk vir Cupido soos iemand wat in die verlede in die Camel-sigaretadvertensies kon gepronk het: Middel-dertigs, reghoekige kakebeen, donker baardskaduwee, reguit neus, groen oë en goeie hare. Baie selfvertroue.

Hulle sit oorkant mekaar in Bakkes se kantoor by die Sock It To Me-fabriek in Cecil Morganstraat, Stikland. Teen die mure is groot plakkate van die verskillende reekse sokkies onder die opskrifte *Leisure Wear*, *Active Wear* en *Active Anklet*. Op die lessenaar, só gedraai dat Bakkes én 'n besoeker dit kan sien, is 'n silwerraamportret van hom, 'n mooi jong vrou en 'n Staffordshire-terriër. Selfs die hond lyk gelukkig en verlief.

"Waarmee kan ek help, meneer Cupido?" wil Bakkes weet, want Vaughn het nog nie gesê wie hy is en waarom hy hier is nie.

"Wat is 'n 'Active Anklet'?" vra Cupido.

"O! Dis vir atlete wat aan uithoubyeenkomste deelneem. Uitstekende kous."

"Wat's verkeerd met jou regular athlete's sock?"

"Die Active Anklet maak dat jy nie blase kry nie. En dit hou jou voete droog en koel. Mengsel van mohair en sinteties, dis 'n ongelooflike produk."

"Amazing," sê Cupido. "En jy's die manager van die hele fabriek?"

"Ek is. Hoe help ek?"

Cupido se selfoon lui. Hy sê "Sorry," en haal dit uit. Hy sien dis Bennie, wat seker terugbel. Hy druk die oproep dood, kyk dan na Bakkes: "Waar was jy halfses vanoggend?"

Bakkes se ruie wenkbroue lig. "Ekskuus?"

Cupido haal sy SAPD-eieningskaart uit sy windjekker se sak, gee dit vir Bakkes oor die lessenaar aan. "Ek's 'n kaptein by Stellenbosch se Misdaadondersoekeenheid. En ek vra weer: Waar was jy halfses vanoggend?"

Hy sien hoe Bakkes se lyftaal verander, die selfvertroue wat wyk. Hy is nou waaksaam. En gespanne. Hy kyk na die kaart en gee dit terug. "By die huis. In die bed."

"Kan jy daai bewys?"

"Wat gaan aan, kaptein? Hoekom vra jy my dít?"

"Antwoord net my vraag."

"Ja. My vrou kan dit bevestig. Ons het eers sewe-uur opgestaan." Die wenkbroue het nou tot 'n diep frons gesak. "Ek het die reg om te weet waaroor dié gaan."

"Daai's waar. Jy het. Onthou jy vir Fred Metzinger, die baas van Paradijs, waar jy so lekker wyn gesteel het?"

Geen reaksie nie. Net 'n klem van die reghoekige kaak.

Cupido wys na die portret. "Dis jou vrou daai, I assume?"

"Ja."

"Het sy geweet van die wynstelery?"

Weer sit Bakkes soos 'n sfinks. Net die oë wat flits na die portret, dan terug na Cupido.

"Ek vat daai as 'n 'nee'. Wat het jy vir haar gesê toe Metzinger jou gat gefire het?"

Bakkes huiwer 'n oomblik, sê dan sag: "Ek het vir haar gesê die vroeg opstaan vang my."

"Sy lyk na 'n solid girl, Gawie. Solid en completely ignorant of your wily ways. Nou moet ek vir haar vra om jou alibi te corroborate, en dan gaan sy vra hoekom is jy 'n suspect in a case of arson by Paradijs Wyne."

"Arson? Soos in brandstigting?" vra hy met groot verligting.

"Dis reg, pappie. Die skaapwagtershuisie wat jy vanoggend gaan afbrand het. Of het jy een van jou sweat shop slaves hier in die factory betaal om dit te doen?"

Cupido se hoop is om die man uit te lok. Dit werk nie.

Bakkes leun stadig vorentoe. Hy plaas sy voorarms op die lessenaar, tuur na sy hande. "Kaptein, ek het 'n goeie werk by Paradijs in die water gegooi omdat ek fokken domonnosel was. Ek kan vir jou sê, ek het arm grootgeword en ek wou beter doen vir my vrou. Ek wou vir haar 'n lekker kar en lekker vakansies gee, en toe doen ek verkeerde dinge. Ek kan vir jou sê ek het hard gewerk vir Metzinger en gevoel ek word nie genoeg betaal nie, en daardie plek van hom maak baie geld. Ek kan alles vir jou sê, maar dit maak nie 'n verskil nie."

Bakkes kyk op na Cupido, maak 'n desperate handgebaar: "Ek was fokken domonnosel. En skelm. En baie gelukkig dat ek net gefire is. Ek wéét dit. Mens kry net een só 'n kans in die lewe, en as jy nie daaruit leer nie, die fok weet . . . Ek het my les geleer, en ek gaan waaragtig nie weer só stupid wees nie. Vir wat sal ek 'n skaapwag-tershuisie gaan afbrand? Vir wat?"

Die man sak stadig en moeg terug in die stoel.

Cupido het hom stip dopgehou. Hy sê: "Ek hoor jou. Maar jy's my prime suspect. Ek sal jou alibi móét check. Wat sê ek vir jou vrou as ek haar bel? 'Cause why, I don't want to burst her bubble. Looks like she doesn't deserve it."

7

In die stil kombuis van wyle Brandon Maarman bel Griessel vir ko-
lonel Witkop Jansen, die klein en beneukte gryskop-terriër met die
spierwit Chaplin-snorretjie, al amper by aftree-ouderdom.

"Kolonel, kaptein Geneke het my uitgestuur na 'n toneel in Idas-
vallei. Man in sy veertigs, kar op stutte in die garage het op hom ge-
val. DOA vanoggend ná nege. Nou't ons twee probleme. Die eerste
is dat ek nie doodseker is dat dit 'n ongeluk was nie. En die tweede
is dat Vaughn met alle mag deel sal wil wees van die ondersoek. Die
oorledene is Brandon Maarman, die private ondersoeker . . ."

"Maarman? Hy's 'n oudlid, is hy nie?"

"Dis reg, kolonel, hy . . ."

"Die ou wat die Facebook-swendelsaak verlede jaar gedoen het,
toe maak Vaughn die arrestasies?"

"Ja, kolonel. Hy was by Regal Investigations. Hy en Vaughn . . .
Hulle was kollegas, in die ou dae, hulle het saam as speurders begin
by SANAB. En hulle was huisvriende. Ek sal vir Vaughn moet laat
weet . . ." Hy laat dit daar, sy amptelike plig teësinnig gedoen.

"Ek sien. Hy gaan emosioneel betrokke wees . . ."

"Vaughn kan dit hanteer," probeer Griessel.

"Nee, kaptein, jy ken die protokol. Veral as jy dink daar was ge-
mene spel."

"Kolonel, ek is nog glad nie seker nie."

"Wat laat jou vermoed?"

" 'n Paar dinge, kolonel. Die een wat my die meeste pla, is die ligte.
Van die garage. Die buurman sê hy moes hulle eers aansit voordat hy
vir Maarman onder die kar kon sien. Nou, jy werk nie in die aand in
die donker aan 'n kar op bokkies nie, kolonel."

"Dit kon gistermiddag al gebeur het."

"Dis moontlik, kolonel. Die tyd van dood is nog onseker, maar dit lyk na gisteraand, tienuur se kant. Die ding is, die garage se sydeur was net so halfpad oop, daar's net een venstertjie agter in die garage. Selfs in die dag is dit te donker om onder 'n kar te werk."

"Wat nog?"

"Geen gereedskap saam met hom onder die kar nie. En Maarman se hande was silwerskoon. Maak nie sin nie. En die buurman sê, as hy die wiele afgehaal het, was daar altyd houtblokke as die kar opgejack is. En die wonde, kolonel. Die bloeding . . . Ek weet nie . . . dit lyk nie vir my reg nie."

Griessel wag lank voor Jansen antwoord. Hy weet die kolonel oordink alles terwyl hy bes moontlik die klein snorretjie vryf. "Okay. Ek ontvang jou. Bel vir Vaughn en sê hom, en sê hy moet my kom sien."

"Kolonel, ek wil hê prof Pagel moet die lykskouing doen. En ons sal vir PCSI moet inkry." Want die nadoodse en forensiese ondersoeke gaan deurslaggewend wees. Hy wil hê die veteraan-patoloog Phil Pagel en die elite Provinsiale Misdaadtoneel-ondersoekeenheid moet betrokke raak.

Weer is Jansen 'n rukkie stil. Dan sê hy: "Positief, kaptein. En as jy enigiets anders nodig het, sê net . . ."

Griessel hoor die erns in Jansen se stem. Hy weet wat die oorsprong daarvan is. Daar is geen misdaad wat die polisie so laat fokus soos die waarskynlike moord op 'n lid of oudlid van die SAPD nie.

* * *

Hy staan op, loop van die kombuis na die sitkamer. 'n Poliesman se huis, dink hy. 'n Alleenloper-poliesman op 'n staatsalaris. Tien jaar oue meubels van Lewis Stores of House & Home: 'n Tweesitplekbank, twee gemakstoele en klein koffietafels met matjies op. Net die TV-stel en klankstaaf is meer onlangse modelle, gekoppel aan 'n ou Philips DVD-speler. Die TV-kas het 'n lang rak onder, waar vyftig of sestig DVD's netjies gerangskik is – meestal aksieflieks van die laaste twintig jaar.

Hy sien 'n Samsung-selfoon op een van die koffietafeltjies lê. Hy gaan haal dit, bewus van 'n vae, suur reuk hier, net 'n skimp – ou melk, 'n ongewaste lyf, so iets. Hy tel die foon op, probeer dit aktiveer. Die skerm vra 'n kode.

Hy neem die foon kombuis toe, haal 'n plastiekbewyssakkie uit sy moordtas, plaas die foon daarin en plak die gomstrokie toe. Hy haal sy notaboek uit en maak 'n aantekening oor die tyd, en die plek waar hy die foon gevind het.

In die gang is die volvloertapyt al ietwat deurgetrap. Die hoofslaapkamer het 'n opgemaakte dubbelbed en twee bedkassies. Geen opmerklike reuke nie. Op die kassie naaste aan die venster lê 'n selfoon se herlaaier, die koord opgerol. In die tweede slaapkamer is 'n oefenfiets waaraan 'n handdoek hang, 'n versameling handgewigte op die vloer teen die muur en 'n klein boekrak met Haynes se herstelhandleidings vir verskillende motors.

Wanneer hy tevrede is dat niks versteur lyk nie, loop hy terug kombuis toe, haal sy notaboek weer uit en kry die nommer wat die buurman Wilton Mansour vir hom gegee het. Hy bel die dogter.

Dit lui nie lank nie.

"Dis Chrystal," sê sy.

Hy identifiseer homself.

"Daddy het gesê jy gaan bel," sê sy.

Hy hoor die emosie in haar stem, sê dan: "Ek is jammer vir julle verlies."

"Ai, meneer," sê sy, en hy hoor haar snik.

"Kan ek net 'n paar vrae vra?"

"Ja. Vra maar."

"Jy was vanoggend voor vyf uit die huis uit?"

"Halfvyf," sê sy.

"Het jy enigiemand of enigiets gesien by die Maarman-huis?"

"Ek het nie regtig gekyk nie."

"Het jy gesien of die hek oop is?"

"Ek loop anderkant toe, meneer. Die taxi tel my op in Helshoogte Road."

"Ek verstaan. Dankie. Jou kinders . . . Sou hulle op pad skool toe iets kon gesien het?"

"Hulle is drie en vyf, meneer."

"Gistermiddag, toe jy huis toe gekom het? Enigiemand by Brandon se huis gesien?"

"Meneer, Daddy sê dit was 'n ongeluk . . ."

"Ek wil net seker maak, mevrou."

"Nee. Ek het niks opgelet nie."

* * *

Hy kan die oproep na Cupido nie langer uitstel nie.

Hy gaan staan in die sitkamer, trek die gordyne oop. Daar is 'n uitsig oor die klein voortuin en die straat. Hy sien deur die ligte kantgordyne die ligtoring-figuur van Hein Sauls, hoof van Regal Investigations, wat gesels met die uniforms wat mense van die hek weghou.

Hy bel.

Cupido antwoord dadelik. "Jis, Benna," sê hy, opgewek en driftig.

"Vaughn . . . Ek het . . ."

Cupido praat hom dood: "Benna, you're not going to believe my morning. UFOs, pappie. Dis *War of the Worlds*, the aliens have arrived, en hulle like nie ons skaapwagtershuisies nie . . ."

"Vaughn . . ."

"Gamma rays and explosions, Benna, and they call it UAPs now. Klink soos 'n nuwe Chinese car brand . . ."

"Vaughn, ek het slegte nuus."

"Wat is dit, Benna?" Die kommer is dadelik in Cupido se stem.

Daar is geen maklike manier om dit te sê nie. "Brandon Maarman is dood. Laas nag, by sy huis." Hy laat sy vermoede doelbewus eers weg: "Kar waaraan hy gewerk het, het op hom geval. Ek is jammer, Vaughn."

Hy hoor Cupido se asemhaling, vlak en vinnig. Hy wag dat dit moet insink.

"Skinny?" Cupido gebruik Maarman se bynaam uit sy SAPD-dae. "Jirre, Benna. Nee . . ."

"Slegte ding, Vaughn, baie slegte ding."

"Skinny. Fok, Benna."

"Ek is so jammer."

Stilte.

"Skinny," sê Vaughn weer, want hy wil dit nie glo nie.

"Vaughn, die kolonel het gevra jy moet hom kom sien. So gou as wat jy kan."

Stilte.

Griessel weet, Cupido sal snap wat agter dié opdrag lê.

"Wait a minute," sê Cupido. "Jy dink daar's foul play."

"Vaughn, ek weet regtig nog nie . . ."

"Waar's jy? By sy huis?"

"Asseblief, gaan praat eers met die kolonel."

"Ma' jy suspect, right? Jy suspect?"

"Ek . . . Dis nog te vroeg om te . . ."

"Fokkers, Benna. Dis die Nigerians, ek sê jou nou. Die fokkers, ek gaan hulle fokken uithaal. I'm going to destroy them."

"Vaughn," sê Griessel paaiend. "Stadig." Hy moet dat sy kollega net eers deur die emosie werk.

"Jissis, Benna. Skinny. Daai was my broer."

"Ek weet, ek weet, dis 'n slegte ding . . . Gaan praat met die kolonel. Asseblief."

"Hy gaan sê ek is te invested." Want Cupido ken die voorskrifte.

"Ja."

"Jirre, Benna."

"As dit gemene spel is, sal ek hulle kry, Vaughn. Dit belowe ek jou."

Cupido maak 'n geluid van pyn en frustrasie.

"Ek is jammer, Vaughn."

Griessel sien deur die venster hoe die Provinsiale Misdaadtoneel-ondersoekeenheid se wit bussie by die hek stilhou.

* * *

Die forensiese ondersoekers is kort, gesette Arnold en lang, skraal Jimmy. Hulle staan in polisiekringe algemeen bekend as Dik en Dun, omdat hulle vir al wat leef en beef sê: "Moenie worry nie, die PCSI staan deur Dik en Dun by jou."

Toe Griessel na die hek loop, kom hulle met hul gebruiklike groot glimlagte aan. "Hei, Bennie, hoe's die getroude lewe?" vra Jimmy.

Griessel weet wat kom. Hulle het vir elke situasie 'n konstante stroom flou grappe gereed, en lag dan self die lekkerste daarvoor. Hy het groot respek vir hul aansienlike professionele vaardighede, maar ná sy gesprek met Cupido sien hy nie vandag kans vir hul humor nie.

"Kêrels, nie nou nie. Die slagoffer is 'n oudlid van die Diens. Vra my volgende keer weer."

Die vrolikheid verdwyn. "Wie?" wil Arnold weet.

"Brandon Maarman."

"Skinny Maarman? Wat by SANAB was?" vra Jimmy.

Griessel knik.

"Hy't PI-werk gedoen, laas wat ek gehoor het," sê Arnold.

"Dis reg."

"Oorsaak van dood?" vra Jimmy.

"Ek werk nog daaraan."

Griessel verduidelik vir hulle die omstandighede en die misdaad-toneel, en sê wat hy in die motorhuis gedoen wil hê. Hy sê hy sal later met hulle deur Maarman se huis en die Isuzu-bakkie gaan, maar hulle moet hom eers verskoon. Hy moet met Hein Sauls gaan praat.

* * *

Hoog op in Stellenboschkloof hou Cupido tussen wingerde en granaatboorde by 'n eensame sipres stil, skakel die Golf se enjin af en klim uit.

Hy is op pad om vir Metzinger te gaan sê dat Bakkes skoon is. As daar niemand anders is met 'n byltjie te slyp nie, sal hulle moet aanvaar dit was 'n random act of arson. Or, more likely, stray fireworks.

Hy het 'n plan vir daarna.

Hy gaan sy geliefde, Desiree Coetzee, bel en vir haar sê: Skinny is weg. Hy sal wag tot sy klaar gehuil het, en dan gaan hy vir haar sê hy is nou op pad om die nuus aan Pearlie te gaan breek. Sodat Pearlie aan iemand kan vashou as sy die tyding kry. En Desiree moet ook kom, want Pearlie gaan meer troos nodig hê as wat net hy wat Vaughn Cupido is, kan gee.

Daarna sal hy die kolonel gaan sien. Sodat hy kan hoor hy mag nie op Skinny se docket werk nie.

Maar eers wil hy net dié ding self probeer process.

Hy loop 'n ent teen die bult uit. Hy kyk uit oor die grootsheid van die vallei en die berge daaragter, voel die son op sy vel, en alles vul hom met 'n intense weemoed.

Skinny sal dit nooit weer ervaar nie.

Skinny. Hy onthou. Hulle was jong, voortvarende speurders, al twee nuut by die Narkotikaburo. Een aand in die kantoor gesit en gesels oor hul herkoms. Hulle al twee kom uit die Mitchells Plain uit, hul ouerhuise net 'n paar kilometer uitmekaar, maar het mekaar nooit geken voor SANAB nie. Hulle het daardie aand gepraat oor geluk. Want dit was net geluk dat hulle aan die bendes en die dwelms en die drank en die ellende ontsnap het, dat hulle polisiemanne geword het. Op die straight and narrow gebly het. Speurders geword het. Sersante, for fuck's sake, who would have thunk. En toe, al twee rising stars, headhunted deur die groot honne. Skinny na die SAPS se VIP Protection Unit, en hy na John Afrika se Provinsiale Ernstige en Geweldsmisdaadeenheid.

They were so very lucky.

En nou het Skinny se geluk uitgeloop.

"Skinny", oor sy van, al van skool se dae af. Die bynaam het deur die polisiejare gebly. Net Pearlie en die mense by Regal wat hom ge-"Brandon" het.

Daar was niks skraal aan Skinny nie. Hy was fiks en sterk.

Hoe het hulle hom onder 'n kar vasgepen gekry? Dit moes meer as een gewees het. Daar sal verdedigingswonde wees, want Skinny sou baklei het – hy moet onthou om vir Bennie te sê, hy moet mooi kyk.

Nee. Benna sou gekyk het.

Vaughn, ek weet regtig nog nie.

Hy ken vir Benna. Daar's 'n rede dat hy nog nie weet nie. Rede om te vermoed dit was nie 'n ongeluk nie.

Dit kon nie 'n ongeluk gewees het nie. Skinny was sistematies met alles wat hy gedoen het. Sistematies en slim en verantwoordelik, die kalm, beredeneerde een in al sy ondersoeke. Nou laas met die Nigeriërs ook – hy het sewe maande lank die ondersoek gedoen, toe bring hy die dockets vir Vaughn, netjies, watertight, alles op sy plek. Daai Nigeriërs sit nou in die tjoekie, maar hulle is 'n fucking network, en dié network het nou 'n tentacle uitgesteek en vir Skinny gevat, en hy wat Vaughn Cupido is, gaan vir hulle kry. Al sê Witkop Jansen ook wát.

Skinny sou sistematies en slim en verantwoordelik en kalm en beredeneerd daai kar opgejack het ook.

It was no fucking accident.

Hy sal nou moet ry. Om vir Pearlie te gaan sê.

Skinny en Pearl, vyftien jaar getroud, nie kind of kraai nie.

Dis wat die egskeiding makliker gemaak het, dat hulle nie 'n kroos gehad het nie. Skinny het die SAPS gelos, vir Pearl. Oorlat hy haar liefgehad het en sy 'n agtermekaar vrou is, "a real catch, my Pearl", dit was Skinny se refrein. Hy't geresign uit die Diens oorlat sy gesê het: "You're married to your work, Brandon. I hardly ever see you. And when I do, you're inaccessible. Either burnt-out tired or losing yourself under some wreck in the garage. That's not what I signed up for." Toe gaan soek Skinny werk, 'n nine-to-five job, en hy kry een as head of security by die De Zalze Golf Estate, en hy haat dit. Ja en amen op alles wat die rykgat whiteys oor kla. "Hulle moan en groan oor petty First World problems, Vaughnie, wat ek nog kan vat. Ma' as hulle die afpraat en die racism so probeer camouflage met fake joviality en my voor en agter 'meneer' en 'mister' en 'chief', fuck knows, as hulle my 'chief', dan raak ek passive-aggressive en ek vat dit huis toe." En toe kom die pos as private investigator by Regal, hy vat dit en hy excel, as expected. Maar toe is dit terug na alles wat Pearl oor gekla het – lang ure en baie travel en PTSD en burnout. Toe sê sy, twee jaar gelede: "Skinny, I cherish you, and that's exactly why I'm going to set you free. 'Cause why, you deserve to do the job you love, and you don't deserve a nagging woman telling you you can't. We can still do dates, and Valentines, and hang out with our friends, and I will be your bestie forever, and that way, we can both be happy."

Toe trek sy Grassy Park toe om nader te wees aan haar werk in die Observatory in, en hulle het beste vriende gebly en nog dates en Valentines gedoen en mekaar gelowe, en nou is Skinny weg en hy moet dit vir haar gaan sê . . .

En hy sal vir Benna 'n text stuur. Want Benna, ace detective wat hy is, sal die ex as 'n suspect beskou, because you always do.

Hy sal laat weet: Jy hoef nie na die ex te kyk nie. There's nothing there. Just loss and grief. I'll go break the news.

8

Griessel beduie vir die uniformmense hulle kan Hein Sauls deurlaat. Die private speurder kom met statige treë aangestap, sy gesig stroef. Hy is in sy laat veertigs, amper twee meter lank, maar pynlik skraal in sy steenkoolgrys pak klere met 'n wit hemp en blou kolletjiesdas. Dis net danksy die kaalgeskeerde kop en goueraambril dat hy meer na 'n rekenmeester as 'n begrafnisondernemer lyk.

Hulle ken mekaar van die enkele vergaderings in Griessel en Cupido se kantoor by die Misdaadondersoekeenheid se gebou in Onder-Papegaaiberg, tydens die oorhandiging van die Facebook-swendelsaak. Bennie het hom toe as 'n stil introvert ervaar; dit was Skinny Maarman wat die meeste praatwerk gedoen het. Wat hy kan onthou, is dat Sauls in Jamestown net suid van Stellenbosch grootgeword het – lank voor dié bruin buurt die sogenaamde gentrifikasie-instroming van yuppies in die afgelope dekade begin beleef het. Sy agtergrond is 'n kriminologiegraad en die leerskool van private ondersoeke by 'n agentskap in Johannesburg. Hy het Regal Investigations twaalf jaar gelede saam met sy vrou gestig. Sy hanteer die administrasie van die agentskap wat, voor Maarman se afsterwe, oor vier heeltydse ondersoekers beskik het.

"My simpatie, Hein," sê Griessel en skud Sauls se hand.

"Dankie, Bennie," sê die man stadig en afgemete in sy diep basstem, die emosie vlak. "Dis nog vir my onwerklik. Brandon . . . Hy was . . . 'n presence."

"Ek verstaan."

Sauls wys na die wit forensiese bussie. "PCSI," sê hy nadruklik.

"Ek wil seker maak."

"Baie stories in die straat," sê Sauls.

Griessel knik. Hy weet die patrollie-konstabels het die geneigdheid om hul lyf speurder te hou. "Kom ek sê jou wat ek weet." Hy gee vir Sauls 'n opsomming van wat die buurman vanoggend aangetref het, Mansour se opmerkings oor die houtblokke en Maarman se veilige werkswinkelbestuur. Dan deel hy sy eie vrae oor die skoon hande, die gebrek aan gereedskap onder die BMW, die oop hek en deur, en die ligte wat afgeskakel was.

"Die probleem is, die tyd van dood is nog onseker. Dis moontlik dat hy gistermiddag net vinnig iets onder die kar wou kyk, te haastig was om die ligte aan te skakel en die houtblokke onder die kar te sit. Maar hy het 'n oorpak aangehad . . ."

Sauls knik.

"Hoe belangrik was dit vir hom om sy selfoon by hom te hê?" vra Griessel.

"Baie."

"Sy foon was binne. In die sitkamer. Wat ook kan beteken hy wou net vinnig iets kom kyk het."

"Maar die overall . . ."

"Ja . Ek wil nie nou te vinnig . . ." sê Griessel, op soek na die regte woorde om sy versigtigheid vir 'n direkte gevolgtrekking uit te druk.

"Jy worry oor confirmation bias."

"Presies."

"Soos ek hom geken het . . ." sê Sauls. "Hy sou eers die houtblokke in plek gehad het. But we all have our moments of losing focus . . ."

"Wie het jou laat weet?"

"Niemand nie. Hy was laat vir ons tienuur-vergadering. Toe bel ek. Vier keer. Toe kom ek . . ."

"Het hy gedrink, Hein?"

"So 'n bietjie. Very normal, bier, nou en dan. En nou gaan jy my vra oor drugs."

"Ja."

"Niks." Ná 'n oomblik se stilte: "Het jy al vir Vaughn laat weet?"

"Ek het."

"Hy okay?"

"Nee."

Sauls knik stadig. Met begrip.

"As dit gemene spel was . . . Wie sou motief hê?" vra Griessel.

Sauls neem sy tyd, staan koponderstebo terwyl hy dink.

Griessel wag.

"Kan wraak wees," sê Sauls. "Iemand wat hy gebêre het. Maar . . . Hoekom dan nie net 'n drive-by nie? Of wag by 'n robot met 'n AK. Jy wil duidelik sê, julle het my gekry, nou het ek júlle gekry."

"Hoekom die groot moeite om dit na 'n ongeluk te laat laat lyk?" wil Griessel weet.

"Dis reg. My instincts sê die kanse is beter dat dit 'n ongoing investigation is. En daar is net drie, en . . . I don't see it, to be honest. Dis nog te vroeg in daai investigations vir die verdagtes om te panic."

"Is sy dockets by die kantoor?"

Sauls knik. "Gee my 'n uur. As a professional courtesy. Om die kliënte te laat weet ek gaan dit vir julle wys."

"Dankie, Hein. Enigiets anders? In sy gedrag . . .?"

Sauls se bewegings is stadig, net soos sy spraakritme. Hy vat sy hande saam agter sy rug, sy kop omlaag. Dis nie die eerste keer dat die man se formaliteit en postuur Griessel aan 'n sekretarisvoël laat dink nie.

Die private speurder kyk op, straat se kant toe. "Hy was anders, die afgelope tyd. Hard to put a finger on it. Stiller. Maybe is daai nie die regte woord nie. Dis net . . . lately the flame wasn't burning as intensely. Like a shadow has moved in. But subtle. Like a phantom; you don't see it, but you sort of feel it."

"Van wanneer af?"

Weer 'n bepeinsing. "Hard to say, Bennie. Margerie . . . my vrou, sy't dit eerste genotice. July? August? Daar rond. Ding is, Brandon worked very independently. Ons het hom elke Vrydag gesien, vir die coordination meeting, what he called Friday Parade. Maybe nog een keer of wat in die week, as hy 'n docket wil kom update, of 'n expense kom claim . . .”

“Het jy vir hom daaroor uitgevra?”

“Ek't hom een keer gevra, is als okay? Toe sê hy, 'yes, no worries'. Margerie het gedink dis oor hy Pearlie mis.” Sauls trek sy skouers op om te sê: Wie sal ooit weet?

“Dankie, Hein. Sal jy vanmiddag op kantoor wees?”

Sauls knik plegtig. “Of course. Ek wil help, Bennie. Any way I can.” Hy begin wegstap. Dan steek hy vas, draai om. “Bennie, sy foon. En sy rekenaar. Die passwords is by my. Hy't myne weer altyd by hom gehad. Risk management . . .”

“Dankie, Hein. Ek sal kom kry.”

* * *

Pearl Maarman werk by 'n skool vir gehoorgestremde kinders in Observatory. Cupido gaan sien eers die prinsipaal, want hy wil vir Pearlie in privaatheid sê, waar haar reaksie nie die leerders sal ontstel nie.

Die prinsipaal verstaan. Hy laat vir Pearl roep. Toe sy die kantoor binnekom, verskoon hy homself.

Pearlie gee Cupido een kyk, en dan weet sy. Die skok op haar gesig, skielik is sy wasbleek. “Wat, Vaughn? Wat het gebeur?”

Hy staan voor haar, neem haar hande in syne en sê die dinge wat sy moet weet: “Skinny is weg, Pearlie. Laas nag. Kar in die garage het op hom geval.”

Hy hou haar vas terwyl die seer en die smart haar vat. Sy kerm en sy huil. Veel later, nadat die sekretaresse sterk, soet tee vir haar gebring het, sê sy: “I did not see him going in that way, Vaughn.” Hy verstaan wat sy bedoel. En hy los dit daar.

Desiree daag op, en hulle sit saam by Pearl, hou haar hande vas, droog haar trane af. Totdat sy sê dat sy okay is.

Vaughn wil haar vra of Skinny iets genoem het van death threats, van moeilikheid by die werk. Maar hy kry dit nie oor sy hart nie. Gun haar nog 'n dag of twee in die geloof dat dit 'n ongeluk was.

* * *

Ná twee ry Griessel deur die trae, digte verkeer van Stellenbosch se middedorp en hy wonder hoeveel erger dit nog gaan raak.

Hy's honger, moet iets eet, maar hy wil nie nou die ompad kantoor toe vat nie. Hy gaan parkeer in Parkstraat, naby die ingang tot die universiteit se proefplaas, en hy onthou hoe hy en Vaughn 'n maand voor sy troue hier na 'n foon kom soek het, ná die dood van die twintigjarige student Le-Lanie Leibrandt bo in die berg.

Hy klim uit, gaan haal die kosblik uit sy moordtas, kom klim weer in en draai die Toyota se vensters oop om die koel windjie in te laat.

Hy maak die plastiekhouer op sy skoot oop. Gewoonlik is dit Alexa wat sy middagete vir hom beplan en inpak. En wanneer hy dit voor Cupido in die kantoor oopmaak, kom die gebruiklike af-gunstige vraag: "Watse fênsie smorgasbord het ons vandag, Benna?" Cupido is steeds op 'n streng dieet wat hy met 'n app monitor. Hy staan op honderd-en-een kilogram; sy mikpunt is nege-en-negentig. Want dan kan hy vir Desiree om haar hand vra. "No way gaan sy vir Fats Domino 'ja' sê nie, pappie, nie a highly intelligent, perfect-ly proportioned red-hot number like her nie." Dan pak Bennie die Alexa-gekose Woolies-lekkernye met 'n ligte skuldgevoel op die les-senaar uit. En Vaughn sê: "Jissis, Benna, life is not fair, and you're a cruel man."

Vanoggend het Griessel vir Alexa verder laat slaap omdat sy nog nie gesond is nie. Hy't witbroodrolletjies in die kas gekry, en dun-gekerfde beesbiltong. Hy het vir hom toebroodjies daarvan gemaak, dik gesmeer van die botter. Hy eet dit nou terwyl hy uitkyk oor die proefplaas se wingerd.

Hy moet vir Alexa bel, hoor of sy al beter is. En omdat hy haar moet vertel van sy oggend. Van Brandon Maarman en die misdaadtoneel. Dit bly vir hom moeilik, ná soveel jare van alles binne hou. Maar sy sielkundige sê dis noodsaaklik om dit veral met Alexa deur te praat. Sy sê die eerste, beste verweer teen sy soort PTSD is oop kommunikasie met geliefdes, die deel van sy ervaring met sy ondersteuningsnetwerk.

Hy weet hy het sy vrou se volle ondersteuning daarin, maar sy instink is steeds om haar teen sý wêreld te probeer beskerm. Daarom gee hy meestal nie die detail nie.

Net voor sy tweede broodjie op is, kom daar 'n whatsapp van Cupido deur: *Jy hoef nie na die ex te kyk nie. There's nothing there. Just loss and grief. I broke the news.*

9

Alexa antwoord en hy kan aan haar stem en haar stemtoon hoor sy is op die been en baie beter. Sy sê die medisyne werk nou goed, sy wil môre terug kantoor toe gaan. "En Marinda het Floo Juice van Kauai af gebring. En blomme! Ons het so lekker gekuier. Sy sê sy dink dis die nuwe Covid-variant, almal het dit. Ek hoop tog net nie jy kry dit ook nie, Bennie. Hoe is jou dag?"

Hy vertel vir Alexa in breë trekke van die Maarman-toneel, en toe hy klaar is, sê sy soos gewoonlik: "Dankie dat jy gedeel het. Is jy okay?"

"Ek is. Maar ek dink Vaughn kry swaar."

"Ai, Bennie . . ."

"Ek is baie bly jy voel beter. Ek sal nou moet Jamestown toe . . ."

"Bennie, net gou: Jy weet Marinda werk vir *Vrye Weekblad* . . ."

"O ja . . ."

"Sy't gevra of jy bereid sal wees om met haar te gesels."

"Te gesels?"

"Jy weet, soos in 'n onderhoud."

"Waaroor?"

"Jou werk. Jou loopbaan, jou ervaring. Hoe dit is om nou 'n speurder in die polisie te wees."

"Sy wil dáároor skryf?"

"Sy's 'n wonderlike joernalis. Jy kan haar absoluut vertrou."

Hy het Marinda Ferreira al so 'n paar keer by Alexa se platemaatskappy-geleenthede raakgeloop. Hy hou van haar, maar hy't gedink sy doen net onderhoude met muzieksterre.

"Ek weet nie . . ."

"Dit kan 'n fantastiese artikel wees: *Die lewe van baasspeurder Bennie Griessel* . . ."

Baasspeurder. Dis wat Alexa hom dikwels noem. Hy dink nie hy's 'n baasspeurder se gat nie.

"Ek . . . Sê sy moet liewer met Vaughn praat. Hy's baie beter met daardie soort goed."

"Sy't spesifiek gevra of jý sal gesels. En sy't gesê jy kan die artikel eers lees. Voor dit verskyn . . ."

Hy't nie lus vir dié ding nie. Om verskeie redes. Waarvan sy geskiedenis maar een is. Maar hy kan hoor Alexa is geesdriftig. En sy doen vir hom so baie. "Ek sal eers moet dink," sê hy. "Met die kolonel moet praat. En Marinda sal by ons Kommunikasiekantoor moet toestemming kry."

"Ek sê vir haar. Dankie, Bennie. Sy het al so baie vir my in my loopbaan beteken."

* * *

Griessel ry na Regal Investigations se kantore in Pajoralaan, Jamestown, oorkant Roxanno's Picture Framers. Sy kop is nog so half by die doodstoneel in die motorhuis, die gesprek met Alexa en die Maarman-selfoon en -skootrekenaar in sy moordtas en die klein kluis wat hy in Maarman se slaapkamerkas gekry het.

En dan is daar die verwagte omstandighede van verlies en rou by die speuragentskap oor die dood van 'n kollega.

Alles sweer saam om hom aanvanklik te mislei, om hom dinge te laat miskyk.

Margerie Sauls is onverwags sensueel wat uitrusting en voorkoms betref, ondanks die sagte stem en aura van terneergedrukte afwesigheid. Haar maskara verklap dat sy gehuil het. Sy is dalk tien jaar jonger as Hein. Sy stel haarself voor en neem hom deur na haar man se kantoor. Griessel voel aan daar is 'n gelade atmosfeer tussen die eggenote toe sy vra of hulle koffie of tee wil drink. Hy neem aan dis oor die verlies van hul vriend en kollega.

Hy vra vir koffie. Sy wag nie vir Sauls se bestelling nie, en stap weg, hakke wat klik-klak op die teëlvloer.

Sauls vra hom om te kom sit.

Die kantoor is keurig maar spartaans, 'n mengsel van ligte eik en wit Duco in die muurkaste, boekrakke en lessenaar. Teen die muur is die geraamde sertifikaat van PSIRA, die sekuriteitsbeheerliggaam waarby private ondersoekers moet registreer. Daarnaas, in nog 'n raam, die PSIRA-gedragskode.

Griessel sit sy moordtas langs die stoel neer en gaan sit oorkant Sauls. Hy vra of Sauls die kode vir die vuurwapenkluis in Brandon se huis het. Die lang man haal 'n swart A4-toonbankboek uit 'n lessenaarlaai en slaan dit oop. Hy skeur 'n geel Post-it-nota van 'n stapeltjie af en begin skryf.

"Weet jy wat in die kluis is?" vra Griessel.

"Sy Glock. Model 45. Ammunisie. Die lisensie sal ook in die kluis wees."

Dan skryf hy weer. Hy gee die nota oor die lessenaar aan. Hy sê dis die elektroniese kluisslot se kombinasie, ook Maarman se selfoonkode daaronder, en die laaste reël is die wagwoord vir die skootrekenaar.

Griessel bedank hom, haal sy notaboek uit sy hempsak en plak die nota daarop vas.

Sauls skuif 'n klein stapel bruin lêers nader. Hy sê dit is die drie aktiewe sake waarmee Maarman besig was. "Ons hou die werk digital tot ons die dockets vir julle as hard copies opstel, net voor ons dit oorhandig. Hierdie is net die headline material, Margerie het solank printouts daarvan gemaak. Jy sal sien, ons dockets is baie soos julle s'n: Part One is interviews, reports and photos, Part Two is correspondence en Part Three is die ondersoekdagboek. Jy sal al die telefoonnommers van die mense wat hy ge-interview het in elke Part One kry, as jy dit teen sy cellular call register wil check."

"Dankie, Hein . . ."

"Soos ek sê, hierdie is net die headlines, maar ons kan vir jou al die case material email. Die probleem is, die Bamberger-saak . . . dis nogal 'n groot docket."

"Hierdie sal eers genoeg wees. Ek sal vra as ek nog iets nodig het."

"Okay, Bennie, ek het gou weer gekyk. Ek dink nie dis een van hierdie sake nie, dis net . . . I'll let you make up your own mind . . ."

Margerie Sauls kom in met 'n skinkbord, bekers met koffie, melk en suiker. Sy plaas dit woordeloos op die lessenaar neer, draai om en stap uit.

Sauls kyk haar agterna. "Sy vat dié ding sleg," sê hy neerslagtig, asof hy nou swaarder belas is.

"Ek kan verstaan . . ."

Sauls sug, skuif sy stoel vorentoe, maak 'n kerktoring met sy vingers. Dan gee hy 'n opsomming van die drie sake.

Die eerste noem hy die "Bamberger docket". Mevrou Bamberger is in haar sestigs, van Somerset-Wes. Sy is al sewentien jaar lank 'n weduwee, haar kinders bly oorsee. Sy besit en bestuur 'n maatskappy wat tuisversorging vir bejaardes verskaf. Sy was finansieel sterk. Soos baie vroue van haar ouderdom en omstandighede, het sy in haar eensaamheid heelwat tyd op Facebook begin deurbring. Gedurende Januarie verlede jaar het sy digitaal vriende gemaak met ene Fanus Brits, in sy laat veertigs, klaarblyklik 'n direkteur van 'n mynmaatskappy. "He fleeced her for a million nog voor hy in November by haar ingetrek het, toe besteel hy haar huis ook nog, en hy hardloop. Total damage was about two point two. Brandon het die case in Maart gevat, identified the perpetrator as one Rudie Fritz, a con man under a suspended sentence for selling bogus buffalo safaris. Fritz is slim met selfone, elke paar weke 'n nuwe een, so om hom te locate was Brandon se grootste challenge. Dis waarmee hy besig was. By verlede Vrydag se parade-vergadering het hy gesê hy's baie naby. Fritz is in die Polokwane-area en Brandon het gereken hy sou teen die einde van dié maand vir julle die docket kon gegee het. Jy sal sien, it's a solid package. Maar jy sal ook sien Fritz is a lone wolf, Bennie. Typical con artist, cowardly, as die pawpaw die fan strike, dan hardloop hy. And as far as we know, hy't nie geweet Brandon ondersoek hom nie. I just don't see him in this . . ."

"Okay . . ."

"Right. Case number two: Karl-Heinz Fechter . . ."

Griessel herken die naam. "Dié Karl-Heinz Fechter?"

"Yes. Jy't seker gesien, 'n jaar terug was die media vol van die syndicate wat deepfake videos van hom gemaak het om 'n crypto scam op social media te bemark . . ."

Griessel knik. Hy onthou die breë trekke. Fechter het sy miljoene twee dekades gelede gemaak met die stigting van 'n Suid-Afrikaanse laekostebank en besit en bedryf nou die manjifieke wynlandgoed Goeder Trouw by Knorhoek. Toe sy gesig en goeie naam gebruik is vir die kripto-bedrog, het hy met baie moeite en teen groot koste 'n reklameveldtog van stapel gestuur om goedgelowiges daarteen te waarsku.

"Nou, Fechter het vir ons gevra om hulle te kry. Die scammers. Brandon werk al ses maande aan die saak. Ons weet dis 'n Amerikaanse syndicate, ons weet hulle werk uit Nevada uit en ons het vier potential name, maar die FBI se standards is baie hoog as dit by extradition kom. So daar's nog werk om te doen, om die laaste bewyse te kry. To cross the t's and dot the i's, so to speak. Maar daar's geen manier hoe hulle van die ondersoek kon weet nie. For them to reach out and harm Brandon . . . Again, I don't see it."

Weer knik Griessel, want hy stem breedweg saam.

"Finally, case number three. Brandon het drie weke gelede daaraan begin werk. A retired couple, mister and missus Jack and Olivia Taylor van Canterbury in Engeland het in Julie vyftigduisend pond – omtrent 'n miljoen rand – neergesit as deposit op 'n rivier-en-seefront-huis by Rooiels wat hulle for sale op Facebook gesien het. Mooi foto's van die four-thousand-square-metre plot en die vierslaapkamerhuis, total selling price six million rand. Toe kom hulle laat September om die transaksie klaar te maak, en toe is dit 'n scam. Verkoper het gegaan onder die naam Pierre-Louis Lichtenberg. Such a person does not exist. Brandon was following the money, maar jy weet watse red tape-besigheid dit kan wees. Ook dié een, Bennie . . . Ek dink nie dit het enigiets met, jy weet, die ongeluk te doene nie."

Dan kyk Hein Sauls op, na sy vrou wat die kantoor binnekom. Sy stap na die lessenaar, plaas 'n bordjie met beskuit daarop neer, draai om en loop weer uit.

* * *

Op die verweerde bruin staatsdiens-muureenheid agter luitenant-kolonel Waldemar "Witkop" Jansen staan 'n foto van hom en sy vyf-jarige kleinseun, al twee starend na die kamera, visstok in die hand.

Cupido kyk daarna en dink die kind lyk net so bedonnerd soos sy oupa. Every picture tells a story.

"Colonel, asseblief," begin hy.

"Nee, kaptein."

"Colonel, to be honest, I get the protocol. Ek verstaan hoekom dit da' is, ek verstaan wat dit moet doen. Ma' hier's die feite: I am invested in every case you have given me. Ek is altyd intellectually en emotionally invested, 'cause I care. About every victim. Every one of them. Dis hoekom ek 'n goeie poliesman is. Look at my record . . ."

"Dis nie die punt nie."

"Okay, I'll admit, of course is ek meer emotionally invested in die Skinny case. Ma' daai motivate my, dit distract my nie. I will be to-tally dedicated. I will be relentless, but I will be professional. 'Cause why, I owe it to my friend. Debt of honour."

Jansen skud sy kop stadig. Nee.

"My kennis van die oorledene is 'n asset, colonel, dis nie a liability nie. Ek kan vir Benna en die investigation baie tyd spaar, avoid the dead ends, the blind alleys. I have the confidence of the former wife, ek ken baie van sy known associates personally. En jy ken my, colonel. I am a man and a policeman of integrity. I give you my word, Benna is in the driver's seat, I just follow his lead . . ."

Jansen vryf sy snorretjie. Dit gee Cupido moed.

"Colonel, sê net vir my een ding: As Benna vanmiddag sy voetwerk begin doen wanneer my blue-collared coloured brothers by die huis is, as hy op en af loop in die Idasvallei se strate, as hy gaan klop om te hoor wie wat gesien het . . . Watter van daai mense gaan hulle se deure en hulle se harte oopmaak vir 'n wit Boer-poliesman? Sê net vir my daai."

"Ek kan vir sersant Riddles stuur. Of kaptein Geneke."

"Colonel, dan breek jy jou prime partnership, jou dynamic duo, jou dream team. En soek jy nie juis daai dream team as dit kom by die potential murder of one of us nie, a member of the service?"

Jansen se stilte is 'n teken dat hy weifel, dat hy wankel, dink Cupido. Hy sê: "Just look at the facts, let our record speak for itself: Ek en Benna. Ninety-five per cent case clearance. Top of this cop shop. Ons het 'n way, colonel, 'n rhythm, a true partnership. Just better together. We complete each other."

Weer 'n vryf van die snor. En Cupido sweer vir 'n oomblik hy sien 'n glimlag wat agter die vingers flits. Hy vuur sy finale salvo:

"Colonel, hier's my proposal: Laat Benna besluit. Colonel kan vir hom vra, soek hy my, of soek hy my nie? As Benna sê nee, Vaughn is going to be a liability, an emotionally invested nuisance and a hindrance, dan vat ek dit, no hard feelings, en ek is uit die colonel se hare uit en ek gaan soek die UAPs in the night sky, the Empire striking back, wat onse skaapwagtershuisies met gamma rays in hulle moer in skiet."

10

Op pad kantoor toe bel Griessel vir professor Phil Pagel. Hy wag geduldig, gewoonlik lui dit lank wanneer die staatspatoloog met 'n lykskouing besig is. Uiteindelik antwoord die welluidende stem: "Nikita, dis altyd 'n voorreg."

Pagel is al in sy laat sestigs en werk steeds minstens agt ure per dag. Hy is 'n formidabele figuur, met 'n adelaarsneus en 'n dik bos grys hare – nog aantreklik genoeg, lui die legende, om die rol van die patriarg in 'n hospitaal-sepie te kon speel. Griessel respekteer hom in die eerste plek vir sy ensiklopediese kennis en dekades se ervaring as patoloog. Dan is daar nog die feit dat die prof gekultiveerd, belese, berese en 'n liefhebber van onpeilbare klassieke musiek is. Maar bowenal behandel Pagel speurders altyd as waardige gelykes, as noodsaaklike mede-speke in die groot wiel van geregtigheid. Daarom gee Griessel nie om vir die bynaam nie. Pagel noem hom al nege-en-twintig jaar lank "Nikita", omdat hy destyds geglo het die twintigjarige Bennie lyk soos 'n jong Nikita Sergeyevich Khrushchev, die voormalige Sowjetleier, "net met baie meer hare".

Hy sê vir Pagel hy wil nie pla nie.

"Jy pla nooit nie, Nikita. Buitendien, ek het 'n oproep van jou formidabele kolonel gehad. Hy sê ons oorledene is 'n voormalige lid van die Diens en spoedeisendheid is aan die orde van die dag."

"Dis reg, prof."

"Dan is ek oorgehaal en slaggereed. Iets spesifieks waarna jy wil hê ek moet kyk?"

Hy gee vir Pagel 'n kort oorsig van die omstandighede in die motorhuis. "Tyd van dood is die groot ding, prof."

"Hou goeie moed, Nikita. Die omstandighede is positief."

Hy weet wat Pagel bedoel. Die bepaling van die tyd van dood

is baie meer akkuraat as die afsterwe nie langer as vier-en-twintig uur gelede plaasgevind het nie. Algor mortis, die afkoel van die liggaam; rigor mortis, die verstywing van die spiere; en livor mortis, die stolling van die bloed, kan nog met groter akkuraatheid bepaal word. Die omgewingsfaktore soos temperatuur, humiditeit en blootstelling in die motorhuis is bekend of relatief maklik afleibaar. En die kaliumvlakke in die oog se glasvog is nog baie bruikbaar. Pagel behoort die tyd van dood met 'n akkuraatheid van vier tot ses ure te kan bepaal, wat baie sal help.

"Prof, die ander ding is toksikologie. Die slagoffer was 'n man in sy vroeë veertigs, fiks en gesond. As dit nie 'n ongeluk was nie . . . Die ding is, ek kon geen verdedigingswonde aan sy arms en hande sien nie. Om hom onder die kar te kry en dit op hom te laat val . . ."

"Slim, soos altyd, Nikita. Ek laat die hele spektrum vir jou doen."

"Dankie, prof."

"En hoe gaan dit met jou lieflike wederhelf? En die getroude lewe?"

* * *

Stellenbosch se speurkantore is in die Onder-Papegaaiberg-woonbuurt se ou Kommandohoofkwartier. Langs die ornate hek waarvan die wit verf afskilfer, staan die groot bord wat in drie van die land se elf amptelike tale en in elegante sans serif-hoofletters verkondig:

STELLENBOSCH

MISDAADONDERSOEKEENHEID

CRIME INVESTIGATION DEPARTMENT

ELEZOPHANDO NGOLWAPHULO MTHETHO

Die tweeverdiepingkompleks staan in die middel van die uitgestrekte parklandskap van gras en bome. Wanneer Griessel agter om die gebou ry om in die skaduwee te gaan parkeer, bel Witkop Jansen hom.

"Kolonel?" antwoord hy.

"Waar's jy, kaptein?"

"Nou net aangekom."

"Kom sien my." En dan is die lyn dood.

Hy het 'n vermoede die kolonel wil praat oor wat hulle vir die media gaan sê van Maarman se dood. Hy hou stil, haal sy moordtas uit die kattebak, stap in, en op met die trappe. Jansen se kantoor is in die oostelike hoek, op die eerste verdieping. Die deur is oop en die bevelvoerder sit gebukkend oor 'n dossier by sy lessenaar, swart pen in die hand.

Griessel klop aan die kosyn.

"Kom sit."

Hy gaan sit, die moordtas langs hom.

Sonder om op te kyk, vra Jansen: "Vorder jy?"

Griessel gee 'n oorsig van sy besoek aan Regal. "Ek stem saam met Sauls, kolonel. As dit gemene spel was, moes dit 'n ou saak gewees het. Ek sal na hulle almal moet kyk, as ons die forensiese en post mortem-verslae het."

"Cloete wil weet wat hy vir die media moet sê. Want Maarman was verlede jaar op die voorblaaie met die Nigeriërs. Die koerante gaan bloed ruik."

"Ek dink ons moet sê dit was waarskynlik 'n ongeluk, maar die ondersoek duur voort."

"Ek stem. Wat is volgende?"

"Ek het net my Deel A en C kom doen. En ek wil Maarman se oproepregister begin plot. Dan wil ek terug Idasvallei toe, vyfuur se kant. Huis tot huis."

Jansen knik tevrede. Hy is streng oor die manier waarop sy speurders die saakdossiere byhou. Hy kyk die eerste keer op en sit sy pen neer. "Hoeveel mense het jy nodig?" Voor Griessel kan antwoord, sê die bevelvoerder: "Cupido was hier. Hoog en laag gesweer hy sal hom gedra as hy deel is van jou ondersoek. Ek sien dié ding vat aan hom. Kan 'n probleem wees. Dis jou besluit."

Hy huiwer nie: "Kolonel, dit sal nie 'n probleem wees nie. Ek wil hom hê."

Jansen vryf oor sy snor. "Kaptein, jy moet my nou mooi ontvang: Jy's die man in die saal van dié saak. Ek weet julle is groot pêlle, maar as sy emosie inmeng . . . Ek hou jou verantwoordelik."

"Ek verstaan, kolonel."

"Iets wat ek kan doen?"

"Forensies, kolonel. As ons daar druk kan sit . . ."

* * *

Die vertrekke van die ou Kommandogebou is ruim. In Griessel en Cupido se kantoor is daar genoeg plek vir twee groot ou meranti-lessenaars – die soort met die enkele laai in die middel – om kop-aan-kop geskuif te word. Cupido sit nou by die een verste van die deur af, besig om sy Paradijs-dossier by te werk. Langs hom staan 'n plastiekbakkie met sy middagete, nog dig toegemaak. In die vakkies van die bak is daar presies 2 252 kilojoules se kos: geroosterde hoen-derborsstukkies, mildelik bestrooi met Cajun-spesery, 'n halwe kop-pie quinoa (met 'n titsel olyfolie en suurlemoensap), 'n halwe koppie gestoomde broccoli, 'n kwart avokado en 'n klein appeltjie. En daar-naas die leë kartonhouers van 'n wegneemete van RocoMamas en 'n leë blikkie Coke.

Griessel stap in. "Vaughn, jy okay?"

Cupido sug swaar. "Benna, ek het nou net 'n Rockstar-burger en tjips geëet en 'n blikkie Coke gedrink. Total kilojoule count van am-per sesduisend. I've failed my diet, and I've failed myself, and I don't give a damn. Dis comfort food, and I needed it. Badly."

"Ek is regtig jammer oor Skinny."

"Dankie, Benna. Just such a shock. Ma' ek process. Slowly getting there. Jy weet, in our line of work . . . Dis nie die eerste keer nie."

"Ja," sê Griessel terwyl hy sy moordtas op die lessenaar neersit en oopknip.

"Ding wat die meeste sal help," sê Cupido, "is om besig te bly. Speaking of which, ek dink die colonel wil jou sien."

"Ek kom nou net van hom af."

"En?"

Griessel haal die Regal-dossiere, Maarman se selfoon en skootrekenaar en sy notas uit die tas. "Hy't gevra of ek hulp nodig het."

"En toe?"

"Toe sê ek, asseblief. As hy net die beste speurder by die eenheid vir my kan gee. Toe sê hy Rowen Geneke het te veel ander werk."

"You're messing with me."

"Toe sê ek vir hom, wat van die tweede beste? Toe sê hy, Bennie, jy's klaar op die ondersoek."

"Benna, jou probleem is, ek ken vir jou. As jy met my mess, beteken dit ek is in."

* * *

Hy gee vir Cupido 'n oorsig van die toneel en verduidelik sy onsekerheid oor gemene spel. Hy kan sien hoe Vaughn deurgaans groot selfbeheersing toepas, net luister, sonder kommentaar.

Toe hy klaar is, vra Griessel vir sy kollega om Brandon Maarman se oproepregister saam te stel, veral die laaste agt-en-veertig uur se oproepe. Die res kan hulle later met die Regal-lêers se aantekeninge vergelyk. Hy gee die foon en die kodes aan.

Griessel doen sy saakadministrasie, hulle werk in stilte tot net voor vier. Dan maak Cupido 'n oproep wat onbeantwoord bly. Hy lui af, bel dan weer. "Weird," sê hy en sit die foon neer.

"Wat?" vra Griessel.

Cupido skuif 'n vel papier oor na Griessel toe. "Daai is die call register vir die laaste forty-eight hours. Ek kon al die nommers op Truecaller identify, behalwe een. Gisteroggend het Skinny vier calls na Discovery Bank en twee na Tyme Bank toe gemaak. Also, one call to Beeline Motor Spares in die Midrand in. Hy het twee oproepe ontvang voor twaalfuur, een van Margerie Sauls se cellular af, een van iemand by die Goeder Trouw wine farm. No obvious monkey business. Ma' dan: Agter twee-uur, a call received by Skinny, van 'n nommer wat Truecaller nie ken nie. Conversation of four minutes, fifty-one seconds. Ek het daai nommer nou net gebel, partner, en ek kry 'the number you have dialled, does not exist'. I double-called, I double-checked, ek het reg gedial."

"Ja, dis snaaks."

"Damn straight. Kyk hier . . ." Cupido wys na die vel papier waarop die oproepe volgens tyd gelys is. "Sewe minute agter twee het die suspicious number se call ingekom. Twaalf minute agter twee, toe's hulle klaar gepraat. Dertien minute agter twee, toe bel Skinny vir die panel beaters. Praat net oor die drie minute. Twintig agter twee, toe bel hy vir Margerie Sauls. Call lasted just over four minutes. Daai is 'n baie besige sewentien minute. Besigste van sy hele dag. All set in motion by a number that does not exist today. Iets ruik na rot."

Griessel dink 'n oomblik na, vra dan vir Cupido om die paneelklopper te bel terwyl hy met mevrou Sauls praat. "Kom ons hoor wat gesê is."

Hulle bel.

Margerie Sauls se stem is steeds bedeesd en gedemp. Hy vra of sy die Maarman-oproep van gistermiddag om twee-twintig kan onthou.

"Ja. Dit was die laaste keer dat ek met hom gepraat het."

"Kan jy onthou hoekom hy gebel het?"

"Hy't gesê hy gaan nie meer die twee-nul-vyf se draft vir Discovery Bank by my kan kom haal nie, hy sal dit eers môreoggend, dis nou vandag, doen." Griessel verstaan wat sy bedoel. Private speurders stel dikwels 'n Artikel 205-subpoena op vir die aanvraag van bankstate. Dan vra hulle 'n kontak by die polisie om dit namens hulle by die hof in te dien vir goedkeuring.

"Het hy gesê hoekom hy dit nie gister kon doen nie?" vra hy.

"Hy't gesê iets het voorgeval."

"Het hy gesê wat dit was?"

"Nee." Sy sug. "En nou wens ek ek het hom gevra."

"Dankie, mevrou."

Hy lui af, en luister 'n hele paar minute lank hoe Cupido sy oproep klaarmaak. Dan sê Vaughn met groot swaarmoed: "Ek moes eers die nuus breek, Benna. F1 was sy regular auto spray-painters, daai mense huil snot en trane, they adored him. Like everybody else. Anyway, missus April sê Skinny het gebel om te vra hoe gou hy die BMW kan inbring. Want hy't potential kopers gekry, hulle sou gistermiddag kom kyk het hoe die kar lyk."

11

Hulle ry Idasvallei toe om die kluis in die klerekas te gaan oopmaak.

Toe hulle van die R44 af in Helshoogteweg afdraai, sien Griessel hoe Cupido stil word, hoe sy oë Simonsberg toe tuur en daar blý.

In Kahlerstraat gesels die konstabels by die patrollievoertuig met 'n fotograaf en verslaggewer van *Die Son*. 'n Groepie nuuskieriges staan steeds en staar agter die geel misdaadlint. Die uniforms lig dit op sodat Griessel tot voor die toe garagedeur kan ry.

Wanneer hulle uitklim, is die lang lens op hulle, die kamera se sluiter klik en klak. Die verslaggewer roep. Hulle ignoreer dit.

Cupido swenk na die sydeur van die motorhuis en gaan in. Griessel volg hom. Die ligte is nou weer af, net die BMW wat in die skemer staan, sy neus steeds in die lug gehou deur die domkragte. Die reste van Forensies se soeke na vingerafdrukke maak dowwe patrone teen die bakwerk.

Vaughn staan net, asof hy iets wil absorbeer.

Hulle werk al soveel jare saam, maar Griessel het hom nog nooit só gesien nie. Op 'n misdaadtoneel is Cupido gewoonlik geanimeerd, spraaksaam en aan die beweeg.

Eindelik steek Vaughn sy hand uit na die ligskakelaar en klik dit aan. Hy stap stadig om die motor, bekyk die stapel wiele teen die muur, die gereedskapsrak en -laaie. Dan sê hy net "okay", skakel die lig weer af en loop uit.

Op pad na die agterdeur hoor hulle weer die verslaggewer roep. Cupido gaan staan by die deur en kyk na die oostelike hoek van die erf. Daar staan vier draad-tuinstoele, 'n tafel, 'n vlekvryestaal-braaibalie op wiele en 'n stapeltjie hout. Hy kyk nadenkend daarna. Griessel wonder of hy 'n kuier saam met Maarman herroep. Hy gee sy kollega tyd. Hy kry weer 'n "okay" en sluit die agterdeur oop.

Hulle vorder stadig deur die kombuis. Dis asof Cupido vir Maarman wil inadem, hom wil herroep. Of dalk is dit net om sy emosies onder beheer te kry, want hier moet baie herinneringe wees.

In die sitkamer wys Cupido na die klein koffietafel. "Sy selfoon was hier?"

"Ja."

Cupido knik.

In die hoofslaapkamer trek Griessel die ingeboude kas se deur oop, raadpleeg sy notas, tik die elektroniese kode van die kluis in, maak dit oop. Hulle trek hul forensiese handskoene aan en pak die kluis uit: Heel bo lê Maarman se Vektor SP2-pistool in 'n polimeer-holster, vol magasyn in die kolf, vol spaarmagasyn daarnaas. Agt boksies Hornady 165-grein-ammunisie, tienduisend rand in 'n stapel van vyftig R200-note, netjies gebind met 'n rekkie. Twee stelle spaar-motorsleutels, een vir die Isuzu-bakkie buite, een vir die BMW in die motorhuis. Heel onder lê 'n vaalgeel lêer. Griessel haal dit uit, maak dit op die bed oop. Daar is die twee voertuie se registrasiepapiere, Maarman se ID-dokument, sy registrasie as private ondersoeker, sy vuurwapen-bevoegdheidsertifikaat, wapenlisensie, die huis se titel-akte, 'n testament en die egskeidingsbevel wat sy eertydse huwelik met Pearl Maarman ontbind.

Die testament is kort en kragtig. Pearl erf alles.

Op pad uit neem Griessel die sleutels vir die motorhuis en die hek wat aan die hakies by die agterdeur hang. Hy moet dit alles nou gaan sluit.

* * *

Buite is die lig sag, die son laag.

Griessel sluit die agterdeur. Cupido staan buite, met sy rug teen die muur, kop omlaag. Hy haal stadig asem.

"Jirre, Benna," sê hy, "dis asof hy nog hier is."

Hulle loop van deur tot deur om te vra of enigiemand sedert gister-middag drie-uur iets gesien het by Maarman se huis, of in die straat.

Hulle hoor die hartseer, ontsteltenis en woede van die buurt se mense oor die verlies van 'n gerespekteerde, geliefde inwoner, oor die misdaadvlakke wat handuit ruk. Hulle luister na klagtes en be-kommernisse oor die munisipaliteit wat hul gemeenskap versaak. Hulle hoor bewerings en beskuldigings oor kwajongens en tikkop-pe, van SAPD-patrollievoertuie wat dwelms help versprei, polisie-mense wat kop in een mus is met die bendes, maar niks wat lig werp op die Maarman-vraagstuk nie. Hulle word hulp en koffie en tee en koeldrank en kos aangebied. Hulle aanvaar dit eers, honger en dors, teen agtuur, toe die sewentigjarige mevrou Carolina September sê sy het nou net daltjies uit die olie gehaal. Cupido glimlag vir die eerste keer sedert die oggend.

Hulle sit in haar kombuis om die tafel en eet, sy kloekend om hulle, toe daar 'n klop aan die deur is. Dis 'n seun van ongeveer sestien met 'n yl groeisel op sy bolip, 'n wilde bos hare en verslete swart Converse Chuck Taylor All Star-skoene. Hy is gespanne, kyk net een keer na Griessel, en fokus dan op Cupido. Hy sê sy naam is Bobby Stravino. "Ek was uncle Brandon se gofer. In die garage, in die aande, ma' net as my skoolwerk klaar is en net tot nine o'clock. Ek bly hier om die hoek in Proteastraat saam my mommy. Nou sê sy my uncle Brandon is oorlede, onner die kar, is daai waar, uncle? Dit kan mos nie?" Die woorde tuimel uit hom uit in 'n stortvloed, asof hy bang is hulle gaan belangstelling verloor.

"Dis waar, Bobby," sê Cupido.

"Jirre, uncle," sê die seun, en 'n traan loop oor sy wang. Hy vee dit ergerlik af. "Daai is insane. Daai is impossible."

"Hoekom, Bobby?"

"Uncle Brandon was safety first. No way was dit 'n ongeluk." Hy pers sy lippe saam om sy emosies te beheer. "My mommy sê ek moet vir julle kom sê van die twee bra's, uncle. Van gistermiddag."

"Watter twee bra's?"

"Gistermiddag, toe kom ek verby en ek sien die two-point-eight GTX hier op die sidewalk en ek sien twee bra's wat twala saam met uncle Brandon, daar langs die garage . . ."

Cupido hou sy hand in die lug. "Kom sit, my broertjie," sê hy. "Kry net eers jou asem."

Die seun kyk na mevrou September vir toestemming. "Sit, Bobby," sê sy. "Ek het Oros en ek het daltjies. Wil jy hê?"

"Nee, dankie, auntie. My appetite is nou weg van dié ding." Hy vee weer trane weg, trek 'n stoel uit, loer vinnig na Griessel wat sy notaboek uithaal, en gaan sit.

"Wat is 'n two-point-eight GTX?" vra Cupido.

"Nissan Skyline, uncle. Hy's duidelik vir spinning. Nie so great soos jou Gusheshe nie, ma' hy's nogal skaars. Dis hoekom ek hom genotice het."

"Gusheshe?"

"Daai is jou Beemer E30. Three Series BMW."

"Okay. Moes jy gister vir Skinny . . . uncle Brandon kom help het?"

"Nai, uncle, ons het nie 'n appointment gehad nie. Hy't altyd vir my gewhatsapp so five o'clock lat ek moet kom. As my skoolwerk klaar is. Ek het ma' net verbygekom gister, om vir my suster te loop haal."

"Hoe laat?"

"Seker so quarter past three."

"Toe sien jy twee bra's wat met hom twala?"

"Ja, uncle."

"Het jy oor die vibracrete gekyk?"

"Nai, dis toe ek so terugkyk, toe sien ek hulle deur die hek."

"Ken jy daai bra's?"

"Nai, uncle."

"Net getwala met Brandon? Als cool?"

"Ja, uncle, als het cool gelyk."

"Bobby, watter kleur was die Skyline?" vra Griessel.

"So champagne, uncle. Daai meen, hy's oorgespray, they came in grey and white, back in the day."

"Jy weet baie, nè," sê Cupido.

"Uncle, spinning is my destiny. Uncle Brandon het gesê, as ek my licence kry, dan gaan hy vir my vat lat ek leer by die pro's. Hy ken vir hulle. Ons het baie gepraat oor die beste karre. Skyline is een van hulle, ma' die mid-sized, die GT-R van eighty-one to two-thousand-and-two."

"Die een wat jy gister gesien het. Watter model was dit?" vra Griessel.

"Ek is nou self nie seker nie, uncle. Early eighties, scheme ek."

"Die twee bra's, Bobby," sê Cupido, "hoekom het jy gedink jy moet vir ons kom sê?"

"Mommy sê die Boere vra rond of iemand iets gesien het. Toe kom ek. 'Cause why, daai kon nie 'n accident gewees het nie. Uncle Brandon was bulletproof op safety."

"So, toe jy die bra's da' by hom sien – da' was niks suspicious nie?"

Bobby Stravino dink 'n oomblik na. Dan skud hy net sy kop.

"Twee coloured bra's?"

"Ja, uncle."

"Can you describe them? Oud, jonk, lank, kort . . .?"

"Oud, uncle. Maklik dertig. Nie te kort nie . . ."

"Langer as uncle Brandon?"

"So bietjie."

"How were they dressed?"

Hy trek sy skouers op. "Ek het nou nie só kwaai gekyk nie. Ek . . . Net gewoon. Like denim. Maybe chinos. Shades, al twee van hulle. O, die een het so 'n hoedjie gehad, uncle. Wit hoedjie. Like a . . . wat noem hulle daai . . .?"

"Baseball cap?"

"Nee, uncle, 'n proper hoed. Dis . . . ek dink hulle roep dit 'n Panama hat."

"Baarde, snorre?"

"Ek kan nou self nie sê nie, uncle."

"En toe, wat maak jy toe jy hulle sien?"

"Ek het vir uncle Brandon gegroet. Toe groet hy terug. Toe gaan ek ma' weer aan, ek moes my suster by die daycare da' onder op die hoek loop haal. Toe kom ons terug, toe sien ek hulle is seker binne."

"Uncle Brandon en die bra's."

"Ja, uncle."

"Ma' die Skyline staan nog op die pavement?"

"Ja, uncle."

"Bobby, toe ek vra of iets suspicious was, toe's jy nie convincing nie."

"Uncle, dis net . . . Maybe it's nothing . . . Die tyres . . . Die rims van die GTX . . . Daai was nie die korrekte nommer nie. Dit was mystifying."

"Mystifying?"

"Ja, uncle."

"Daai is 'n lekker woord, Bobby, ma' wat meen jy?"

"Daai rims gaan nie spinning tyres vat nie. And no self-respecting spinner sal daai grooved eight-inch tyres op hulle se kar sit nie. Nie eens vir everyday driving nie. Daai is mystifying. Toe wonner ek ma' net, what kind?"

"What kind?"

"Daai Gusheshe . . . Uncle Brandon het gesê dis ons beste werk nog. Ons verkoop nie daai Gusheshe aan wannabes nie."

"Hoekom dink jy wou hulle die Beemer kom koop?"

"Uncle Brandon het gesê he's going to put the word out. Die kar moet nog net gespray word."

12

Cupido kom eers teen halftien aan by die huis op die Welgevonden-landgoed wat hy deel met Desiree Coetzee en haar seun uit 'n vorige verhouding, die dertienjarige Donovan.

Sy is saam met die kind voor die TV. Hulle kyk *Friends,* 'n poging om hul aandag af te lei van die dag se verlies en hartseer.

Donovan sit stil en grootoog, luister aandagtig wanneer Cupido sê daar is nog nie nuus of uitsluitsel nie. Dit kon 'n ongeluk gewees het. Of nie.

Desiree vra of sy vir Vaughn kan kos inskep. Hy sê nee, hy't daltjies en Oros gehad by 'n auntie in Idasvallei. Van die mees perfekte dal-tjies wat hy nog ooit geproe het. Hy dink hy het twaalf geëet, hy kon homself nie keer nie. Miskien was dit omdat hy die gat hier binne-in hom wou probeer vul. En vanmiddag het hy 'n RocoMamas-burger en tjips en 'n Coke gehad. Hy wil nie verder daaroor praat nie. Hy sal môre sy dieet voortsit, vandag was net 'n bietjie rof.

Desiree druk hom. "You know I love you just the way you are."

Donovan sê nie 'n woord nie, kyk net afgetrokke na hulle.

"Waar's jy met jou usual 'that's so lame' commentary?" vra Cupido. "Jy okay?"

"Uncle V, as dit nie 'n accident was nie . . ." sê Donovan. "Watse plek bly ons, waar hulle vir mense soos uncle Skinny doodmaak?"

Cupido weet nie hoe om hom te antwoord nie.

Hy hou hom so normaal as moontlik tot Donovan gaan slaap. Dan skakel hy die ligte van die leefkamer af en hy sit op die rusbank in die halfdonker, met Desiree teen hom.

"You can cry now," sê sy.

Hy kyk na die swart TV-skerm. Lank. Hy sug diep, sê dan: "I'll cry when the time is right."

Hulle sit lank só. Net voor hy opstaan, amper middernag, sê hy vir haar: "Ons verloor die battle, Dezzi. In hierdie plek. In our beloved country. Ons verloor die battle. Wat gaan ons vir Donnie se generation los?"

* * *

Sy heimat is Tweedelaan in Parow, die enigste kind van 'n blouboordjiewerker en 'n tuisteskepper. "Ek weet nie hoekom hulle nie nog kinders gehad het nie. Ek dink daar was komplikasies by my ma, maar in daardie dae het mense nie oor sulke goed gepraat nie. En ek het darem nie alleen grootgeword nie. In Tweedelaan was daar kinders in omtrent elke huis. In die somer het ons krieket in die straat gespeel tot ons ma's ons geroep het."

Hy was nie in sy jeugjare bewus van armoede nie. "In Parow was almal in dieselfde bootjie. Karre en wasmasjiene en yskaste wat breek, en dan help die pa's oor en weer om dit reg te maak. Eers toe ek as 'n blougat in Durban begin werk het, het ek gesien hoe ryk mense leef. Toe dog ek, okay, ons was dan lekker arm gewees." ("Blougat" is hoe daar in die destydse Suid-Afrikaanse Polisie na leerlingkonstabels verwys is.)

Hy was negentien jaar oud toe hy met die trein Pretoria toe is vir sy opleiding by die Polisie-akademie, toe nog bekend as die Polisiekollege. Ek vra waarom hy dié loopbaankeuse gemaak het, en hy glimlag vir die eerste keer tydens ons gesprek, so 'n aks verleë. Hy sê dit was omdat hy op negentien besef het hy is nie goed genoeg as musikant om 'n lewe daaruit te maak nie. En vir Parow-seuns wie se matriekpunte gemiddeld was en wie se ouers nie verdere studie kon bekostig nie, was daar eintlik net enkele keuses: 'n Vakleerlingskap as ketelmaker, elektrisiën of loodgieter. Of polisie of weermag toe.

Dit neem heelwat aansporing voor hy praat oor die "musiekloopbaan" wat hom nie beskore was nie. "In standerd nege, by 'n

garagepartytjie, was daar hierdie vierstuk-orkes van Rondebosch af,
Engelse outjies, net so oud soos ek. Hulle was nie baie goed nie, die
drommer was maar so-so en die ritmekitaarspeler het net ses drukke
geken. Maar dit het nie vir die meisies saak gemaak nie. Ek het gesien
hoe hulle na die orkeslede kyk. En ek wou ook só voor gekyk word.
Toe praat ek met die leier toe die orkes 'n breek vat. Ek sê toe vir
hom ek speel so 'n bietjie acoustic en 'n bietjie klavier op gehoor –
my ma het 'n klavier by haar ouma geërf en ek het met koerante
aflewer genoeg gespaar om in standerd sewe 'n kitaar te kon koop.
In elk geval, toe sê die ou ek moet 'n baskitaar kry. Want almal speel
sessnaar en almal speel dromme, maar baskitaarspelers is skaars.

"Toe koop ek 'n bass vir 'n helse winskoop van 'n Army-ou in
Goodwood wie se Cortina nuwe ringe nodig gehad het. En ek leer
myself, in my kamer, uit 'n boek wat ek by Bothners in Voortrekker-
straat gekoop het. En saam met my pa se plate. My pa was baie lief
vir die blues. Vir ouskool rock 'n roll ook, maar eintlik, die blues.
W.C. Handy, Ma Rainey, hy't selfs 'n LP van Blind Lemon Jeffer-
son gehad. Ek is vandag spyt ek het nie met hom daaroor gepraat
nie, ek wonder nog steeds waar daardie liefde vandaan gekom het.
In elk geval, in matriek het ek in 'n paar orkeste in Goodwood en
Parow gespeel, en toe, 'n jaar ná skool ook. En toe sien ek, as jy net
gemiddeld is, as jy net 'n journeyman bassist is, gaan jy vrek van die
honger. Toe's dit polisie toe. Want dit was regtig die enigste keuse."

En het die meisies vir hom ook só gekyk op die verhoog?

"Ja. Maar toe leer ek, dis die ouens op die dansvloer wat die mei-
sies kry. Nie die bassist op die verhoog nie."

Dertig jaar se moordsake – die oë wat alles gesien het
deur Marinda Ferreira, vryeweekblad.com (19 November)

* * *

Alexa slaap al, want die medisyne het haar baie lomerig gemaak. Sy's nog nie heeltemal oor die virus nie.

Griessel sit by die hoëtroustel in die sitkamer. Hy het Muddy Waters se *Fathers and Sons*-album opgesit. Een van sy gunsteling-baskitaarspelers, Donald "Duck" Dunn, speel daarop. Hy wil nie nou met sy gewone konsentrasie luister nie. Hy soek net die struktuur van die musiek op die agtergrond, sodat hy kan dink.

Oor vanmiddag. Iets wat in sy agterkop vasgesteek het, stukke en brokke op soek na verbindings. Sy aandag was sedertdien by ander verwikkelinge. En by Cupido se swaarkry. Hy weet hy sal nie bed toe kan gaan voor hy dit nie deurdink het nie. Want môre het dit dalk al vervaag.

Hy gaan soek die sneller, die oomblik toe hy die eerste keer besef het daar is iets, net buite sy begrip.

Dis eers wanneer "Blow Wind Blow" speel, Dunn se baskitaar in ritmiese aandrywing, dat hy dit kry. Margerie Sauls, oor die telefoon: *Hy't gesê hy gaan nie meer die twee-nul-vyf se draft vir Discovery Bank by my kan kom haal nie, hy sal dit eers môreoggend, dis nou vandag, doen.*

Margerie Sauls.

Daar was die ongemak tussen haar en Hein Sauls. Sekerlik oor die verlies en hartseer en skok. En die ontwrigting: 'n senior ondersoeker, 'n noodsaaklike rat in die agentskap se masjien, skielik net weg. Die implikasies is onafgehandelde dossiere, kliënte wat vrae gaan vra, wat antwoorde en aksie sal wil hê. Groter druk.

Maar daar was ook iets anders.

Hulle is 'n vreemde paar. Die ernstige kameelperd van 'n man en die sensuele vrou met die mond en die oë en die figuur.

Hy weet hy moenie te veel daaruit aflei nie. As mense vir hom en Alexa saam sien, sal hulle sekerlik ook wonder hoe so 'n lieflike, stylvolle musiek-ikoon só 'n ploert van 'n man kon gekies het.

Maar tog. Daar wás iets aan Margerie Sauls, ondanks die omstandighede. 'n Vrou wat vermoedelik in die algemeen bewus is van haar voorkoms, van die impak daarvan op mans. Nie opsigtelik nie. Net stille kennis. Wat 'n noupassende broek en 'n bloes met 'n laerige hals en die hoëhakskoene vanoggend aangehad het. Keurig gegrimeer. Toe sy gedink het Brandon Maarman sou daar wees.

Miskien lyk sy altyd só. En niks hiervan sou saak gemaak of hom laat nadink het as dit nie vir die spanning tussen haar en Hein was nie. 'n Gelade stilte. Antagonisme? 'n Onuitgesproke verwyt? Want Griessel ken droefheid, hy ken rou, hy ken die uiterlike tekens van verlies, en hy het vanmiddag by Regal iets anders gesien.

Dan kan hy nie help om te wonder nie: Maarman was al twee jaar lank geskei. 'n Aantreklike man met normale behoeftes en drange, 'n man wat elke paar dae by Regal se kantore met wulpse Margerie interaksie sou hê, die vrou wat getroud is met die sombere introvert, die net-deur-die-genade-nie-'n-begrafnisondernemer-nie.

Sou daar iets tussen haar en Maarman gewees het? Vreemder dinge het al gebeur.

Iets om te oorweeg. Tussen al die ander moontlikhede van mense wat vir Brandon Maarman sou wou uithaal.

As dit nie 'n ongeluk was nie.

Hy sal môre met Cupido daaroor praat. Versigtig.

* * *

Hy het darem nie die musiek heeltemal versaak nie. Griessel speel soms baskitaar – wanneer sy werklading dit toelaat – in 'n vierstuk-orkes met die naam ROES. Hulle het dié naam gekies omdat hulle vier middeljarige, voorstedelike middelklas-ouens is wat destyds vyf maande gevat het om hul gesamentlike, aansienlike musikale roes af te skud. Hulle speel op troues, reünies en partytjies, met 'n repertoire van ou treffers. "Enigiets van vyftigs-blues en rock 'n roll tot sewentigs-metal."

"En nou en dan," sê hy met verwondering op sy gelaat, "kom sing Alexa saam met ons. Dan lig sy die gehalte tot . . ." Hy maak nie die sin klaar nie. Hy lig net sy palm so hoog as wat hy kan.

Sy musiek is vir hom ontspanning, ontvlugting van die druk van sy werk, en deel van sy speurfilosofie. Dit was Alexa wat vooraf gefluister het dat ek hom oor laasgenoemde moet uitvra. Wanneer ek dit doen, is hy nogeens skaam en ongemaklik: "Nee, dis niks. Dis sommer net hoe ek dink," sê hy.

"Hoe?" vra ek.

"Die bass line . . . Die meeste mense hoor dit nie. Tot jy dit wegvat. Dis soos 'n fondament. Van 'n huis. Jy sien dit nie, maar dit moet daar wees. Anders . . . Wet en orde is ook só."

"Maar nie alle musiek het 'n baskitaar in nie," sê ek.

"Dis waar. En partykeer het gemeenskappe, op 'n spesifieke tyd en plek, ook nie wet en orde nodig nie. Hulle polisieer hulleself. Maar die meeste van die tyd . . ."

Touché.

Hy is 'n oomblik lank stil. Dan sê hy ingedagte: "Die bass . . . Jy voel hom hier," en hy tik met sy regterpalm teen sy bors. "Soos 'n hartklop. As jou hart nog klop, is jy orraait. Soos die polisiediens. As hy nog werk, is ons okay."

Werk ons polisie nog?

"Daar's nog baie goeie mense."

Maar ook groot probleme?

"Almal het probleme. Groot maatskappye, die regering, die muni-sipaliteite . . . Almal."

"Maar hulle is nie ons hartklop nie," speel ek duiwelsadvokaat.

Hy lig sy hande en skud sy kop. "Daar's nog genoeg goeie mense."

DERTIG JAAR SE MOORDSAKE – DIE OË WAT ALLES GESIEN HET
deur Marinda Ferreira, vryeweekblad.com (19 November)

13

Saterdag, 11 Oktober

Stellenbosch se munisipale area beslaan 980 vierkante kilometer, wat asembenemende berge, dale, valleie, riviere en stroompies, en meer as 150 wynplase insluit – dit dek die hele spektrum, van wêreldklasmanjifiek en groot tot klein en sukkelend.

Dit sluit ook die dorpe en voorstede Raithby, Klapmuts, Kayamandi, Franschhoek, Pniel, Cloetesville, Idasvallei en Jamestown in.

Binne dié grense woon amper 175 000 mense in meer as 52 000 huishoudings en 15 informele nedersettings – benewens die 30 000 studente aan die universiteit wat saam met die getye van naweke en vakansies kom en gaan.

Om al dié burgers veilig te hou, is daar ses stasies van die Suid-Afrikaanse Polisiediens. Die hoofsentrum van die SAPD is in Du Toitstraat in Stellenbosch, met vyf satellietstasies in Cloetesville, Franschhoek, Kayamandi, Klapmuts en Groot-Drakenstein.

Aanvullend tot dié wetstoepassers, het die munisipale stadsvaders in 2022 'n "veiligheidsinisiatief" van stapel gestuur. Die kern daarvan was die installering van onder meer honderde CCTV-kameras en 67 sogenaamde LPR-kameras wat nommerplate kan uitken – op pale by straatkruisings en teen geboue reg oor die area. Die senusentrum van dié stelsel is 'n indrukwekkende kontrolekamer in Stellenbosch se middedorp.

Griessel en Cupido het om nege-uur saam met 'n operateur by een van die twaalf werkstasies begin kyk na historiese videomateriaal van die enigste twee kruisings wat toegang tot Idasvallei bied: by Lelie- en Rustenbergstraat. Hulle het hulle toegespits op die tydperk vanaf drie-uur die middag van 9 Oktober tot nege-uur die oggend van die 10de.

Dit neem hulle net meer as elf minute om die sjampanjekleurige Nissan Skyline by die Rustenbergstraat-kruising te identifiseer, waar dit om 15:08 vanaf Helshoogte indraai en dadelik weer regs in Sonnebloem.

Die hoëdefinisie-video wys duidelik die perfek-gerestoureerde kar se registrasienommer, en twee insittendes.

Ondanks die effens berookte vensters en die afstand tussen kamera en voertuig, is dit duidelik dat al twee mans is. Met donkerbrille op. Die een het 'n wit kopbedekking op, wat moontlik 'n Panamahoed kan wees, hoewel die hoë hoek van die kamera ruimte laat vir bespiegeling. Die ander een dra 'n vaalbruin wolmus.

Die kontrolekamer se stelsel is direk gekoppel aan die Wes-Kaapse motorregistrasie-databasis. Dit verskaf binne minute die naam, adres en telefoonnommer van die Nissan se geregistreerde eienaar, en die inligting dat dit 'n 1984-GTX met 'n enjinkapasiteit van twee-punt-agt liter is.

Terwyl Griessel en die operateur deur die materiaal werk om te kyk hoe laat die motor weer uit die buurt vertrek het, skakel Cupido die nommer van meneer Bilal Ahmed Moodie van Glenferriestraat in Athlone.

Wanneer 'n stem antwoord, vra Cupido: "Mister Moodie?"

"Yes."

"My naam is Vaughn Cupido. Ek is 'n kaptein by die SAPS se Crime Investigation Unit in Stellenbosch . . ."

"Alhamdulillah, you found it!"

"Found what?"

"My car. My Skyline."

"No, sir, we have not found your car. When did you lose it?"

"Lose it? I did not lose it. It was stolen. Thursday afternoon . . . Wait. Why are you calling me?"

"Your vehicle was picked up on CCTV cameras near a presumed crime scene in Idas Valley yesterday afternoon, sir."

"Idas Valley? Where is Idas Valley?"

"Stellenbosch, sir. Can you tell me where it was stolen?"

"Well, you can just ask your colleagues in Klipfontein Road. I spent more than two hours on Thursday giving them a full statement. And photographs, everything."

"I will do that, sir. But can you please tell me where the vehicle was stolen?"

"At Access Park. In Kenilworth. Between twelve and one on Thursday afternoon. What sort of crime?"

"Excuse me?"

"You said 'a presumed crime scene'. What sort of crime was it?"

"A resident of Idas Valley was found deceased in his garage, and the vehicle in question was seen in front of his house."

"Ya Allah. So it's murder?"

"That is what we are trying to find out, mister Moodie."

"Ya Allah . . ."

* * *

Die videomateriaal wys die Skyline het weer om 17:36 by die Rustenberg-kruising in Helshoogteweg ingedraai. Met al twee insittendes daarin. Daarna is dit met die R44 noord, en is vyftien kilometer verder die laaste keer op die munisipale stelsel gesien, in Klapmuts, by die Simondium-kruising.

Griessel weet die N1 lê net een kilometer verder. Kaap toe, Paarl toe. Of hulle kon reguit aangehou het, Wellington toe.

En dan, asof telepaties, bel professor Phil Pagel en hy sê: "Nikita, ek het vir jou 'n geskatte tyd van dood. Donderdagaand tussen sewe-uur en middernag."

* * *

Hy vra vir die patoloog of daar geen kans is dat die tyd van dood vroeër as sewe-uur was nie, al weet hy presies wat Pagel gaan sê.

"Nikita, dis nie heeltemal onmoontlik nie, dis net redelik onwaarskynlik. Donderdag se temperature in Stellenbosch was drie-en-twintig grade om vyfuur die middag, en twaalf grade teen vieruur die Vrydagoggend. In daardie motorhuis was dit bes moontlik drie na vier grade laer. Ons het gewerk op 'n spektrum van tot vyf grade, weerskante toe. As ek dit alles in ag neem, gegewe die dekomposisie van die liggaam, is dit die beste wat ek kan doen. As ek móét spekuleer, sal ek sê dit kon nog 'n uur ná middernag wees."

"Ek verstaan, dankie, prof. Oorsaak van dood?"

"Ons het so 'n bietjie van 'n keuse, Nikita. Alles dui daarop dat die aansienlike impak van die motor se massa op sy toraks ernstige skade aan die hart aangerig het. Wat ons noem miokardiese kontusies, die ekstreme kneusing van die hartspiere. Maar daar is ook sewe gebreekte ribbes, pulmonêre kontusies, met ander woorde erge kneusing van die longweefsel. Al twee longe het platgeval en daar is aansienlike hemotoraks, of dan bloedversameling in die borsholte. My teorie is dat dit 'n kombinasie van al dié trauma was wat sy dood veroorsaak het."

"Geen verdedigingswonde nie, prof?"

"Niks nie. Sy dood is uitsluitlik veroorsaak deur die impak van 'n soliede, swaar massa op sy bors."

"Geen gemene spel nie."

"Occam se skeermes, Nikita."

"Prof?"

"Willem van Occam. Veertiende-eeuse teoloog. Hy's die een wat die konsep ontwikkel het dat entiteite nie verby noodsaaklikheid vermenigvuldig moet word nie. Wat maar net beteken die eenvoudigste verklaring is gewoonlik die regte een."

89

"Okay. Dankie, prof."

"Nikita, net vir die interessantheid: daar was één ding . . ."

"Wat, prof?"

"Ek het dié spesifieke omstandighede al 'n paar keer in my loopbaan gesien. Jy sal verbaas wees oor hoeveel karre op mense val wanneer hulle daaraan werk, of 'n pap wiel omruil. Maar dis die eerste keer dat ek 'n slagoffer sien wie se hande so skoon is."

* * *

Hulle staan in die straat by Griessel se Toyota. Cupido sê: "Benna, this is me, being in full control of my emotions. Rational, cool, calm and collected Vaughn, objectively considering the facts. And I'm not buying it. Pagel maak 'n fout. Occam se alie."

"Vaughn . . ."

"Benna, kyk net wat ons weet: Twee bra's steel 'n kar, 'n baie specific kar, lat hulle kan lyk of hulle spinning dudes is. On the day of the passing of Skinny Maarman, net ninety minutes voor hulle 'n burner phone gebruik om hom te bel, at seven minutes past two. Nou, jy kan nie stry nie, daai is kwaai suspicious."

"Dit is."

"Right. Ek scheme die bra's het vir Skinny op daai call gesê hulle wil die Beemer kom koop. If you ask me, het Skinny die kar geadvertise. Dis wat die neighbour vir jou gesê het, dis wat Bobby Stravino vir ons gesê het: Skinny wil die kar net gou laat spray, it's time to sell. Ons sal kyk op sy laptop, waar het hy dit gepost. Best guess, dit was op Facebook, waar hierdie twee bra's vir Skinny gefollow het. Ma' Benna, hulle het nie gekom om die Beemer te koop nie, hulle het gekom om vir Skinny uit te haal. En hulle hét, en Pagel has it all wrong, and I don't know why, ma' ons gaan uitvind."

Griessel se vertroue in Phil Pagel is onwrikbaar: "Als wat jy sê, is waar, maar dis nie die enigste moontlikheid nie."

"Hoe, Benna? What other scenario could possibly fit?"

"Die ouens in die Skyline . . . Sê nou maar karre steel is hulle ding. Hulle sien Maarman se advertensie, hulle wil kom kyk, sodat hulle die BMW kan kom steel wanneer hy klaar is. Hulle is twee ure lank by Maarman, genoeg tyd om alles mooi deur te kyk. Hulle bied vir Skinny 'n baie goeie prys aan, maar hulle is haastig. Hulle wil die BMW klaar hê. Wanneer hulle ry, wil Skinny gou 'n paar dinge doen om die kar reg te kry vir verf. Hy's haastig. En dan maak hy 'n fout. Dit gebeur, Vaughn. Prof Pagel sê dit gebeur meer as wat ons dink. Dit gebeur met ouens wat baie versigtig en presies is."

Vaughn skud sy kop, nie oortuig nie.

"Dis moontlik, Vaughn."

"Benna, da's te veel goed wat nie pas nie. Ek ken vir Skinny. Twee bra's kom by hom aan vir kar koop, dan gaan hy sê, kom sit, kom ons drink 'n biertjie, vertel my, like julle spinning? En dan gaan hulle da' in die hoek by die braai sit, of hulle gaan in die lounge chat, en hulle gaan 'n doppie maak, of koffie, that was Skinny, always the good host. Nou vra ek jou, waar's die empty cans, waar's die dirty crockery? Jy sê daai kitchen was spotless toe jy inkom . . ."

"Hy kon dit gewas en weggepak het. Jy sê self, hy was 'n netjiese ou."

"But according to your theory was Skinny haastig, Benna. So haastig om daai kar klaar te kry lat hy vergeet het om die wood chocks onder die wiele te sit, so haastig lat hy die bokkies soos sy gat onder die Beemer gesit het? Dan het 'n man nie nog tyd vir glasies was en bêre nie."

Griessel het nie 'n antwoord nie.

"Benna, kan ek gaan kyk? Na Skinny se kombuis? Met wat ons nou weet?"

"Asseblief," sê Griessel en delf die Maarman-huis se sleutels uit sy sak uit.

14

Griessel worstel met dit alles wanneer hy kantoor toe ry om die dossier by te werk.

Hy's tussen die duiwel en die diep blou see. Hy wil Vaughn en sy gevoelens respekteer, hy wil met 'n oop gemoed na sy punte luister. Maar hoe objektief is sy kollega, ondanks sy reusepoging om sy emosies uit die ondersoek te hou?

Hy moet weer na die feite kyk, die basiese gegewens, die raamwerk waarbinne hulle afleidings moet maak.

In sy kop stel hy die tydtafel op vir die Donderdag:

12:30: (Ongeveer.) Die Skyline word gesteel in Kenilworth.
14:07: Maarman kry 'n oproep van 'n ongeregistreerde selfoon af.
14:13: Maarman bel die paneelkloppers.
14:20: Maarman bel vir Margerie Sauls.
15:08: Die Skyline ry by Idasvallei in.
15:15: (Ongeveer.) Bobby Stravino sien die twee mans by Maarman se huis, en die Skyline buite.
17:36: Die Skyline verlaat Idasvallei, met al twee mans daarin.
18:53: Sononder in Idasvallei (volgens sy selfoon se weer-applikasie).
19:00: Pagel se vroegste tyd van dood.

Dis die feite. Hy sal dit netjies in sy notaboek neerskryf sodra hy by sy lessenaar kom.

Vaughn is reg: Jy kan logies aflei dat die Skyline gesteel is met die doel om Maarman daarmee te gaan besoek. Bes moontlik om te dien as bewys dat hulle in die spinning-gemeenskap is, of dan minstens 'n betrokkenheid by of belangstelling in motors uit daardie era het.

92

Dit is die enigste gevolgtrekking met werklike meriete. Maar dis nie deurslaggewend wanneer jy wil bepaal of hul motief moord was nie.

Occam se skeermes.

Die res is omstandigheidsgetuienis. Die slagoffer se skoon hande wat vir hom en Pagel pla. Die ligte in die motorhuis. Maarman se reputasie as 'n netjiese man wat veiligheid voorop gestel het. Alles ondersteun Vaughn se standpunt, dis die goed wat dinge meer verdag laat lyk. Maar dis nie op enige manier deurslaggewend nie.

Die twee mans is omtrent halfses weg by Maarman se huis. Feit. Min of meer eenhonderd minute voor die vroegste moontlike tyd van dood. Feit. Skinny het, sê maar, teen sesuur sy huis opgeruim ná bier of koffie saam met die twee besoekers. Vermoede. Hy is – as Cupido reg is oor die paar biere saam met die manne – moontlik nie heeltemal nugter nie. Vermoede. Toe is hy na die motorhuis om die wiele af te haal. Dis nog lig buite, hy sit nie die ligte aan nie. Lig die kar op, toe is hy onder die kar in. Vir iets. 'n VIN-nommer? 'n Laaste seker maak van 'n ding? Dit was nog lig. En hy's haastig . . .

Alles vermoedens.

Die oorwig van waarskynlikheid is dat dit 'n ongeluk was. En as dit 'n ongeluk was, hoef hy nie met Cupido te praat oor die moontlikheid dat daar iets tussen Maarman en Margerie Sauls was nie.

Dis vir hom 'n verligting, want Vaughn glo vas Brandon Maarman was 'n mens van groot integriteit. Cupido sal baie moeilik sluk aan die moontlikheid van 'n buite-egtelike verhouding met die baas se vrou.

En nou wonder Griessel of dié verligting, die teësinnigheid om dit met Cupido te bespreek, sy denke beïnvloed. Of dit hóm minder objektief maak, gretiger om gemene spel uit te skakel.

Fok weet, dis moeilik. Hy wil homself nie eens vertrou nie. Probleem is, hy en Cupido was die afgelope jare mekaar se betroubare klankborde. Hulle kon onbevange hul teorieë en vertwyfelinge deel, die een kon staatmaak op die ander se eerlike mening, hulle kon saam by die beste gevolgtrekkings uitkom. Maar hierdie keer . . .

Hy is by die hek van die Misdaadondersoekeenheid se kantore wanneer hy besef hy het nou iemand nodig om 'n onbevange mening te gee, om sy sienings uit te daag, sy denkfoute uit te wys. Iemand met ervaring en insig.

Hy kan net aan een mens dink.

Hy hou stil, bel vir kolonel Witkop Jansen en vra of hy kan kom gesels.

Jansen klink nie vreeslik gretig nie. "Ek is by die huis," sê hy, en gee die adres.

Griessel was nog nooit by die bevelvoerder se huis nie.

* * *

Cupido maak Skinny Maarman se kombuisdeur agter hom toe.

Daar kom 'n gevoel oor hom, 'n beklemming, 'n aardigheid. Hy maak die deur weer oop, maar dit help nie.

Dit voel of Skinny steeds hier is.

Will have to shake it off, dink hy. Will have to be rational and clinical. Hy't vir Griessel belowe. Hy's dit aan Skinny verskuldig.

Hy sit die sleutels, selfoon en plastiekkosblik op die kombuistafel neer. Gaan staan by die viersitplek-tafel. Hy wil alles stadig en rustig deurkyk.

Dis asof hy nou vir Skinny hier kan sien sit. Bierglase op die tafel, die bakkie grondboontjies. Altyd gegeurde grondboontjies. Peri-peri, of chilli and lime. Cupido sug gelate, sê dan hardop: "Okay, Skin, since you insist on being here. Ek hoor jou. 'Peanuts must bite, 'cause why, beer must soothe.' True, that . . ."

Hy soek 'n eetvurk in die messegoedlaai, trek 'n stoel uit, gaan sit. Maak sy kosblik oop. Daar is twee avokado's daarin, geskil en in blokkies gesny, met appelasyn en swartpeper besprinkel. Net oor die tweeduisend kilojoules, maar dis minstens lekker. Hy steek 'n blokkie avo met die vurk, sit dit in sy mond. "No peanuts for me, Skin. Too many kilojoules per hundred gram; jy's nog kwaai honger, dan's jou quota vol."

Hy eet nog 'n blokkie.

"Ek moet apologise, Skin. Ek was te lanklaas hier by jou. Te min kere, die laaste jaar of twee. Since the divorce. Daai is moeilik as jy self in 'n great relationship is, en jou bra sukkel so met die separation, daai's tough. But there you have it. Life. Darem het ons lekker gehang, net hier by dié tafel. Diep stories. Those last few times was dit ma' altyd oor relationships. I heard you, Skin. So reflective, so philosophical, ek het by myself gedink die philosophy was jou ointment, Skin. To ease the pain. To try and make sense of it all."

Hy hoor sy eie stem in die leë vertrek, skud kop vir homself, eet die laaste van die avokado. "Ja, Skinna, ek hoor jou lag. Vir big bad Vaughn Cupido wat nou so met die spirits converse. Ma' ek scheme jy sal verstaan. Jy, wat altyd so caring was. For other people's feelings, other people's safety. Onthou jy die late-night schnapps, die loopdop, elke keer? 'Net een, Vaughnie, I want you to get home safe.' Daai was jy. Nou weet ek, Skin, as daai twee bra's hier by jou inklok, dan sou jy sê, okay, hier's die Beemer in die garage, kyk julle kyke, dan kom julle in. Ons knak 'n biertjie, ons shoot the breeze. Ma' jy gaan nie vir hulle hier in die kombuis laat sit nie. Nie vreemde bra's nie, this was your intimate space, soos ons opgegroei het. Kitchen as the heart of the home. Jy't vir hulle gesê, come through to the lounge . . ."

Hy stap uit, sitkamer toe.

"Nothing out of the ordinary here, Skin. Absolutely nothing. Asof niemand hier was nie. Ma' Benna sê jy't jou cellular hier gelos. Mystifying, to paraphrase your young protégé Bobby Stravino. Nice kid, daai een. And I bet, jy't gedink, he needs a father figure. Hoe baie het ons nie gepraat oor die absence of father figures as one of the main reasons for gangsterism and crime in our communities nie? And it's not getting better. Ma' Skin, vir wat het jy jou cellular hier gelos? No self-respecting ex-member of the Service and current PI sal sommer sy foon só in die lounge los om aan 'n kar in die garage te gaan werk nie. Wat as 'n contact bel, of 'n informant, of a client, a colleague, a bra? Of jou ex? Doesn't make sense. Conundrum. To be pondered."

Hy loop terug kombuis toe.

"Okay, Skin, twee bra's en jy. Jy kom haal 'n biertjie vir almal . . ."

Maak die yskas oop.

"Dié voel aardig, my broer. Like looking into the soul of a man, om sy fridge oop te maak. Hier staan jou day-to-day. Melk. Yoghurt. Eiers. Botter. Halwe witbrood, nog so in die plastic. Cheese, ham, and just two cans of Zamalek FC. Only coloured I knew wat sy Black Labels so geroep het. Hoekom net twee kannetjies? Jy was altyd so well stocked. 'Vir die wis en die onwis, Vaughnie.' Het julle die res uitgedrink? Jy en die bra's? Hoeveel was daar in die fridge voor dié kuier? Ses? Twaalf?"

Hy maak die yskas toe.

"So, jy's Skinny the Neat, jy los nie die cans of die glase in die lounge nie. Jy kom sit hulle in die garbage, wa' ek hulle kan uithaal vir fingerprints . . ." Hy loop na die asblik in die hoek, maak dit oop.

Dis leeg. Daar's nie eens 'n vullissak daarin nie.

"Skinny, this is just weird."

Daar is 'n reuk aan die asblik. Suur. En naar. Nie jou gewone blend van stinky garbage nie. Dis iets anders. Dis 'n reuk wat hy ken, uit sy konstabel-dae. Dronkies wat Vrydagaande in die selle kots.

* * *

Kolonel Jansen bly in Kinkelstraat, Brackenfell.

Sy vrou, Jana, maak die deur oop. Nes haar man is sy in haar ses-tigs – klein en fyn, met potblou oë en 'n immerteenwoordige glimlag wat twee diep kuiltjies in haar wange laat keep. Griessel het haar elf maande gelede die eerste keer ontmoet, by die speurders se Kerspar-tytjie. Hy het toe al gewonder waarom só 'n lewenslustige vrou met 'n man soos Witkop Jansen sou trou.

Sy nooi hom in en lei hom deur die huis, na agter. Die kombuis ruik na die varsgebakte koekies wat sy besig is om in blikke te pak. "Die kleinkinders kom môre. Hier, proe," sê sy en gee vir hom twee aan. By die agterdeur wys sy: "Hy's in sy man cave. Moenie hom daar laat uitkom nie, asseblief." Daar's 'n vonkel in haar oog.

Die "man cave" is 'n aangeboude vertrek agter in die erf. Griessel klop aan die oop deur se kosyn en gaan in.

'n Werkswinkel. Die reuk van hout en skaafsels en olie is sterk in die vertrek. Daar is draaibanke, saag- en skaafmasjiene. Teen die muur hang vyle, beitels, hamers en klampe. Jansen sit by 'n werks-bank. Hy is kaalvoet, dra 'n kortbroek en T-hemp, sy tenger, be-plooide ledemate sigbaar. Dis vir Griessel 'n vreemde gesig, want hy het sy bevelvoerder nog net in werksklere gesien.

Jansen kyk op van die rowwe geweerkolf, uit hout gedraai en gekerf. Dit is vasgedraai in 'n bankskroef. Hy was besig om dit met fyn skuurpapier te bewerk. Hy sien Griessel kyk na die verste punt van die werksbank, waar drie perfek-voltooide geweerkolwe en -voorgrepe in gloeiende, diepbruin okkerneuthout langs mekaar lê.

"Dis wat my nugter hou," sê Jansen. "Al vyf-en-twintig jaar lank."

Griessel is stomgeslaan deur dié bekentenis. Al wat hy uitkry, is: "Kolonel, ek . . ."

"Jy's nou amper twee jaar droog?"

"Ja, kolonel."

" 'n Goeie vrou en iets wat jou kop en jou hande besig hou. Dis al wat werk."

"Ek het darem nou al twee," sê Griessel.

"Die kitaartjie?"

"Ja, kolonel."

"Dit kan werk. Wat kan ek vir jou doen, Bennie?"

* * *

Hy vertel vir Witkop Jansen alles: Die gesteelde Skyline, die tydsberekening, die patoloog se skattings, Cupido se teorieë en sy eie. Die bevelvoerder hou aan skuur, blaas kort-kort liggies oor die hout, maar hy luister deurentyd aandagtig. Wanneer Griessel klaar is, hou hy nog vir 'n rukkie aan met werk. Dan sit hy die skuurpapier neer, vee sy hande met 'n olielap af en staan op. "Ek het Diet Coke," sê hy en loop na die hoek toe, waar 'n klein kroegyskassie onder die werksblad staan.

"Dankie, kolonel."

Jansen haal twee blikkies uit, kom gee een vir Griessel en gaan sit weer. Hy knak syne oop en sê: "As Maarman nie Cupido se vriend was nie, of as Cupido nie jou kollega was nie, wat sou jy nou gedoen het?"

Griessel dink eers mooi. "Ek sou gewag het vir die toksikologieverslag, kolonel."

"Hoekom?"

"Want daar's net twee moontlikhede. Maarman was onder die invloed, en dis hoekom die ongeluk gebeur het. Of iemand het hom op die een of ander manier verdoof om hom onder die kar te kry."

Jansen knik, vryf sy snorretjie. "Dan weet jy wat om te doen, Bennie. En gee vir Vaughn die ruimte. Laat hy na alles kyk. Luister na sy teorieë. Dis wat hy nodig het. Hy moet op sy manier deur dié ding werk."

15

Cupido gaan kyk buite, in die groot munisipale asblik langs die motorhuis.

Dis leeg, net 'n deursigtige plastiekvullissak wat wag vir rommel.

Hy probeer sin maak daaruit. Terug in die kombuis haal hy sy foon uit en google "Stellenbosch Municipality garbage collection schedule". Niks op die munisipaliteit se eie webblad nie. "Jirre, Skinny, onse munisipaliteit. Very fancy security initiative with hundreds of cameras, blommetjies op al die middelmannetjies, ma' hulle kan nie só 'n basic ding soos 'n garbage schedule op die website sit nie? Not to mention the parking and traffic. Useless mofos, nes jy gesê het."

Hy kry dit eindelik wanneer hy die vyfde skakel na Facebook volg: Idasvallei se vullis word op 'n Woensdag verwyder.

'n Dag voor Skinny se dood.

Which explains the empty main bin. Maar nie die dolleë een in die kombuis met die pong nie.

Hy begin naaste aan die agterdeur en deursoek stelselmatig die kombuiskaste.

By die een onder die wasbak kry hy weer die reuk, maar nou in versnit met die ammoniak van die bottel Handy Andy wat daar staan. Drie geel stoflappe lê langs die skoonmaakmiddel. Hy buk af en snuif daaraan.

"Yebo, yes, the undeniable, subtle fragrance of vomit," sê hy vir Skinny. "Not overpowering. Just a whiff. More than a hint. Was jy siek, my broer?"

Langs die lappe lê twee rolle deursigtige vullissakke langs mekaar.

Hy trek sy forensiese handskoene aan en kom haal eers die twee rolle uit. Die groter een is sakke vir die munisipale asblik buite, die ander een vir die kleiner blik in die kombuis.

"Mister Neat and Tidy, jou garbage bins sou liners gehad het. As die een in die kombuis vol is, dan vat jy hom uit, line the bin again. Knowing you, daai is hoe jy gerol het. I'm sure of it. So what's going on here? Something's not quite right."

Hy neem die lappe en plaas elkeen in sy eie bewysstuksakkie. Voor hy die derde sakkie toeplak, trek hy die handskoene uit en voel met sy vinger aan die lap.

Dis nog klam.

"Skinny," sê hy, "ek belowe jou nou, hier in jou kombuis, I'm going to figure out what the fuck happened here. En ek gaan hierdie Skyline-stealing maaifoedies nail. Word of honour, swear to God."

Sy oog val op die rol kombuispapier langs die stoof. Net die leë bruin kartonbuis is nog in die houer.

* * *

Waldemar "Witkop" Jansen is ook 'n alkoholis.

Griessel eet mevrou Jansen se koekies in die terugry kantoor toe terwyl hy probeer om sy kop om dié kennis te kry.

Hy kan dit verstaan, kan sien hoe dit gebeur het. Die kolonel kom uit die ou dae uit. Harde manne wat hard gewerk en hard gedrink het. Dis hoe hy ook begin suip het, destyds by Bellville-Suid se Moord en Roof.

Vyf-en-twintig jaar al droog. Fok weet, sy respek vir die man ken geen perke nie. En vir sy vrou ook. Dat sy nog 'n vonkel in haar oog kan hê.

Dit gee hom hoop. Vir homself. Vir sy huwelik.

Vyf-en-twintig fokken jaar.

G'n wonder die ouman is soms so beneuk nie.

Geweerkolwe. Wie sou kon raai?

Wys jou net. Jy dink jy ken mense . . .

Die koekies is perfek.

Sy selfoon lui. Hy sien dis Cupido.

"Benna, waar's jy?"

"Polkadraai, op pad kantoor toe."

"Okay. Ek vang jou daar. But in the meantime, here's a weird question: Het jy enigiets geruik, da' in Skinny se kombuis?"

"Nee . . ."

"Okay. Just checking."

"Nie in die kombuis nie. Die sitkamer. Daar was iets in die sitkamer . . ."

"Yes?"

"Dit was . . . Ek weet nie, dit was net so 'n . . ."

"Just a whiff. Like a hint?"

"Ja."

"Van wat?"

"Melk. Wat suur geword het."

"Tweeliter-melkbottel in sy fridge, amper nog vol."

"Kon seker iets anders gewees het . . ."

"Kots, Benna. Daai is wat ek scheme. Soos die holding cells se ruik op 'n Vrydagaand."

"Dis moontlik . . ."

"Yes, pappie. Mystifying. Very mystifying."

"Jy't 'n nuwe gunstelingwoord."

"Damn straight, pappie. And I think I have a lead too. Sien jou by die kantoor."

* * *

Die SAPD se plastiekbewyssakkies is van dik plastiek. Wanneer die gomstrook toegeplak is, moet die sakkie oopgesny word om weer by die inhoud uit te kom. Daarom gebruik Cupido nou die lem van 'n knipmes uit sy moordtas sodat Griessel aan die geel stoflap daarbinne kan ruik.

"Ja," sê Griessel, "ek dink jy's reg."

"Yes, partner, en daai's nie al nie. Ek het dit by die kitchen trash-can ook geruik, ma' iemand het die liner uitgehaal en saamgevat, dis nie in die municipal trash buite nie. En die kitchen paper by die stoof is klaar. Nuwe theory, Benna, hear me out, tell me I'm crazy . . ."

"Okay . . ."

"Die twee bra's bel vir Skinny, sê hulle wil die kar kom kyk, die een wat hy geadvertise het. Hy sê, cool bananas, julle kan kom, ma' die spray job moet nog gedoen word. Hulle sê, ons verstaan daai, ma' ons wil net solank kom kyk, ons soek first dibs as ons dit like. Skinny sê, right, kom so three bells, en dan bel hy vir die panel beaters en vir Margerie Sauls, en hy wag vir die bra's . . ."

Griessel knik. "Okay."

"Okay. Ding is, dié bra's soek nie die Beemer nie. Hulle kom met 'n murder agenda. Hulle wil vir Skinny uithaal. The 'why' to be determined. Hulle weet Skinny is nie 'n pushover nie, hence the subterfuge. Hulle bring 'n drug saam. 'n Drug wat vir Skinny moet uitsit. Skinny sê, broers, wat van 'n biertjie? Hulle sê, sure. Hulle gooi die drug in Skinny se bier in. Dit sit hom uit, ma' dit maak hom naar. Daar in die lounge, wa' jy dit geruik het. Die bra's weet, they can't leave that sort of evidence. So, hulle vat vir Skinny uit, garage toe. Jack die kar op, haal die wiele af, do the evil deed. Kom terug huis toe. Vat die bierblikke, sit dit in die trash. Maak die kots skoon met die kitchen paper en die lappe. Hulle dink, maybe is da' 'n auntie wat kom huis skoonmaak, maybe gaan sy die lappies mis en vir die polieste sê. Hulle rinse die lappies gou, gooi die kitchen paper en die bierblikkies in die trash. Vat die trash saam, and off they go. Hoe klink daai?"

Griessel dink aan Jansen se woorde. *Gee vir Vaughn die ruimte.* Hy knik, tentatief, en sê: "Dis moontlik. Maar dis baie spekulasie."

"Granted. Maybe was Skinny se beer reserves min, maybe het hulle koffie gedrink. Maybe is dit hoekom da' net so vier vingers melk uit die bottel is. Ma' die bra's het opgewas en skoongemaak en die trash liner saamgevat, Benna."

"Kan wees . . ."

"Damn straight. Daai is hoekom ek hierdie lappies gaan laat test, Benna. For substances in the vomit."

"Ons sal vir Pagel moet bel en sê. Hy sal die toksikologie moet aanpas."

"Yebo, yes, pappie. Ons gaan hierdie maaifoedies nail, Benna. Ons gaan vir hulle nail. Ek het vir Skinny belowe."

"Jy't hom belowe?"

"Yes, pappie. Da' in sy kombuis."

* * *

Griessel is eers teen halfvier by die huis.

Alexa kom met die trappe van haar tuiskantoor afgestap, en gee hom 'n drukkie. Hy vra haar hoe dit gaan. Sy sê sy voel baie beter, sy het heelwat werk gedoen gekry, en nog kans gehad om lekker te kook ook. Sy hoop hy is honger, sy wil so graag hê hy moet proe. "Dis 'n nuwe gereg. Balsamiese hoender. Met 'n bietjie heuning en suurlemoen, bietjie tamatiepasta, maar dis nogal baie knoffel. Ek hou daarvan, maar jy moet sê. Gooi solank vir ons kombucha in."

Hy gaan haal glase en die drinkgoed, kom sit by die kombuis-tafel terwyl sy opskep. Hy weet nie wat om van die gereg te verwag nie. Sy eggenoot bedryf haar musiekmaatskappy met groot sukses, is steeds 'n formidabele sangeres wat gehore op hulle voete kry, en sy speel uitstekend klavier. Maar kosmaak is nie een van haar talente nie, al is dit 'n selfverklaarde "passie". Haar aandag, so gefokus en trefseker as sakevrou en kunstenaar, laat haar in die kombuis onver-klaarbaar in die steek, sodat sy nie kan onthou watter – of hoeveel – van die resep se bestanddele reeds in die pot is nie. En haar smaak-sintuig is soms wankelrig. Sy sal toe-oog en met groot noukeurigheid proe aan 'n gereg, dit met opgewondenheid as "perfek" verklaar. En wanneer sy dit opdien en hulle begin eet, sal sy fronsend sê: "Nou is iets nie reg nie. Proe jy dit ook?"

Sy sit die bord voor hom neer en neem oorkant hom plaas.

Hy eet. Sy wag in spanning vir sy uitspraak.

"Dis baie lekker," sê hy.

"Moenie so verras klink nie, Bennie."

Hy grinnik. "Miskien is dit net omdat ek so honger is."

"Shame, Bennie, was dit 'n dol dag?"

Hy vertel haar. Van Witkop Jansen se alkoholisme-bekentenis en Cupido wat met die dooies praat. Van sy onsekerheid in sy eie oordeel. Sy luister met oorgawe en groot empatie, soos altyd.

Hulle gesels tot ná ses. Dan gaan stort hy, kry sy baskitaar en ry. Vanaand speel ROES in die Goodwood-stadsaal, by die reünie van die Hoërskool J.G. Meiring se matriekklas van 1985. Griessel is so 'n bietjie senuagtig. Hy moet voor vat met die lirieke van "Memphis". Hulle doen vir die eerste keer die Johnny Rivers-weergawe. Vince Fortuin, die hoofkitaar en gereelde voorsanger, het gesê hy wil met dié liedjie konsentreer op sy spel, want "dis die engine wat die song dryf". Dis hoekom Griessel moet sing.

Miskien, dink hy, is dit presies wat hy nodig het om sy kop skoon te kry.

* * *

In die sitkamer speel Donovan en sy beste vriend PlayStation.

Desiree hoor vir Cupido inkom en roep van buite af: "Ek is op die stoep, lovey."

"Ek kom nou," sê Cupido, gaan sit sy kosblik in die opwasbak neer en haal sy selfoon uit. Hy bel na Athlone-polisiestasie toe. Hy identifiseer homself en vra om met "wie ook al op 'n Saterdag in charge is" te praat.

Hulle skakel hom deur na 'n kaptein toe. Cupido vra of hulle al 'n speurder aangewys het vir die Moodie-motordiefstalsaak, die 1984-Skyline wat Donderdag gesteel is. Die kaptein laat hom byna vyf minute lank wag, sê dan daar is niks op hul stelsel nie, en hy twyfel of die saak enigsins na 'n speurder toe sal gaan. "You know how it is."

Cupido weet. 'n Stasie soos Athlone hanteer tientalle motordiefstalsake per maand. Daar is eenvoudig nie genoeg mannekrag om almal te ondersoek nie, en die meeste eienaars van die voertuie is net op soek na 'n saaknommer vir versekeringsdoeleindes.

Hy vra die kaptein of hy dan minstens 'n nota sal maak dat, sou die motor opgespoor word, hulle hom kan laat weet.

"I can't promise you, but I'll make the note."

Hy lui af, loop deur na die sitkamer. "Gaan ons nie die Stormers se game kyk nie?" vra hy vir Donovan.

"Nai, uncle. No use. Sacha is mos injured."

"Okay, cool," sê hy en stap stoep toe.

Desiree sit uitgestrek op die stoel. Sy het 'n boek van Ray Kurzweil op haar skoot: *The Singularity Is Nearer: When We Merge with AI.*

"Must be a real page-turner," sê hy.

"Wag maar tot AI jou job kom vat."

"Not going to happen, lovey. Voor daai kan gebeur, het die alien invasion ons al gevat."

"That AI shit is real," sê Donovan uit die sitkamer uit.

16

Sondag, 12 Oktober

Griessel slaap tot amper nege-uur.

Hy kry vir Alexa in die kombuis, besig om 'n mieliebrood se bestanddele te meng, haar hande vol deeg. Hy gaan soen haar in haar nek.

"Groot nuus," sê sy. "Carla bring iemand saam."

Carla is Griessel se ses-en-twintigjarige dogter. Sy werk as bemarkingsbeampte vir 'n wynlandgoed buite Stellenbosch en was die afgelope sewe maande enkellopend.

"Wie?" vra hy terwyl hy die koffiemasjien aanskakel.

"Dis 'n outjie wat sy op Hinge ontmoet het. Sy sê hy's 'n ingenieur. Ag, ek hoop tog hy's oulik."

"Hinge?" sê hy. "Dis een van daardie dating apps?"

"Ja," sê Alexa "Ek het dit gegoogle. Hulle sê dis baie beter as Tinder en Bumble, want dis gemaak vir langer-termyn-verhoudings."

"Langtermynverhoudings? Vir wat soek sy nou skielik na 'n langtermynverhouding? Met 'n ingenieur?"

"Bennie, sy's 'n lieflike kind. Sy sal slim besluite neem," sê Alexa.

Hy skud sy kop in stilte, neem sy beker koffie en gaan sit by die kombuistafel. Die gewig van sy verlede kom lê weer op hom. Hy voel verantwoordelik vir sy kinders se besluite, vir die invloed wat sy alkoholisme en die egskeiding gehad het op sy kinders en sy verhouding met hulle. Sy sielkundige het hom al so 'n bietjie daarmee gehelp. Maar sy word deur die SAPD betaal om te help met die PTSD wat moord en doodslag veroorsaak, nie om sy gesinsprobleme op te los nie.

Carla is die ouer kind. Sy was die een wat hom maar altyd ondersteun het, wat gesê het sy verstaan, sy is lief vir hom, maak nie saak wat gebeur nie. Sy was die een wat vir Fritz elke keer weer oorreed het om hulle pa nog 'n kans te gee. Fritz, wie se woede teenoor Griessel soms 'n verterende wit vlam was. En hy sal sy seun nooit daaroor kwalik neem nie. Want die skade wat hy aangerig het, was groot. Dis nou maar die laaste twee jaar dat hy en Fritz mekaar weer begin vind het. Dis 'n wankelrige verhouding – hy sien en hoor steeds die vrees in sy seun, dat sy pa weer gaan begin drink. Dit was Alexa se standvastigheid, haar ruimhartige teenwoordigheid, haar en Carla se bemiddeling, wat dinge eindelik beter gemaak het.

Sy bagasie bepaal hoe en hoeveel hy dit waag om te reageer wanneer hy hoor van "langtermynverhoudings". Enersyds omdat hy lank reeds die reg verbeur het om raad te gee oor sulke goed, andersyds omdat hy nie die brose pa-dogter-verhouding wil skaad nie.

Carla, slim en sosiaal bedrewe, is 'n sonskynkind. Sy is vir hom so mooi, met haar swart hare en bruin amandel-oë. Sy het die beste gelaatstrekke van hom en sy eksvrou, Anna, geërf. Sy verdien die teenpool van haar pa – 'n sorgsame, suksesvolle, goeie, betroubare man. Hy dink sy kan kies en keur. Maar die mannetjies wat sy tot dusver huis toe gebring het . . . Hy het nie van een van hulle gehou nie. Nie die rugbyspeler, aspirantdominee, programmeerder, toeroperateur of die aspirant-aktuaris nie. Hulle was maar almal vaak, of vol van hulself. Die toeroperateur het sy speurinstinkte geroer, daar was iets verdag aan dié klein bliksem. En hy het al dikwels gewonder: Is hy verantwoordelik vir haar swak keuses omdat hy so 'n mislukking as vaderfiguur was en is?

Of dalk is hy net té krities? Want Carla is sy dogter, die appel van sy oog.

En boonop: Hy verstaan nie hoe 'n foonapplikasie kort- óf langtermynverhoudings kan skep nie. Hy dink steeds die beste manier om iemand te ontmoet, is om hulle in die oë te kyk. Eerstehands te leer ken. En Carla is nog jonk. Sy moenie dieselfde foute as hy maak nie.

Hy sug, en drink sy koffie.

Alexa hoor sy swaarmoedigheid. Sy kom soen hom teen die slaap, haar deeghande in die lug. "Ons is fossiele, Bennie," sê sy. "Dating apps is nou maar hoe dit is met die kinders. En wees maar sag met die ingenieurtjie. Vir haar onthalwe. Wil jy muesli hê, of kan ek vir jou 'n eiertjie bak?"

* * *

Aan tafel in die Hygge Hygge-restaurant in Kerkstraat, Stellenbosch, kyk Donovan na die spyskaart en vra: "Wat is hierdie . . . ?" Hy druk met sy vinger op 'n gereg. "Hoe sê mens daai woord?"

"Shakshuka, Donnie," sê sy ma. "Dis 'n North African breakfast dish. Very spicy. Vat liewer 'n omelet."

"Spicy. Yes, baby, dis wat ek soek," sê Vaughn Cupido, "ná hierdie helse week. Ma' dis seker te veel kilojoules."

"Nonsense," sê Desiree. "It's basically tomato, onion and eggs. And you deserve it."

"Mommy, ek is nie meer tien nie," sê Donovan. "Ek kan spicy handle. En anyway, my week het ook maar gesuck."

"You know the drill, Donnie," sê Desiree. "You order it, you finish it. Ons is nie die Ruperts nie."

"Hoekom was jou week tough, partner?" vra Cupido.

Donovan sug. "Dis Esmerelda." Hy is nou al ses maande lank verlief op Esmerelda Daniels, 'n meisie in sy klas.

"What gives?" vra Cupido.

Donovan haal sy foon uit, begin dit bewerk.

"Donnie, no phones at the table," sê sy ma.

"Mommy, uncle V vra dan. Ek wil hom net wys . . ." Hy maak die TikTok-applikasie oop, soek na 'n video, laat dit speel en draai die skerm na Cupido. Dit wys 'n seun en meisie wat in 'n Cloetesville-straat dans op die maat van KIDZ BOP se "Dance Monkey".

"Daai is Esmerelda," sê Donovan. "En Clint Robyn."

"*Clint* Robyn?"

"Ja."

"Watter self-respecting coloured parents noem hulle laaitie 'Clint'?"

"Lovey . . ." vermaan Desiree.

"Ek sê net, Dezzi." Hy wend hom tot Donovan: "So, what's the problem, partner?"

"Uncle V, for an ace detective kyk jy darem baie evidence mis. Daai beteken sy't vir Clint gevra, 'kom doen 'n TikTok-video saam my'. Nie vir my nie. Vir Clint. En toe oefen hulle, ure en ure. Saam, die hele tyd. En sy't nooit vir my eers gesê nie."

"Donnie," sê Cupido. "Jy worry oor niks. Bra's wat so fyn dans . . . Kyk da' vir hom. He's so very . . . "

"Vaughn!" waarsku Desiree.

"Ma' kyk net, lovey . . ."

"We don't judge."

"I'm not judging, I'm just saying."

"Jy dink hy's skeef, uncle V?" vra Donovan hoopvol.

"Donnie!" sê Desiree. "We've had this conversation. No derogatory terms."

"Okay, okay. Sorry."

Dan sê Cupido vir Donovan: "Let me put it this way, partner: As die alien invasion kom, en hulle soek 'n alpha male specimen, gaan hulle nie vir Clint vat nie."

Desiree rol haar oë.

"Uncle V, I appreciate the support, ma' daai alien shit is real," sê Donovan doodernstig.

"Donovan Coetzee, al weer? Waar kom dié taal vandaan?" wil sy ma weet.

"Real?" sê Cupido. "Wa's aliens real? Daai's *Looney Tunes* I-hear-voices-in-my-head craziness, Donnie."

"Issie. Daar's evidence. Hulle is hier. Innie Kaap."

Cupido lag. "Innie Kaap. I ask you."

"Ek is ernstig, uncle V. Kyk hier . . ." En hy het weer sy foon beet.

"Moet nou net nie vir my die een of ander alien conspiracy site wys nie . . ."

"Nooit, uncle. Happened last week. Just check it out, seeing is believing," sê Donovan, kry die regte TikTok-video en wys dit vir Cupido.

Dis skerm is byna swart. 'n Liggie beweeg oor die boonste deel van die beeld. Iemand het die woorde *ALIENS OOR VALSBAAI!!!!!!* in flikkerende rooi letters aan die onderkant aangebring.

'n Man se stem sê opgewonde: "Kyk daar, kyk daar!"

Dan 'n vrou se stem: "Ja, ja, dis net een van daardie Eon Musk-satelliete."

Die man: "*Elon*. Dis *Elon* Musk. En satelliete is baie hoër as . . ."

Op daardie oomblik ontstaan daar 'n geel-oranje streep by die liggie. Dit strek al hoe langer, skerp afwaarts. Die man sê: "Hy val, hy val!" Die hand wat die foon of kamera vashou, ruk en bewe, sodat die streep 'n oomblik lank buite beeld is. Die vrou se stem is hoog en opgewonde: "Wow! Wow!"

Die kamera stabiliseer en fokus op 'n klein rooi-oranje gloed wat 'n oomblik lank uitblom, soos iets wat ontplof.

Die man se stem: "F-o-o-o-k!"

En dan is die skerm net swart. Die video eindig.

"See?" vra Donovan. "Real."

"Daai is fireworks, Donnie," sê Cupido.

"Daai is UAPs."

"Easy now, tiger. Wanneer dit by dié soort ding kom, you should always apply Occam's razor."

"Occam's razor? Wat meen daai?"

"Thought you'd never ask. Kom ons kry hierdie breakfast order in, and all will be revealed."

* * *

Om kwart oor tien bel kaptein John Cloete, die SAPD-skakeloffisier.

"Bennie, jammer om te pla op 'n Sondag. Jy't seker nie *Die Son* gister gesien nie . . ."

"Nee."

"Foto van jou en Vaughn by die Maarman-huis, en baie spekulasie. Ek lees net die een paragraaf vir jou: 'Maarman was die private eye wat die Nigeriese Facebook scammers verlede jaar aan die pen laat ry het. 'n Bron na aan die ondersoek by die Stellenbosch cop shop sê kaptein Bennie Griessel, die speurder op die case, glo vas dit het iets met Maarman se dood te doene en benader dit as 'n moordsaak.'"

"Ai, John," sê Griessel.

"Enige idee waar die bron daaraan sou kom?"

Hy dink 'n oomblik, dan sê hy: "Ja. Ek het Vrydag met Hein Sauls van Regal in die straat gestaan en praat. Oor al die moontlikhede. Die uniforms was ook daar rond."

"Okay. Nou wil News24 weet, Bennie: Is dit waar? Vermoed jy gemene spel?"

"John, ons weet regtig nog nie. Ons wag nog vir die toksikologie. Dit kom eers môre of oormôre."

"Kan ek dit vir hulle sê?"

"Hoor maar net eers by die kolonel ook of dit okay is."

"Ek maak so. Dankie, Bennie."

17

Hulle staan buite in die lenteson om die braaivleisvuur.

Griessel werskaf met die kole, Fritz sit by die lang tuintafel met 'n alkoholvrye sider in die een hand, sy foon in die ander. Hy maak of hy na sosiale media kyk, maar Griessel kan sien sy seun hou Carla se nuwe vriend net so fyn dop soos sy pa.

Die jong man se naam is Lourens Erasmus. Hy is lank en bebaard en so effens skaam. Carla staan beskermend langs hom, elkeen met 'n glas van die rooiwyn wat sy saamgebring het.

Lourens is baie hoflik. Hy het hulle met die aankoms bedank vir "die voorreg om te kan kom eet", en vir Griessel "oom" en vir Alexa "tannie" gesê, ondanks haar beswaRe: "Kayla noem ons op die naam. Jy kan ook."

Kayla is nog in die kombuis, by Alexa. Sy is Fritz se vriendin, die laaste twee jaar al. Hulle het saam by die AFDA-filmskool studeer en werk nou al twee in dié bedryf. Sy is lewenslustig en uitgesproke, 'n vegetariër wat feitlik maandeliks haar haarkleur verander. Daar is 'n tafereel van tatoeëermerke oor haar arms en rug: Chinese letters wat krag, liefde en dapperheid uitspel. Sy het vir Fritz ook geïnspireer om homself te laat ink. Hy het reeds 'n kompas op sy linkerbors, want "dit celebrate die journey van die lewe", en 'n veer op sy reg-terarm, want dit beteken "free-spiritedness, bravery and strength", aldus Kayla, wat nou uitgestap kom. Sy dra teësinnig die aluminiumbak met vleis vir die braai. Ondanks haar alternatiewe leefstyl, het sy tot Griessel se verligting 'n baie goeie invloed op sy seun, en ook op sy eie verhouding met Fritz.

"So, watse ingenieur is jy?" vra Fritz vir Erasmus.

"Nee wat, die boring een," sê Lourens. "Siviel."

"Dis glad nie boring nie," sê Carla. "Hy's 'n maritieme ingenieur."

"Wat beteken dit?" vra Kayla.

"Dis . . . Ek werk vir 'n firma wat spesialiseer in seemure, kaaie en breekwaterstrukture."

"Oh, cool," sê Kayla. "Hoe het julle ontmoet?"

"Hinge," sê Carla.

"Goat," sê Kayla. "Dis soveel cooler as Bumble en Tinder."

"Tinder is cheugy," sê Fritz en trek sy neus op.

Griessel neem aan dit beteken iets negatiefs. Hy kan nie byhou met hoe die kinders praat nie.

"Só cheugy," sê Kayla. "Bennie, wil jy iets drink?"

"Kombucha, dankie," sê Griessel. Dis Kayla wat hulle dié gesonde drankie leer drink het, en hy hou nogal daarvan.

Fritz se selfoon lui. Hy kyk daarna, sê "What?" in 'n hoë, verbaasde stem en wys die skerm vir Kayla.

"Babe!" sê sy met groot opgewondenheid.

Fritz spring op, stap weg terwyl hy antwoord: "Hi, Mariya, how are you?"

"Mariya is Viktor Sokolov se PA," fluister Kayla vir die ander. "Dis dalk ons groot break."

"Watse groot break?" vra Alexa, wat uit die kombuis uit aankom met 'n stomende mieliebrood wat op 'n skinkbord langs die botter en appelkooskonfyt staan.

"Kom ons hoor eers wat Mariya sê," sê Kayla.

* * *

Hulle sit om die tafel, besig om die bakke met tjoppies, groentekebabs en mengelslaai aan te gee en daarvan in te skep.

"Pa het nog nooit van Viktor Sokolov gehoor nie?" vra Fritz in verwondering.

Griessel skud sy kop.

"Hy's hierdie amazing ou. Biljoenêr. Hy bly daar naby die Bergrivierdam by Franschhoek in 'n helse mansion, dis soos 'n fortress, met sy eie wagte en als . . ."

"Vertel eers van ons company," sê Kayla.

"O ja. Ek en Kayla het ons eie production company begin . . ."

"Want die industry is 'n complete patriarchy," sê Kayla.

"Complete," sê Fritz.

"So, ons gaan ons eie ding doen," sê Kayla.

"Ja . . ." sê Fritz. "En . . ."

"Hoe gaan julle dit bekostig?" vra Griessel.

"Moenie worry nie, pa, ons gaan nie dadelik ons day jobs los nie," sê Fritz.

"Dis eers net 'n side hustle," sê Kayla. "Doccies. Vir Netflix."

"Netflix is groot op doccies, én hulle soek local content," sê Fritz.

"En doccies is ons passion," sê Kayla. "Want dis real. Letterlik. Dit kan 'n verskil maak, dit kan mense verander. Perceptions. Jy weet, soos in 'be the change you wish to see in the world' . . ."

"Dis 'n quote van Gandhi," sê Fritz.

"Daai is 'n tat werd, babe," sê Kayla.

"Aweh," sê Fritz.

"Viktor Sokolov," por Carla. "Die biljoenêr . . ."

"O ja. 'n Buddy van my het saam met hom gholf gespeel by Pearl Valley. Hy was 'n arms dealer, hy was betrokke by die groot arms deal . . ."

"Jou buddy?" vra Carla.

"Nee, idioot. Sokolov. My buddy het my net die storie kom vertel. Sokolov was destyds een van die ouens wat groot was toe Suid-Afrika al daai wapens gekoop het. Hy's eintlik van Katarinaburg."

"*Yekaterinburg*," sê Kayla.

"Yes. Maar toe hy die arms deal hier kom doen, toe raak hy verlief op Franschhoek. Toe kom bly hy hier, in die fortress. Met sy entourage en alles. Imagine, hierdie ou uit Rusland, dis net sneeu en ys en vodka, en hy kom na sonskyn en wyn en berge . . . Anyway, toe ek die storie hoor, toe weet ek, hy sal 'n great doccie maak. Ek meen, hy was hierdie great influencer in Afrika . . ."

"Ons wil sê hoe hy gehelp het om die oppression van die colonial imperialists te beëindig," sê Kayla.

"Yes," sê Fritz, "hierdie ou het geskiedenis gemaak. Hy't 'n hele lugmag gehad, daardie tyd. Die CIA het hom try kidnap . . ."

"Hy's even 'n vriend van Putin," sê Kayla.

"Yes," sê Fritz. "Hy't nou afgetree, dis hoekom die CIA nie meer worry nie. Maar die stories wat hy kan vertel . . ."

"Die groot challenge gaan net die visuals wees," sê Kayla.

"Maar ons hoor hy't sestien-millimeter footage, hy't soos 'n film-span gehad, back in the day."

"Toe kry Fritz sy PA se nommer. Dis nou Mariya . . ."

"Yes. Al twee maande gelede. En toe praat ons. Oor 'n moontlike doccie oor hom. Ons gee hom final cut approval, ons soek net, soort van, the man behind the legend, and the untold stories. Toe sê sy, sy sal dit met hom bespreek. Toe hoor ons niks. Ons het al moed opge-gee. En toe bel sy nou. Ons is in."

"Amazing, babe," sê Kayla.

"Totally," sê Fritz.

* * *

Griessel kry vir Carla op haar eie in die kombuis toe hulle die skottel-goedwasser pak.

"Is dit waar? Jy en Lourens is in 'n langtermynverhouding?"

"Pa?"

"Alexa sê Hinge is net vir langtermynverhoudings."

Sy lag kopskuddend. Sy kom gee haar pa 'n druk. "Pa, Hinge is vir mense ontmoet. Soos al die dating apps. As jy dit configure, kan jy sê jy stel net belang in langtermynverhoudings. Maar dis nie wat ek gedoen het nie."

"O." Hy probeer sy verligting wegsteek. "Okay."

"Hou pa dan nie van hom nie?"

"Hy lyk heel ordentlik . . ."

"Hy is ordentlik. En caring en considerate."

"Ek hou van hom, Carla. Ek het maar net gewonder of ek moet begin spaar vir die troue."

* * *

Drie-uur die Sondagmiddag lê Desiree en slaap. Cupido lê langs haar, maar hy kry nie gerus nie. Sy kop is by die motorhuis in Kahlerstraat, Idasvallei. En in Skinny se kombuis.

Wat het daar gebeur?

Die bra's was vir honderd-vyf-en-dertig minute, give or take, daar by Skin gewees. Dis nie min tyd nie, dis nie baie tyd nie, en die vraag is: Is dit genoeg tyd om te doen wat hy dink hulle gedoen het?

En hy dink, Benna het Skinny se buurman se siening, maar daar's nog iemand wat vir hom 'n perspektief sal kan gee: jong Bobby Stravino. Wat sekerlik op 'n Sondagmiddag by die huis gaan wees.

Hy kom stadig van die bed af op, want hy wil nie vir Desiree pla nie. Sondae is die enigste dag wanneer sy ook 'n bietjie kan rus. Sy is 'n projekbestuurder by 'n maatskappy in Tegnopark wat selfoon-applikasies ontwerp. Haar skedule is dol, haar ure lank. En sy moet nog ma wees ook vir 'n dertienjarige wie se pa lank nie meer deel van sy lewe is nie.

Hy neem sy skoene, loop leefkamer toe. Donovan lê voor die televisie, besig om die verkorte heruitsending van die Stormers se wedstryd teen die Bulle te kyk, die klank afgedraai.

"Ek gaan gou Idasvallei toe, sê vir jou ma ek is five o'clock terug."

"If I don't get a heart attack first," sê Donovan. "No-look passes werk net as Damian en Sacha speel. Weet dié mense dit dan nie?"

116

18

Cupido sien die seun is ongemaklik. Buite die Maarman-motorhuis vra hy vir hom: "Is jy okay, Bobby? Om in die garage te kyk?"

"Ja, uncle."

"Da's niks meer wat jou kan upset nie."

"Okay, uncle."

"En die kitchen? Sal jy daar kan gaan kyk?"

"Is reg."

"Het jy da' saam met uncle Brandon gekuier? In die kitchen?"

"Nie eintlik nie."

"Ma' jy was al da' in?"

"Ja, uncle. Ek was die gofer. Dan sê uncle Brandon: 'Bobby, go fetch us some coffee . . .'"

"Okay. Nou, eerste ding wat ek wil weet: Wanneer het jy vir hom die laaste keer gesien?"

"Daai was Dinsdagmiddag."

"Nou, this past Tuesday."

"Ja, uncle."

"Hoe lank was jy daar?"

"So van vieruur tot sewe-uur."

"En? Hoe was hy?"

"Soos altyd."

"Nie siek nie?"

"Siek, uncle?"

"Hy't nie gecomplain van naar of van tummy troubles nie?"

"Nai, uncle. Niks. Hy't vir ons KFC met Mister Delivery gekry. Hy was . . . soos altyd. Full of beans."

"Okay. Is jy reg om in die garage in te gaan?"

Die seun knik net, haal diep asem.

* * *

Bobby Stravino staan in die oop sydeur van die motorhuis en kyk woordeloos na die BMW wat steeds neus in die lug opgedomkrag is.

"Bobby, het uncle Brandon só gewerk? Met die ligte af?"

"Nai, uncle."

Cupido skakel die buisligte aan.

"So?"

"Ja."

"Altyd?"

"Ja. En hy't die LED's ook aangesit, da' by die bench. Lat ons die tools mooi kan sien, die sockets veral. Van hulle moet jy mooi kyk; is dit 'n eight or a ten."

"Wys my."

Bobby stap oor na die agterste muur. Daar is 'n klein skakelaar langs die werksbank, wat hy aanknip. 'n String LED-liggies skyn om die houtbord waaraan verskeie stukke gereedskap hang.

"Hy't so gewerk? Met daai liggies ook aan?"

"Ja, uncle. En as hy onder die kar werk, het hy die lead light ook gevat."

"Daai lead light?" Cupido wys na die lig wat aan die hout gemonteer is, die oranje elektriese koord netjies opgerol en vasgebind.

Bobby knik.

"Hy't hom altyd gebruik as hy onder die kar werk?"

"Altyd."

"Okay, Bobby. Nou wil ek hê jy moet mooi kyk. Wat is vir jou snaaks?"

"Amper alles, uncle."

"Explain, Bobby."

"Die way hoe die kar opgejack is . . ."

"Okay, daai was toe hulle vir uncle Brandon da' onder moes uit-kry. Net die trestles was onder die kar, dis hulle wat omgeval het."

Hy kan sien dié beeld ontstel die seun, want hy maak vir 'n oomblik sy oë toe.

"Ek weet dié is tough, Bobby. Ma' net soos jy, wil ek hom honour with a thorough investigation. Verstaan jy?"

Die seun knik. Dan wys hy na die houtblokke by die werksbank en sê sag: "Die wood chocks wat nog da' lê. Makes no sense. Die wiele wat hier gestack is . . ."

"Wat's fout met die wiele se stack?"

"Uncle Brandon het hulle daar agter gestack, teen die main door. Want hy't nooit die main door oopgemaak nie. Too many curious eyes . . . Al wat hy hier teen die muur gebêre het, was die bonnet en die boot se deksel. Hy't gelike van spasie langs die kar, lat hy die jacks kan omsleep. Daai hydraulics is swaar. En spasie as hy in die kar wil in, vir deure oopmaak, daai klas ding."

"Okay. Toe jy Dinsdag hier was, hoe het dit toe gelyk?"

"Wiele was aan, bonnet was af."

"Hoekom sal hy weer die wiele afhaal?"

Bobby trek sy skouers op. "No idea. Daai het ons eerste gedoen, toe die kar ingekom het. Same as the previous car."

"Hoekom?"

"Check vir roes, dié E30's kry baie rust in die wheel wells. Check die front suspension, ball joints en arms. En die power steering rack, daai is goed wat by hulle lol. Of course, ook die exhaust system, die brake lines . . . Die wiele moet af vir al daai inspections."

"En dié Beemer? Hoe was sy rust en die ander goed?"

"Ons het proper nuwe shocks en proper brieke ingesit, en ook 'n second-hand exhaust. Brieke gebloei, the works . . . Ons was klaar da' onder. Toe kom die nuwe rims en tyres van die tyre shop af, toe sit ons hulle aan."

"En toe?"

"Toe is dit die enjin en die cooling system. Enjin was okay, radiator was maar gaar. Ma' daai, het uncle Brandon gesê, maak hy

Woensdag klaar, want Vrydag moet die kar gaan vir 'n paint job."

"Kan dit wees dat, toe die twee bra's kom kyk het, hulle iets onder die kar gesien het? Iets wat nog nie reg is nie?"

"Unlikely, uncle. Very unlikely. Uncle Brandon . . . He took a lot of pride in his reputation. Die mense het geweet as hy 'n kar advertise, dan's dit duidelik."

"Maybe het hy gesoek vir die VIN number?"

Bobby skud sy kop. "VIN number is op die windscreen wiper cowl of die shock tower. Ma' dit kan wees lat hy die engine number gesoek het. Daai is op die block gestamp."

"Ma' daarvoor hoef jy nie die wiele af te haal nie."

"Net so. En hy sou die lead light definitief gevat het."

*　*　*

In die kombuis sien Bobby niks wat vir hom anders of eienaardig is nie. Hy kan nie regtig onthou of daar altyd 'n plastiekvullissak in die klein asblik was nie.

"Nou, die laaste week of twee, Bobby . . . Uncle Brandon het niks gesê oor ouens wat vir hom kwaad is nie? Past cases, mense wat hy gebêre het, daai soort ding?"

"Nai, uncle. Ons twala was nooit op daai level nie."

"Mense wat hom gebel het op sy cell, as jy hier was?"

Bobby krap in sy hare. "Ja . . ." Hy huiwer, nou effe ongemaklik. Hy dink mooi. Skud sy kop. "Ek weet nie rêrig nie."

"Clients never phoned him?"

"Ja. Ma' as dit business was, dan het hy gesê, wait, I'll call you back. Dan het hy vir my apologise en in die huis gaan praat."

"Was hy upset, ooit, as hy so 'n call gekry het?"

"Ek sal nou self nie kan sê nie."

"Okay, dankie, Bobby." Met die vermoede dat daar meer is, maar dat die seun ongemaklik is om daaroor te praat.

Voor hulle ry, gaan soek Cupido na medisyne in Maarman se bad-kamer- en bedkassies. Hy kry niks wat dui op maagmoeilikheid of enige ander chroniese toestand nie.

Hulle ry.

Toe hy Bobby voor sy ma se huis wil aflaai, vra hy vir oulaas: "Bobby, is jy seker daar's nie nog iets nie?"

Die seun se hande is vrywend op sy skoot, asof hy stoei met 'n gedagte. Hy sê: "Uncle ..."

"Ja, Bobby?"

"Da's een ding ..." Mompelend.

"Yes?"

"Ek weet nou nie of dit ... Maybe it's nothing ..."

"And maybe it's something, Bobby. Praat met my."

"Maybe is daar iemand wat beter sal weet van of hy siek was. Of hy geworry het oor mense wat hom wil kwaad doen."

"Soos wie, Bobby?"

"Uncle, dis net ... Ek wil nou nie vir hom ... dishonour nie, uncle, maar ..."

"Jy sal hom net dishonour as jy nie alles sê wat kan help nie, Bobby."

"Ek dink hy't 'n girlfriend gehad ..."

" 'n Girlfriend?"

"Ja, uncle ..."

"Jy meen, auntie Pearl?"

Bobby trek sy skouers op. "Maybe ..."

"Hoekom 'maybe'?"

"Ek ... Dis net ... Twee weke terug, toe stuur hy my om koffie te loop maak. Toe bring ek die koffie garage toe, toe staan uncle Brandon da' by die work bench, en hy's op die foon. En ..." Hy bly weer stil.

"Bobby, this is safe with me. Hy was my broe'."

"Hy't my nie hoor inkom nie. Toe sê hy oor die foon . . ." Bobby kyk na buite, sy kop omlaag, sy stem byna onhoorbaar. "You are a very sexy woman, and that's the big problem . . ."

"En toe?"

"Toe gaan ek weer uit, en ek praat da' van buite af, en ek sê: 'Die suiker is laag, uncle Brandon, ek het net een ingesit.' "

"En toe?"

"Toe sê hy net 'got to go' in die foon. En hy end daai call. Toe gee ek hom die koffie."

"Bobby, dis exactly wat hy vir auntie Pearlie sou gesê het."

"Is seker, uncle."

"Ek het sy call register, ek kan gaan check. Kan jy onthou presies watter tyd dit gebeur het?"

* * *

Om halfses in sy en Griessel se kantoor gaan sit Cupido agter die rekenaar en kry die sigblad van Brandon Maarman se oproepregister.

Hy gaan soek die datum en geskatte tyd, twee weke gelede, toe Bobby Stravino die gesprek gehoor het met iemand wat Skinny as "a very sexy woman" beskou het.

Daar is net een oproep wat Maarman in die breë tydgleuf ontvang het. Van 'n selfoon af. Die oproepregister bevat net die nommer, maar geen inligting oor aan wie dit behoort nie. Hy sal dit by die selfoonmaatskappy moet kry, nadat hulle 'n hofbevel volgens Artikel 205 van die Strafproseswet, nommer 51 van 1977 verkry het. En dit kan 'n paar dae neem.

Cupido haal sy eie foon uit, plaas dit op die lessenaar. Hy vergelyk die nommer op die sigblad met dié van Pearl Maarman in sy kontaklys.

Dis nie dieselfde nie.

Hy kan dit nie glo nie. Hy was doodseker dit sou Pearlie gewees het. The love of Skinny's life, die vrou wat hy nog steeds liefgehad en begeer het.

Hy dink lank. Dit is 'n risiko om nou dié nommer te bel. Slapende honde . . .

Daar is een ander opsie. Wat dalk kan werk.

Hy aktiveer die webleser op sy rekenaar en tik die nommer in Google in.

Die heel eerste resultaat is:

Contact Us – Regal Investigations (Pty) Ltd

Contact us for private and confidential investigations. We offer discreet services nationwide.

Met 'n e-posadres en vier foonnommers: 'n Landlyn, en die selfoonnommers van Hein en Margerie Sauls, en Brandon Maarman.

Dis Margerie se nommer wat ooreenstem met die een in die oproepregister.

19

Maandag, 13 Oktober

Die oggendparade, vir alle lede verbonde aan Stellenbosch se Mis-daadondersoekeenheid op aktiewe diens, is om 07:30 in die ou raadsaal op die grondverdieping. Die verloop is meestal – ook op dié oggend – presies dieselfde. Sestien speurders om en naby die groot tafel, ietwat ingeprop, want die vertrek was nooit bedoel vir so 'n groot groep mense nie. Sommige sit met 'n beker koffie en 'n stukkie beskuit, hier en daar ritsel die omhulsel van 'n energiestafie. Feitlik almal is stil en stemmig ná die naweek se kaperjolle.

Griessel kan sien Cupido is knorrig, asof hy nie goed geslaap het nie. Hy neem aan dit is 'n kombinasie van Vaughn se dieet, en dat hy steeds treur oor die verlies van sy vriend. Daarom vra hy nie uit nie.

Kolonel Jansen open soos altyd met 'n gebed waarin hy die seën vra op hul werksaamhede, en 'n Beskermende Hand oor die lede van die eenheid. Alles in Afrikaans.

En direk daarna, in Engels met 'n swaar Boere-aksent, begin hy hulle met saamgetrekte wenkbroue en 'n betigtigende stem onbarm-hartig uittrap oor hul legio sondes: Onvoltooide én slordige dossiere, te stadige vordering met ondersoeke, swak aantekening van die be-wysstukketting se register, en slonsige kantore en voertuie.

Daarna vra hy uit oor die stand van die belangrikste sake, veral dié soos die Maarman-ondersoek wat groot media-aandag geniet.

Griessel doen die oorsigtelike rapportering, waarin hy bevestig dat hulle geen finale besluit oor gemene spel kan neem voor die toksi-kologieverslag kom nie.

Nadat Jansen die parade gesluit verklaar het, vra hy die agt lede van die Ernstige en Geweldsmisdaadeenheid om agter te bly.

Die ander speurders skuifel al geselsende uit. Jansen staan op en gaan maak die deur agter die laaste een toe. Dan kom sit hy, vryf die snorretjie en sê: "Wat ek moet sê, is konfidensieel. Dit kom van heel bo af. En julle hou dit só. As dit lek, sal ek vir jou kry, en ek sal jou demoveer, al die pad konstabel toe. Jy sal patrollie gaan ry in Klapmuts se agterstrate tot in lengte van dae. Ontvang julle vir my?"

Hulle mompel hul "ja".

"Ontvang julle vir my?" vra Jansen meer driftig.

Elkeen van die agt gee 'n baie duidelike "Ja, kolonel".

"Weet julle wat BRICS is?" En dan spel hy die afkorting vir hulle, letter vir letter.

"Soos in die association van lande?" sê slim sersant Erin Riddles. "Brazil, Rusland, Indië, China, ons?"

"Dis reg," sê Jansen. Hy raadpleeg sy notas voor hom op die groot konferensietafel. "Iran en die ander Arabiere is ook nou deel. En Ethiopië." Hy klink nie ingenome met enige van dié toevoegings nie.

Die speurders knik. Dit lyk of almal breedweg daarvan kennis dra.

"Nou goed. Dis klaar bekend dat BRICS se volgende groot vergadering van staatshoofde op 23 Oktober in Kaapstad is, julle het dit dalk al in die media gesien. Almal kom, behalwe die Rus . . ."

"Putin," help sersant Riddles.

"Korrek. Nou, die deel wat streng konfidensieel is: Stellenbosch word nie dié sirkus gespaar nie. Een van BRICS se subkomitees kom op 23 en 24 Oktober hier by Lanzerac bymekaar." Lanzerac is die driehonderd-drie-en-dertig jaar oue wynlandgoed, nou ook met 'n luukse hotel, spa en 'n verskeidenheid van restaurante. Dit is geleë aan die oostelike grens van Stellenbosch se dorpsgebied. Nie een van die speurders kon al ooit bekostig om die geriewe te benut nie, maar verskeie het al klein diefstalsake daar ondersoek. Daarom knik al agt dat hulle die kolonel "ontvang".

"Moenie vir my vra hoe hulle dit alles stil gaan hou nie, maar die

SSA kom vat op 22 Oktober die munisipale kontrolekamer en veiligheidstelsels oor. Basies die hele blerrie dorp . . ."

Griessel en Cupido kyk onderlangs na mekaar. Die Staatsekuriteitsagentskap is die rede waarom hulle meer as 'n jaar gelede by die Direktoraat vir Prioriteitsmisdaad-ondersoeke – die nasionale elite-eenheid algemeen bekend as die "Valke" – in die pad gesteek is. Hulle het geen liefde vir dié newelagtige en vermoedelik korrupte instelling nie.

"Die SSA en hulle mense gaan al twee ingange na Lanzerac sluit, toegangsbeheer en sekuriteit oorvat. Jy kan net in of uit as jy op 'n lys is. Nou, die rede hoekom ek dit vir julle kan en moet sê: Sou daar oor dié drie dae ernstige kriminele oortredings by of naby Lanzerac wees wat 'n lid van die Diens se aandag verg, is julle die enigste lede wie se naam op die lys is. Dit sluit in die woonbuurte Mostertsdrift, Rozendal en die Jonkershoekvallei. Maak asseblief seker jou eieningskaart is te alle tye by jou – nie net daardie tyd nie, die ding moet altyd by jou wees. En jy bel eers vir my of die stasiekommissaris voor jy daar probeer in."

"Kolonel," vra sersant Erin Riddles, "weet ons watter subkomitee dit is?"

"Sersant, hoe minder ons weet, hoe beter vir ons almal. As ek moet raai, is dit die subkomitee vir onheilige aapstreke. Maar feit is, ek weet nie."

* * *

In hul kantoor, agter 'n toe deur, sê Cupido met 'n stroewe gesig vir Griessel hy het 'n ongemaklike ding teëgekom, gistermiddag. En dan vertel hy die storie van Bobby Stravino en die "very sexy woman"-oproep.

Toe hy klaar is, deel Bennie sy gewaarwordinge tydens Vrydagmiddag se besoek aan Regal Investigations – met aansienlike verligting dat dié aap uit die mou is, en gee taktvol soveel detail as wat hy kan.

Cupido sit koponderstebo en luister. Griessel sluit af met: "Dis net . . . Dis niks spesifieks wat hulle gesê het nie. Dit was net . . . dié dinge, die atmosfeer en die stiltes. En Brandon sou Vrydagoggend 'n twee-nul-vyf vir die bank by Margerie Sauls gaan haal het. So, sy't hom verwag, Vaughn. En sy het moeite gedoen. Met hoe sy lyk. Asof sy begeerlik wou wees . . ."

"Miskien lyk sy altyd so . . ."

"Kan wees . . ."

"Vir wat het jy nie Vrydag vir my gesê nie, Benna?"

"Want ek weet hoe jy oor Brandon dink. En dit word eers iets wanneer ons seker is dit was nie 'n ongeluk nie."

"Okay. Fair enough. Shit, partner, dié ding is 'n bolt from the blue. Ek het net nooit vir Skinny gevat as 'n messer-upper of marriages nie. Hy was 'n straight arrow, altyd. Super straight. Maybe she had the hots for him. Maybe was die 'you are a very sexy woman, and that's the big problem' sy manier om vir haar te sê, back off, I don't want this . . . Ek meen, we don't know the context of the conversation."

Griessel kan hoor Cupido sukkel om die moontlikhede te aanvaar. Hy sê: "Dis moontlik. Die probleem is, as jy dit vir die vrou van jou baas én jou werkgewer sê. Dis . . ."

"Granted, it's pretty inappropriate. Ma' maybe was hy net lonely, Benna. Miskien was dit net een van daai sexting-goed, humouring her in her attentions . . ."

"Vaughn, dit wat ek Vrydag by Regal gesien het . . . Daar was spanning. Ek dink Hein het geweet. Van hulle. En dit maak van hom 'n verdagte."

Cupido skud sy kop. "Nee, Benna. Ek sukkel om daai te sien. Ek meen . . . Hein? Hatching this very elaborate plan?"

"Jy weet niks is onmoontlik nie."

Cupido sug, want hy weet dis waar. "Ai," sê hy.

"Ons sal met Margerie alleen moet gesels," sê Griessel. "En versigtig."

Cupido staan op uit sy stoel, loop venster toe, kyk 'n oomblik uit. Dan kom hy terug. "Benna, voor ons assumptions maak, voor ons vir haar inbring . . ."

"Ja?"

"Pearlie. Kom ons gaan praat eers met Pearlie. As daar een mens is wat Skinny se state of mind sal ken, is dit sy."

* * *

Pearl Maarman is terug by die werk. "Die kinders het my nodig, Vaughn. And I'm sort of okay," sê sy toe hy sy besorgdheid uitspreek.

Maar hulle kan sien sy trek swaar.

Cupido en Griessel praat met haar in die Observatory-skool vir gehoorgestremdes se personeelkamer. Die reuk van die teekan en grondboontjiebotter-en-stroop-toebroodjies vul die ruimte.

Wanneer hulle in die hoek van die vertrek gaan sit, elkeen met 'n koppie in die hand, vra Cupido: "Het jy *Die Son* gesien, Pearlie?"

"Not personally, but I had a few calls."

"Daai is fake news . . ."

"Vaughn, ek was vyftien jaar lank 'n poliesman se vrou. Ek weet hoe dit werk met die koerante. Ek weet ook jy sal my sê as jy reg is."

"Okay. Fact is, we are not sure about anything yet. Dis hoekom ons hier is. To get as much clarity as we can. Sien jy kans? Vir 'n paar vrae?"

"I knew it was coming. Ek sien kans," sê sy.

"Julle het nog gereeld gepraat?"

Sy tel 'n teelepel van die piering af op, draai dit in haar vingers, haar oë op haar hande. "Al hoe minder. Which is to be expected. Ek bedoel, it's been two years. And . . ." Sy kyk op na Cupido: "Ek het weer iemand in my lewe, Vaughn. Brandon het geweet. En hy was okay met dit. However, being Brandon . . ." Sy glimlag effens. "Hy't vir Martin eers ge-investigate, om seker te maak hy's okay."

"Martin?"

"He's a parent of one of the kids. Works for Transnet, at the Ports Authority. Hy's 'n goeie man, Vaughn, jy hoef nie te worry nie."

"Ma' jy en Skinny, julle het nog gepraat?"

"Ja. Maybe once a week, die laaste tyd."

"Oor sy werk ook?"

"Nee. Ons het gepraat oor my ma se siekte, en oor my broer in Engeland. Oor die mense van Idas. Oor ons vriende. En oor my relationship met Martin, of course . . . "

"Wanneer laas het julle gepraat?"

"Woensdagaand."

"Hoe was hy?"

"Like he always was. Concerned and curious about me and a lot of other people."

"Hy't niks gesê dat hy worry oor mense wat hy gebêre het nie?"

Sy skud haar kop, sit die teelepel neer en haal diep asem. "Vaughn, jy moet probeer verstaan, een van die goed wat gemaak het dat ons relationship-bootjie gesink het, was omdat Brandon nie oor homself gepraat het nie. Nie oor sy werk nie, nie oor sy feelings nie, nie sy inner world nie . . . He was absent. Emotionally absent. Absent from home met sy werk. Of hy was absent in die garage, by sy karre. He loved me, Vaughn, dit weet ek. But I don't know if he ever . . . needed me. And I wanted to be needed, and . . . Does that make sense? Is dit nie hoe liefde werk nie? Give and take? You have to give of yourself to get from the other person . . . "

Sy vee 'n traan van haar wang af.

"Pearlie, we don't have to . . ." sê Cupido.

"Nee, nee, dis okay. Ek is jammer, ek ramble nou. En jy moet my mooi hoor: He was a kind man, gentle and considerate. Sy values oor die lewe was soos myne. That's how we connected, in die begin-

129

ning. He was never loud with me, or angry, he wasn't jealous, and he wasn't mean. Just good and solid and sober and dependable, the kind of man most women would die for. I know he loved me. And I loved him more than I have ever loved anybody, let there be absolutely no doubt about that . . ."

Sy reik na haar handsak, maak dit oop, haal 'n snesie uit. Sy vee onder haar neus, ergerlik. "I'm sorry, just so many emotions . . . Die ding is, Vaughn, Brandon was locked into his own head, daai deur was dik en daai deur was tóé. He was really good at diverting the conversation to the other person, to your day, your worries, your feelings . . . Ek het vir hom gevra, hoekom is jy só? Dan sê hy net, hy weet nie, dis maar hoe hy is, but I love you, babe. Miskien is dit sy komvandaan, jy weet self, daai pa wat hy gehad het . . . En die poverty, die struggles . . . En toe, die werk, die trauma van wat julle as detectives gesien het, the murder and the mayhem. Hy wou nooit daaroor praat nie. Weet jy wat het ek vir hom gesê toe ons uitmekaar is? Ek het vir hom gesê, ek ken jou nie. Daai is die tragedy, Vaughn, I did not know the real Brandon Maarman. Fifteen years of marriage and he's still a riddle. A great big question mark . . ."

Sy droog haar trane af. "Sorry, Vaughn. It was a fair question, and I made a total mess of it."

*　*　*

Net voor hulle loop, vra Cupido vir Pearl Maarman of Brandon ook iemand nuut in sy lewe gehad het.

Sy skud haar kop. "Ek dink nie so nie, Vaughn. But I did have the impression that he was lonely. That, I think, was the main reason why he kept calling me. Selfs ná hy geweet het van Martin."

20

Cupido bestuur. Hulle ry met die N2 terug Stellenbosch toe. Die verkeer is druk tot anderkant die lughawe, en elkeen is besig met sy eie gedagtes.

Tot Vaughn sê: "Benna, weet jy wat maak my bang?"

Griessel weet dit is nie nodig om te antwoord nie.

Cupido flits die kopligte vir stadige verkeer in die vinnige baan en sê: "Dié ding van vrouens wat expect lat mans meer emotionally available moet wees. Meer vulnerable. That scares the shit out of me. Want dit voel vir my ons word gemeasure according to their standards. Ek meen, partner, ons is mans. Ons is anders gewire. Through the ages, according to our evolutionary role. Jy kan nie uitgaan en 'n saber-toothed tiger gaan slay, of die bacon van 'n mammoth elephant huis toe bring, en dan om die kookvuur gaan sit en sê, 'okay, lovey, I'm vulnerable now, let's talk about my feelings' nie."

"Ja . . ." sug Griessel.

"En moenie vir my sê daai is sexist en toxic nie," sê Cupido. "Daai is facts. We deal with stuff in a different way. Always have, always will. I'm not old-fashioned, ek verstaan die challenges of the working woman, the fading lines between traditional gender roles. Ek bring my kant by die huis, ek sit nie voor die TV en sê, 'honey, bring the beer' nie. I share the chores, ek kyk vir Donovan. Nee, meer as kyk, ek try 'n pa wees vir daai laaitie, a present and available pa, net soos ek present en available is in my relationship met Dezzi, as sy oor haar feelings wil praat. En ek luister, Benna, actively, en ek acknowledge haar feelings, en ek try om constructive input te gee. 'Cause why, I'm a solutions-driven guy. When you're struggling with feelings, dan meen dit da's iets verkeerd. En wat maak jy as iets verkeerd is? Jy maak dit reg. Daai is soos ons geleer het, boys to men –

help nie jy praat oor jou feelings nie, jy moet iets doen. Ons is doe-ners, Benna, en vrouens is feelers, en jy kan nie daai verander nie."

"Is waar . . ." sê Griessel.

"Nou, let me tell you why it scares me," sê Cupido, wat al hoe driftiger raak. "I'm the very best version of myself. As a detective, as a relationship partner, as a man. Ma' wat maak ek as daai nie ge-noeg is nie? Wat maak ek as Dezzi môre vir my sê: 'Vaughnie, the bar has been raised; jy's nie genoeg emotionally available nie, according to the new standards of women all over the world, thus determined by podcasters and influencers and relationship gurus?' Wat maak ek, Benna? Of da's iemand by haar werk, of een van haar clients, wat sien hier's sy kans. En hy forsake sy gender en hy pretend hy's all touchy-feely, oh, so eager to share his feelings, want jy kry sulke maaifoedies, Benna, jy kry die fokkers wat enige swakte sal exploit. En Dezzi besluit daai is wat sy wil hê. Wat maak ek dan, Benna? 'Cause I can't pretend, and I can't change. I am what I am."

"Jy worry verniet," sê Griessel, wat nou begin vermoed wat regtig hier aangaan. "Desiree weet wat sy in jou het."

"Jy kan nie daai sê nie. Dis exactly wat met Skinny gebeur het, and he never saw it coming."

Griessel het geweet dis die eintlike enjin agter Cupido se argu-ment, maar voor hy iets kan sê, lui Vaughn se selfoon deur die Golf se Android Auto-stelsel.

Vaughn kyk na die skerm. "Dis Athlone-stasie, sorry, Benna," sê hy en antwoord: "Cupido speaking."

"They found your Skyline," sê die kaptein met wie Cupido Sater-dag gepraat het.

"Attaboy! Where?"

"Dirt track off Vryguns Road, near Paardeberg. Looks like about halfway between Wellington and Malmesbury, middle of nowhere."

"Captain, that is really great news. I need the PCSI to do compre-hensive forensics on that vehicle. Where are they taking it?"

"Well, then I have bad news, captain. They set the car on fire. It's completely burnt-out, totally destroyed. There won't be much to analyse."

"Jissis," sê Cupido en slaan teen die stuurwiel. "This case . . . The hits just keep on coming."

* * *

Dit neem 'n rukkie vir Cupido om alles in te neem. Dan sê hy: "Partner, jy brand nie 'n classic soos daai Skyline as jy nie iets groot het om weg te steek nie."

"Dit is so," sê Griessel.

"Dit was moord, finish en klaar . . ."

"Dis hoe dit vir my ook lyk . . ."

"Okay, miskien was Skinny en Margerie Sauls so 'n bietjie entangled. Maar ek sê nou vir jou, this is just too elaborate a murder plot to pin on a jealous husband, dink jy nie?"

"Ja, ons sal mooi moet . . ."

"Ek meen, die hele setup: Die phone calls om die Beemer te kom kyk, die Skyline wat gesteel is, hulle het die een of ander soort drug saamgebring . . . En toe al die forensics uitgebrand. Lots of planning, high-risk shenanigans, intelligent execution . . . Daai is nie Hein Sauls nie, Benna. Daai is iets groter."

Griessel haal diep asem, wil sy woorde versigtig kies. "Vaughn, dit lyk vir my ook so. En ek belowe jou, ons sal elke moontlikheid oorweeg. Maar dit sluit vir Hein Sauls in. Want hy ken forensies, hy ken die hele stelsel. Ons sal na alles kyk, tot ons doodseker is."

Cupido swyg tot anderkant die R300-afrit, dan sê hy sugtend: "Sorry, Benna. Jy's reg. Ek het bietjie lat my feelings vir my distract, en ek het vir die colonel belowe ek sal nie daai lat gebeur nie."

"Dis okay."

"Wys jou net, ons manne het ook feelings. We just express them differently. Too late to tell that to Pearlie. Ma' hoe sê ek daai vir Dezzi?"

* * *

Was daar 'n oomblik dat hy besef het die polisie gaan sy roeping en loopbaan word?

"Ja, maar dit het nogal lank gevat . . . Die begin was maar tough. In Durban. Uniform-werk . . . Jy sien al die sleg. Huismoles en Vry-dagaand-messtekery. Molestering, aanranding, verkragting, kinders dood aan dwelm-oordosisse. Motorongelukke, daar was so 'n paar wat . . . En jy's gewoonlik die eerste een op 'n toneel, enige toneel, voor die speurders kom, en jy sien al die goed en dit . . . Dis mense wat dit aan mekaar doen, en dis die ding wat jou vang. Durban was rof, dis nie asof ek nie geweet het van goed nie. Maar om dit só te sien, so naby, so elke dag. Dit vang jou, dat mense dit aan mekaar kan doen, en jy is deel van hierdie mense, dan wonder jy watse spesie is ons? En die hase, die publiek, vloek en skel op jou en . . . Ek het 'n paar keer gedink, ek wil uit, maar dan weet ek nie waar, hoe ek 'n lewe gaan maak nie. Maar toe, voor ek kon bedank, toe verplaas hulle my Paarl toe. Toe is ek weer in die Kaap, nader aan die plekke en mense wat ek ken, en die werk is so 'n bietjie makliker, en ek het so 'n bietjie tyd om my eksamens te doen. En ek begin in die speur-kantoor. As konstabel. En ek werk onder speurder-sersant Nollie Meintjies. Hy's toe al in sy vyftigs. Stil ou, kom uit Namakwaland uit, hy't glo net standerd ses gehad, so hy't nooit meer as sersant geword nie. En jy moet mooi luister, want daai aksent . . . Maar hel, hy was 'n goeie poliesman. Toe leer hy my. Van deeglikheid. Van noukeurigheid. Van notas neem van alles, van dockets wat jou Bybel is, heilig, dit moet netjies wees en dit moet reg wees, want dis die lig op jou pad, die lamp vir jou voet, soos hy altyd gesê het.

"Dis hy wat vir my geleer het jy moet altyd verder kyk as dít wat

hier voor jou oë is. Hy't die storie vertel van die vliegtuie in die Twee-
de Wêreldoorlog, dié wat vol gate veilig teruggevlieg het. Toe sit die
tegniese ouens staalplate waar die meeste gate is. Tot 'n slim ou gesê
het hulle maak 'n fout. Hierdie is die vliegtuie wat teruggekom het,
so daardie skote het nie die goed afgeskiet nie. Sit die plate op die
teenoorgestelde plekke, want dis waar hulle die vliegtuie afgeskiet
het wat nié teruggekom het nie. Sersant Nollie het gesê dié slim ou
het sy kop by die geveg gekry, hy't dít in sy verbeelding gesien – en
nie net dit wat agterna sigbaar is nie.

"Toe gee hy vir my 'n reeks huisbrake en . . . Dis 'n snaakse ding,
die hele proses. Jy begin en dis soos om onder die water te wees, jy
sien niks, net al hierdie donkerte. En dan, so stadig maar seker, dan
begin jy goed herken, jy begin goed bymekaar sit. En dan, eendag,
dan is dit asof jy bo die water uitkom en jy sien lig, en die ding pas
inmekaar en die ding maak sin. Dis soos . . . om bloed te ruik. Jy
dink, hier kan jy nou van hierdie ouens van die straat af haal, hier
kan jy wys, ons spesie is nie net sleg nie. Daai arrestasie, met die
huisbrake. Dit was so 'n bietjie soos 'n dwelm, daardie gevoel. Dis
wat jý reggekry het. En dan het hy jou. Want jy wil dit weer doen."

Hy staar in die niet. Hy sê: "Dit was toe dat ek gedink het, ek wil
'n poliesman wees. Want dis iets wat ek kán doen. Die eerste keer
dat ek dit gevoel het; okay, dis iets waarmee ek goed kan wees."

Dertig jaar se moordsake – die oë wat alles gesien het
deur Marinda Ferreira, vryeweekblad.com (19 November)

* * *

Griessel het vir Margerie Sauls op haar selfoon gebel en gesê dis in
die omstandighede protokol om afsonderlik met haar en Hein te
praat oor Brandon Maarman en sy werk. Sou sy bereid wees om by
die speurkantore te kom gesels?

Sy vra nie uit oor die besonderhede nie, sy vra net hoe laat sy daar moet wees, in 'n gedempte, hoflike stem.

Sy kom tussen een en twee. Hulle ontvang haar in die paradekamer. Sy is aansienlik stemmiger aangetrek en gegrimeer as toe Griessel haar laas gesien het. Hy merk ook daar is veel minder van 'n aura van terneergedrukte afwesigheid as wat hy Vrydag waargeneem het.

Hulle dui die stoel aan waar sy kan sit, met haar rug na die deur. Sy knik, en gaan sit. Al twee neem kennis van die gevoude arms en die stywe mond. Margerie Sauls is op die verdediging.

Hulle neem plaas aan die oorkant van die tafel en Griessel bedank haar dat sy ingekom het.

"Jy's welkom," sê sy.

"Margerie," sê Cupido, "I'm not going to beat around the bush, we're all adults here. Op Woensdag, 1 Oktober, toe help Bobby Stravino vir Brandon in die garage met sy spin-Beemer se renovation, four in the afternoon, until seven in the evening. Brandon stuur vir Bobby so teen five-fifteen kombuis toe vir koffie. Bobby kom terug, ek skat dit was omtrent five-twenty-three, en hy hoor vir Brandon sê: 'You are a very sexy woman, and that's the big problem . . .'"

Cupido talm, sodat hulle haar reaksie kan sien.

Sy sit net. Stil. Stoïsyns.

"Nou, jy kan verstaan, ons kyk na al die angles van dié ding, 'cause why, Brandon's death was no accident. En daai meen ons consider various potential motives. En jy weet self, in our line of business, it is personal, eighty per cent of the time. So, toe ek hoor van dié sexy woman cellular conversation, toe kom kyk ek na Brandon se call register. And lo and behold, you called him at five-nineteen on October the first, and the call lasted four minutes. Nou moet ons vra, Margerie: What was your relationship with Brandon?"

Sy kyk eers na Cupido, dan na Griessel. Haar gevoude arms kom los, en sy laat lê hulle op die tafel, asof sy die spanning uitadem, asof sy verligting ervaar.

"Ons was mekaar se confidants," sê sy. "Dít was ons relationship. Hy't vir my gesê hoe seer hy is oor Pearlie en haar nuwe boyfriend, en ek kon vir hom sê van Hein se . . . nukke. Hy was die een mens met wie ek kon praat oor my marriage."

"Watse nukke?"

"Jy wil nou hê ek moet hier voor julle twee kom sê wat in die privacy van my huis aangaan? I'm sorry. Not going to happen." Die arms word weer gevou.

"Ma' jy was happy om dit met 'n employee te bespreek?" vra Cupido.

"Brandon was much more than an employee to me. He was a friend. A trusted friend. Vier jaar wat ons saamgewerk het, elke liewe dag. En dit was nie altyd so nie . . ."

"I'm sure," sê Cupido, aspris sarkasties.

Sy skud haar kop, dun glimlag om haar mond. "Ek verstaan julle suspicion. So, ek het seker nie 'n keuse nie. We had a professional, collegial relationship, vir meer as drie jaar. En toe, hier in July, toe sien ek, hy's glad nie lekker nie. En ek vra vir hom, is hy okay? Want hy's 'n vital deel van Regal, en Hein . . . Let's just say his human resources skills are not his strongest suit, so ek is die een wat na employees se wellbeing kyk. En toe vra ek hom, Brandon, wat is verkeerd? Toe's dit vir hom 'n release, ek dink hy wou so graag net met iemand gepraat het. Toe vertel hy vir my. Van die nuwe man in Pearlie se lewe, en hy dink nie daar's meer kans om haar terug te wen nie, she's moved on. Daai was die eerste keer dat hy personal matters met my bespreek het. And it is my duty to listen, to empathise, to support, to give advice. En dis hoe die discussions begin het. Oor relationships. Brandon het oopgemaak oor baie dinge. Oor hoe hy sukkel om emotionally present te wees, en hoekom hy dink dit is so. And our friendship deepened and our chats expanded. Dis maar hoe dit werk, wanneer jy eers begin confide. So, I told him about our difficulties. Myne en Hein s'n. To ask his advice. Want ek het

my dinge en my man het syne. En een van daai dinge is lat Hein . . .
Let's call it 'insecure', he feels insecure in our relationship, hy worry
dat hy . . . that he's not man enough, handsome enough, dynamic
enough for me. En die Vader hoor my, ek het al alles probeer, maar
hy karring net so aan. En dit was my en Brandon se discussion, daai
dag, op die foon. Dis toe dat hy sê, 'you are a very sexy woman, and
that's the big problem . . .' En weet jy wat, kaptein? Dit was lekker
om dit te hoor. Van 'n friend en 'n confidant. Want dit is wat ek vir
my man wil wees. Dis wat alle vrouens vir hulle se mans wil wees.
'n Sexy woman."

21

Hulle klim woordeloos en gelate die trappe uit na hul kantoor. Hulle was al dikwels hier, met leë hande anderkant die eerste twee-en-sewentig uur van die ondersoek. Die adrenalientenk van die jagtog skielik leeg, die ooglopende leidrade uitgeput, met die wete dat hulle niks het nie. Dat hulle van voor af sal moet begin. En dat al wat voorlê, sieldodend stadige sleurwerk is.

Want hulle al twee weet Margerie Sauls het die waarheid gepraat. In hul gesamentlike halfeeu van speurwerk het hulle al die tekens van Die Leuen reeds gesien, klein en groot. En by haar was daar niks.

Boonop maak haar verduideliking sin binne die konteks van wat hulle ook by Pearl Maarman gehoor het.

Cupido vind min vreugde in die feit dat hy reg was, dat die moord op Skinny Maarman net té omslagtig was om dit aan Hein Sauls toe te skryf.

Griessel se teleurstelling is groter. Want dit knaag steeds iewers in sy agterkop: Dit wat hy Vrydagmiddag by Regal ervaar het, die ligte spanning tussen man en vrou, die onderdrukte konflik, was eg. En op die een of ander manier betekenisvol vir hierdie ondersoek. Maar nou het hy geen idee wat dit kan wees nie, en of dit die Saulse enigsins as moontlike verdagtes kan voorhou nie.

Agter hul rekenaars verdeel hulle die werk. Cupido sal solank begin met die analise van Brandon Maarman se e-pos op sy rekenaar, terwyl Griessel die artikel-twee-nul-vyf-subpoena se aansoek vir die hof begin voorberei, en gaan indien. Want hoewel die oproepregister van die foon alle inkomende en uitgaande oproepe vir die ses maande wys, kan hy nie seker wees dat die oorledene nie daarvan uitgewis het nie. En boonop is daar talle nommers wat nie in Maarman se kontaklys was nie – mense en instansies wat hy sal moet identifiseer.

* * *

Soos Cupido verwag het, is Skinny Maarman se e-pos in sinvolle lêers georganiseer en feitlik op datum. Hy het Microsoft Outlook gebruik, ook vir sy kalender en kontakte.

Daar is twee hooflêers, een elk vir die twee e-posadresse. Die een, bm@regal.co.za, het hy uitsluitlik vir werk gebruik, die ander een, brandon.maarman.1987@gmail.com, vir alle persoonlike sake soos korrespondensie met Pearl, hul egskeidingsprokureur, sy bank, versekering en munisipale rekeninge, en al die kommunikasie oor sy motoropknapping – die aankope, bestellings en kommunikasie met moontlike verkopers en kopers.

Cupido spits hom aanvanklik uitsluitlik toe op die lêers met e-pos oor Maarman se afgehandelde sake. Veral die een oor die Nigeriese Facebook-swendelaars. Hy werk daardeur terwyl Griessel die subpoena se aansoek opstel, en is steeds daarmee besig toe Griessel van die landdroshof af terugkom en Maarman se selfoon van voor af begin analiseer.

Teen vieruur het Cupido nog niks gekry nie. Hy raak al hoe meer bekommerd dat hy op die verkeerde pad is.

"Benna, can I test a theory?"

Griessel kyk op van die selfoon. "Ja?"

"Die moord op Skinny was sophisticated. Not your low-budget, garden-variety drive-by shooting nie, right?"

"Right."

"Hierdie fokkers het gekom met 'n lang plan. En die main aim, die primary objective van dié lang plan was to make it look like an accident. Right?"

Griessel knik. Hy sal vir eers saamspeel.

"Which begs the question: Why? Why not just walk into that garage with two AKs and kill him? En die antwoord is, they don't want heat. Hulle soek nie die laser focus van die twee beste detectives in die land wat begin soek na motive nie. And why would they not want that? 'Cause they have an ongoing criminal endeavour that they want to protect. Something big . . ."

"Dis een moontlikheid," sê Griessel. "Maar . . ."

"Occam's razor, Benna. Ek meen, al jou gangsta revenge killings is drive-by's of traffic light ambushes, simple and deadly. Die motive is simple en duidelik: Let this serve as a warning to all you other motherfuckers – don't mess with us. En Occam's razor bring my weer terug by die Nigeriaans. Want ék weet en jý weet hulle is 'n enterprise, an octopus, an international dark web of scammers and fraudsters wat uit die tjoekie uit 'n hit kan order, should they feel the need."

Waarop Griessel sy kop skud: "Ek verstaan nie hoe . . ."

"Wait, partner. There's more. Ek scheme hulle het die elaborate hit wat soos 'n accident moet lyk ge-order want hulle is besig met the mother of all scams. Maybe defrauding a government entity, of 'n bank, ma' dis groot, Benna. En hulle soek vir Skinny uit die pad uit, because he would have known. Hy sou hulle MO herken het. Of iets . . ."

Griessel knik nadenkend. "Dis moontlik . . ."

"Damn straight."

"Het jy al iets gekry?"

"Not a fucking thing."

En dan werk hulle in stilte verder.

Teen 17:30 is hul koppe dof en hul frustrasie groot. Want hulle sien geen lig nie. Hulle is onder water, in die donker, waar hulle niks herken nie.

* * *

Die wêreld se luuksste spoorvervoer het op dié Maandag om 16:00 vanaf Kaapstad-stasie vertrek. Dit is 'n reis van eenduisend-seshonderd kilometer, oor drie dae, na Pretoria. Dié Rovos Rail-trein volg aanvanklik 'n roete wat die Skiereiland in verskeie van sy vele fasette wys – eers oos deur Soutrivier en Maitland, Goodwood en Bellville, Kraaifontein en Klapmuts. En dan dwing die majestueuse Dutoits-kloofberge anderkant die Paarl die spoorlyn om noord te swenk, verby townships en vrugteboorde, wynplase en koringlande, op pad Tulbagh toe.

Min of meer sewentig minute nadat dit vertrek het, net anderkant Gouda en al langs die Klein-Bergrivier se loop, beur die trein effens stadiger deur die mooie natuurskoon van die Nuwekloofpas, waar dit binne oomblikke vir die derde keer onder die R44-teerpad deur sal dreun.

Die masjinis van die diesellokomotief is 'n werknemer van PRASA, die staat se Passasiersspooragentskap. Hy is 'n veteraan met vyftien jaar diens, wat aan die gesonde klank van die enjin kan hoor alles loop klopdisselboom. Daarom dat hy nie nodig het om die veelvuldige instrumente voor hom stip dop te hou nie.

Dis toevallig dat hy op dié oomblik juis na bakboord uitkyk en die twee mans langs die spoor sien lê, 'n toneel wat nie op sigself eienaardig is nie. Daar is immers dikwels mense wat naby die spoorlyn staan, sit of lê, veral in beboude gebiede. Wat sy aandag nou trek en hom erg ontstel, in die sekondes wat hulle deur sy sigveld beweeg, is die feit dat een van die mans se gesig 'n verwronge, bloederige massa is. Die ander een lê met sy rug na die spoor. Al twee is bewegingloos.

Die masjinis tel die handstuk van die treinradio op en probeer naarstiglik kontak maak met die TCO, die treinbeheerbeampte wat verantwoordelik is vir dié seksie van die spoor. Daar is geen reaksie nie, en die masjinis swets. Die radio makeer niks, maar dis Transnet se netwerk, en dit beteken maar altyd sporadiese diens. Hy haal sy foon haastig uit sy nutssak en skakel die PRASA-beheerkamer in Kaapstad. Die sellulêre ontvangs in die pas duskant Tulbagh is nie goed nie, en dit neem hom byna tien minute om die boodskap van die vermoedelike lyke onder die treinbrug te rapporteer.

* * *

Die eerste patrollievoertuig van die SAPD in Tulbagh hou om 18:04 op die R44 se treinoorbrug stil. 'n Gesoute sewe-en-vyftigjarige uniformsersant spring uit, draf na die metaalreling en kyk af. Met die son wat eers teen 18:57 sal sak, is die toneel helder en duidelik in die sagte laatmiddaglig: Twee liggame wat daar onder in die lang, vaal gras langs die spoor lê. Die een se agterkop is sigbaar. Daar is 'n duidelike inskietwond, 'n swartrooi, ronde bloedkol. Die ander een lê met wat oor is van sy gesig na die pad se kant toe.

Die sersant draai na die konstabel agter die patrollievoertuig se stuurwiel en roep: "Murder scene, Mandla, call in the cavalry."

Wanneer hy terugdraai om weer af te kyk, trek iets naby sy voete sy aandag.

Hy fokus daarop en sien dis 'n bloedbesmeerde donkerbril.

* * *

Om 18:38 is die linkerbaan van die R44 oor die treinbrug afgesper, want daar staan sewe polisie-, mediese en provinsiale verkeersvoertuie. Die laaste motor wat aangekom het, is dié van twee speurders uit die Paarl. Danksy die goeie toneelbeheer van die oorspronklike twee uniformmense is die senior speurder die eerste een wat – in sy PPE-pak – versigtig teen die steilte afgly tot by die liggame.

Sy naam is kaptein Luzuko "Luzo" Zinti.

Terwyl uniforms, paramedici en verkeersmense nuuskierig na hom afkyk, neem Zinti eers uit verskillende hoeke 'n klompie foto's van die lyke – ook van die wit fedora wat halfverskuil onder die een se arm lê.

Dan beweeg hy nader. Hy sien al twee slagoffers is bruin mans, vermoedelik in hul dertigs. Hy voel-voel in hul hemp- en broeksakke, op soek na beursies of selfone, in die hoop dat hy iets sal kry wat hulle deur naam, van of adres identifiseerbaar sal maak. Maar daar is niks.

Hy bekyk die wonde van nader. Dit bevestig sy aanvanklike vermoede, want die in- en uitskietwonde maak dit baie duidelik: Al twee is in die agterkop geskiet, teregstellingstyl.

Hy sug.

Dis die stad se moeilikheid wat hier na die platteland toe gekom het. Bendegeweld. Dwelms.

Dis sake wat niemand kan oplos nie.

Hy kyk na die hande van die oorledenes, op soek na ringe wat moontlik met 'n naam gegraveer is. Hy sien die vingerpunte is rooibruin verkleur, met 'n konsentriese patroon. Hy buk af om beter te kan sien.

Elke vingerpunt is noukeurig met 'n motor se sigaretaansteker gebrand. Iemand het groot moeite gedoen om identifikasie so moeilik moontlik te maak.

Fok tog.

Hy wink vir sy kollega en die forensiese ondersoekers om ook af te kom, sodat hulle die area hier onder kan begin fynkam.

Eers wanneer die paramedici twee uur later die liggame versigtig optel en op draagbare plaas, kry kaptein Zinti in die helder gloed van die kolligte nog 'n stukkende, bebloede donkerbril. En 'n vaalbruin wolmus.

22

Cupido het peri-peri-hoenderlewers gemaak. Hulle eet eers om kwart voor agt, want Desiree Coetzee moes laat werk.

Nadat Donovan afgedek het en kamer toe is, sê Desiree die kos was baie lekker, dankie.

"Easy-peasy," sê Cupido. "And low kilojoules too. Net duisend-tweehonderd per portion."

"Ek weet nie vir wat jy nog wil diet nie," sê sy. "Jy lyk fine."

"I've got my reasons," sê hy, want sy weet nie hy wil onder die honderd kilogram kom voordat hy haar vra om te trou nie. "So, ek en Benna was vandag by Pearlie gewees . . ."

"Sy okay?"

"So okay as wat sy seker kan wees. But here's the thing: Sy sê die moeilikheid met hulle marriage was lat Skinny emotionally unavailable was . . ."

"Ai," sê Desiree.

"Nou wil ek weet, lovey, is ek genoeg available?"

"Emotionally?"

"Yebo."

"Vaughn Cupido, you are the most emotionally available man that I know."

"Daai sê nie veel nie. Is dit genoeg vir jou?"

Sy sien die erns op sy gelaat. Sy staan op uit haar stoel en kom sit haar arms om hom. "Ja," sê sy. "More than enough." En sy soen hom.

Donovan stap in die vertrek in. "Ew," sê hy, "get a room."

Cupido steur hom nie daaraan nie. Sy verligting is te groot.

* * *

Ná nege sit Griessel saam met Alexa voor die TV.

Hulle kyk na 'n werklikheidsmisdaadreeks op Netflix – nog 'n internasionale virtuele vrouebedrieër wat teen episode drie aan die pen sal ry. Alexa is baie lief vir dié genre. Sy, wat maar altyd haar hart op haar mou dra, leef haar sterk in die lewensdramas in. Sy lewer deurlopend hardop kommentaar. Aanvanklik is dit haar diepe afkeer in die bedrieër se slinksheid. Sy sal sê: "Jinne, Bennie, die man is 'n vark, 'n uiterste vark." Of: "Ek hoop hulle sluit hom vir altyd toe." Hy sal nie reageer nie, want dis sy verantwoordelikheid om die dialoog te volg, vir wanneer sy sê: "Nou verstaan ek nie mooi nie." Sodat hy kan verduidelik. Want met al haar tussenwerpsels mis sy soms van die detail. Sy stort altyd 'n traan vir die lot van die slagoffers, en gee eindelik uiting aan haar groot genoegdoening wanneer die skurk aangekeer word. Sy sal ook dikwels vir die misdadiger sê: "Jy kan bly wees my man is nie op jou saak nie." Dit laat Griessel gewoonlik heimlik glimlag, dat só 'n formidabele sakevrou so meegevoer kan raak.

Maar sy kop is nie vanaand by die skerm nie. Hy dink aan Cupido se jongste teorie, en hoe moeilik dit gaan wees om agter die kap van só 'n byl te kom. Tensy hulle iewers 'n gelukkie het.

Hy dink aan die een groot gat in die ondersoek: die feit dat die geskatte tyd van dood heelwat later is as die vertrek van die twee mans in die Skyline. Dis die een ding wat nie wil sin maak nie, wat ruimte skep vir 'n legio moontlikhede.

Hy dink nie nou, hier voor die TV, aan die kwessie van manlike emosionele beskikbaarheid nie. Want hy het vanmiddag op pad huis toe oor daardie deel van die dag getob. En ná deeglike selfondersoek besef dat hy in 'n oorgangsfase is. Tot so twee jaar gelede was hy hoofsaaklik emosioneel beskikbaar vir die bottel. En sedertdien is die meeste van sy emosionele energie – dit wat oor is ná 'n dag se werk – by die stryd om sy sielkundige se raad van gesond word so goed moontlik na te volg.

Alexa weet hy is verknog aan haar. Sy weet hy doen sy bes. En hy vermoed dit is al wat sy vrou nou van hom verwag.

* * *

Pretoria, 23:01

'n Eenslaapkamerwoonstel in die Sunnyside Sands-woonstelblok. Cheswill Kammies kom eers om elfuur die aand tuis.

Hy is uitasem en natgesweet, want die hysbak werk al weer nie. Hy moes sewe verdiepings se trappe klim. Tot hier. Hy sal die fok weet moet oefening kry. Maar op veertig, met die ekstra kilo's om die middellyf en sy werkskedule en sy geld-stres, is dit nie maklik nie.

Hy het die sekuriteitsmaatskappy se blou uniformbaadjie al op die derde verdieping uitgetrek. Hy sluit die deur agter hom, skakel die lig aan, hang die baadjie oor een van die stoele by die klein vier-sitplek-tafel, en maak sy blou das los. Hy loop na sy yskas toe vir 'n bier.

Cheswill gaan sit daarmee by die tafel, drink diep. Sit die bottel neer langs sy ou Dell-skootrekenaar. Steek 'n sigaret aan. Blaas die rook stadig uit.

Dit help nie om sy spanning te verlig nie.

Het hulle die geld oorgedra? Die tweede betaling moet vandag kom. Hy weet nie waarvoor hy wens nie. Die vyf-en-twintigduisend, of 'n uitkomkans uit die hele ding.

Laat hy kyk of die geld in is.

Hy teken in op sy bankprofiel.

Die geld is daar. Stiptelik, op datum, die volle bedrag. Skinny was reg. Hy kan die mense vertrou. Maar sy buik trek in elk geval saam, want die betaling beteken hy moet die inligting vir hulle kry.

Skinny het hom kom sien. Vroeg Augustus. Hier in Pretoria, vrees-lik geheimsinnig en diskreet en loer-oor-die-skouer versigtig vir hom gewag, hier voor die gebou. Net: "Jis, Chessie, kom ons gaan in, dis veiliger só." Eers iets gesê toe hulle by dié tafel kom sit het. Die grootste deel van die storie vir hom vertel, net nie die climax nie. "Beter dat jy nie weet nie."

Toe speel slim Skinny op sy gevoel. Hom sag gemaak met: "Let her death not be in vain. We owe it to her, Chessie. Both of us. It's a debt of honour."

En toe kom die aanbod nog ook. Vyftigduisend. Vir een stukkie inligting. Iewers in Oktober.

Cheswill was agterstallig met sy eks, Ruby, en sy dogter, Skye, se onderhoud. Ver agter. Die prokureurs wat hom hof toe wil vat, verstaan nie hoe duur die lewe hier bo is nie. Toe sien hy uitkoms en hy sê vir Skinny, debt of honour ofte nie, hy soek meer. Want hy's die een wat die risiko's moet vat. Groot risiko's. En nog iemand wat sal moet help. Iemand aan die binnekant, wat ook betaal moet word. As hy dit georkestreer kan kry, en dis 'n groot "as". Die prys is honderdduisend. In drie paaiemente. Twee kwarte vooruit, die res op die datum.

Toe sê Skinny: "Okay." Sommerso, dadelik. En Cheswill was spyt hy het nie vir meer gevra nie. Toe sê Cheswill hy het tyd nodig. Om te dink. Hy sal laat weet.

Goed, het Skinny gesê, maar daar's protokolle. Om almal te beskerm. Selfone en e-pos is heeltemal uit. Geen spoor nie, Chessie. Niks. Ons gaan Gumtree gebruik. 'n Kleinadvertensie, onder *Find Sports & Sports Partners,* met die ID-kode *VIP United Football Club.*

Toe loop Skinny die nag in.

Cheswill het nagedink. Die gevare opgeweeg teen die betaling en die dreigbriewe van die prokureur en Ruby se tirades. En toe gaan praat hy met Sello, wat aan die binnekant werk, baie versigtig, want fok weet, jy neuk nie met hierdie ouens nie.

Twee weke later, toe plaas hy die advertensie: *VIP United Football*

Club. Goalie confirmed. My career on the line. You sure they will p(l)ay?

Toe kom die antwoord: *VIP United Football Club. I vouch 100%. Winning team, your career is safe. S is the real deal. Dependable, trustworthy attacking midfielder. Game on, 16 August.*

En op 16 Augustus was die eerste vyf-en-twintigduisend in sy rekening, net soos Skinny belowe het.

En nou is die tweede paaiement ook betaal.

Verligting. En druk.

Nou sal hy moet deliver.

Cheswill druk die sigaret dood en betaal vyftienduisend oor na Ruby se rekening. Nou is hy op datum. Nou kan hy weer vir Skye gaan kuier wanneer hy Kaap toe gaan in Desember.

Hy teken uit sy bankprofiel uit, maak Gumtree oop, en navigeer na *Find Sports & Sports Partners.*

Hy sien *VIP United Soccer Club*, wonder waarom Skinny dit van "Football" na "Soccer" verander het. Hy lees die boodskap daarby vinnig, sonder om mooi te verstaan: *Devastated to lose our star midfielder in terrible accident. Read all about it. Game will not be cancelled. Confirm your participation asap.*

Wat de fok beteken dit?

Hy lees dit weer, met groeiende kommer.

Terrible accident? Our star midfielder? En "Football" nou skielik "Soccer"?

Hy lees dit weer. En dan, die onrus in hom. As dit is wat hy dink dit is . . .

Read all about it.

Hy google "Brandon Maarman terrible accident".

Die eerste skakel is na 'n artikel in *Die Son*: IDAS VALLEY PI DEATH – FOUL PLAY OF ONGELUK?

Die skok ruk deur sy lyf. Hy steek eers nog 'n sigaret aan voor hy daarop klik.

Eers ná eenuur in die môre plaas hy die boodskap: *VIP United Soccer Club. Game on.*

Dan gaan soek hy 'n pen en papier, en skryf 'n briefie vir Ruby. Hy sal môre 'n koevert kry, haar naam daarop skryf. En dit by sy pistool in die kluis los.

Net vir ingeval.

23

Dinsdag, 14 Oktober

Om 03:27 bel kaptein Rowen Geneke, die speuroffisier aan diens by die Stellenbosch-polisiestasie se Misdaadkantoor, vir Cupido.

Vaughn kom uit 'n diepe slaap, sy stem hees en vervaard toe hy antwoord. "Jis?"

"Vaughn, ek is rêrig jammer, maar ons het nog 'n brandstigting-saak, selfde MO as die een wat jy Vrydag gedoen het, dis hoekom ek vir jou moet vra om uit te gaan."

Cupido swaai sy voete van die bed af, nog iewers tussen slaap en wakker. Hy sien Desiree roer hier langs hom en hy plaas 'n berusten-de hand op haar skouer. "Dis okay, Rowen," fluister hy. "Waarheen gaan ek?"

"Die plek het so 'n fênsie Franse naam, ek weet nie hoe om dit te sê nie. Dis 'n plaas in die Devon Valley in, ek vra hulle moet vir jou 'n pin drop."

"Skaapwagtershuisie?"

"Nee, klink vir my dié keer is dit 'n caravan. En dit lyk of daar iemand in die caravan was toe die ding ontplof het."

"Fuck me," sê Cupido.

"Wat is dit, Vaughnie?" vra Desiree hier langs hom.

"Call-out, sorry, lovey," sê hy vir haar.

"Vaughn, daar's nog 'n complication," sê Rowen Geneke oor die foon.

"Shoot," sê Cupido.

"Die plek behoort aan Lynette Morkel. Die actress."

* * *

Wanneer die lenteson oor 'n paar uur opkom, sal dit die Devon-vallei poskaartmooi onthul – die bottende wingerde en vrugteboor-de, perdekampe, damme, die swierige Kaaps-Hollandse én modern-minimalistiese opstalle.

Dit alles lê, welgesteld en selfingenome, wes-noordwes van Stellenbosch en strek van die beroemde vonkelwynplaas J.C. le Roux ten noorde teen die Bottelary-heuwels, vir ses kilometer suid tot by die Papegaaiberg-woonbuurt en die R310-streekpad.

Histories was dit deur die eeue 'n gebied sonder 'n spesifieke naam. Eers in die middel-negentien-sestigs het Bolanders begin om daarna te verwys as die "Devonvallei", na aanleiding van 'n ho-tel se naamsverandering. Die nederige houtraamstruktuur van die Cedarwood-hotel uit 1947 – naby aan die noordelike grens van die gebied – is in 1964 herdoop tot die Devon Valley Hotel. Niemand kan onthou waarom juis só nie, en of dit enige verband hou met die Devon-streek in Brittanje. Maar dié hotel het 'n baken, 'n kuierplek en eindelik 'n ikoon geword wat aan die natuurlike kom sy naam verskaf het.

Cupido weet van dit alles niks. Hy ken darem die hotel. Hy was al daar, 'n paar jaar gelede, tydens 'n ete van Desiree se werksmen-se. En wanneer hy nou in die stikdonker van die vroeë oggendure, steeds sukkelend om heeltemal wakker te word, deur die stil strate van Stellenbosch ry, tob hy nie daaroor nie. Hy hou sy een oog op sy foon se Google Maps, wat die roete aandui.

Hy't gesien die pin wys die plaas se naam is Jardin des Joyaux. Hy weet nie hoe om dit uit te spreek of wat dit beteken nie. Hy won-der weer, hoekom kan ryk whiteys nie eenvoudige, goeie Afrikaanse name vir hul landgoedere uitdink nie? Of dan minstens Engels. Of Xhosa, hier in die Wes-Kaap.

Die plek behoort aan Lynette Morkel. Die actress. Geneke het dit met ontsag in sy stem gesê. Asof Morkel óf baie beroemd óf baie beneuk is. Of al twee.

Iewers in die mistigheid van sy brein lui haar naam 'n klokkie, maar Cupido kan nie onthou hoe sy lyk, watse soort aktrise sy is en of hy haar al in iets gesien het nie.

Hy sal weldra uitvind.

Hy ry om 03:53 met Adam Tasweg uit, verby Stellenbosch se donker en stil speurkantore, draai dan regs in Winery, volg die eng, stamperige teerpad van Devon Valleyweg, en hy dink, dis nou tipie-se polisie-logika: Gee die docket vir die ou wat laas brandstigting in dieselfde breë area ondersoek het. Dieselfde MO? Se moer. Dit klink vir hom hoegenaamd nie soortgelyk aan die brand teen die Bottelary-heuwels nie. Niemand gaan kunsmis in 'n karavaan bêre waar iemand nog slaap ook nie.

'n Karavaan-brand beteken nege uit die tien keer dis 'n gasbottel wat ontplof het. Finish en klaar.

Perd van 'n ander kleur.

Nie noodwendig brandstigting nie.

Maar nou ja.

Daai is die SAPS.

* * *

'n Kilometer voor die Devon Valley Hotel sê Google Maps hy is by die ingang, en hy sien die hek van Jardin des Joyaux aan sy regter-kant. Die naam is in swart, groot, swiepende sierskrif teen 'n wit-gekalkte muur aangebring, met die vorm van 'n diamant daaragter.

Hy ry daardeur, en op met die geplaveide paadjie. Links en regs, in die lig van die Golf se koplite, kan hy wingerde sien. Hy't nie ge-weet plaaslike aktrises het dié soort geld nie. Is dit een van daai wat Hollywood toe is? Soos Charlize Theron, wat al so lank daar is, sy dink daar's nog net veertig mense in Suid-Afrika oor wat Afrikaans praat. Hy sal daai dollie darem graag hier in Elsies se strate op 'n Saterdagoggend wil invat en sê: "Luista', sista', en get real."

Dan kom die opstal te voorskyn: Wit, oud, mooi en nou helder verlig, met die gebruiklike geroesemoes van noodvoertuie en -personeel daar rondom. En vyfhonderd meter oos, op teen die heuwel, die laaste gloed van die brand by die twee brandweerwaens.

* * *

'n Opwekker wat dreun, kolligte wat die toneel spookagtig belig, die reuk van plastiek en polistireen en hout en vlees wat gebrand het. Cupido sien die liggaam lê bedek onder 'n swart lyksak, sowat twaalf meter van waar nog net die wiel-as en stukke van die vloer van die woonwa staan.

Hy gaan kniel daarby, en lig die sak op.

"Jissis," sê hy, want hy het lanklaas so iets gesien. Of geruik. Die man is onherkenbaar vermink deur veelvuldige skrapnel-trauma en brandwonde, en die ontploffing het die klere van die lyf afgestroop.

Hy onderdruk die impuls om te braak en skuif die sak weer oor die lyk.

Hy kom regop. Anderkant die smeulende woonwareste is 'n brandspan besig om die laaste vlamme van 'n brandende sinkstoor te blus. Die senior brandweeroffisier kom na hom toe aangestap – dieselfde een van Vrydag se brand by die Paradijs-wynlandgoed. By hom is twee SAPD-uniformmense, 'n sersant en 'n konstabel.

"Ja, dis maar erg," sê die brandweeroffisier, wat aan Cupido se gesig kon sien hoe die lyk hom ontstel het.

Cupido knik net, en groet elkeen van die groep met die hand. Dan vra hy: "Gasbottel wat ontplof het?"

"Definitief nie," sê die brandweeroffisier. "Ek het nog net twee keer in my lewe dié soort ontploffing gesien – 'n tik-lab daar bo in die Assegaaibosch, en daai stoor met die plofstof by Somchem in Somerset-Wes. Ek ruik nie tik-lab se gasse hier nie. So, as jy my vra, was dit 'n bom van 'n aard of soort."

"You've got to be kidding me."

"Nee." Die brandweeroffisier wys na die bedekte lyk. "Die brand-wonde was eers ná die ontploffing. Die karavaan se een sypaneel is tweehonderd meter teen daai bult op geblaas. En die gasbottel lê honderd-en-vyftig meter daai kant toe, enigste skade daaraan is 'n moerse duik."

"'n Fokken bom . . .?" sê Cupido. "Hier?"

"Dis nog te vroeg om te sê of dit genuine 'n bom was," sê die brandweeroffisier. "Maar hulle sê daar was absoluut niks in die ka-ravaan wat 'n ontploffing kon veroorsaak het nie. Net die oorledene, sy klere en goed. Ons sal moet wag vir Dok Immelman . . ."

"Wie is Dok Immelman?"

"Hy's 'n prof by die varsity. By FireSUN, die ingenieur-ouens wat brandveiligheid doen."

"Bietjie laat vir brandveiligheid," sê Cupido.

"Dok is die beste brandtoneelanalis in die Kaap. Hy lees hulle soos 'n boek."

"Hoekom was hy nie by daai brand van Vrydag nie?"

"Dok kom net as daar ongevalle was."

"Okay," sê Cupido. Hy draai na die uniformsersant: "Weet ons wie die slagoffer in die caravan was?"

"Ja, kaptein. Tragiese ding. Dis Gerrie van Graan." Toe hy sien Cupido het geen idee wie dit is nie, sê hy: "Die sanger. En actor."

"Ek dog die eienaar is die actor."

"Sy is. Dis Lynette Morkel. Van *Wynland*." Met groot ontsag gesê.

"*Wynland*? Daai daily soapie? Op die TV?"

"Net so. Gerrie van Graan is ook daarin. Hy's haar seun."

"Vir wat slaap haar seun in die caravan, met so 'n moerse groot huis?"

"Haar seun in die *soapie*, kaptein," sê die sersant met verstom-ming dat Cupido dit nie weet nie.

"Nou wat het hy in die caravantjie gesoek?"

"Soos ek gehoor het, het hy daar gebly."

"Soos in permanently? But why?"

"Kaptein sal maar vir mevrou Morkel daai moet vra."

24

Hy vind Lynette Morkel in haar smaragkleurige kamerjas op die bank in die groot sitkamer van die Kaaps-Hollandse opstal. Sy sit styf en regop, haar linkerhand omklem 'n snesie op haar skoot, en haar regterhand word vasgehou deur 'n bruin vrou wat langs haar sit.

Cupido ervaar 'n aha-oomblik toe hy die aktrise herken, ondanks haar rooigehuilde oë, die grimeringlose gelaat en die verslaapte blonde hare. Hy het dié gesig al op vele tydskrifvoorblaaie in die supermark gesien. En in 'n Afrikaanse fliek of twee, die romantiese soort waaroor Desiree so mal is. Morkel is iewers in haar veertigs, haar skoonheid onkonvensioneel en tydloos, met die sterk, lieflike lyne van kaak en wangbene, die lang, fyn neus en heldergroen, intense oë. Haar mond is ruim en vol, selfs in dié omstandighede. Sy is geheel en al indrukwekkend.

Hy stel homself voor, en sê hy is jammer vir die omstandighede.

Sy knik. "Jy is welkom om te sit, kaptein," sê sy, haar stem hees maar beheersd. "Kan ons vir jou koffie aanbied?"

"Asseblief," sê hy en gaan sit links van haar in die byderwetse gemakstoel langs die bank, bewus van die moderne dekor, die vele abstrakte kunswerke teen die muur. Dis kwaai ryk whiteys dié.

"Saartjie, sal jy?" vra sy sag en hoflik vir die bruin vrou, net die ondertoon sê sy is iemand wat daaraan gewoond is om opdragte te gee. Die vrou knik, staan op en stap uit.

"Ek gaan vir jou baie werk spaar," sê Lynette Morkel. "Ons weet wie dit gedoen het."

"Right," sê hy en haal sy notaboek en pen uit. Hy is bewus van sy meganiese bewegings en die wasige gevoel dat hierdie alles so 'n bietjie onwerklik is. Asof die skerp deel van sy brein nog moet wakker word. Vaughn, kom by, partner, dink hy. Don't fuck this up.

"Dis my man, Beyers," sê Lynette Morkel, haar stem 'n versnit van afkeer en onderdrukte woede.

"Beyers Morkel?" vra hy, sy pen gereed om te skryf.

"Kaptein, ek neem aan jy is nie 'n *Huisgenoot*-leser nie?" vra sy met kwalik onderdrukte irritasie.

"Nee, mevrou."

"My man is Beyers *Botha*. Jy't sekerlik al van hom gehoor."

"Kan nie sê ek het nie."

"Beyers Botha van Hunting for Africa?"

"Die shop hier langs Zevenwacht Mall?"

"Die nasionale kettinggroep van doodshandelaars, kaptein. Die kwartiermeesters van moord op mens en dier."

Hy weet nie mooi wat die laaste sin beteken nie. "Just so we're on the same page, mevrou, jy praat nou van die ouens wat die groot flagship store hier in Zevenwacht het? Verkoop rifles, telescopes, ammo, hunting clothes and equipment?"

"Presies. Beyers is die hoofaandeelhouer. En besturende direkteur."

"I see," sê hy en maak aantekeninge.

"Ons is vervreemd," sê sy. "Om dit ligtelik te stel."

"Check." Hy skryf 'n nota.

"Omdat hy 'n egosentriese, wraaksugtige megalomaan is. 'n Bewese geweldenaar. En nou ook 'n moordenaar." 'n Enkele traan vorm in haar linkeroog en biggel teen haar wang af.

Hy knik net, skryf dit nie neer nie.

Die traan drup op die kamerjas. "Jy moet my verskoon. Ek is in 'n staat van skok. En rou. Ek het 'n kalmeermiddel gedrink, so ek mag dalk inkoherent klink. Maar wat ek vir jou nou gaan sê, is onbetwisbaar: Beyers het die persoonlikheid. En die middele, kaptein, om die ploftoestel te maak. En die motief is voor die hand liggend."

Toe sy nie daarop uitwei nie, vra hy: "And that would be?"

"Jaloesie, kaptein. Naywer en wraak en jaloesie. Hy wou my loopbaan verwoes, hy wou my verhouding met . . ." Die trane blink in al twee oë en dan is die krane oop. Sy lig die snesie na haar gesig en vee dit af. Haar skouers ruk en haar mooi mond vertrek in smart.

Hy wag, sy pen gereed.

"Vergewe my," sê sy.

"Asseblief, mevrou, neem jou tyd."

*   *   *

Saartjie, vermoedelik 'n assistent of huishulp, kom in met die koffie. Sy skuif die boks snesies vir Lynette Morkel nader, gaan sit dan en hou die aktrise se hand weer vas met 'n uitdrukking van groot besorgdheid.

Cupido sluk aan sy koffie in die hoop dat dit hom die skop sal gee wat hy nodig het.

Lynette Morkel trek haar asem diep in en vee 'n laaste keer met 'n vars sneesdoekie oor haar wange. Sy sê sy wens Cupido het die *Huisgenoot*-sage gelees, want dan sal hy haar pyn beter verstaan en haar die trauma spaar om dit alles nou weer te moet ophaal. Sy praat afgemete en beheersd, asof sy die wilsbesluit geneem het om haar emosies te bedwing.

Hy sê hy is jammer, hy sal die *Huisgenoot* gaan soek, maar dit sal baie help as sy vir hom nou kan vertel wat in die tydskrif gestaan het.

Alles, sê sy. Natuurlik weer met foto's van haar en Beyers se troue vyftien jaar gelede, net ná die première van *Lief jou vir altyd*, die romantiese komedie wat nommer een by die loket was. Sewe weke lank. Maar Cupido moet onthou, as hy ooit na die artikel en die foto's gaan kyk, dat dit was voordat sy geweet het wie Beyers Botha eintlik is. Die egosentriese megalomaan. Ja, sy't gelukkig gelyk op hul troufoto's, want mans is meesters daarvan om voor te gee, om hul ware karakter te verberg agter 'n masker van geskenke en blomme en romantiek. Tot hulle jou oorrompel het. Die ware Beyers het eers later kop uitgesteek, stelselmatig, " 'n langsame metamorfose van minnaar tot monster wat my wou beheer, aan my wou voorskryf, wat my in alles wou manipuleer. Hy het my die kollig en die liefde van my aanhangers nie gegun nie. Intens jaloers. Van die begin af so intens jaloers."

"*Huisgenoot* het daai alles geskryf?" vra Cupido.

"Nee, kaptein. *Huisgenoot* het, sonder my toestemming, 'n artikel geplaas oor die feit dat ek en Beyers van tafel en bed en huis geskei is. *Huisgenoot* het kwaadwillige en moedswillige gerugte uit anonieme bronne van my verhouding met Gerrie van Graan gepubliseer, saam met steelfoto's van ons twee wat saam hier by die voordeur uitloop," en sy wys in die rigting van die opstal se ingang. "Hulle fotograwe moes op private grond oortree om dit te kon afneem. En die baie prominente klem van die abhorrente artikel, kaptein, was op ons ouderdomsverskil."

"Hoe oud is u man?" vra hy, sy pen gereed.

"Kaptein, probeer byhou, asseblief. Die ouderdomsverskil tussen my en Gerrie." Die irritasie is in volle blom, haar groen oë blits.

"Ek sien. Hoe oud was Gerrie?"

Die wilsbesluit om haar emosies te beheer, verkrummel. Haar gesig vertrek, die trane loop. "Vier-en-twintig," snik sy. "Net vier-en-twintig. Sy hele lewe nog voor hom. Soveel rou talent . . ."

Hy wag totdat sy bedaar het, en sê: "Mevrou, jammer dat ek nou só moet vra, maar was jy en meneer Van Graan in 'n verhouding?"

"Wat op aarde is die relevansie daarvan, kaptein? Gee dit vir Beyers die reg om te moor?"

"Nee, mevrou, ek . . ."

"Gerrie was my protégé."

Hy is nie doodseker wat dit beteken nie, maar skryf dit neer. Dan: "Ek verstaan meneer Van Graan het in die caravantjie gebly?"

Sy snik weer, knik deur die trane. "Dit was deel van Beyers se diaboliese moordplan, kaptein. Hy het dit alles so beskik."

"Mevrou, as jy daai kan explain?"

Sy hou haar hand in die lug om te wys sy het weer 'n blaaskans nodig.

"Moet ek vir mevrou nog 'n pilletjie bring?" vra Saartjie.

Lynette Morkel skud haar kop. "Gee my net 'n oomblik."

Hulle wag. Weer haal sy asem. Eindelik: "Vier dae nadat die artikel verskyn het, toe kry ek 'n brief, kaptein. Gisteroggend. Van Beyers se prokureur. Wat vir Gerrie verbied om in hierdie huis te kom . . ."

"Die huis is meneer Botha s'n?"

"Die *wêreld* behoort aan Beyers, kaptein. Dié huis, die een in Hermanus, hierdie plaas, die wildboerdery in die Kalahari . . . Ek besit niks. Net 'n twee jaar oue Range Rover Evoque en my naam en my kuns. En weet jy waarom ek niks besit nie? Want in hierdie land word akteurs soos stukwerkers geëksploiteer. Ons is swerfarbeiders, ons deel nie in die winste nie, ons kry geen tantième met heruitsendings nie. En dit gee vir mense soos Beyers mag, kaptein. Die mag om Gerrie die huis te verbied. Al dreigende, met hofbevele. En toe sy spioene gister vir hom sê Gerrie bly in die woonwa, toe is dit presies wat hy wou gehad het. Presies waarvoor hy gewag het. Toe stuur hy sy mense vannag om . . ."

Haar hande klem saam op haar skoot, sy begin weer asemhaal, diep in en uit.

Cupido wag tot hy dink sy het alles min of meer onder beheer. "Mevrou, het jy sy mense gesien? Hier? Nou, vannag?"

Sy skud haar kop. "Hulle is veels te slinks daarvoor."

"Okay. En jy dink die motive vir die moord is oorlat jou man jaloers was op meneer Van Graan."

"Beyers het wraak op my geneem, kaptein, omdat ek hom nie meer kon verduur nie, omdat ek nie meer met hom getroud wou wees nie. Omdat ek hom nie meer nodig gehad het nie. En toe vat Beyers die een ding wat hy weet vir my kosbaar was. My reputasie.

En hy kon terselfdertyd wraak neem op Gerrie. Want jy sien, Gerrie was alles wat hy gehaat het. Jonk, talentvol, aantreklik. En 'n aktivis. 'n Diereregte-aktivis wat sy siening oor die jagbedryf dapper en onbeskaamd op elke moontlike platform uitbasuin het."

"Het hy vir jou en meneer Van Graan gedreig, voor vandag?"

"Dis presies wat die prokureursbrief gedoen het."

"Het hy ooit met geweld gedreig?"

"Hy het nie regtig nodig gehad nie. Hy het 'n geskiedenis van geweld. Gaan kyk maar na julle rekords. Hy't 'n man aangerand. Erg."

"Wanneer was dit?"

"Ek kan nie onthou nie. Tien, elf jaar gelede."

"En hy's aangekla?"

" 'n Man met sy geld en invloed laat sulke goed net verdwyn, kaptein. Jy behoort dit te weet."

"Mevrou, het meneer Botha vir jou of meneer Van Graan ooit direk met geweld gedreig?"

"Die geweld van die hof, kaptein. Die implisiete geweld van 'n venynige *Huisgenoot*-artikel, deur hom georkestreer. Die versweë, gekamoefleerde dreigemente van 'n snedige, vernederende prokureursbrief. Verstaan jy nie, kaptein? Dit was net die eerste salvo's. En toe dit nie werk nie, toe hy nie vir Gerrie kon stilmaak nie, toe hy nie 'n wig tussen ons kon indryf nie . . ."

Die gevoel van onwerklikheid wil nie wyk nie. Dit voel vir Cupido of hy droom, of hy deel is van 'n surrealistiese sepie saam met Lynette Morkel. Hy kyk na haar, sien die erns, die foltering. Hy sê so redelik as wat hy kan: "Mevrou, with all due respect, I'm going to need more than that."

"Liewe Vader, kaptein, moet ek jou werk vir jou doen? Vra jouself af: Is dit toevallig dat die moord vannag gepleeg is? Die heel eerste keer dat Gerrie na die woonwa verban is? Dink jy dit is toevallig dat 'n megalomaniese man, besete van jaloesie, 'n smous van moord en doodslag wat toegang het tot al die bestanddele om 'n bom te maak, sy nemesis op dié manier elimineer? Hy het die middele én die motief. Wat meer wil jy hê?"

Hy sal later vir sy kollega sê: "It was just surreal, unreal, fokken weird, Benna. Ek meen, daai huis, daai lounge, daai vrou, daai tyd van die nag . . . Daai crazy circumstances. It was like being part of a really bad movie, ek sê jou. En daai is wat my gered het, want jy weet, rykgat whiteys wat só met ons praat, usually, I lose my shit. Totally. Ma' ek sit so vir haar en kyk en ek hoor wat sy sê en ek process die hele storie, en ek wil lag, Benna. Weird, ek weet, heavy weird, a man has died out there . . . I'm not proud. Ma' toe moet ek focus om nie te lag nie, en daai red my. Ek word net kalm. Soos 'n psalm."

"Mevrou," sê hy nou vir Lynette Morkel, "dankie, daai is al wat ek nodig het." Hy maak sy notaboekie toe en hy staan op. "And maybe just a few additional bits of hard evidence. Final nails in the coffin, so to speak. En dis hoekom ek nou vir Forensics gaan lat kom. En ek gaan vir hulle sê, boys, ek soek julle very best efforts. 'Cause why, da's 'n megalomaniac monster murderer on the loose. Ma' julle ken die legal system. Hierdie ryk whiteys is wily and wise, always slipping through the cracks. So, as ons hierdie een se gat wil arrest, as ons hom wil bêre tot doomsday toe, sal julle moet vinger trek. Klink daai vir jou na 'n detective wat sy werk doen, mevrou?"

"Ek . . ." sê sy, haar groen oë groot, "ek . . . weet nie wat om te sê nie."

"Well, there's a first," sê Cupido. Dan loop hy uit.

25

Toe hy by die opstal se voordeur uitstap, flits die kameras. Hy sien die media in die oprit, anderkant die twee SAPD-patrollievoertuie. Daar is baie van hulle, stemme wat na hom roep, lense wat op hom gerig word.

Hy herken vir Julian Jenkins, die gesoute joernalis van Media24, en hy dink, you should have known, Vaughnie. Celebrity blood in the water. It's a feeding frenzy. Heaven help us.

Hy moet sy PPE-klere uit die Golf se kattebak gaan haal, en hy wil vir kaptein Rowen Geneke bel, sodat hy nog patrollievoertuie kan stuur om dié spulletjie te beheer. En vir kaptein John Cloete skakel, om hom te waarsku.

Hy haal sy selfoon uit, sien dan daar was reeds vier oproepe van die polisie se mediaskakeloffisier wat hy gemis het.

* * *

Hy weet nie waar om te vat en waar om te los nie, hy sukkel om sy gedagtes te orden, om 'n greep op die hele ding te kry.

Hy gaan vra vir die brandweeroffisier waar die brandveiligheidakademikus besig is.

Cupido kry hom anderkant die woonwa-wrak, gebukkend tussen twee rye wingerd terwyl hy met 'n flits soekend is na iets op die grond.

Doktor Jaco Immelman is geset, in sy sestigs, met 'n wilde, grys baard en dik, welige wenkbroue. Hy het 'n groen boshoedjie op sy kop.

"Dok? Ek's die investigating officer. Captain Vaughn Cupido," sê hy en steek sy hand uit.

Immelman kyk gesteurd op, skyn die flitslig vir 'n oomblik in Cupido se oë, en skud blad met 'n vlietende, sagte hand. Hy sê iets, maar praat byna onhoorbaar binnensmonds.

"Ekskuus?" vra Vaughn.

"Jaco Immelman. Hulle het die jilleplahhutrip."

"Ekskuus?"

"Hulle het die hele plek vertrap. Die brandweer."

"Seker om die vuur te blus, prof."

Immelman buk weer af, soekend. "Jhillemosghuwtdisntplffing."

"Dok, ek kan genuine nie hoor wat jy sê nie."

"Hulle moes geweet het dis 'n ontploffing, kaptein."

"Weet ons al watse ontploffing?"

"Nog nooit so iets gesien nie. Eers die debris karteer, ek los die versameling vir Forensies. Ons sal moet wag vir daglig." Dis wat die man vermoedelik sê, Cupido kan nie seker wees nie.

"Okay, prof, dankie. Forensies is op pad."

Dok Immelman maak 'n geluid wat enigiets kan beteken terwyl hy, kop omlaag en met bewegende flitslig, dieper die wingerd instap.

Cupido staan besluitloos, nie seker wat hy nog hier kan doen nie. Dan draai hy om en loop terug na die huis se kant toe. Hy kyk op sy horlosie, en wonder of Griessel al wakker is. Om vir hom van hierdie movie te vertel. Is it a horror comedy? A tragedy? A fucking fantasy . . .?

Hy hoor 'n sagte geluid, 'n fluistering wat hier vanuit die wingerdstokke kom.

Iemand probeer sy aandag trek.

Hy kyk. Aan die rand van die ligte se gloed staan 'n middeljarige man in 'n blou werkersoorpak wat vir hom wink.

Hy stap na die man toe.

"Meneer, jy's die speurder, nè?" wil die man weet.

"Ja, my broe'. Wie's jy?"

"Joshua Paarwater, meneer."

"Joshua, jy moenie vir my 'meneer' nie. Jy roep my net Vaughn. Werk jy hier?"

"Ja, meneer Vaughn, twintig jaar al."

"Wat kan ek vir jou doen, Joshua?"

"Ek het die ding gesien." Hy beduie in die woonwa se rigting.

"Wie dit gedoen het?"

"Net so. Maar ek wil net vir meneer Vaughn sê, ek was duidelik nugter. Geheel en al."

"Okay, Joshua. Vir wie het jy gesien?"

"Dis nie 'wie' nie. Dis 'wat'."

"Hoe meen jy?"

" 'n Vlieënde piering, meneer. 'n UFO. Daai is wat ek gesien het, duidelik en nugter."

Die woorde dring stadig deur Cupido se newels. Dit steek eindelik 'n lont in hom aan, asof in stadige aksie, tot dit oplaas sy humeur laat ontplof. Sy kop is meteens skoon, hy is helder en by.

"Nee, o fok, Joshua, jy moenie nou kom staan en kak praat nie," sê hy.

Paarwater skrik en gee 'n tree terug. "Meneer Vaughn, ek sweer. Ek sweer op my ma se siel, may she rest in peace. Daai is wat ek gesien het, met hierdie twee oë."

Dis die man se onversetlike erns wat die angel uit sy ergernis haal. "Nugter? Jy was heeltemal nugter?"

"Meneer, sowaar ek leef. Asseblief, gaan vra my vrou. Ons is tien-uur bed toe, nie 'n druppel oor my lippe nie."

Cupido glo hom. " 'n UFO?" sê hy. " 'n Fokken UFO?"

"God's truth. Ek was net op vanmôre, toe hoor ek die ding . . ."

"Hoe laat was dit?"

"Kwart voor twee."

"Wat maak jy op daai tyd van die oggend?"

"Mevrou wil nie hê ons moet spray in die dag nie, meneer Vaughn. Dit gee haar allergies. En ek mind nie . . ."

"Mevrou Morkel?"

"Net so."

"Watse spray?"

"Fungicides. Teen die powdery mildew. Jy spuit hom kwaai in die lente."

"Toe hoor jy die ding?"

"Ja, meneer Vaughn. Toe dog ek, wat gaan nou aan, en ek loop uit . . ."

"Waar was jy?"

"Ek en die vrou bly daar in die werkershuise." Hy wys noord. "Ek was in die kombuis met die koffie."

"Okay. En toe?"

"Toe kom ek uit en ek hoor, maar dié ding is mos in die lug."

"Watse soort geluid?"

"Meneer, dis soos 'n magtige swerm bye."

"Joshua, asseblief, jy moenie vir my 'meneer' sê nie. Ek is working class, nes jy."

"Dis goed so, dankie."

"En toe?"

"Toe kyk ek, maar ek sien niks. En die volgende oomblik, toe maak hy 'n straal, meneer, en die hele caravantjie is moer toe."

" 'n Straal?"

"Ja, meneer, die UFO's, hulle maak mos só. Lasers en dinge."

"En jy ken van UFO's en lasers en dinge?"

"Ja, meneer, dis op *National Geographic*. Ons het 'n TV en 'n D-Box en alles da' in ons quarters. Meneer Beyers kyk mooi vir ons, want ons kyk mooi vir sy plek."

"Beyers Botha?"

"Ja, meneer. Goeie man daai."

"En sy vrou?"

Paarwater kyk die nag in. "Meneer ken mos maar die famous mense . . ."

"Joshua, die straal . . . Dit was hier uit die lug uit?"

"Ja, meneer, so daar van bo die heuwels se kant af. Reguit caravantjie toe. One straight stripe. Toe's dit net bóém!" sê hy terwyl hy met sy hande die ontploffing beduie.

"Kon dit iemand gewees het daar in die heuwels? Wat fireworks skiet?"

"Nee, nee, dit was uit die hemele uit."

"Is jy seker?"

"Meneer, ek sweer op my ma se siel, may she rest in peace."

"En toe? Die ding wat jy gehoor het, die swerm bye?"

"Toe's hy net weg, meneer. Maar hulle maak so. Die UFO's. Now you see them, now you don't."

26

Dik en Dun, die forensiese ondersoekers van die PCSI, kom om 05:40 aan, net wanneer die son dreig om oor die Helderberg op te kom.

Hulle staan hande op die heupe na die omvang van die ontploffing se skade en kyk toe Cupido na hulle aangestap kom.

"Niks so maagdelik en skoon soos 'n toneel waar die brandweer besig was nie," sê lang, maer Jimmy. "Hei, Vaughn."

Hy groet hulle en vra of hulle die brandingenieur Dok Immelman ken, want hy is reeds besig om die toneel te fynkam.

"Aha," sê kort, dik Arnold, "Dok Mompelman strikes again."

"Ons ken hom," sê Jimmy, "omdat julle brandweer dink hy's die Orakel. Maar hy's okay. Kan sê wát gebeur het, hóé dit gebeur het, maar gaan nie 'n clue hê oor wié dit gedoen het nie."

"Dis waar óns inkom, Vaughn," sê Arnold.

"Die Gereg se geheime wetenskapswapen," sê Jimmy.

"Dokter Watson én Sherlock Holmes, alles in een onweerstaanbare pakket," sê Arnold.

"Watson en Crick," sê Jimmy.

"Mulder en Scully," sê Arnold.

"Nee. Dink 'n Batman-en-Robin-kruising, net met 'n baie beter humorsin," sê Jimmy.

"Vaughn, wat is die ooreenkoms tussen 'n poliesman en 'n brandweerman?" vra Arnold.

"Al twee wou brandweermanne word toe hulle klein was," giggel Jimmy.

"Boys, dis te vroeg. I'm not in the mood," sê Cupido.

"Haai, dis presies wat my vrou gisteraand vir my gesê het," sê Arnold.

"Is dit waar, die slagoffer was Lynette Morkel se toy-boy?" vra Jimmy.

"Het jy twee weke terug se *Huisgenoot* gesien?" vra Arnold. "Hy't haar seun gespeel. In die soapie. Maar nie in die aande nie. Sy was duidelik in die mood."

Hulle lag uitbundig.

"Boys, wat het hier gebeur? Surely 'n gasbottel?" vra Cupido.

"Nee. Dit was nie 'n gasbottel nie," sê Arnold.

"Brandweer vir jou gesê?" vra Cupido.

"Nog nie 'n woord met hulle gepraat nie. Dis wat ons sien."

"Okay, explain daai vir my."

"LPG-gasbottelontploffing is laer orde," sê Arnold. " 'n Opvlamming, nie 'n ontploffing nie, subsonies, baie warm, radiaal . . ."

Cupido lig sy palm om vir Arnold stil te maak. "Nee. Don't show off. Explain lat ek vir my thirteen-year-old stepson vanaand kan lat verstaan."

"Okay, cool," sê Jimmy. "In Suid-Afrika is die gas in die bottels LPG. Dis 'n afkorting vir Liquefied Petroleum Gas, net 'n fancy term vir 'n mengsel van propaan en butaan. Binne-in die gasbottel is dit 'n vloeistof, die bottel is só gebou om dit onder druk en in 'n staat van vloeistof te hou."

"Check," sê Cupido.

"Wanneer die druk van die vloeistof verlaag, gebeur verdamping of verstuiwing," sê Arnold. "Dis wat gebeur as jy die bottel se valve oopmaak, of die plaat van jou hob in die kombuis aan die gang kry. Dan verdamp die LPG-vloeistof, word 'n gas, wat maklik brand."

"Check."

"Right," sê Arnold. "Nou, as jou tenk skielik sy druk verloor . . . Sê nou maar daar's 'n puncture, of die klep breek, of so, dan het jy skielik 'n klomp gas wat vinnig vorm, onder druk, meng met suurstof . . ."

Jimmy vat weer oor: "Baie, baie, vlambaar. En ons kry ontvlamming. Nie ontploffing nie, ontvlamming. Lyk soos 'n ontploffing, maar dis baie laer orde. En hy's vinnig . . ."

"Maar subsonies . . ." sê Arnold.

"Dit beteken laer as die spoed van klank," sê Jimmy. "So, jy't nie die moerse knal nie."

"En hy brand warm, omtrent duisend-negehonderd Celsius, hy brand skoon, geel-oranje vlamme . . ." sê Arnold.

"As daar genoeg suurstof is. Soos hier, in die oopte," sê Jimmy.

"Dis reg," sê Arnold. "En jy sien 'n radiale patroon van brand, met die bottel as middelpunt, waar die meeste skade is."

"Radiaal beteken so konsentriese . . ."

"Ek weet wat dit meen, Jimmy," sê Cupido.

"Okay, cool, just checking. So, met 'n gasbottel wat ontplof . . ."

"Of dan ontbrand," sê Arnold.

". . . het jy min plofskade, min afval, of soos ons sê, min debris, maar baie brandskade. Daai paneel . . ." Jimmy wys na een van die sypanele van die woonwa wat 'n paar meter van hulle af lê, ". . . is aluminium wat gevacuum-bond is met polistireen en Renolit. As dit 'n gasbottel was, sou die polistireen en die Renolit nou uitgebrand gewees het. En die aluminium sou gesmelt of minstens verwring gewees het."

"Wat was dit, dink jy?" vra Cupido.

"Lyk na 'n chemiese ontploffing."

"Ja," sê Jimmy. "Kyk hoe baie reste het jy, en hoe ver die slag die goed gegooi het. Dit beteken 'n genuine ontploffing, supersonies . . ."

"Dis vinniger as die spoed van klank, moerse knal . . ." sê Arnold. "Onmiddellike skokgolf, blaas alles uitmekaar, voor dit kon brand. Dis hoekom die oorblyfsels so wyd versprei lê."

"Yes," sê Jimmy. "Die vuur van só 'n ontploffing is sekondêr, want dis net die hitte van die ontploffing wat goed kan aansteek. Jou vuur is dan minder voorspelbaar, dis rond en bont, want die ergste skade kom van die ontploffing, nie die vlamme nie."

Arnold wys na 'n sypaneel van die woonwa wat naby hulle lê. "Sien jy die kolletjies, lyk soos pokmerke?"

"Yebo."

"Dis tipies chemiese ontploffing," sê Arnold.

"Jou chemiese ontploffing los altyd onontbrande residu. En dis hoe ons gaan uitvind presies wat dit veroorsaak het. Met 'n spektro-meter."

"Okay," sê Cupido. "Ma' wat cause so 'n chemiese ontploffing?"

"Jou tik-laboratorium kan dit dalk doen . . ."

"Jy klink nie convinced nie," sê Cupido terwyl hy die uniform-sersant van die ingang se kant af sien aangedraf kom.

"Jy sal baie waterstof in jou tik-lab moet produseer om dié klas ontploffing te laat gebeur. En hy lyk ook meer na ontvlamming as ontploffing."

"En," sê Jimmy, "jou ander tik-gevare, jou rooi fosfor saam met jodium, of jou waterlose ammoniak . . . Jy gaan 'n ander soort ont-ploffing kry. Kleiner. En jy gaan groter brandskade hê, met 'n baie spesifieke ontstaanspunt."

Die uniformsersant het aangekom. "Kaptein . . ." sê hy uitasem.

Cupido wys hy moet 'n oomblik wag. "Best guess?" vra hy vir Dik en Dun.

"Tuisgemaakte bom," sê Arnold.

"Jip. Ammoniumnitraat, miskien," sê Jimmy.

"Soos in kunsmis?" vra Cupido.

"Sit, jou slim kind," sê Arnold.

Cupido draai na die sersant toe. "Yes, sarge?"

"Kaptein, die baas van die plaas is hier. Moet ons hom laat in-kom?"

27

Beyers Botha lyk soos iemand met " 'n geskiedenis van geweld".

Hy is in sy vroeë vyftigs, die neus is bonkig en skeef soos dié van 'n oudbokser, die mond is dun, die donker, broeiende oë knip nie. Sy nek is dik, sy skouers breed, die borselkop het humeurige grys aan die slape. Dit help ook nie dat hy in 'n swart Adidas-sweetpak geklee is nie, soos 'n lid van die Russiese Mafia.

Hy is so lank soos Cupido, sy handdruk is 'n sterk, ferm greep, en die speurder dink: Lynette Morkel is dalk reg oor die hele ding.

En dan gaan sit hulle weerskante van 'n tafel langs die groot swembad, weg van die rumoer van die ondersoek en die skare media-mense by die ingang, en Botha is kalm en hoflik, welsprekend en beredeneerd. Selfs wanneer Cupido, steeds in sy PPE-klere, vir hom sê sy vervreemde vrou sê hy sit agter die moord.

"Ja," sê hy en knik gedwee. "Dit maak sin."

"O?" sê Cupido.

Botha trek sy skouers op. "Dis was oorlog, die afgelope tyd . . ."

"Hoe so?"

"Sy't jou nie vertel nie?"

"Sy't gesê van die *Huisgenoot*-artikel wat jy ge-organise het, en die prokureursbrief en die hofbevel-dreigemente."

Botha sug. "Jy weet, sy's 'n intelligente vrou. Hoe sy kan dink ek het enige invloed by *Huisgenoot* . . . Ek verstaan dit nie."

"So jy het nie die artikel ge-organise nie?"

Hy grynslag. "Nee, kaptein, ek het nie die artikel ge-organise nie."

"Maar jy het die prokureursbrief laat stuur?"

"Ek het."

"Uit jealousy?" vra Cupido, maar Botha skud sy kop.

"Spite?" wil Cupido weet. "Revenge?"

Botha maak 'n gebaar van hulpeloosheid met sy hande, sê dan: "Kyk, ek weet daar's altyd drie kante van 'n storie – myne, joune en die waarheid. Sy't nou klaar haar weergawe vir jou gegee, so laat ek dan nou maar myne vir jou vertel. Die waarheid sal jy maar self moet gaan soek . . ."

"I always do." Cupido skuif sy notaboek reg. "Roger. Shoot."

* * *

Beyers Botha sê hy en Lynette Morkel het mekaar destyds op 'n vliegtuig tussen Johannesburg en Kaapstad ontmoet. Toevallig langs mekaar beland. Hy het nie 'n idee gehad wie sy was nie, want hy is nie 'n TV-kyker nie, en die flieks waarin sy was, is nie heeltemal sy soort ding nie. Hy het al sedertdien dikwels gewonder of dinge anders sou verloop het as hy geweet het. Sou hy die moed gehad het om met haar te gesels, om haar foonnommer te vra?

"Want sy het my weggeblaas. Sy was die mooiste vrou wat ek in my lewe nog gesien het."

Sy was vol selfvertroue en speelsheid en humor. En sy was gekultiveerd en eksentriek en eksoties en anders. Hy het haar versigtig en hoopvol die hof gemaak. Dit was die jare voor hy Hunting for Africa gestig het, toe hy nog net jaggewere en ammunisie uit die ou Oosblok en Italië ingevoer en versprei het. Hy het meer tyd gehad, minder druk. Agtien maande lank na haar gevry, en toe vra hy om haar hand by 'n luukse wildreservaat in die Oos-Kaap en sy sê "ja".

Die huwelik was die eerste paar jaar meestal maanskyn en rose. Hulle was verlief en gelukkig, het alles saam gedoen: Dikwels oorsee gereis as hy geweerfabrieke gaan besoek, sy het hom na toneelopvoerings en kunsflieks geneem, hom bekendgestel aan 'n wêreld wat hy nie geken het nie. En daar was gereelde skemerwildritte en kampvuurkuiers in die Kalahari, hulle het graag hier op dié plaas geselighede vir hul onderskeie vriende uit die vermaaklikheids- en jagbedryf aangebied. En daar was die kollig. Die tydskrifartikels, die rooi tapyt by filmpremières . . .

"Ek kon my geluk nie glo nie, kaptein. Ek meen, kyk na my. Nie wat jy 'n oil painting sal noem nie. En ek het hierdie beeldskone, talentvolle, beroemde vrou aan my sy."

En toe kom die krake.

As hy reg onthou, het dit begin met die naamsverandering. Van Boomplaas. "Dit was die oorspronklike naam van dié plek. Ek het dit twintig jaar gelede vir 'n appel en 'n ei gekoop, net sestig hektaar, redelik verwaarloos, nooit groot genoeg om winsgewend te boer nie. Maar 'n goeie belegging, dit het gehelp met belastingverligting, en ek meen, om jou eie wyn te bottel. Dis mos iets . . ."

Tot Lynette Morkel begin praat het oor die naam. Waarom, het sy gevra, só 'n onoorspronklike, effens platvloerse naam? Terwyl daar, hier in die Devonvallei, plekke is met eksotiese name soos Brenaissance en Le Verger, Clos Malverne en Le Grand Jardin. Geen gekultiveerde wyndrinker gaan 'n bottel koop met 'n etiket wat sê *Boomplaas-wyne* nie.

Toe gee hy maar in. Effens teësinnig, want die naam "Boomplaas" het 'n geskiedenis gehad. 'n Tradisie. En sy verander die plek na die Frans vir "Tuin van Juwele". *Jardin des Joyaux*. "Juwele, kaptein? Watse juwele? Maar wat kan jy doen? Ek meen, happy wife, happy life, dan nie? En 'n naam is mos nou nie 'n ding waarvoor jy jou huwelik opoffer nie."

Maar toe kom die "opknap" van die opstal. Botha sê hulle het in die Brandwacht-buurt van Stellenbosch gebly daardie tyd, maar sy wou baie graag hier na die plaas toe trek. Die oorspronklike opstal was die helfte so groot soos die huidige en het heelwat werk nodig gehad. Maar omdat hulle besluit het om nie kinders te hê nie – "haar besluit, ek weet, haar goeie reg, maar kom ons laat dit daar" – was dit meer as groot genoeg. En "opknapping", het hy gedink, beteken maar net nuwe loodgieters- en elektrisiënswerk, nuwe teëls op die vloere, verf en vernis. En hy sê dis reg so, sy kan daarmee aangaan. Hy was druk besig met die eerste uitbreiding van Hunting for Africa na Gauteng, Noordwes, die Vrystaat en Mpumalanga, en hy het haar smaak in elk geval vertrou, sy moes net 'n ogie hou oor die koste.

"Veertienmiljoen, kaptein. Veertienmiljoen. Vir die hek daar voor en die oprit wat geteer moet wees, en die baie groter huis wat basies heeltemal oorgebou is om steeds te lyk of dit uit die sewentienhonderds kom. En dis tapyte en skilderye en 'n kombuis . . . Het jy daardie kombuis gesien? Ek meen, sy kook nie. Glad nie. Maar gaan kyk. Dis 'n kulinêre katedraal."

Gedurende die bouproses het hulle al hoe meer geargumenteer, en die rusies het in intensiteit begin toeneem. Teen die tyd dat hulle eindelik ingetrek het, was daar al 'n sterk atmosfeer. Hy het langer ure begin werk om dit vry te spring; sy het toenemend haar eie lewe begin lei. Met wat hy haar "kunsvriende" noem. "Jy weet mos, dié soort wat heeldag sit en kla oor hoe vreeslik die kunste in hierdie land afgeskeep word, watter stryd dit is om hul visies en hul skeppings verkoop te kry terwyl ons kommin donners net wil braai en rugby kyk en jag. Maar hierdie kommin donner het maar aanhou betaal: haar kredietkaartrekening, haar partytjies, haar retreats by spa's saam met die altyd-gewillige kunsvriende. En kort-kort 'n groter, duurder kar."

En toe, net meer as drie jaar gelede, die oproep wat hy op kantoor ontvang het. Van die vrou van 'n dramaturg wat vir hom sê Lynette en haar man het 'n affair, en kan hy asseblief sy vrou beheer?

Toe hy dié aand vir Lynette daaroor konfronteer, het sy dit nie ontken nie. Sy het hom daarvoor geblameer. Omdat hy, vandat sy veertig geword het, duidelik nie meer fisiek in haar belangstel nie. Want hy verkies seker "die jong goedjies". En hy het nog nooit haar talent waardeer nie, hy het nog nooit regtig in haar wêreld en haar kuns belanggestel nie. En Antonie – dis die naam van die dramaturg – is presies op haar golflengte. Hy práát met haar, en luister na haar.

Hy verstaan haar. Hy ken haar siel. En hy skryf vir haar, net vir haar, die rol van haar lewe.

Daardie aand het hy wat Beyers Botha is, in die woonwa, die 2008-Jurgens Explorer, gaan slaap. Hy't die verdomde ding nooit gekoop nie, dit was 'n kliënt wat 'n .404 Jeffery-geweer gekoop het, en toe die tjek hop en hulle dreig hom, toe kom haak die kliënt die Jurgens hier op die plaas af en sê dis al wat hy het. En toe laat hy die ding daar langs die sinkstoor trek, en daar het dit gestaan. Tot laas nag toe.

"Miskien moes ek daardie volgende dag of daardie volgende week gaan vrede maak het, kaptein. Miskien moes ek voorgestel het dat ons 'n berader of so iets gaan sien. Miskien moes ek gaan jammer sê het oor my skuld aan die verbrokkeling. Ek moes minder tyd aan my besigheid en meer tyd aan my vrou spandeer het. Ek moes haar probeer verstaan het, of dan minstens meer deernis gehad het vir haar binnekant, want sy is eintlik so onseker en broos. En laat ek dit vir jou reguit sê: Ek was nie 'n engeltjie nie. In die tyd van die groot baklei oor die huis se koste het ek twee keer . . . Noem dit 'n ontlading, dit was nooit 'n affair nie, dit was one-night stands, met die klem op *one*. Maar toe . . . 'n Man se ego is 'n donner, kaptein. En daar's niks wat hom so knou as wanneer jou beeldskone vrou by 'n ander man slaap en dan kom vertel sy vir jou dis alles jóú skuld nie. Laaste strooi. Toe's ek klaar met haar. Heeltemal. Ek gaan koop toe 'n huis in Longlands en ek trek daar in. En ek gaan sien my prokureur en sê ek wil skei. En toe maak sy dit so moeilik as wat sy kan. Elke keer 'n ander ding. Sy wil 'n groter skikking hê. Sy wil dié plaas hê. Toe wil sy die Kalahari-plaas hê. Dieselfde fokken Kalahari-plaas waaroor sy elke keer so gemoan het as ek sê, kom, ons gaan vir 'n week of twee soontoe, want daar's te veel vlieë en stof en sand. En toe kry sy die rol in die sepie en sy raak deurmekaar met die Van Graan-kêreltjie. En hy begin skielik met hierdie veldtog teen ons, teen die bedryf, die maatskappy, teen mý. Op al wat sosiale media is. Sê ons is moordenaars, sê jag is die marteling van onskuldige diere wat Afrika permanente skade gaan aandoen, ons gaan die ekosisteem verwoes, al daai gewone twak. Ek en jy weet wat die waarheid is. As dit nie vir die wildbedryf in hierdie land was nie . . . Maar kom ek laat dit daar. Feit is, ek het niks gedoen om Van Graan te keer nie. Want ek het geweet hulle soek reaksie, hy en Lynette. En ons is al gewoond aan dié soort snert en dis nie asof hy skielik gaan maak dat die helfte van ons jagters hulle gewere gaan verkoop nie. So, toe los ek hom. Tot die *Huisgenoot*-ding, verlede week.”

Botha sê hy het glad nie geweet van die verhouding tussen Lynette Morkel en Gerrie van Graan nie. Die tydskrifartikel was vir hom een te erg. Dieselfde klein fokker wat sy maatskappy en die jagbedryf so aanval, twintig jaar jonger as sy vrou, klim elke aand saam met haar in die bed. Die bed waarvoor hy betaal het, in die huis waarvoor hy betaal het, en wat hy steeds ten duurste moet onderhou, want sy is die een wat die egskeiding onmoontlik maak.

“So, toe strip ek my moer. Heeltemal. En ek sê vir my prokureur, nou kry jy ’n fokken hofbevel, ek soek nie daardie klein kak op my grond nie, hulle kan iewers anders gaan kattemaai. Ek meen, wat sou jý gedoen het, kaptein?”

“En toe sê jou werkers vir jou Van Graan het in die caravantjie ingetrek?”

Beyers Botha vererg hom, die nekspiere verstyf, die oë trek klein. “My werkers het vir my fokkol gesê. Tot Joshua Paarwater my gebel het, vyfuur vanoggend, om te sê ’n fokken UFO het die karavaan met ’n laser geskiet en my hele plaas brand af, ek beter kom kyk. En toe is jou mense hier by my hek en hulle keer my om in te kom, en tóé hoor ek dis die klein fokker wat moer toe geblaas is. Ek weet nie watse stront Lynette in jou kop gesit het nie, maar ek het niks daarmee te doene nie.”

Cupido wil sien hoe ver die humeur kan opvlam. Hy vra: “Die moer wat so maklik strip, meneer Botha . . . Al ooit aangekla van aanranding?”

28

Beyers Botha staan met gebalde vuiste op uit die tuinstoel, sy gesig verwronge. Hy loop vier, vyf tree weg, dan sê hy: "Here, tog," en hy staan en kyk suid, oor die Devonvallei, terwyl sy bors op en af dein soos hy asemhaal.

Cupido wag.

Botha kom terug. Gaan sit. Sug lank en diep. "Hell," sê hy, "hath no fury. Sy is meedoënloos."

Cupido kyk net vir hom.

"Elf jaar gelede. My ma het nog geleef, daardie tyd was sy al in haar sewentigs." Sy stem nou moeg en sag. "Sy't op Robertson gebly, 'n koffie-en-kosmetiekwinkel in Voortrekkerstraat gehad, reg op die R60. The Aloe Café, want al die goed op die rakke was aalwynprodukte. Jou rome, jou sepe, jou gels, jou balms . . . Daardie winkel was haar lewe. Haar passie. Dit het haar jonk gehou. Voor die winkel was daar sulke klei-blombakke. Mooi goed, met die hand uitgesoek. Aalwyne daarin. Vyf verskillende spesies. Sy was mal oor aalwyne, sy't vir almal wat daar aangekom het, vertel daar is meer as vierhonderd soorte, sy wens sy kon hulle almal plant. Liewe, sagte, goeie vrou. Elk geval, dié Vrydagmiddag kom 'n dronk doos met die naam van Selwyn Caldwell en hy ry drie van die bakke moer toe met sy ou Defender. Sy meisie is ook in die kar, sy wou glo by die boetiek langsaan ingegaan het. My ma kom uit, in trane, en sy sê: 'Wat makeer jou, kyk wat het jy gedoen.' En hy sê: 'Fuck you, you old fart,' en hy ry. My ma bel vir my, en ek is die donner in. Ek sê: 'Ma, kyk op die CCTV, kry vir my die kar se nommer.' Toe spoor ek hom op, hy en die girl bly in Muizenberg in so 'n skakelhuisie, surfboard op die stoep, Defender in die straat. Ek klop, en dis hy wat oopmaak, langhaar-doos, lekker dik oë van die dagga, en ek sê vir hom die skade aan my ma se blombakke en aalwyne is drieduisend rand, en jy gaan nog vir haar om verskoning ook vra. En hy begin met 'fuck you and your mother' en hy stamp my, en toe bliksem ek hom. Een op die neus, een op die bek. En toe loop ek. Daai aand, toe kom die polisie, want sy meisie het 'n foto met haar foon gevat toe ek wegry, en hulle arresteer my. Vat my Muizenberg toe. Ek het my prokureur gebel, toe sê hy ek moet maar in die selle slaap, hy sal die volgende dag met die staatsaanklaer praat. En hy het. Toe los hulle die ding, want die aanklaer het geweet daar gaan fokkol van kom. So, nee, kaptein, ek was nooit aangekla vir aanranding nie. Net gearresteer. Ek weet nie of hulle dié soort ding se rekords hou nie, jy moet maar gaan kyk."

* * *

"Het jy explosives in daai caravantjie gesit?" vra Cupido vir hom.

"Nee."

"Het jy vir iemand gesê om dit te doen?"

"Nee."

"Sal jy 'n explosive device kan maak wat die caravantjie kan opblaas?"

"Sover ek weet, kan enigiemand so iets maak, al die resepte is glo op die internet."

"Het jy sulke resepte gaan soek?"

"Nee."

"Kan ons jou cellphone en jou personal computer analyse?"

Botha haal sy foon uit en plaas dit op die tafel. "My laptop is by die huis. Dis dieselfde een wat ek werk toe vat. Kyk gerus."

"Daai sal ons moet doen. Were you, in any way whatsoever, involved in the killing of Gerrie van Graan?"

"Jissis, kaptein, ek is nie 'n idioot nie."

"Were you?"

"Nee."

Cupido maak sy notaboek toe, verplaas dit saam met sy pen na sy baadjie se binnesak. "To be continued, meneer Botha . . ."

Die man staan op, maar Cupido sê: "Just two more things . . ."

Botha gaan sit weer.

"Die ding van Paarwater en die UFO. Is hy 'n drinker?"

"Absoluut nie."

"Okay. Nou moet jy mooi dink, meneer Botha. Jy't die media sharks by die hek gesien . . ."

Botha knik.

"Ask yourself, wat sal hulle doen met die UFO-ding?"

Botha fluit geluidloos en knik.

"Da's kla' bloed in die water. Let's not add to it."

"Jy het my woord."

Cupido knik. Hy haal 'n plastiekbewysstuksakkie uit sy baadjie, plaas Botha se selfoon daarin. "Wil jy die passcode volunteer?" vra hy.

Botha gee dit vir hom en hy skryf dit in sy notaboek. "Meneer Botha, ek moet jou vra om nie die plaas te verlaat sonder my toestemming nie. Ons moet jou laptop gaan haal."

"Was dit die tweede ding?"

"Nee. Die tweede ding, just so you know, as jy nou vir my hier gesit en lieg het, oor enigiets: I'm going to nail you. For murder. En dan gaan jou prokureurtjie nie vir jou los kan kry nie. Is there anything you want to change about your statement?"

"Nee."

*   *   *

Bennie Griessel ry om 06:11 af in Kampstraat, Oranjezicht. Hy dink aan Hein en Margerie Sauls.

Hy ken die gevare van fikseer op 'n ding wat dalk geen betrekking het nie, maar hy het hom die ondertone in daardie kantore nie verbeel nie.

Dis die omstandighede waarin hy dit ervaar het: Dieselfde dag van die doodstyding oor Brandon Maarman, die nuus nog rou en vars. Hul hoofondersoekbeampte, tragies dood. Die man wat Hein se werknemer en vriend was, Margerie se vertroueling. Dis die konteks waarin die stramheid, die spanning, die konflik plaasgevind het.

Enige ander dag kan jy dit nog verstaan – dalk 'n verhoudingsgeskil tussen man en vrou, dalk 'n rusie oor die agentskap se geldsake, of 'n moeilike kliënt.

Maar in daardie stadium van daardie dag?

Dit beteken iets.

Maar wat?

Dan lui sy foon en hy sien dis Vaughn, en hy weet, 'n oproep dié tyd van die oggend beteken iets het gebeur. Cupido het iets op Maarman se rekenaar gekry. Of dis die seun, Bobby Stravino, of Pearl Maarman wat vir sy kollega iets laat weet het.

"Jis, Vaughn."

"Benna, bad news, partner. Jy sal my nooit weer sien nie. 'Cause why, I've been transported to an alternate universe. And this one's really fucked-up."

"Wat gaan aan?"

"Ken jy die soap opera *Wynland*?"

"Nie regtig nie. Ek dink Alexa het al daarvan gepraat. Ons het dit nog nooit gekyk nie . . ."

"Da's hierdie actress, Lynette Morkel, beautiful woman, very famous, sy's in die soapie. En laas nag, toe blaas iemand haar toy-boy lover sky high wa' hy in die caravantjie op die plaas bly."

"Jissis."

"But wait, there's more. Eyewitness sweer hoog en laag dit was 'n UFO."

"Ag, nee, fok, jy's nie ernstig nie . . ."

Griessel hoor iemand op die agtergrond praat. Hy dink hy herken die stem. Jimmy van Forensies.

"Sorry, Benna," sê Cupido, "have to go, hulle het iets gekry. Wou net sê dit lyk my jy's vir eers weer solo op die Skinny murder . . ." Dan is die lyn dood en Griessel hou stil by die Bo-Oranje-kruising, en hy dink: Hierdie land, die goed wat gebeur, dis net . . . "ongelooflik" is die enigste woord wat by hom opkom.

Hy besef skielik hy sal nou Maarman se rekenaar self onder hande moet neem. En rekenaars is nie sy sterkste punt nie.

* * *

Jimmy van Forensies lei Cupido na die grondpaadjie wat van die opstal af strek na waar die woonwa gestaan het. Arnold staan wydsbeen, besig om foto's te neem van iets wat op die grond lê.

Cupido loop tot by die voorwerp, buk af. Hy kyk.

Dit lyk soos 'n stuk aluminiumpyp, omtrent vyftig sentimeter lank en dalk veertien sentimeter in deursnee. Aan die een kant lyk dit of nog 'n gedeelte daarvan afgeskeur het, die metaalwand puntig en beskadig, dit lyk of die rand gesmelt het. Aan die eweredige onderkant is 'n aluminiumplaatjie presies gesny, driehoekig, en teen negentig grade aan die pyp vasgesweis. Daar is 'n swart brandpatroon reg rondom die onderkant van die pyp.

Net bokant die klein driehoek is grys letters op die pyp se lengte gestensil.

"Wat sien jy?" vra Arnold.

Cupido probeer die letters lees. "Lyk soos 'korp'. Wat is 'n korp?"

"Nee, nie die letters nie. Die ding."

Cupido kyk weer. "Nee, ek het nie 'n clue nie."

"Okay, kyk hier . . ." Arnold druk baie versigtig 'n lang, dun staalpen in die pyp se agterkant, en lig dit op. Hy beduie met sy linkerhand Cupido moet daar inloer.

Cupido sien iets wat lyk na 'n swartgeskroeide tregter, ook van metaal, wat styf teen die binnekant van die pyp pas. "What am I looking at?" vra hy.

"Ons dink dis die stert van 'n missiel."

" 'n Missile? Soos in militêre goed?"

"Die vin hier aan die buitekant . . . Kyk, dit lyk of daar nog drie was wat afgebreek het, jy kan net die sweislyn sien . . ."

"Check."

"En daardie ding daar binne lyk soos 'n deel van die enjin, die swart roet hier onder kan die vuurpyl se brandresidu wees."

Cupido kom stadig regop, sy kop oorweeg die een konneksie ná die ander, eers in ongeloof, dan met groter sekerheid. Tertius Bam van Paradijs se UAP: *Die ding is, ek dink ek het hom eers gehoor. So 'n . . . hummm. En toe kyk ek, en ek sien 'n lig, en so 'n streep. So half oranje. En toe is dit die ontploffinkie.* Joshua Paarwater se UFO, *one straight stripe. Toe's dit net bóém!*

"Fokkit," sê hy. "Slaat my met 'n pap snoek, lat ek net kan wakker word."

29

Cupido het nog nooit vir Arnold en Jimmy van die Provinsiale Misdaadtoneel-ondersoekeenheid só ernstig en gefokus gesien nie.

Sonder 'n enkele kwinkslag sê hulle vir hom hulle het nou nodig om die hele terrein te ontruim, voor daar verdere vertrapping en versteuring van die toneel plaasvind. Al is groot skade reeds gedoen, moet alle brandweer- en polisiepersoneel wat hier doenig was, hul stewels en skoene uittrek, in die verskafte plastieksakke plaas, en dit by die PCSI se bussie gaan neersit. Dit sluit "Dok Mompelman" in. En daarna moet die hele lot asseblief tot anderkant die opstal ontrek word. Hulle gaan nou die Forensiese Wetenskaplaboratorium in Plattekloof bel en vra vir versterkings.

"Ons sal die skoene en stewels hier toets. Hulle sal dit vandag nog terugkry," sê Arnold.

"Toets vir wat?" vra Cupido.

"Ammoniumperchloraat, byvoorbeeld," sê Jimmy.

"DMNB en Semtex."

"Ons dink DMNB, want ons het nog nie Semtex se rooi spatsels gesien nie, maar jy weet nooit," sê Arnold.

"Wat beteken daai alles?"

"Ons moet uitvind watse brandstof die missiel gebruik het. En die plofstof in die plofkop."

"Ons moet die toneel in blokke verdeel, ons moet grondmonsters neem, ons moet elke stukkie van die karavaan en die missiel probeer kry," sê Jimmy. "Veral die brein van die ding."

"En ons moet aanteken waar ons wat gekry het," sê Arnold.

"En ons sal alles lab toe moet vat," sê Jimmy.

"Dis hoe ons jou missielman gaan vang," sê Arnold.

"Want sy handtekening lê hier," sê Jimmy.

"In die chemie en die elektronika," sê Arnold.

"Julle klaar?" vra Cupido toe hulle eindelik ophou praat het.

"Ons is."

"Cool bananas," sê Cupido. "I'm on it." En dan begin hy bevele uitroep.

* * *

In die kantoor gaan sit Griessel voor sy rekenaar om homself net weer te vergewis van die Maarman-tydlyn van Donderdag, 9 Oktober. Hy blaai deur sy notaboek tot hy by die aantekeninge kom, sy vinger loop af met die kolom tot by:

12:30: (Ongeveer.) Die Skyline word gesteel in Kenilworth.

14:07: Maarman kry 'n oproep van 'n ongeregistreerde selfoon af.

14:13: Maarman bel die paneelkloppers.

14:20: Maarman bel vir Margerie Sauls.

15:08: Die Skyline ry by Idasvallei in.

15:15: (Ongeveer.) Bobby Stravino sien die twee mans by Maarman se huis, en die Skyline buite.

17:36: Die Skyline verlaat Idasvallei, met al twee mans daarin.

18:53: Sononder in Idasvallei.

19:00: Pagel se vroegste tyd van dood.

Dié tydlyn is knap. Hoe meer hy daaroor dink, hoe meer besef hy dit het alles in 'n baie kort tydperk gebeur. Net negentig minute ná die steel van die Skyline, bel hulle vir Maarman. Net honderd-vyf-en-sestig minute later is hulle in Idasvallei. Hy kan verstaan dat hulle die tyd op die pad in 'n gesteelde motor so kort moontlik wil hou, maar hoe het hulle geweet Maarman sou op dié Donderdag beskikbaar wees om vir hulle die motor te wys? Hoe het hulle die risiko bestuur dat hy uitstedig kan wees, of onbeskikbaar?

Hy vermoed daar was ander kommunikasie. Digitaal. Cupido kon geen e-pos kry nie, dalk was dit Facebook, of Gumtree of AutoTrader, so iets? Want Maarman se webleser-geskiedenis wys hy het dié werwe dikwels gebruik.

Hy maak Maarman se skootrekenaar oop, tik die toegangskode uit sy notaboek in.

Sy selfoon lui. Hy sien dis professor Phil Pagel.

"Prof."

"Nikita, sit jy?"

"Ja, prof."

"Dan is dit goed so. Want dié ding het my amper laat omval."

"Jy't iets gekry, prof?" Sy hart klop vinniger.

"'Iets' is die sagstelling van die jaar, Nikita. Dit is, om die minste te sê, aardskuddend. Maar kom ek vat jou stap vir stap daardeur. Jy sal onthou ek en jy was verbaas oor hoe skoon die slagoffer se hande was, ondanks die omstandighede waarin hy gevind is?"

"Dis reg, prof." Griessel weet Pagel, die groot storieverteller, laat die spanning doelbewus opbou as hy 'n deurslag- en insiggewende bevinding gemaak het. Daarom sal hy sy nuuskierigheid moet bedwing tot die groot onthulling kom.

"En ek kon bevestig dat daar geen verdedigingswonde teenwoordig is nie," sê Pagel.

"Ja."

"En jou suggestie was dat, sou daar gemene spel teenwoordig gewees het, 'n verdowingsmiddel moontlik betrokke is, aangesien die slagoffer fiks, gesond en 'n voortreflike voormalige polisieman is wat nie willens en wetens onder 'n opgeligte motor sou gaan lê nie."

"Dis reg."

"Nou goed. Met dit alles in gedagte, het ek Vrydagmiddag die nodige monsters vir toksikologietoetsing weggestuur. Ook die lappe wat Cupido voorsien het. Terwyl ons vir die resultate moes wag, het ek begin wonder oor die moontlike toediening van potensiële verdowing. Ek ken vir jou, Nikita. Jy sal nie vermoedens hê as daar nie goeie redes daarvoor is nie. En dan is dit my plig om . . . Ewenwel, wat die toediening van verdowing betref, is daar uiteraard drie basiese moontlikhede: orale administrasie, binneaars of in gasvorm. Eers- en laasgenoemde altyd die moeilikste om te bespeur sonder toksikologiese bewys. Binneaars is die een wat fisieke spore laat. Maak dit sin?"

"Ja, prof."

"Nie net het ek sodanige spoor gekry nie, Nikita, dit het 'n absoluut fassinerende resultaat gelewer. Ek moet beken, ek het dit met die aanvanklike ondersoek misgekyk. My verweer is die aansienlike trauma wat die impak van die voertuig aan die slagoffer se torso veroorsaak het. En my primêre doelwit was om die oorsaak van dood te bepaal, wat 'n mens ietwat eenogig maak. Of dalk word ek net oud, Nikita. Ewenwel, die kneusings en snye was veelvuldig, en daarom het ek die baie klein letsel en swelling aan die nek met die eerste ronde aan die impak-trauma toegeskryf. Maak dit sin?"

"Ja, prof."

"Met die hernude ondersoek was ek veel meer noukeurig met die vergrootglas. En toe blyk dit dat, sentraal tot die klein swelling in die laer nek, daar 'n mikroskopiese punksie is. 'n Gaatjie, Nikita. 'n Naaldprik."

" 'n Inspuiting, prof?"

"Net so. Iemand het ons man met iets onbekend ingespuit. Wat ook 'n kristalagtige residu rondom die punksie gelaat het. Toe bel ek die toksikologie-lab en ek sê, hulle moet groot asseblief hulle riete roer, want hier's dinge aan die broei. Vrydagaand, toe bel die lieflike dokter Devi my om te sê daar is duidelike tekens van ons ou vriend gamma-hidroksiebutiraat in al die monsters wat ek verskaf het – die lappe, die bloed, die urine en die gastroïntestinale kanaal."

Griessel weet gamma-hidroksiebutiraat is sogenaamd GHB, die klassieke middel wat algemeen bekend is as die dwelm vir afspraakverkragtings. Dit is feitlik smaakloos en reukloos, die soms subtiele sout- of seepsmaak word maklik verbloem deur 'n soet drankie soos Coke. Afgesien van verdowing en verlies aan bewussyn, is braking dikwels een van die simptome. En dit alles is eindelik klinkklare bewys dat Vaughn Cupido reg was: Brandon Maarman se dood is gemene spel. Moord. Maar dit los nie sy grootste kwelling op nie.

"Dis baie goeie nuus, prof," sê hy. "Nou weet ons hoe hulle hom onder die kar kon kry. Maar daar's een ding wat nie sin maak nie . . ."

"Ek weet wat jy gaan sê, Nikita, en jy is heeltemal reg. Die geskatte tyd van dood plaas jou verdagtes wat die GHB kon toedien, ver weg van die toneel."

"Dis reg, prof. Dit beteken dit moes iemand anders gewees het."

"Dis wat ek ook gedink het. Maar toe die lieflike dokter Devi vir my sê dis GHB, het ek twee en twee bymekaar gesit. Dit is uiteraard moontlik om GHB binneaars toe te dien, maar dan verwag jy dat die slagoffer hom sal teësit. En ons het geen verdedigingswonde nie. Niks. My afleiding was dus dat die GHB oraal geadministreer is, sonder die slagoffer se medewete. En nadat hy sodanig onkapabel gemaak is, het hulle 'n ander middel binneaars toegedien. Van daar die punksie. Is jy nog by, Bennie?"

"Ek is, prof."

"Uitstekend. Daarom dat ek toe vir dokter Devi gevra het of sy en haar span vir ons oor die naweek na 'n klompie moontlikhede kan kyk. En ek stuur vir hulle nuwe monsters en 'n nuwe lys van behoeftes, met spesifieke melding van die kristalagtige neerslag. Nou, ek en jy skuld hulle minstens 'n groot boks sjokolade, want hulle het die hele Saterdag en 'n groot deel van Sondag geswoeg, maar ek is dankbaar om te kan sê dit was alles, in die naam van geregtigheid, die moeite werd. En nou, Nikita, kom die deel waarvoor jy moet sit."

"Ek sit, prof."

"Natriumsitraat, Nikita. Eerste keer in my lewe dat ek dit sien. Natriumsitraat. Dit is wat hulle vir hom ingespuit het. En die ding wat natriumsitraat doen, is dat dit die vrye kalsium-ione in die bloedstroom en weefsel bind, wat die liggaam se beskikbare kalsium aansienlik verminder. En dit, Nikita, het 'n direkte invloed op rigor mortis. Dit het 'n direkte invloed op ons geskatte tyd van dood."

Griessel hou nie daarvan om voor Pagel te vloek nie, die man is die toonbeeld van beskaafdheid, maar hy kry die "fokkit" nie gekeer voor dit uit is nie.

"Fokkit inderdaad, Nikita. Ons het met baie uitgeslape, gesofisti-keerde en gekonnekteerde mense te doene."

30

Pagel vertel vir Griessel dat natriumsitraat nie algemeen beskikbaar is nie. Dit word hoofsaaklik in mediese prosedures gebruik as 'n teenstolmiddel tydens bloedoortappings, en in mindere mate in voedselprosessering.

"As jy in ag neem dat die binneaarse toediening sowel mediese kennis as vaardighede benodig, sou ek 'n wilde raaiskoot waag dat die middel uit die mediese bedryf kom, Nikita," sê Pagel.

"Jy het tussen honderd en tweehonderd milliliter daarvan nodig om rigor mortis met twee uur of meer te vertraag. Daarbenewens, nog twee redes waarom ek glo jou verdagtes gaan mediese kennis of toegang tot sodanige inligting hê: Die eerste is die feit dat jy natriumsitraat verkieslik moet toedien terwyl die slagoffer nog leef. Met ander woorde, die hart moet nog klop om die middel deur die hele liggaam te versprei. Daarom eers die GHB. Die tweede is dat dit baie slim is om die slagoffer eers te verdoof, want sou daar worsteling en fisieke inspanning ná die toediening van die natriumsitraat wees, versnel dit rigor en verminder dit die effek van die natriumsitraat."

* * *

Cupido het die bevele – die skoene wat getoets en terrein wat ontruim moet word – aan die brandweer en die uniforms oorgedra. Nou stap hy diep ingedagte terug na die toneel, verby die opstal, teen die heuwel op. Die brokstukke van die oggend dryf los in sy kop – hy probeer dit orden, sin daarvan maak. En dan is dit asof alles meteens bymekaar kom, die hele prentjie glashelder, adrenalien wat vloei van die euforie. Hy sê hardop: "Gotcha, motherfucker," en gaan staan.

Hy haal sy notaboek uit, kry die nommer van Fred Metzinger, die eienaar van die wynplaas Paradijs, waar die brand verlede Vrydag-oggend plaasgevind het. Hy bel.

Die boer antwoord.

"Dis kaptein Cupido van die SAPS, meneer Metzinger . . ."

"Gewonder of ek weer van jou gaan hoor, kaptein."

"Ek wil Provincial Forensics se span stuur lat hulle monsters kan kom neem . . ."

"Nee, o genade, ons het al klaar opgeruim daar bo. Hoekom nou eers?"

"Ons sit met 'n ontploffing en 'n brand hier in die Devon Valley wat vir my na dieselfde ding lyk . . ."

"Wanneer het dit gebeur?"

"Laas nag. Main difference, hier's 'n man dood."

"O genade . . ."

"Hoeveel het julle al opgeruim daar by die skaapwagtershuisie?"

"Alles. Ons is al besig om die mure te herbou."

"Wat het julle gemaak met die debris?"

"Dit lê hier agter die stoor, ons ry dit vanmiddag weg."

"Meneer Metzinger, moenie daai doen nie. Asseblief. En kan julle die bouwerk stop?"

"Dis reg so. Jy dink daar's 'n verband? Selfde mense?"

"Daai is my theory, but that's all I can tell you at this time."

* * *

Cupido gaan praat met Dik en Dun. Hy sê daar is twee ander tonele wat hulle asseblief ook moet gaan analiseer. Vir daai chemicals waarvan hulle gepraat het, die plofstof en die brandstof. Die een is die oorblyfsels van die brand by die Paradijs-landgoed.

Arnold en Jimmy sê daar is geen manier dat hulle vandag daarby gaan uitkom nie. Kan hy vra dat Metzinger dit wat oor is met plastieksakke bedek?

Hy sê hy bel dadelik.

Wat is die ander toneel? wil hulle weet.

"All will be revealed," sê hy, en bel weer vir Metzinger. Die boer stem in om die reste onversteurd te beskerm.

Cupido begin weer loop, haastig en vol vuur, om te gaan soek na die huis van Joshua Paarwater.

Dit is een van ses arbeidershuise wat tussen die wingerde teen die helling staan. Elkeen het 'n grasperkie en 'n skaduboom voor, en 'n groentetuin agter. Sewe kinders, tussen die ouderdomme van vier en elf, speel al jillende met 'n rugbybal op een van die grasperke, baie dankbaar dat hulle deur die omstandighede verhoed word om skool toe te gaan. Hulle sien hom aankom, gaan staan stil en hou hom grootoog dop.

"Wie's jy, uncle?" vra die elfjarige toe hy by die hekkie kom.

"Captain Vaughn Cupido, beste speurder in die SAPS."

Hulle "oe" en "aa" en "genuine, uncle?".

"Okay, maybe second best, ma' dis 'n close call," sê hy. "Ek soek vir mister Joshua Paarwater."

Die kinders wys in die rigting van die derde huis, en dan kom Paarwater by die voordeur uit, begin stap na hom toe. Die kinders staan bankvas, baie nuuskierig.

"Ek glo jou nou," sê Cupido. "Oor wat jy gesien het."

Die man knik net, asof hy geweet het die waarheid sal uitkom. Hy fluister vir Cupido: "Moenie vir die kinners sê nie."

"I get your drift, brother," sê Cupido sag. "Ma' dit was nie 'n UFO nie. Ek scheme dit was 'n drone."

" 'n Drone? Soos daai wat hulle die lande mee kom meet? Vir die contours?"

"Net so. Ma' dié een het 'n rocket geskiet."

"Jirre. Vir wat, meneer?"

"Daai is wat ek gaan uitvind. Ma' ek wil vir jou vra: Jy het van-oggend vir Beyers Botha gebel oor die hele ding?"

"Ja, meneer."

"Joshua, asseblief, ek is nie 'n meneer se gat nie. If all else fails, roep my captain."

"Okay, captain."

"Daai is jou job? Om vir die owner informed te hou van die comings and goings?"

"Ja, captain. Ek is die voorman hier."

"Okay. Die laaste maand of so, wat anders het jy vir hom gesê van die comings and goings?"

"Captain?"

"Hy's mos nie hier nie, Joshua, oor die condition of the marriage."

"Sad, but true."

"En jy's die eyes and ears. Jy hou vir hom informed?"

Paarwater knik.

"Het jy vir hom gesê die Van Graan actortjie het kom intrek?"

"Ek het, want daai's nie reg gewees nie."

"Wanneer het jy vir hom daai ge-inform?"

"Sal nou nie presies kan sê nie."

"Ball park. Hoeveel weke terug?"

"Nee, seker so maand terug."

"Okay. En gister, toe sien jy, ma' die actortjie trek nou hier in die caravan in?"

"Ek het hom nie self gesien nie."

"Wie het hom gesien?"

"My vrou, Lina."

"En toe sê sy vir jou?"

"Net so."

"En toe bel jy vir Botha?"

"Net so."

"Hoe laat gister?"

"Was hier by vieruur, as ek dit nou reg het."

Cupido gaan haal twee uniformkonstabels by die patrollievoertuie voor die opstal. Hy sê hulle moet saam met hom stap.

"So, sonder skoene?" vra hulle.

"Ja," sê hy. "Easy steps, ons gaan net in die huis wees."

Hy verduidelik vir hulle wat hy verwag terwyl hulle opstal toe stap.

In die kombuis vra hy vir Saartjie, Lynette Morkel se handvashouer, of sy weet waar Beyers Botha is.

"Meneer is in die kantoor," sê sy, lei hom dan daarheen.

Hy kry die man in 'n vertrek met baie boekrakke, 'n lessenaar en 'n groot platskerm-TV. Botha sit en kyk na CNN.

Cupido vra vir die uniforms om buite te wag. Botha draai die klank sagter en kyk vraend na hom. Vaughn maak die deur agter hom toe.

"Jy onthou ek het vir jou gesê as jy vir my lieg, I'm going to nail you. For murder."

"Ja." Met moeë geduld.

"Jy't gelieg."

Die geduld wyk voor verontwaardiging: "Dis eenvoudig nie waar nie."

Cupido haal sy notaboek uit, verwys na wat hy neergeskryf het: "Jy't gesê jy't glad nie geweet van die affair nie. Eers met die *Huisgenoot* article. En toe ek vir jou vra of jou werkers vir jou gesê het Van Graan het in die caravantjie ingetrek, toe sê jy 'nee'."

"Tegnies het ek nie geweet hulle het 'n affair nie, kaptein."

"Tegnies gaan ek vir jou nail, meneer Botha, want jy lieg."

31

Griessel loop op en af voor die venster van hulle kantoor, vryf met sy linkerhand kort-kort ongeduldig deur sy hare. Hy soek perspektief, om Pagel se bevindinge te probeer verwerk. Hy wou wegkom van agter sy en Maarman se rekenaars, want hy vermoed die sigblaaie en oproepregisters, die e-posse, die Facebook-inskrywings gaan nou nie veel nut hê nie.

Die mense agter die Maarman-moord wou nie 'n boodskap stuur nie, hulle wou nie wraak neem nie. Hulle het tyd en geld bestee, groot moeite gedoen, voorberei en beplan, om dit na 'n ongeluk te laat lyk. In die hoop dat die oorwerkte SAPD maar te dankbaar sal wees om die dossier vinnig af te handel.

Hulle wou vir Maarman stil-stil uithaal. Sonder om aandag te trek.

Waarom?

Hy dink aan wat Cupido gister gesê het. *Die phone calls om die Beemer te kom kyk, die Skyline gesteel, hulle het die een of ander soort drug saamgebring. En toe al die forensics uitgebrand. Lots of planning, high-risk shenanigans, intelligent execution . . . Daai is nie Hein Sauls nie, Benna. Daai is iets groter.*

Vaughn was reg. Dit was nie Hein Sauls nie. Ook nie die makkers van die Nigeriese swendelaars wat nou tronkstraf uitdien nie.

Dis iets groter. Maar wat?

Uit Brandon Maarman se huidige dossiere kan hy die weduwee Bamberger-saak buite rekening laat. Hein Sauls het gesê die verdagte is 'n tipiese solo-swendelaar, lafhartig, blaas die aftog as die druk te groot raak. En buitendien, Maarman het reeds die skuldige geïdentifiseer, daar was geen voordeel in om hom te vermoor nie.

Dieselfde geld die saak van Karl-Heinz Fechter, wie se gesig vir kripto-bedrog gebruik is. Ondersoek afgehandel, dossier byna volledig, dit was net die laaste, bykomende inligting aan die FBI om hulle uitgelewer te kry. Geen voordeel in moord nie.

Dit laat meneer en mevrou Jack en Olivia Taylor van Canterbury in Engeland, aan wie 'n fiktiewe huis verkoop is. Kan dit deel wees van iets veel groter? Iets wat die bedrieërs sou noop om 'n "ongeluk" só omvattend en riskant te beplan en te laat uitvoer?

Dis moontlik. Al sien hy dit nie nou nie, want dit pas net nie in by dié soort internetbedrog nie. Maar jy weet nooit. Dis 'n vreemde wêreld dié.

Feit is, dis al wat hy het.

Hy sal moet terug Regal toe. Hy sal Hein en Margerie Sauls moet gaan vra. En hulle terselfdertyd konfronteer oor sy vermoede van spanning tussen hulle, van 'n ondertoon, van iets wat daar gebroei het. Dalk oor die Taylor-dossier?

Maar daarvoor het hy vir Vaughn nodig. Want hy en Cupido het deur die jare 'n ondervragingsduet ontwikkel, 'n tegniek wat feitlik altyd vrugte afwerp: Vaughn speel die rol van die genadelose hardegat – wat hy gewoonlik gate uit geniet – terwyl Griessel dan die toeganklike, empatiese een probeer wees.

Moeilik om te sê of dit met die Saulse sal werk. Hulle is gesoute ondersoekers, ken al die truuks. Maar dit maak nie nou saak nie. Vaughn is nie hier nie.

Vandag sal hy die hardegat moet wees.

Hy hou nie daarvan nie, want hy weet dit is histories nie een van sy natuurlike talente nie.

* * *

Die vraag wat ek van die begin af vir hom wou vra, is waarom hy deur die jare soveel sukses as speurder behaal het, ondanks die alkoholisme en omwentelinge in sy persoonlike lewe.

Want pons jy sy naam in die nuusargiewe van die afgelope paar dekades in, lewer dit vele indrukwekkende resultate: Daar was destyds die opspraakwekkende vigilante-assegaaimoordenaar, die sensasionele Hanneke Sloet-saak in die Bo-Kaap, die moord op Alexa se man, die oopvlek van 'n mense-smokkelnetwerk deur Afrika, die sinistere Kobra-sluipmoorde, die dood van die tegnologie-entrepreneur Ernst Richter, die hoofopskrifte tydens die verdwyning van die berugte korporatiewe swendelaar Jasper Boonstra. En meer onlangs, die moorde op die spesmagtesoldaat Basie Smal en die korrupte oudpolitikus Dineo Phiri wat die land aan die praat gehad het.

Hoe kry hy dit reg? Waar lê sy talente?

Dit is nogeens 'n vraag wat hom ongemaklik laat rondskuif. "Spanwerk," sê hy. "Dis maar altyd spanwerk . . ."

Ek sê hy klink nou soos 'n rugbykaptein in 'n onderhoud ná die wedstryd. "It's a team effort, I'm so proud of the boys."

Hy kry 'n halwe glimlag. "Maar dis waar," sê hy. "Ek werk saam met goeie mense. Soos Vaughn Cupido. Hy's ervare en hy's slim en hy's bang vir niks. Jy moet eerder met hóm 'n onderhoud gaan voer. En daar's Forensies, ons forensiese mense is briljant. Ons doen ook die laaste jare baie met tegnologie, dit maak ons werk makliker . . ."

Spanne bestaan tog uit mense, sê ek. Elkeen met hul eie sterk punte. Soos sy skerp en vreeslose kollega. Wat is Bennie Griessel se bydrae tot dié span?

Sy lyf wys hy wil die vraag asseblief tog ontduik. Wanneer hy sien dit is nie moontlik nie, bied hy onwillig aan: "Dis seker maar hoe ek na 'n toneel kyk."

Ek vra dat hy moet verduidelik.

"Ek probeer my indink wat daar gebeur het. Ek probeer dit sien, die toneel soort van verbeel. Deur die oë van die verdagte. Deur die oë van die slagoffer."

Dan glip die nagedagte uit, byna onhoorbaar: "Dis maar 'n vloek ook . . ."

O?

"Dit neuk met mens se kop."

Die oorsprong van sy posttraumatiese stres?

"Ja."

Wanneer het dit begin?

"By Moord en Roof. Bellville-Suid. Ek was maar rou. 'n Parow-sersantjie wat van die Paarl se diefstal en huismoles af gekom het, en toe skielik al die geweld wat 'n mens van baie naby sien. Huishoude-like moord, halssnoermoord, moord op bejaardes, gay-moorde, ben-des, gewapende roof . . . Ons het verskriklik hard gewerk, lang ure, maand ná maand, almal van ons. En dan ry ons van die toneel af, jou kop vol van al hierdie goed, en dan gaan kuier ons. Om stoom af te blaas. Die President in Parow was daardie tyd die drinkplek, daar was so 'n lang mahoniehout-kroegtoonbank, daar het maar altyd 'n poliesman gesit, maak nie saak watter tyd van die dag jy daar kom nie. Of die plek anderkant Sanlam in Stikland wat die lekker pizzas gemaak het, die Glockenburg. Vandag is dit 'n Spur Steak Ranch . . . Ek was toe nog nie 'n alkoholis nie, het maar net saamgegaan, want jy wil deel wees, jy wil maak soos die senior ouens maak. Dan kom jy agter die dop maak dit makliker. Sagter. Dit maak dat jy kan aan-gaan, so 'n bietjie vergeet, as jy gereeld genoeg drink. En dan vat dit vir jou, maar jy weet, as jy wil aanhou werk, dan moet jy maar . . ."

DERTIG JAAR SE MOORDSAKE – DIE OË WAT ALLES GESIEN HET
deur Marinda Ferreira, vryeweekblad.com (19 November)

* * *

Griessel bel vir Hein Sauls om te vra of hulle op kantoor is, hy én Margerie.

"Ons kan oor 'n uur daar wees," sê Sauls.

Hy gebruik die tyd om voor te berei, om weer deur alles te gaan.

Hy kyk na die skermskote van die munisipale CCTV, die twee mans in die Skyline wat by die Rustenbergstraat-kruising stilhou. Die verdagtes se gesigte is, ondanks die geknipte, vergrote foto en die feit dat die voorruit sonlig reflekteer, nie onherkenbaar nie. As jy hulle al voorheen gesien het. Of gearresteer het . . .

Dis 'n skoot in die donker, maar hy sirkuleer twee van die beste foto's per e-pos aan al die speurkantore in die Wes-Kaap. In die hoop. Want dis 'n algemene ondersoekbeginsel dat vorige gedrag toekomstige gedrag sal bepaal, dat iemand wat op dié beplande manier in koelen bloede gemoor het, al voorheen aan 'n geweldsmisdaad skuldig was.

* * *

Beyers Botha trek senuagtig aan die sweetpakbaadjie se moue, asof dit skielik te klein is. Hy skakel die TV heeltemal af en sê: "Ek sweer ek het nie geweet van die affair nie. Joshua het vir my gebel en gesê die kêreltjie bly nou hier in die huis, maar ek het eers gehoor dis 'n affair toe *Huisgenoot* uitgekom het. Jy kan vir Joshua gaan vra, hy het ook nie geweet van die kattemaai nie."

Cupido, altyd maar agterdogtig as iemand die woorde "ek sweer" gebruik, sê: "Daai sal ek doen. En ek het contacts in die media, pappie. Ek gaan uitvind as jy *Huisgenoot* gekry het om daai goed te skryf. En jy't geweet Van Graan het gistermiddag in die caravantjie ingetrek."

"Nie ek of Joshua het geweet hy het 'ingetrek' nie, kaptein. Al wat Joshua vir my gesê het, is dat hy met 'n tassie daar af is na die woonwa, en toe vir 'n ruk lank daar binne besig was. Hoe moes ons weet hy gaan daar slaap?"

"So, dis weer technically die waarheid? I'm not buying it. Dis 'n common-sense deduction, 'n man wat sy suitcase na die caravan op 'n wine farm toe vat, gaan nie net 'n costume change daar doen nie."

"Dan het ek seker nie common sense nie."

"Jy bob en weave nou lekker, mister Botha. I've seen it before. Pardon the pun, ma' ek het geleer, where there's smoke, there's fire. En al daai goes a long way to confirm my current theory: 'n Maand terug, toe sê Joshua vir jou missus Morkel en Van Graan kafoefel nou kwaai, elke aand hier in jou fancy fourteen million rand renovation. Daai het jy nie gelike nie. Want jy moet da' innie Longlands in banishment bly, en Van Graan is dertig jaar jou junior, real Pretty Boy Floyd famous singer, now even more famous actortjie. Ek weet jy't hom op Instagram gaan uitcheck net soos ek so 'n halfuur terug gemaak het. Jy't gesien hy's 'n smoking hunk met 'n sixpack en biceps en 'n carefully manicured, perpetual day-old beard en die gecoiffde haartjies. En jy is nie 'n oil painting nie. In your own words: ''n Man se ego is 'n donner.' Especially as die smoking hunk die vrou vry wat jou al so lank frustrate met die divorce proceedings. How am I doing so far, mister Botha?"

Hy lig net sy hande in hulpelose onskuld.

"Toe strip jy jou moer en jy maak hierdie lang plan. 'Cause why, jy ken van. Van drones wat die lande kom meet, van bullet-reloading propellant wat jy in jou shop verkoop, jy kan maklik 'n bom fabricate. In the arms industry het jy contacts om 'n radio-controlled missile te koop, jy kan jou tyd afwag . . ."

"Missiele?" sê Beyers Botha. "Belaglik. Absolute twak."

"Maybe, maybe not. But wait, there's more. Eers bou jy 'n prototype van die drone en die missile, en jy gaan toets hom da' oor False Bay, drie weke terug. Toe, laas Vrydagmôre, is dit phase two, jy kyk of jy 'n skaapwagtershuisie kan destroy, net hier anderkant teen die Bottelary Hills. Just to check out the local environment. En toe werk die ding mooi, nè, and you got very lucky, want toe is daar fertiliser in die huisie, en die ding brand al die evidence weg, jy fool vir ons almal. En toe, laas nag, is dit showtime . . ."

"Jy maak 'n baie groot fout . . ."

"Ma' hoekom het jy dan so sly gelieg vir my? Hoekom?"

"Ek het nie gelieg nie."

"So you keep saying. Dis 'n puzzle, mister Botha, en ek gaan die stukkies nou soek, wherever they may lie, if you'll again pardon the pun. En dan gaan ek dié puzzle bou en dan gaan ek jou kom arrest. As jy wil, kan jy nou jou prokureur bel. Want ek gaan vir my CO vra dat sergeant Erin Riddles vir ons 'n search warrant kry. Vir jou Longlands-huis, vir jou office, vir die gunsmith workshop da' by jou winkel, en vir jou laptoppie. Die een met jou search history oor bomme en missiles en drones. En dan gaan sergeant Riddles vir jou babysit, tot Forensics al hulle magic dust gaan gooi het. 'Cause why, sly ou soos jy sal maniere kry om te gaan meddle met die evidence."

"Kaptein, jy maak 'n baie groot fout."

"Maybe, maybe not. Ma' die twee uniforms hier buite by die deur gaan nou inkom en vir jou kyk, lat jy vir niemand anders as jou prokureur bel nie. Tot ons al jou plekkies mooi secure het."

32

Die spanning in Hein Sauls se kantoor is vandag anders. Minder tas-
baar. Maar steeds daar, 'n ondertoon. Hy kan dit sien aan die manier
waarop die Saulse vooroor sit, afwagtend. En aan Margerie se arms,
weer voor haar bors gevou in beskerming.

Griessel wonder of hul gesprek gister met Margerie daarop be-
trekking het. Dink die egpaar hulle het aan iets ontkom, omdat die
speurders op die verkeerde spoor was? Hy weet hy moet versigtig
wees vir die speurder se groot vyand: Bevestigingsvooroordeel het
hom al vantevore dinge laat sien en voel wat nie werklik was nie.

Maar tog . . .

Hy sê hy wil die resultate van die lykskouing en toksikologie-
verslag met hulle deel. Met dien verstande dat dit hoogs vertroulik
is. En redelik opspraakwekkend. Sy behoefte is dat hulle daarna sal
luister, en vir hom sê of hulle dink dit kan enigsins betrekking hê op
Brandon Maarman se vorige of mees onlangse ondersoeke.

Hulle knik net.

Hy gee vir hulle die inligting.

"Jinne," sê Hein Sauls toe hy vertel van die natriumsitraat, en die
effek daarvan.

Margerie sit soos 'n standbeeld en luister, maar hy sien die ontstel-
tenis in haar uitdrukking, die weersin in die aard van die misdaad.

Wanneer hy klaar is, sê Sauls met 'n frons van kommer: "Bennie,
dis 'n ander ding dié."

"Jy bedoel dis nie een van sy sake nie?"

"Ja."

"Ook nie die Taylor-mense van Engeland se huiskoop nie?"

"Alle aanduidings is dat daai saak jou gewone internet swindle is.
Miskien 'n sindikaat, miskien 'n con man, maar . . . Hierdie is . . .

dis op 'n ander level. Ek meen . . . Het jy al ooit so iets teëgekom?"

"Nee."

"Niks in sy oproepe nie?" vra Sauls. "Sy emails?"

"Ons is nog besig daarmee, maar tot dusver nog niks."

Sauls verstel aan sy grys das, sê dan in sy diep stem, sy afgemete trant: "Kyk, Bennie, Margie het vir my kom sê van julle gesels, gister. Van Vaughn wat glo dis nie 'n ongeluk nie. Toe het ons lank gepraat. Oor of dit 'n hit kon gewees het. En ons het deur elke moontlikheid gegaan. Motief, dis die groot vraag: Wie sou motief gehad het? Nie net om vir Brandon uit te haal nie, maar om dit na 'n ongeluk te laat lyk. Nou, ek weet en jy weet, in ons wêreld is daar vreemde dinge. Vreemde mense wat goed doen wat nie vir jou normale ou sin maak nie. So, ons het probeer om na al die moontlikhede te kyk. En op die ou end het ons vir mekaar gesê, nee, dit was 'n ongeluk. Want sulke goed gebeur ook, op snaakse maniere. 'n Bier of wat te veel, 'n bietjie haastig . . . Dit gebeur. So, ek kan nou vir jou sê, daar is niks waarvan ons weet nie. Niks wat Brandon vir ons gedoen het wat hier pas nie."

Griessel besef dis tyd om die groot vraag te vra.

"Hein, jy weet hoe mens 'n sesde sintuig kry as jy genoeg mense ondervra?" Griessel sê dit so redelik as wat hy kan. Sy indruk, nou, hier, is dat konfrontasie nie gaan werk nie.

Sauls knik stadig en sedig.

"Toe ek Vrydag hier was, het ek die gevoel gekry daar's iets wat julle nie vir my sê nie. Inligting wat julle weerhou."

Die spanning is terug, net soos verlede Vrydag, die Saulse sit en kyk vir hom.

Hein is die eerste wat reageer, sy gelaat die toonbeeld van besorgdheid. "Bennie, ons vennootskap met die SAPS, ons verhouding met julle . . . Dis vir ons alles. Ons sal dit nie beskadig nie. En Brandon . . . Hy was soos 'n familielid. As ons kan bydra tot jou ondersoek . . . Ons sal enigiets doen."

"Hein, jy antwoord nie my vraag nie. Weerhou julle iets van ons?"

Stilte daal neer in die kantoor.

Griessel wag.

Dan kyk die Saulse na mekaar.

Hy sien hoe Margerie knik, asof sy toestemming gee.

Sauls maak keel skoon, skuif sy das.

Griessel wag.

Margerie se arms kom los, sy leun terug in haar stoel en sê: "Daar is 'n saak waaraan Brandon gewerk het . . ."

Sauls sit 'n wysvinger agter sy kraag, asof hy 'n strop wil losmaak. "Ons het geen rekords beskikbaar nie," sê hy. "Want daar is nooit rekord gehou nie."

"Dis wat die kliënt wou gehad het," sê Margerie Sauls. "Oor die sensitiwiteit daarvan. Ons weet ons het nie dieselfde client privilege as prokureurs nie. Ons weet jy kan ons dwing om te sê. En dis wat jy sal moet doen. Jy sal ons hof toe moet vat. Want as dit uitkom, sal mense dink hulle kan nie met sulke goed na ons toe kom nie. En ons wil hier en nou vir jou sê, ons wil die victims protect. Die victims wat daar buite sit, en hulle word uitgebuit en misbruik en afgepers, en hulle dink hulle is powerless, want as dit uitkom, sal hulle gecrucify word."

"Natuurlik beskerm ons die agency ook. Ons reputation van discretion is vital," sê Hein Sauls. "Maar dis nie waaroor dit hier gaan nie. En ek sê nou vir jou, dit het niks met Brandon se dood te doene nie."

"Ons sal vir jou die headlines gee," sê Margerie. "As jy meer soek, gaan ons hof toe."

"Sal jy net eers luister?" vra Sauls.

Griessel knik.

Sauls maak sy kraag se boonste knoop los en skuif die das af. "Okay," sug hy, "vertel hom."

* * *

Margerie sê hulle is vyf weke gelede genader deur 'n individu van Stellenbosch. 'n Vername persoon met 'n belangrike pos. Sy kan dit nie genoeg benadruk nie: 'n leiersposisie, iemand wat 'n baie groot bydrae lewer tot die breë gemeenskap, en die jeug in die besonder. 'n Mens met aansien en invloed wat veel wyer strek as net die dorp. In 'n amp waar moraliteit en waardigheid en respek van kardinale belang is. 'n Persoon in die middeljare. Getroud. Daar is 'n gesin. Kinders. En dié individu sit al 'n leeftyd met 'n geheim. Oor sekere seksuele voorkeure. Voorkeure wat oor die algemeen in beskaafde gemeenskappe heeltemal aanvaarbaar is, dit moet Griessel mooi verstaan.

Dis 'n geheim waarmee dié mens diep geworstel het, waarvoor dié individu 'n reuseprys betaal het in die onderdrukking daarvan. Want dié persoon moes kies tussen die uitleef van 'n inklinasie, of die droom van 'n loopbaan in 'n spesifieke rigting wat dié inklinasie nooit sou duld nie.

En toe, twee maande gelede, het dié individu 'n fout gemaak. Ingegee aan die versoeking. Vir die eerste keer in meer as vyftig jaar. Nie skielik en impulsief nie. Nee, dié persoon is daartoe uitgelok en gelei deur 'n klein sindikaat wat in Nkomo, 'n klein dorpie naby Giyani in die Limpopo-provinsie, gewerk het. Gelok en gelei, oor dae en weke, om eers te gesels. En eindelik is foto's verwissel. En toe kom die afpersing.

Die persoon het betaal. Drie, vier, vyf keer, die bedrae al hoe groter. Die persoon het besef die afpersing gaan nie ophou nie. En toe kom praat die individu met Hein.

"Brandon het die saak gevat," sê Margerie. "Ons ooreenkoms met die kliënt was dat Brandon sy notas met pen en papier sal hou en dit alles aan die einde vir die kliënt sal gee. Niks op WhatsApp of email of enige digital platform nie. No trace. En die kliënt wou nie justice hê nie. Net dat die foto's almal moes verdwyn. That's how sensitive it was."

Maarman het die skuldiges opgespoor. En seker gemaak dat elke stuk elektronika waarop daar foto's kon gewees het, verwoes is.

"Bennie," sê Hein Sauls, "ek kan vir jou nou hier belowe, die cyber criminals wat hier betrokke is, het nie die vermoë om só 'n hit op Brandon te doen nie. Hulle is, essentially, small-time operators, hulle spesialiseer in sextortion, in die meeste gevalle met skoolkinders, waar die pickings maar klein is."

"They struck it lucky met ons kliënt," sê Margerie.

* * *

Cupido sit in sy Golf, die ruite toe om stilte en privaatheid te probeer kry, selfoon teen sy oor.

"*Beyers Botha*," sê kolonel Witkop Jansen aan die ander kant van die oproep. "Die eienaar van Hunting for Africa?"

"Dis reg, kolonel, ek . . ."

"Vaughn, wag nou. Jy dink dis hý wat die karavaan opgeblaas het?"

"Dis reg, kolonel . . ."

"Met 'n hommeltuig en 'n missiel?"

"Ja, kolonel, ek meen, hy is . . ."

"Nee, o donner. Jy 'meen'? Dis alles 'n teorie?"

"Nee, colonel, dis feite . . ."

"Watse feite?"

"Die actortjie het sy vrou gevry én sy industry op social media geshame. Daai is facts, colonel, daai is all over *Huisgenoot* en Instagram. So, Botha het die motive, clear as day. Hy't die means: access tot explosives en drones en goed, met die gun shop. En hy't 'n history of violence, colonel, hy was al in custody oor assault with GBH . . ."

"Aanranding? Waar kom jy daaraan?"

"Hy't dit self erken, colonel, toe ek hom vra. Ná sy soon-to-be ex vir my gesê het. En lastly, hy't opportunity gehad, want hy't ge-weet die actortjie slaap in die caravan. Ek het 'n witness wat daai sal confirm."

'n Oomblik van stilte. "Vaughn, nee. Laat ek nou vir jou sê, ek ken vir Beyers Botha, en ek glo dit nie."

"Colonel ken vir hom?"

"Al meer as tien jaar lank. Ek ken hom goed, ek ken sy geweer-smede, ek ken sy verkoopspersoneel. Dis almal mense van integriteit. Dit maak glad nie vir my sin nie."

"Colonel, ons praat hier van 'n crime of passion . . ."

Witkop Jansen antwoord nie.

"Al wat ek vra," sê Cupido, "is 'n search warrant, colonel. En lat sergeant Riddles vir hom kom watch tot ons die laptop can confis-cate en die scenes secure."

Steeds geen antwoord nie. Cupido se moed sink.

"Kaptein," sê Jansen, en Cupido weet as hy jou op die rang aan-spreek, is hy beneuk, "dié ding het heeltemal handuit geruk. Die Provinsiale Kommissaris het my al twee keer gebel. John Cloete het my al sewe keer gebel. Die Stasiekommissaris wil elke vyf minute weet wat aangaan. En al wat ek sê, is dat een van my beste mense op die jop is. Ek vertrou jou. Ek vertrou jou oordeel. Al het ek ernstige bedenkinge. Nou moet jy my baie mooi ontvang: Jy hanteer die saak met die grootste omsigtigheid. Jy behandel Beyers Botha se eiendom met die grootste respek. As hy skuldig is, dan tref ons hom met die volle geweld van die reg, moet my nie verkeerd verstaan nie. Maar tot ons dit kan bewys, werk jy volgens die boek. En jy maak baie, baie seker jy laat jou nie mislei deur die profiel van die ding en die emosies wat duidelik daar hoog loop nie. Ontvang jy my, kaptein?"

"Yebo, colonel. Loud and clear."

"Riddles is op pad. Die lasbrief gaan so 'n bietjie langer neem."

33

Griessel ry terug kantoor toe. Die verkeer op die R44 is soos ge-woonlik dik en traag, maar hy gee nie nou om nie. Dit gee hom tyd om te dink.

Hy is teleurgesteld oor die uitkoms van die vergadering. Want hy glo die Saulse. Sy instink en sy ervaring sê hulle het die waarheid ge-praat. En nou is hy weer terug waar hy was. Met geen motief vir die moord nie, geen leidrade waaraan hy kan gaan torring en trek nie.

Maar hy voel ook verligting. Dat dit wat die Saulse tot vanoggend toe verswyg het, nie dui op onderduimshede nie, dat die vertrouens-verhouding tussen Regal Investigations en die SAPD nie geskaad is nie. Want hy hou van die lakoniese, plegtige Hein Sauls en die eer-likheid en empatie van Margerie. En hulle het mekaar nodig, die SAPD en private ondersoekers. As hy sien hoeveel goeie speurders die polisie jaarliks verloor, gaan hulle mekaar in die toekoms nóg nodiger kry.

Voor hy daar weg is, het hy gevra of daar ander sake is wat Regal Investigations en Brandon Maarman ondersoek het sonder rekord-houding of 'n digitale spoor.

Nee, het hulle geantwoord. Net die een. En hulle hoop daar is nie nog een vorentoe nie. Die eise wat dit stel, is erg.

Was dit moontlik dat Maarman op sy eie nog sulke ondersoeke gedoen het?

Die Saulse het nie geweet nie.

Die probleem is, dis nie onmoontlik nie. En dit beteken die vol-ledige selfoonrekords wat hopelik al in die e-pos se inmandjie wag, gaan dalk heeltemal nutteloos wees.

Maar hy het, danksy Phil Pagel, die nuwe kennis oor hoe die moord gepleeg is – die toediening van die dwelm en die binneaarse natriumsitraat. Hy sal die gebeure daardie middag by Maarman se huis in sy kop probeer sien.

Miskien gee dit die een of ander insig.

Dis dalk al wat hy het.

* * *

Die laaste honderd meter van die plaas Jardin des Joyaux se lang, duur, geteerde oprit strek deur 'n tonnel van sterk bottende eikebome, net voor dit uitmond in die geplaveide parkeerarea voor die huis. Die uniformpersoneel van Stellenbosch se polisiestasie het die klein skare toegelaat om in die koelte te versamel, onder dié bome wat die verste van die opstal af is. Want die aantal mense wat nou daar vergader, het aansienlik toegeneem. Die mediakontingent hou net aan met groei. En in die laaste uur was daar boonop die toestroming van talle nuuskieriges en aanhangers wat deur sosiale media- en radionuusberigte kennis geneem het van die sensasionele dood van die gewilde jong *Wynland*-akteur Gerrie van Graan.

Cupido skuil agter een van die bome naaste aan die opstal, want hy wil nie hê die media moet hom sien nie. Hy wil kyk of die gesoute Media24-joernalis Julian Jenkins steeds deel van die groep is.

Dan sien hy vir Jenkins, in sy swart leerbaadjie, geselsend met 'n fotograaf van *Die Son*.

Cupido haal sy foon uit en bel vir kaptein John Cloete.

"Het jy nuus?" vra die mediaskakeloffisier hoopvol.

"Nothing for public consumption yet. En ek soek 'n favour, John."

"Hoekom weet ek dit beteken moeilikheid?"

"Daai is prejudice, John."

"Wat is dit, Vaughn?"

"Ek wil hê jy moet vir Julian Jenkins bel en vir hom sê ek soek 'n discreet, private meeting."

Cupido hoor hoe Cloete 'n sigaret aansteek. Dit is 'n bekende feit in die SAPD dat die nikotienvlekke op sy vingers en permanente skadu's onder sy oë die prys is wat die skakeloffisier betaal vir sy oënskynlik onverstoorbare kalmte en geduld, ondanks die onmenslike druk van sy pos.

"Vir wat?" vra Cloete.

" 'n Deal. Mutually beneficial."

"Ek kan dit net doen as ek weet wat die deal is, Vaughn. Dis my jop."

"Ek weet, John." En dan gee hy vir Cloete die hooftrekke.

"Fok, Vaughn," sê die skakeloffisier, "nou wil jy die leeu se stert staan en trek."

* * *

Julian Jenkins is in sy laat veertigs, net so lank soos Cupido, die kop blink geskeer. Hy kom om die noordelike hoek van die opstal gestap, na waar Cupido staan en wag.

"Jis, Vaughn," sê hy, sy uitdrukking soos altyd die toonbeeld van geamuseerde nuuskierigheid.

Cupido ken hom al langer as twintig jaar. Hy weet die joernalis is meedoënloos en uitgeslape, maar altyd onberispelik eties.

"Dankie dat jy gekom het, Julian." Hulle skud blad.

Jenkins lag. "Jy't geweet ek sou." Hy kyk na waar die veertien mense van die PCSI in hul PPE-gewaad die werf en wingerde teen die heuwel stelselmatig deurstap. "Hell of a thing, Vaughn."

"Nog nooit so iets gesien nie. A clusterfuck of majestic proportions."

"Kan ek jou quote?"

"Off the record, Julian. Asseblief."

"Ja, is reg. Cloete sê jy't 'n proposisie?"

"Yes. Ek wil weet of Beyers Botha die original source was van die *Huisgenoot*-storie. Het hy dit geplant?"

Die glimlag verdwyn van Jenkins se gelaat. Hy kyk met intensiteit na Cupido terwyl die tuimelaars val. Wanneer hy die somme gemaak het, sê hy: "Bliksem. Jy dink hy't dit gedoen."

"I can't confirm or deny."

Jenkins skud sy kop in ongeloof. "So, dit was nie Van Graan se tik-lab nie?"

"Is dit die rumour?"

"Een van drie. Maar niemand het gedink dit was Beyers nie."

"Wat is die ander twee rumours?"

"Karavaan se gasbottel het ontplof. En Lynette Morkel het die karavaan aan die brand gesteek."

"Hoekom sal sy dit doen?"

"Jy weet nie?"

Cupido skud sy kop. Nee.

"Gerrie van Graan was 'n player, Vaughn. Hy't al 'n reputasie gehad toe hy nog net gesing het. Glo die helfte van Bloemfontein se girls deurgedraf. Daar's mense wat sê hulle het hom juis in die TV series *Wynland* gesit omdat hy so kontroversieel is. En sy bynaam by die soapie was OUTsurance. Want hy dek alles wat beweeg. Die agtienjarige girl wat Nonna speel, die hair stylist, die make-up girl, die AD . . ."

"Wat is 'n AD?"

"Assistant director."

"En dis als waar?" vra Cupido.

"Seker nie alles nie, jy weet hoe mense kan aandik. Maar as net die helfte daarvan waar is . . ."

"Sounds like a fun work environment. Het Lynette Morkel geweet van sy shenanigans?"

"Sy moes geweet het van sy reputasie voor hy op stel aangekom het. Who knows, miskien is dit hoekom sy by hom betrokke geraak het. Tem die wilde jong man. Of miskien net die aktrise in haar veertigs wat wil sien of sy dit nog het . . . In elk geval, soos wat ek hoor, toe die *Huisgenoot*-storie verskyn, toe gaan sê die hair stylist vir haar sy moenie dink sy's die enigste een wat Van Graan se gunste geniet het nie. Toe gooi sy toys."

"Interesting . . ." sê Cupido. "But not material to my case. Sal jy vir my kan uitvind? Van Botha en *Huisgenoot*?"

"What's in it for me?" vra Jenkins.

"Exclusive info. Nou. Hier."

"Gaan jy vandag iemand arresteer?"

"Nee, nog te vroeg."

"Ek soek die exclusive wanneer jy 'n arrestasie maak, Vaughn. 'n Dag voor die res."

"Jy weet die reality werk nie so nie. Beste wat ek kan doen, is 'n heads-up wanneer ons op pad is met 'n warrant."

"Okay. En die exclusive wat jy nou het?"

"Search warrant vir Beyers Botha se huis en workshop word nou aangevra. Sy selfoon en laptop ook."

Cupido kry nie die opgewonde reaksie wat hy verwag nie. Want Jenkins staar eers 'n hele rukkie oor die wingerde heen. Dan sê hy: "Jy saal die verkeerde perd op, Vaughn."

"Hoe so?"

"Jy dink hy was kwaad oor die affair?"

"Of course was hy. Hot, handsome young hunk wat sy vrou vry en sy industry diss."

Jenkins skud sy kop. "Die enigste mense wat die stront gelees het wat Gerrie van Graan op Insta gepost het, was sy teenybopper fan base. En Botha het lankal emosioneel aanbeweeg van Lynette Morkel af . . ."

"Nou vir wat sou hy vir haar 'n prokureursbrief laat skryf dat Van Graan moet uittrek hier?"

"Ek het nie dit geweet nie."

"Maybe he had not moved on so much, Julian. En hy't 'n ego, like most self-made men . . ."

"Vaughn, hy hét aanbeweeg. Beyers Botha is al die afgelope twee jaar in 'n baie diskrete verhouding met professor Annelie Taljaard. Van wat ek hoor, is hulle verlief en baie gelukkig."

"Wie's professor Annelie Taljaard?"

"Sy doen navorsing by die varsity se Landboufakulteit. In Natuur-lewe-ekonomie. So iets."

"Hy't niks daarvan gesê nie," sê Cupido.

"Ek sê jou, hulle is diskreet. Uit respek vir die professor. Hy wil glo net die skeisaak klaarkry, sodat hulle nie meer so agter die skerms hoef te vry nie. As jy my vra, het hy meer van 'n motief gehad om vir Lynette Morkel uit te haal as vir Gerrie van Graan. Verkeerde perd, ek sê jou. Nie dat ek nou omgee nie. Dis 'n moerse sappige storie . . ."

34

Griessel sit voor sy rekenaar. Op die skerm is die PDF-lêers met Brandon Maarman se selfoonrekords van die afgelope ses maande, soos aangestuur deur die netwerkverskaffer. Dis bladsye en bladsye van oproepe wat gemaak en ontvang is – dit verskaf die datums, oproeptye en tydsduur van elke oproep. En die nommers en die name van die mense aan wie dit behoort. Mits hulle volgens die verpligte RICA-wetgewing geregistreer is.

In die ou dae, toe hy en Vaughn by die Valke was, het hulle die oproepregisters vir kaptein Philip van Wyk van die Inligtingsbestuursentrum gegee om te prosesseer en te verwerk. Onder uitsonderlike en hoëdruk-omstandighede kan hulle steeds daar gaan aanklop om hulp, maar hy wil eers self kyk wat hy uitgerig kan kry. En hy weet daar is net een manier om die taak voorhande aan te pak, die spreekwoordelike eet van die olifant: happie vir happie.

Toe hulle verlede Vrydag met die ondersoek begin het, het Vaughn net gekyk na die Maarman-oproepe van die Donderdag waarop hy dood is. Griessel begin van daar af terugwerk, en kry dadelik twee verdagte oproepe wat op Woensdag 8 Oktober gemaak is, die dag voor die besoek van die mans in die Skyline. Al twee oproepe is op die selfoonrekords gemerk as *RICA n/a*, wat beteken die nommers is nie geregistreer nie.

Die eerste was om 11:24 die Woensdagoggend, die dag voor die Maarman-moord, die tweede was om 18:44 daardie aand.

Hy vergelyk dit met die RICA-lose nommer waarmee Maarman om 14:07 op die dag van sy dood geskakel is, vermoedelik die moordenaars s'n.

Dis dieselfde nommer. Van 'n weggooifoon.

Hy pas die tydlyn in sy notaboek met dié gegewens aan. Dit het betekenis, dink hy. Dit pas iewers in. En hy vermoed waar dít kan wees.

Dan kyk hy vlugtig deur die res van die register, soekend na nog verdagte, ongeregistreerde nommers in die vorige ses maande.

Hy kry niks.

* * *

Vaughn Cupido is honger.

Hy het gisteraand laas iets geëet, en dit was ook nie baie nie.

Hy het vanoggend nog net een beker koffie gehad, en hy het teen tienuur water uit 'n tuinkraan langs die huis gaan drink om sy dors te les. Nou is dit ná twaalf en sy bloedsuiker is laag en sy kop is weer dof en sy geduld is dun en hy kry nie alles wat hy gehoor en gesien en geleer het sedert halfvier vanoggend uitgepluis en gerangskik in sy gedagtes nie. Te veel goed, te veel hoeke en kante, te veel teenstrydighede en menings en beskuldigings en kaskenades.

Hy wil eet. En hy wil met Bennie Griessel praat. Want Benna sal na alles kan luister en vir hom sê – taktvol en met 'n paar subtle, gentle grappies tussenin – waar hy die spoor byster geraak het.

Benna sal sê, Vaughn, dis al weer 'n rykgat whitey. Dis jou achilleshiel. Jy raak fixated op die rykgat whiteys, jy wil hulle nail, jy dink daar's nie 'n manier hoe 'n rykgat whitey 'n rykgat geraak het sonder aapstreke en white privilege en exploitation of coloured labour nie. Jy dink aan die rykgat whiteys wat so vir Brandon Maarman ge-"chief" het, jy dink aan hoe die meeste rykgat whiteys afpraat na 'n poliesman in general en 'n coloured poliesman in the specific, jy dink aan hoe rykgat whiteys die miljoene so uitpluk vir die beste legal eagles en dan kom hulle los, al die harde werk verniet.

Daai is wat Benna gaan sê, so lat hy dit dan nou maar admit. Hy was over-committed en subjective. Hy wil vir Beyers Botha nail. Oor sy naam – wat is dit met die whiteys lat hulle 'n van vir 'n naam gee, as if there's a shortage of first name options out there – en oor hy fyn lieg en oor hy fokken skuldig is. En okay, oor hy ryk is. Because, let it be said, Vaughn Cupido discriminate eintlik glad nie op grond van ras as dit by rykgatte kom nie. Hy dislike én distrust die hele fokken lot, irrespective of race, colour or creed. Just 'cause they're rich.

En toe kom staan en druk Julian Jenkins 'n speek in daai nail-vir-Beyers-Botha-wiel: Die motive is nie meer so crystal clear nie.

Maybe – and it's a very big maybe – was dit nie Beyers Botha nie.

Dit was definitief nie Lynette Morkel of die *Wynland* soapie se hair stylist nie, 'cause why, hulle het nie die means en die know-how om 'n drone en 'n missile te bou nie.

Maar Beyers Botha het.

Beyers Botha het die means en die opportunity, but the motive is now a bit of a challenge. En hy sal daai challenge pak as hy eers iets geëet het.

Daarom praat hy 'n laaste keer met Dik en Dun van Forensies oor wat hy gedoen wil hê by Botha se huis en sy kantoor en sy workshop by Hunting for Africa, "whenever you can manage". En hy sê vir die uniformsersant hulle moet die media en die hase agter die tape hou en vir Beyers Botha net hier op Jardin de fokken Joyaux.

Dan vat hy sy foon en google die woorde "korp" en "missile". Hy kry verwysings na die "People's Liberation Army Rocket Force" en "Valour Korps – Guided Missile Team". Eersgenoemde, sê Wikipedia vir hom, is die "strategic and tactical missile force of the People's Republic of China", en laasgenoemde is 'n speelgoedmodel.

Hy swets en hy klim in sy kar en hy ry. Af met die geteerde oprit, verby die idiots wat daar saamdrom, tussen die eikebome deur. En hy bel vir Benna en hy sê, partner, dis Vrije Burger-tyd, I'm buying, double cheese, homemade bun, all the trimmings en daai tjips innie boks wat hulle so golden en crispy kry, barbecue spice dusted for that magical zing on the tongue. En as jy my nie keer nie, dan eet ek vandag twee, Benna. Burgers, meen ek, nie die bokste tjips nie. Die fries maak te vet.

* * *

Hulle sit by 'n tafel voor, buite die Vrije Burger, in die skadu van die reuse-eikebome. Cupido buk vooroor sodat hy nie die sous van sy tweede burger op sy spierwit langmouhemp mors nie. Hy sê: "Benna, hoe kan ek dit vir jou describe? Sê nou ma' jou garden shed is aan die brand, so jy maak dit oop om te sien wat aangaan, en da' binne kry jy 'n byenes. En dié bytjies buzz, en die bytjies steek, pappie. Ma' nie vir jou nie. Vir mekaar. Hot en haar en oor en weer en deurmekaar. Dis crazy, never seen anything like it. Ek meen, 'n drone en 'n missile om vir Randy Andy uit te haal . . ."

Griessel, met sy mond vol van sy gunstelingkos, skud net sy kop in ongeloof.

"En jy ken vir my, partner. I don't do uncertainty. Ma' nou . . . Ek second-guess myself, oor wat die colonel sê en Julian Jenkins sê, en dan kom ek weer terug by die feite: Beyers Botha het sly gelieg. Beyers Botha is die enigste ou wat geweet het Randy Andy is in die caravantjie, en Beyers Botha het die raw materials vir die missile. Kan mos nie iemand anders wees nie."

Griessel sluk en sê: "Daar is een moontlikheid . . ."

"Shoot."

"Fritz sê hulle gebruik al hoe meer drones as hulle flieks maak. Hy sê dis baie goedkoper as om 'n helikopter te huur, dis veilig en vinnig en maklik."

"So?"

"As Van Graan so 'n besige bytjie op stel was . . . Miskien het hy die drone-operateur se meisie ook bygedam."

Cupido oorweeg dit terwyl hy aan sy burger hap. Met 'n mond vol kos: "Nee, Benna, hoe sou hy geweet het Randy Andy is in die caravan?"

"Hy kon die plaas met 'n drone en 'n kamera dopgehou het. Fritz sê daai goed se sein werk oor meer as 'n kilometer."

"Shit, partner, jy spoil nou 'n perfectly pleasant lunch. Ek moes aan daai gedink het. Maybe I'm losing it . . ."

"Nee, Vaughn. Jy was presies reg met die MO vir die Maarman-moord."

"Hoe?"

En dan vertel Griessel vir hom, en Cupido luister met soveel fokus en verstomming dat hy die helfte van sy tweede burger laat koud word.

* * *

Ná twee bel Cupido vir Fritz Griessel en sê hy wil hom asseblief kon-sulteer in 'n moordsaak. "Jou pa scheme jy's 'n expert on all things technological in the movie business."

"Lit!" sê Fritz. Cupido vermoed dit beteken hy kan maar voort-gaan.

"Nou's da' net een problem, Fritz. Dis kwaai confidential, so jy kan nie uitpraat nie."

"Schweet, oom Vaughn," sê Fritz. Cupido neem aan dit bevestig die jong man se stilswye.

"Okay, cool," sê Cupido. "Kom ons sê ek werk in die movie in-dustry, en ek wil 'n ogie hou op 'n outjie wat by my dogter op die plaas kuier. Want ek scheme die outjie se intentions is nie honour-able nie. Nou gaan haal ek my drone, en ek sit vir hom hoog, 'cause why, ek wil nie hê die outjie moet die drone hoor of sien nie. Is daai moontlik?"

"Defs."

"Hoe, Fritz?"

"Hel, oom Vaughn, die tech is al next-level. Jy't, sê nou maar, jou NewBeeDrone SavageBee, moerse klein en stil, of jy't jou DJI Matrice 600 Pro met upgraded silent propellers, carbon fibre vibes. Hy's groot, kan 'n lekker kamera dra, maar hy's net so stil. Jy't jou AI-powered drones met real-time obstacle avoidance, automatic subject tracking en predictive movement algorithms. Sit hom hoog genoeg . . ."

"Fritz, wag nou, wag nou. Daai is heavy stuff, jy moet vir my mooi explain."

"Sorry, oom Vaughn. Dit beteken maar net dis heeltemal moontlik om 'n ou op 'n plaas met 'n drone te volg, en hy sal dit nie weet nie. As jy weet wat jy doen. Jou probleem gaan die flight time wees. Hoe kleiner die drone, hoe kleiner die battery, hoe korter is die flight time. Jou Savagebee se battery hou nie langer as so ses minute nie. Maar dit kan werk as jy, sê nou maar, twee of drie groot drones soos die Matrice 600 met 'n ligte payload het, en die een los die ander een af. Maak dit sin?"

"Yebo. Hoe ver kan jy van die drone af wees?"

"Hang af van die drone, oom Vaughn. Jou Matrice 600 het 'n operating distance van vyf kilometer . . ."

"Bliksem . . ."

"Ja, oom, die tech is hectic."

"Okay, cool bananas. Nou, sê nou maar ek weet daai laaitie wat by my dogter kuier, het 'n tik-lab in 'n caravantjie da' op my plaas, en ek dink ek wil daai caravantjie moer toe blaas met 'n missile. Is da' ouens in die film industry wat vir my daai missile kan bou?"

"Kiff idee," sê Fritz. Cupido ken die kiff-woord, want Donovan gebruik dit dikwels. Hy weet dit beteken iets is kwaai. "Maar ek dink nie so nie," sê Fritz. "Jy't jou pyrotechnicians wat op movie sets werk, wat goed kan laat ontplof. Eintlik maar net vir show. Maar 'n missile? Dis next-level shit."

"Wa' gaan ek so outjie kry, Fritz? Wat daai vir my kan maak?"

Die lyn is 'n oomblik lank stil. "Oom Vaughn, ek het 'n buddy wat mechatronics en robotics geswot het by die varsity. Hy sal beter weet . . ."

"Die varsity hier?"

"Ja, oom. Moet ek hom bel?"

"Asseblief, Fritz. Ma' discreetly."

"Schweet. En ek neem aan ons praat van die Gerrie van Graanding?"

"Hoe weet jy?"

"Daai storie breek die interwebs op die oomblik, oom Vaughn. Is dit jou saak?"

"Ja, dis my saak. Maar Fritz, discretion, asseblief. Dis nog early days, ek kyk net na moontlikhede."

"Was dit genuine 'n tik-lab?"

"Nee, Fritz, nee. Daai was net misdirection on my part."

"Dope. So dit was 'n missiel?"

"Still under investigation. Fritz, asseblief, ek trust jou met dié."

"Kiff, oom Vaughn. Maar ek dink nie dit was ouens van die soapie production nie."

"Hoekom?"

"Hulle skiet in die studio, oom Vaughn. Met sets wat hulle bou. Daar's nie drones en goed nie."

35

Om 14:22 hou Cupido stil voor die Esperanza-ateljees in Waarburgh-weg, Joostenbergvlakte. Die lang, hoë enkelverdiepinggebou lyk vir hom na 'n voormalige vrugtepakhuis wat nou klaarblyklik heringe-rig is vir film- en TV-opnames.

Net wanneer hy na die ingang stap, bel sersant Erin Riddles. Sy sê sy het Beyers Botha se skootrekenaar in haar besit. Sy het ook Botha se huis en motorhuis verseël tot Forensies hul ding kan kom doen. Sy het die lasbrief gaan afgee by die Hunting for Africa-jagwinkel langs die Zevenwacht-winkelsentrum, die een wat hulle beveel om die geweersmede se werkswinkel te sluit en te seël. Sy kan bevestig dat uniformmense by die huis en die winkel aan diens sal wees tot Forensies môre hul ondersoeke afgehandel het.

"Die gun shop-mense is nie happy nie," sê sy.

Cupido bedank haar, en vra of sy die Beyers-rekenaar én -selfoon vir kaptein Lithpel Davids by die Valke in Bellville vir analise sal gaan aflewer. Hy het reeds laat weet dit is op pad.

Dan lui hy af en stap in by die glasdeure van Esperanza.

* * *

Die kantoor van die *Wynland*-sepievervaardigers is groot genoeg dat al twee se lessenaars langs mekaar kan staan. Die werksoppervlakke is volgepak met draaiboeke en skedules, notas en kleurvolle sketse van kostuum- en stelontwerpe.

Die mure is 'n besige tafereel van tientalle produksiefoto's en knipsels uit koerante. Cupido kan vir Lynette Morkel en Gerrie van Graan in verskeie daarvan sien.

Die vervaardigers is 'n egpaar, Elise en Derek Prins. Al twee is in hul laat-vyftigs en byna ewe skraal en kort van gestalte, en nou dui-delik ontsteld.

Elise sê: "Dis verskriklik, die kind, die arme kind." En: "Dis ons einde, hoe kan ons aangaan, hoe kan ons dínk om aan te gaan?" En Derek paai met: "Liesie, Liesie, stadig, ek kry vir jou tee, die suiker sal jou goed doen, kom ons kyk of ons die kaptein kan help, kom, sit net eers."

Cupido sê hy is opreg jammer vir hul verlies, en hy verstaan dat dit 'n moeilike tyd is, maar die eerste dag of twee van 'n ondersoek is altyd deurslaggewend, kan hy hulle asseblief 'n paar vrae vra? Dis nie maklike vrae nie, maar hy het nie 'n keuse nie.

"Natuurlik, natuurlik," sê Derek Prins.

"Moeilike vrae? Oor 'n ongeluk?" vra Elise Prins.

"Mevrou, ons het rede om te glo dat dit nie 'n ongeluk was nie. Dis hoekom ek hier is."

"Hoe kan dit nie 'n ongeluk wees nie?" vra sy vervaard. "Almal sê dit was 'n gasbottel. Jy kan tog sekerlik nie bedoel . . . ?"

"Liesie, stadig nou." Prins loop deur toe en roep in die gang af: "Lena, kan jy asseblief vir ons tee bring? Groot pot, baie suiker."

Elise Prins kyk na Cupido met groot kommer: "Watse redes? Wat het daar gebeur?"

Hy haal diep asem en sê: "Mevrou, ek dink ons moet wag tot die tee gekom het."

* * *

Cupido probeer so vaag moontlik wees. Hy sê die toneel word op die oomblik deur 'n span deskundiges gefynkam. Dié forensiese mense het reeds bepaal dat dit 'n doelbewuste daad was.

Elise Prins snak na haar asem en sit haar hand op haar hart. Derek neem haar ander hand ter ondersteuning.

"Die ondersoek is nou in 'n baie sensitive stage," sê Cupido. "Daai is hoekom ek nie nou vir julle meer info kan gee nie. For which I apologise. Maar dit sal baie help as ons 'n paar dinge kan opklaar."

Derek knik. Elise Prins sit stomgeslaan en staar na 'n foto van Gerrie van Graan teen die muur.

Cupido vra of Van Graan ooit iets vir hulle gesê het oor enige dreigoproepe of -boodskappe.

Elise reageer nie. Derek dink 'n rukkie na, dan sê hy: "Nee. Daar was boodskappe op sosiale media . . . Mense wat nie van hom gehou het nie, nie van sy musiek gehou het nie. Maar dit kry jy altyd."

"So, julle weet nie van iemand wat vir hom sou wou seermaak nie?"

"Nee."

"Het julle geweet hy was in 'n intimate relationship met Lynette Morkel?" vra Cupido.

Derek sê hulle het geweet daar was " 'n spesiale vriendskap" tussen die twee. Dit was vir hulle mooi, die veteraanaktrise wat haar ontferm oor die jong, rou talent. Die vriendskap, nee, die kameraderie wat ontstaan het in die drukkoker van 'n telenovelle se vervaardiging was so normaal. Want dis lang ure se skiet, elke dag, ses dae per week. Dit is 'n eiesoortige, sonderlinge omgewing wat dikwels vanweë die tempo en intensiteit sterk bande help smee. "Soos soldate. Op die slagveld. Nie net tussen die talent nie, maar die crew ook." Hulle was egter heeltemal onbewus daarvan dat die verhouding iets meer as vriendskap was. En, selfs al was dit meer: Dit is nie vir hulle om aan volwassenes te dikteer hoe om hul private lewens te leef nie. Solank dit nie 'n invloed op hul werk en werksomgewing het nie. Dit is die reël. En boonop: Die talent is nie werknemers nie. Hulle is gekontrakteerdes. Nie onderworpe aan die gewone menslike hulpbronne-protokolle nie.

Ja, die *Huisgenoot*-artikel het hulle onkant betrap. Nie oor die inhoud nie, maar oor die feit dat hulle die daaropvolgende stortvloed media-aandag moes hanteer. Hulle het vir Lynette en Gerrie ingeroep. Hulle het lank en ernstig gekoukus. En die slotsom daarvan was, nogeens, dat dit twee volwasse mense se vrye keuse en persoonlike, vertroulike doen en late was wat geen impak op hul werk gehad het nie. Dit was boonop duidelik dat die band tussen die twee mooi was, 'n band van wedersydse respek én liefde, van geesgenote, van geniale talent wat op dié manier suurstof in mekaar gevind het. En vir Lynette so baie beteken het in die hewige stryd om geskei te kom van 'n man wat haar nie waardeer of koester nie. Gerrie was haar rots.

Cupido ken die reaksie, die skielike heiliging van die dooies. Hy vra: "Het julle geweet van Van Graan se ander affairs?"

Derek Prins sug beswaard. "Daar was baie stories voor hy by ons aangesluit het, kaptein," sê hy. "Soos daar maar altyd is met beroemde mense. Dis 'n vreemde ding. Die kollig is altyd fel. Die afguns ook. Mense fabriseer goed, hulle vergroot en oordryf."

"Ek praat van die affairs hier by julle. Op die soapie."

"Dis 'n *telenovelle*," sê Elise Prins.

"Affairs met die hair stylist en die girl wat Nonna speel en die AD . . ."

"Waansin," sê Elise Prins. "Dis absolute waansin. Hy was lief vir Lynette. So baie lief, net vir haar. Hoe kan ons dink om aan te gaan, Derek? Hoe?"

"The show," sê Derek Prins, "always goes on, Liesie. Ons sal hierdeur ook kom."

* * *

Daar is vier assistent-regisseurs wat aan *Wynland* werk. Twee is mans, vir wie Cupido buite rekening laat. En Derek Prins sê vir hom die ouer een van die twee vroue-AD's "stel nie belang in mans nie". Daarom vra hy om met die oorblywende een te praat.

Sy is in haar middel-dertigs, 'n aantreklike donkerkop, beheersd aangedaan oor die verlies, verstom oor die moontlikheid dat dit nie 'n ongeluk was nie.

Cupido sug. Hy beur weer deur die gewone ritueel: Ja, hulle is regtig seker dit was nie 'n ongeluk nie. Dit is sy werk om alle moontlikhede te ondersoek. Hy weet dit is onder die omstandighede moeilik, maar hy wil vir haar vra oor die kwessie van Van Graan se beweerde gedrag teenoor vroue op stel.

"Ag, nee," sê sy afwysend. "Dis heeltemal onnodig."

"So, daar was nie shenanigans nie?"

"Natuurlik was daar. Gerrie was . . . bronstig, om die minste te sê. Maar . . . Jy dink tog sekerlik nie . . . Nee, o genade, julle is erger as *Huisgenoot* . . . "

"Hoekom 'erger'? Het *Huisgenoot* gelieg?"

Sy vervies haar: "Dis irrelevant. Wat jy nou insinueer, is dat iemand hier kwaad genoeg was vir Gerrie se streke om hom dood te maak. Dis heeltemal . . . Dis belaglik. Verregaande."

"Hoekom? Dit vat net een jealous husband. Of boyfriend . . ."

"Wat dink jy van ons? Hier is nie een vrou wat in 'n vaste verhouding was toe hulle 'n fling met Gerrie gehad het nie. En dit was al. 'n Paar flings. Oor 'n tydperk van meer as 'n jaar . . ."

"Lynette Morkel is 'n getroude vrou."

"Dan moet jy jou huiswerk beter gaan doen, kaptein. Daardie huwelik het nog net op papier bestaan. Die koeël was lankal deur die kerk."

"So, Morkel en Van Graan was ook net 'n fling?"

"Dit hang af hoe jy daarna kyk . . ."

"Enlighten me, madam."

"Vir wat? Dis regtig irrelevant. Niemand hier het enigiets te doene met Gerrie se dood nie."

Cupido se geduld raak min. "Kyk, jy moet my nou mooi verstaan: Dis 'n murder investigation dié. Nie 'n soapie episode wa' jy die storie opmaak lat ammal 'n happy ending kry nie. Ek wil weet wie vir

Van Graan vermoor het. En ek kan net daai doen as ek weet wat in sy lewe aangegaan het. So, here's your choice: Jy help my, en ek nail die guilty party, of jy obstruct my investigation, and I deal with you accordingly. Now, which is it going to be?"

Sy lig haar hande in oorgawe.

"Was hulle net 'n fling?" vra hy weer.

"Mag ek spekuleer? Of is dit ook obstruksie van jou ondersoek?" Met 'n ondertoon van gekrenkte sarkasme.

"Be my guest."

"Lynette en Gerrie is . . . was al twee suksesvolle, intelligente mense. Ek dink regtig nie hulle het hul verhouding as iets met langtermynpotensiaal gesien nie. Ek dink dit was 'n kwessie van twee kunstenaars in spesifieke omstandighede, op 'n spesifieke tyd in hul lewens. Sy het geweet hoe dit vir hom moet wees, so jonk, soveel media-aandag, soveel aanhangers, soveel druk. Sy's daar deur, twintig jaar gelede. Natuurlik destyds sonder die histerie en die blootstelling van sosiale media. Sy het hom op daardie vlak gementor. En sy't hom gehelp met sy toneelspel. Baie. Want hy was nie great aan die begin nie. Dít, dink ek, was aanvanklik die fondament van die verhouding. Meester en leerling. En toe . . .

"Hulle is twee mooi, kreatiewe siele, en hulle het baie tyd saam deurgebring, dikwels onder druk. Dan gebeur daar goed, dan kom die natuurlike drange en begeertes deur. Op 'n sielkundige vlak . . . Lynette is vyf-en-veertig. Sy's nie dom nie, kaptein. Sy weet die aura van die beeldskone, sensuele persona is besig om te taan, die rolle gaan skaarser word, die aanhang ook. En die verbrokkeling van haar huwelik . . . dit was vir haar vernederend. Gerrie was vir haar 'n bevestiging dat sy dit nog het, dat sy nog die attensies van 'n jong hings kon lok.

"En vir hom was dit . . . Toe hy by ons begin het, het hy gesê watter groot bewonderaar hy van haar was. Hy't gesê daar was 'n plakkaat van haar teen sy kamermuur toe hy 'n tiener was. Vir hom was sy op 'n manier die grootste vangs, 'n bevestiging dat hy dit gemaak het, dat hy nou saam met die groot visse swem. En ek hoor dis 'n ding, by mans van sy ouderdom. Milfs, noem hulle dit. So, dit was meer as 'n fling, maar dit wás 'n fling. Hulle het geweet dit sal nie vir altyd hou nie."

"En jóú fling met hom . . . Was dit voor hy en Lynette geconnect het?"

"Fok weet, jy het nie takt nie."

Hy kyk net vir haar.

"Nee, kaptein, dit was tydens. Omdat niemand geweet het wat die presiese aard van sy verhouding met Lynette was nie. Nie een van ons het gedink hulle . . . slaap saam nie. Of miskien het ons verkies om nie te weet nie. Jy weet hoe dit is. En omdat ek die betrokke aand moeg en so 'n bietjie eensaam was en 'n glas of twee te veel rooiwyn gedrink het. En omdat Gerrie . . . Hy was aanhoudend en oorredend en jonk en viriel en sexy. Dis hoekom ek 'n one-night stand met hom gehad het. Wat wil jy nog weet?"

"Hy het flings gehad met die hair stylist en die girl wat Nonna speel?"

"Ja."

"Voor die fling met jou?"

"Met die haarstilis, voor ek en hy 'n . . . En met Chantelle ná my."

Hy wil nog iets vra, maar sy gaan voort: "Die ding wat jy moet verstaan oor ons bedryf . . . Die meeste van ons is vryskut, nie seker waar en wanneer die volgende shoot gaan wees nie. Dis lang ure, dis druk, die hele tyd, elke dag. Jy leef in hierdie klein, intieme wêreld, jy het nie 'n sosiale lewe nie, dié produksie, dié mense is jou wêreld. Dan gebeur sulke goed. En . . . Dis kreatiewe mense. Daar is baie meer aanvaarding van en verdraagsaamheid vir . . . noem dit nou maar afwyking van jou meer konserwatiewe sosiale norme. Groter respek en empatie vir seksuele voorkeure en gender-identifikasie en wat ook al in jou binnekamer gebeur . . ."

"One big happy woke family," sê hy.

"Fok jou," sê sy.

"En nie een van julle het 'n boyfriend of 'n man of 'n jealous stalker of 'n very protective colleague nie?" vra Vaughn Cupido. "Iemand wat weet hoe om 'n drone te vlieg nie? Jy weet van niemand wat vir Gerrie sou wou seermaak nie?"

Sy rol haar oë.

36

Teen 16:36 het Griessel die Maarman-oproepregister deurgewerk en alles in 'n sigblad met vier kolomme verdeel.

Die eerste kolom is die oproepe wat duidelik met die slagoffer se werk verband hou – Regal Investigations, kliënte, banke, selfoon-maatskappye, digitale forensiese konsultante, internet-diensverskaffers, die polisie, staatsaanklaers en prokureurs.

Die tweede kolom is oproepe gemaak en ontvang in die beoefening van sy stokperdjie: dit sluit spuitverwers, onderdeleverskaffers, bande- en wielvellinghandelaars in.

Die derde kolom is persoonlike foongesprekke, meestal met sy voormalige vrou, Pearl, en 'n paar vriende en bure.

Die vierde kolom is 'n lys van ses-en-twintig nommers wat Griessel nie duidelik by enige van die ander groepe kan kategoriseer nie. Hy sal hulle een vir een moet skakel, maar het solank dié lys per e-pos aan die Saulse gestuur, in die hoop dat hulle lig daarop kan werp.

Voor hy aan kolonel Jansen gaan verslag doen oor sy vordering, maak hy Maarman se Facebook-blad op sy rekenaar oop, want hy het 'n teorie wat hy wil toets.

Sy eerste gewaarwording is dat Maarman nie dikwels plasings op Facebook gemaak het nie. En wanneer hy dit wel gedoen het, was dit uitsluitlik oor die soeke na motors om te restoureer, na skaars onderdele, die vordering van 'n restourasie of die verkoop van 'n voltooide voertuig.

Die laaste plasing was op Woensdag 8 Oktober om 11:03 – ses foto's van die opgeknapte 3-reeks BMW. Die inskrywing daarby sê: *This little beauty is almost done – 1984 Gusheshe (BMW 316 – E30), now with new brakes, shocks, tyres and radiator. Completely rust-*

free, will go for a paint job on Friday. Firetruck red, I think. Interest-
ed? DM or post a comment, because this is going to sell quickly!!!

Die foto's, uit verskillende hoeke, wys die BMW in sy motorhuis, met die wiele aan, die enjinkap in plek maar duidelik nie gemonteer nie, die deure toe. Griessel analiseer die foto's een vir een, en hy sien die twee groot hidrouliese Mac Afric-domkragte netjies langs mekaar voor in die motorhuis, net langs die werksbank. Aan die teenoorgestelde kant, voor die groot, toe motorhuisdeur, staan die vier metaalbokke in 'n ry.

Dit lyk of al die ligte in die motorhuis aan is.

Dan kyk hy na die opmerkings onder die inskrywing. Daar's sewe-en-dertig; die meeste spreek bloot bewondering, geesdrif en geluk-wensinge vir die restourasie uit. Elf verskaf kleurvoorstelle vir die beplande verfwerk. Nege vra wat die verkoopprys is, maar Maar-man het nie een van hulle geantwoord nie. Al nege prysnavrae kom van gevestigde Facebook-profiele met foto's van die eienaars daarby.

Griessel blaai in sy notaboek tot waar hy die skedule van die moord aangeteken het. Dan pas hy dit aan:

Woensdag, 8 Oktober:
11:03: BMW op Facebook geplaas.
11:24: Oproep van ongeregistreerde selfoon af.
18:44: Oproep van dieselfde foon af.

Donderdag, 9 Oktober:
12:30: (Ongeveer.) Die Skyline word gesteel in Kenilworth.
14:07: Oproep van dieselfde foon af.
14:13: Maarman bel die paneelkloppers.
14:20: Maarman bel vir Margerie Sauls.
15:08: Skyline ry by Idasvallei in.
15:15: (Ongeveer.) Bobby Stravino sien die twee mans by Maar-man se huis, en die Skyline buite.

17:36: Die Skyline verlaat Idasvallei, met al twee mans daarin.
18:53: Sononder in Idasvallei.

Maandag, 13 Oktober:
08:00 (Ongeveer.) Skyline gekry, Paardeberg.

* * *

Hy kyk na die tydlyn.

Leun terug in sy stoel. Maak sy oë toe. Probeer die hele ding by-mekaar sit. Probeer dit sien.

Hulle het besluit om vir Brandon Maarman uit te haal. Die rede nou nog onbekend.

Hulle het besluit dit moet soos 'n ongeluk lyk. Die rede is vermoe-delik om hul identiteit en die motief tot elke prys te verbloem.

Hulle het Brandon Maarman bestudeer. Sy doen en late, sy werk, sy stokperdjies. Hulle het op sy Facebook-blad die vordering van die laaste BMW gevolg. En besluit dit is die sleutel tot hul strategie.

Maarman se selfoonnommer is nie op Facebook nie, maar hulle sou dit maklik op Regal Investigations se webblad kon kry. Dis veel veiliger om hom te bel, veiliger as, byvoorbeeld, om hom op Face-book te kontak en 'n digitale spoor te laat. Hulle is uitgeslape.

Twintig minute nadat die foto's Woensdag op Facebook verskyn, bel hulle hom met 'n ongeregistreerde weggooifoon. Sê hulle wil die kar koop, asseblief, definitief, ons het die geld, ons kan môre kom kyk. (Dit moet "môre" wees, want hulle moet nog die Skyline steel – of 'n ander voertuig wat in die spinning-gemeenskap geloofwaardig-heid sal hê.)

Maarman sê dis goed so, hy is moontlik die Donderdagmiddag tuis en beskikbaar, hulle sal net moet bevestig. Maarman is seker hy het 'n koper, daarom antwoord hy nie die Facebook-navrae oor die BMW se prys nie.

Donderdagoggend. Het die moordenaars die Skyline (en ander voertuie uit die tagtigs?) geïdentifiseer sodat hulle nie nou hoef te skarrel in hul soektog na 'n motor wat Maarman sal oortuig hulle is in die bedryf nie? Is hulle dalk self in die bedryf? Bes moontlik nie. Wat het Bobby Stravino gesê? *Die rims van die GTX, daai was nie die korrekte nommer nie. Dit was mystifying.*

Feit is, hulle is strategies uitgeslape.

Negentig minute nadat hulle die Skyline gesteel het, bel hulle vir Maarman om te sê hulle is op pad. En hulle vra hom hoe vinnig kan hy die BMW laat spuitverf, hulle wil die kar so gou moontlik kom haal, as alles reg lyk. (Dit alles om die opset aan Maarman te verkoop, om enige moontlike agterdog te vermy.)

Waarom eers negentig minute nadat hulle die Skyline gesteel het? Want hulle moes die bier of brandewyn met die verdowingsmiddel meng, dit iewers gaan oplaai met die gesteelde voertuig, saam met die natriumsitraat en die naalde en pype en sakkies vir die binneaarse toediening. En dit alles voorberei.

Maarman glo alles, want hy bel die paneelkloppers, en hy bel Margerie Sauls om te sê hy kom nie meer in nie. (Miskien het die "kopers" gesê hulle bring 'n paar biere. As die transaksie vir almal werk, moet hulle darem 'n ou brouseltjie knak om dit te vier.)

Kwart oor drie neem Maarman die twee moordenaars in die motorhuis in. Hulle kyk na die kar, Maarman vertel en wys wat hy alles al gedoen het. Hulle sê, ons vat hom, kom ons gaan drink 'n bier, ons gaan kry net gou die koelsak daar in die Skyline.

Dit alles het dalk nie meer as vyftien minute geduur nie. Nog twee uur en ses minute oor voordat hulle vertrek.

Genoeg tyd.

Maarman skakel die ligte van die motorhuis af toe hulle uitgaan.

In die huis, moontlik die sitkamer, kuier hulle. Gesels, praat oor die prys, hoe hulle gaan betaal, wanneer die kar klaar gaan wees. Watter kleur wil hulle die BMW hê?

Drink bier.

Hulle gee vir Maarman die een met die GHB daarin. Die dosis is sterk. Maarman raak bedwelmd én naar. Hy gooi op. Steier. Gaan lê.

Nou moet die moordenaars vinnig en sekuur werk. Eers vir Maarman in die motorhuis kry, waar hulle 'n ogie oor hom kan hou. Seker maak die GHB was genoeg, hulle wil nie hê hy moet rondval, homself beseer, eienaardige wonde opdoen nie. Wil nie hê hy moet bulk of skree nie. Hulle hou hom op sy voete, tussen hulle, van die agterdeur tot die motorhuis se sydeur. Net ingeval iemand – soos Bobby Stravino – verbykom.

Het Maarman toe sy oorpak aangehad? Of het hulle dit, in sy bedwelmde toestand, vir hom aangetrek?

Nie onmoontlik nie.

Niemand sien hulle op pad motorhuis toe nie.

Hulle lê vir Maarman langs die kar neer. Domkrag die BMW op, sodat hulle die wiele kan afhaal. Hulle weet nie waar Maarman gewoonlik die wiele pak nie, weet nie van die houtblokke nie, weet nie watter ligte gewoonlik aan is nie. Te gefokus, te gejaagd om daaraan aandag te gee? Te gespanne? Wat sê dit, hierdie foute, hierdie krake in hul professionaliteit?

BMW hoog gelig. Nou dien hulle die natriumsitraat toe terwyl die slagoffer nog lewend is. Konnekteer die naald, die pypie, die drup.

Minute tik verby. Minstens vyftien, het Phil Pagel gesê. Terwyl hulle sit, luister na die kinders in die straat, voertuie wat verbyry, Bobby Stravino en sy suster se voeteval, dalk.

Eindelik klaar. Sleep vir Maarman onder die voertuig in. Maak seker hy lê so dat die onderkant van die enjin sy bors sal verpletter. Skuif die metaalbokkies onder die voertuig in, sleep die groot Mac Afric-domkragte weg, gaan bêre hulle waar hulle oorspronklik gestaan het.

Nou vir die groot oomblik. Skop, stamp of trek die bokkies uit.

Die BMW val.

Griessel hoor die geluid, die dowwe slag, die breek van ribbes, die uitplof van asem. En dan, die stilte.

Een van hulle kruip onder die kar in om seker te maak Maarman is dood.

Maak seker hulle tel al die sakkies en pypies en naalde van die natriumsitraat versigtig op. Plaas dit in 'n sak.

Haastig uit, terug huis toe. Té haastig, die sydeur van die motorhuis is nie op knip nie. Dalk amper toe, sodat dit later weer oopgaan? Of dalk nou heeltemal toe, maar voor hulle ry, weer een laaste keer kom kyk?

In by die kombuisdeur. Lappe en emmer, maak die braaksel skoon. Noukeurig. Spoel die lappe weer uit. Bêre sorgvuldig. Maak alles bymekaar. Plaas dit in 'n vullissak, saam met die bierbottels of -blikkies. Loop deur die huis. Alles lyk reg, onversteurd.

Vat die vullissak, die koelsak met die natriumsitraat-drup en gereedskap. Loop nou rustig uit, net twee ouens wat hier by Brandon getwala het. Klim in die Skyline. Ry.

Dis 17:36. Spitsverkeer. Kameras by die kruisings. Is die Skyline al op die stelsel, gaan blou ligte skielik agter hulle opduik? Ry, uit R44 toe. Klapmuts, Windmeul se kant toe, kom weg van die risiko van die CCTV-netwerk. Gaan soek die agterpaaie by Paardeberg. Gaan lê laag. Wag vir die donker, of die vroegoggend, om die kar aan die brand te steek, die vullissak en druptoebehore daarin. Alle bewysstukke, DNS, vingerafdrukke verwoes.

Iemand gaan haal hulle.

Dis wat Bennie Griessel sien.

En hy weet dis min of meer wat gebeur het.

Dit beteken iets.

Dit was uitgesoekte mense. Manne met konneksies vir die dwelms en die chemiese stowwe, vir die riglyne oor hoe om dit te gebruik. Sekerlik redelik fiks, redelik sterk, sou iets verkeerd loop, want Maarman was fisiek 'n handvol. Manne met ervaring, wat die druk en die spanning en die risiko kan hanteer, manne wat hulself in Brandon Maarman se vertroue kan inpraat, wat sou voorberei het, nagevors het oor spinning en Skylines en Gusheshes.

Manne wat geld en tyd en moeite en beplanning ingesit het.

Professioneel. Manne wat nie 'n spoor wil los nie.

Manne wat geweet het hulle gaan dalk gesien word. En juis daarom die tyd van dood wou vertraag, om te probeer verseker hulle word nie met die dood verbind nie.

Hoekom?

Ook manne wat foute gemaak het. Die ligte. Die deur nie heeltemal toe nie. Die hek – hy't vergeet, die buurman Wilton Mansour het gesê die hek was ook oop.

In daardie laaste minute, voor hulle vertrek: Benoud. Haastig.

Dit sê iets.

Hy weet nog net nie wat nie.

37

Cupido kom eers ná sewe by die huis.

"Jy's seker doodmoeg," sê Desiree Coetzee.

"Yebo, baby, vanaand gaan ek slaap soos 'n baby."

Donovan, vanuit die kamer: "Ek dog babies slaap nie, uncle V."

"Ja, ja, smartypants. Bring daai foon van jou. Ek wil weer daai UFO op jou TikTok kyk. Wanneer het hulle dit gepost?"

"We don't say UFO any more. Dis UAP."

* * *

Pretoria, 23:04

Cheswill Kammies, geklee in die blou uniform van die sekuriteits-maatskappy, se hande sweet op die Chery Tiggo se stuurwiel, en sy hart hamer in sy bors. Dit is net sy opleiding wat hom nie paniekerig laat word nie.

Hy haal diep asem, in en uit, sy oë op die truspieëltjie. Die Range Rover is daar, tweehonderd meter agter hom.

Hy het die voertuig gesien toe hy uit Duxbury in die stil, byna leë Lynnwoodweg ingedraai het. En hy het die kar herken. Dis hulle. En hulle probeer nie subtiel wees nie. Hulle hou net daar, 'n honderd meter agter hom.

Weet hulle? Het hulle vir Sello gesien? En vir hom?

Hulle kan niks doen nie. Nie hier op 'n openbare pad nie. Hy moet kalm bly. Rustig ry. Asof hy niks vermoed nie. Dis nie die eerste keer dat hulle hom agtervolg nie, dis 'n ou taktiek. Toesig. Beheer. Intimidasie. "Ons watch jou. Altyd."

Weet hulle?

Selfs al was Sello nalatig, sal hulle hom nie kan verbind nie. Hy en Sello praat dikwels, hy sal net alles ontken.

Die beklemming in hom wyk nie.

Net nog drie kilometer tot in De Kockstraat, sy woonstelblok, sy motorhuis.

As hy net deur die outomatiese hek kan kom. Dit gaan die gevaartyd wees, wanneer hy wag vir die hek om oop te gaan. Hy sal die afstandbeheer al druk as hy nog vierhonderd meter weg is. Die motorhuis s'n ook.

Hy moet net vinnig deur, tot in die motorhuis. Stilhou, laat die motorhuisdeur toegaan. Voor hy uitklim, met sy foon op Gumtree aanmeld, en die boodskap stuur. Dit sal vinnig wees. Net twee kort sinne: *VIP Soccer Club. Super striker arriving Saturday 09:30 a.m. Cape Town.*

Dan kan hulle maar kom. Daar sal geen manier wees om te weet wat hy gedoen het nie. Geen spoor nie, net soos Skinny gevra het. Behalwe as Sello praat. En dan is dit Sello se woord teen syne, en hy sal sê die ou man lieg, want die ou man skuld hom vyfduisend en nou wil hy nie betaal nie.

Verby die universiteit. Hulle sit daar, honderd meter agter hom.

Verby Loftus Versfeld. Hy draai by die sirkel links in Jorisson.

Hulle ook.

Fok. Want hy het gehoop dis net sy skuldige gewete, hy het gehoop ...

Regs in Johnson. Hy versnel, nie dramaties nie, net genoeg om die gaping te rek, om tyd te wen vir by die hek en die motorhuis.

Hy vee die sweet van sy voorkop af. Rem vir die links draai in De Kock in, sy duim op die afstandbeheer. Eers die blou knoppie vir die hek, dan die rooi knoppie vir die motorhuis se deur.

Hy kyk in die spieël. Daar kom hulle. Nou honderd-en-vyftig meter agter hom.

Hy draai, versnel, hou die hek dop. Dis so fokken stadig, rammelend. Hy kom nader, rem, draai regs, deur die hek. Die motorhuis se deur is nog nie heeltemal oop nie. Hy druk die blou knoppie. Die hek begin toegaan. Hy draai sy kop na regs. Kyk. Hulle hou stil, daar anderkant, honderd meter van die Sunnyside Sands-motorhek af.

Hy gaan dit maak. Die hek is amper toe.

Kyk weer na die Range Rover. Niemand klim uit nie.

Fok hulle, hy't dit gemaak, hy trek in die motorhuis in, druk die rooi knoppie. Die deur gaan toe.

Hy sit die Tiggo af, raap sy foon op. Hy bewe. Hy moet kalm bly, stadig, sy vingers moet nou akkuraat navigeer: *Gumtree / Community / Find Sports & Sports Partners / Post Free Ad.*

Hy tik die boodskap in. Hy maak vier keer vingerfoute. Hy swets. Bly kalm, jy's okay, jy's orraait, dis nie die eerste keer dat hulle jou tail nie, dis net bad timing, dis net jou fokken gewete.

VIP Soccer Club. Super striker arriving Saturday 09:30 a.m. Cape Town.

Dan vlieg sy vingers na *Settings / Apps / Safari / Clear History and Website Data.*

Alles uitgewis.

Hy blaas sy asem stadig uit.

Dis gedoen.

Vyftigduisend verdien. Nog vyfduisend vir Sello. Eers oor twee weke, om seker te maak hy gaan praat nie uit nie.

En niemand sal weet nie. As Sello sy bek hou. En Sello het nie 'n keuse nie, Sello kan ook nie bekostig om sy werk te verloor nie, Sello wat moet sorg vir vier kinders en hulle ouma. Tienduisend is 'n fortuin vir Sello.

Niemand sal weet nie. Geen spoor gelaat nie.

Hy klim uit die Tiggo, sit sy foon in die blou uniformbaadjie se sak, gaan by die klein deur voor uit, gang toe.

Hy kyk, links en regs.

Alles is stil.

Hy trek sy das los, hy sweet, hy's dors en honger. Hy wil 'n bier gaan knak. Cheese toastie gaan maak. Hy hoop die fokken hysbak werk.

Hy druk die knoppie. Hoor die tuimelaars val, die motor sing, die hysbak rammel. Dankie, fok, dankie.

Hy kyk voordeur se kant toe.

Daar is niemand nie. Die raasgat op die tweede verdieping se hiphop speel weer hard. 'n Baba huil op die eerste verdieping.

Hy trek sy baadjie uit, gooi dit oor sy skouer.

Die hysbak kom. Hy klim in. Druk vir sewe. Die deur gaan toe. Die hysbak ruik na sweet en kitskos, want hierdie hele fokken blok is op Uber Eats.

Sy hart begin bedaar.

Sy pistool is in sy kas. Langs die brief wat hy vir Ruby en Skye geskryf het, sy eks en sy kind. Die brief kan eers lê, vir nog 'n week of twee. Tot hy seker is. Die pistool sal hy gaan uithaal. Vanaand slaap dit langs hom. Skuldige gewete ofte not, dit sal hom beter laat voel.

Die hysbakdeur gaan stotterend oop. Hy kyk eers uit.

Die gang is stil.

Hy haal sy sleutels uit sy sak, loop tot by sy woonstel. Sluit dit oop.

Gaan in.

Maak die deur toe. Skakel die lig aan.

"Good evening, Cheswill," sê een van die vier wat vir hom wag.

38

Woensdag, 15 Oktober

Griessel verwag 'n dag van stadige verwerking van lyste en kolom-me, van stelselmatig oproepe maak, van digitale voetwerk, van naald in die hooimied soek.

Want die naald gaan daar iewers wees. Hierdie ding moes êrens 'n spoor gelaat het. Die uitdaging is om dit te kry. Die vraag is, hoe groot is die hooimied?

Hy sal dit alles aanpak wanneer hy inklok.

Vanoggend het Alexa vir hom die histerie op Netwerk24 en News24 gewys oor die dood van Gerrie van Graan. En die sensasionele feit dat speurkaptein Cupido die bekende sakeman Beyers Botha as 'n moontlike verdagte in die saak beskou. Griessel het groot meegevoel met sy kollega gehad. Want hy ken daardie onmenslike mediadruk. Maar hy was ook verlig. Hy't gedink lyste en kolomme en stelselma-tige oproepe lyk dalk nie na 'n slegte alternatief nie.

Om 06:41 is hy op die N2. Die verkeer uit Kaapstad vloei glad. Hy luister na Dierbaar, die nuwe musiekgroep van wie Alexa hom gisteraand vertel het. "Hulle is fantasties, Bennie. So lekker vars en oorspronklik, dis twee lieflike meisies en 'n jong man, hulle was van-dag by my. Ons gaan 'n nuwe album opneem, ek is só opgewonde."

En terwyl die liedjies kliphard op die so-so klankstelsel van sy wit 2015-Corolla met 174 000 kilometer op die klok speel, is hy nogeens bewus van sy eie tekortkominge.

Hy sal nooit so iets kan doen nie – vindingryke, slim lirieke uitdink. Woorde is nie sy ding nie. Hy sukkel maar altyd om homself uit te druk – hy beny Vaughn Cupido se silwer tong, sy vermoë om Vlakte-Afrikaans soos 'n poëtiese masjiengeweer te laat knetter, Vaughn se manier om verlief te raak op woorde en uitdrukkings en hulle in sy mond te toets tot dit deel is van sy uitgebreide woordeskat.

Hy wat Bennie Griessel is, kan nie eens basiese lirieke saamstel wat maat en ritme volg nie. Om hulle dan ook te laat rym én 'n melodie by te sit, is vir hom 'n onmoontlike taak. Party komponiste begin by die musiek, 'n deuntjie in hul kop. Maar dit kan hy ook nie doen nie.

Hy hoor nou, in Dierbaar se musiek, die baskitaar se note. Hy kan die struktuur van die musiek volg en snap, hy kan die gees, die binneste van die musiek voel. Hy sal dit nog twee keer luister en dan sal hy dit kan weergee, dieselfde basnote speel. Of so 'n bietjie daarop improviseer. Versigtig en respekvol. Maar hy sal dit nooit kan skep nie.

Dis die een ding wat hy heimlik begeer. Daardie talent. Om jou gevoelens, jou emosies, jou ervarings in 'n musiekskepping te kan stort, en ander mense dit ook te laat voel.

Maar nou ja . . .

Sy foon lui oor die Toyota se Bluetooth-stelsel en sny die musiek en sy gedagtegang uit.

Hy ken nie die selnommer nie.

"Griessel."

"Bennie, it's captain Luzo Zinti at Paarl CID. Do you have a moment?"

"Yes, of course . . ."

"You circulated photos of two suspects in a Nissan Skyline yesterday?"

"Yes . . ."

"I only saw the circular this morning. Look, I can't be sure it's them, but we found two bodies along the railway line near Tulbagh on Monday. Seems to fit your photo. Coloured males, presumably in their thirties, maybe early forties. And we found a white Panama hat and a beige beanie on the scene. And two pairs of shades. The problem is, they were shot, execution style, back of the head. The exit wounds are . . . not nice, hey . . ."

Sy hart klop vinniger, die hooimied dalk nou kleiner: "Any ID on them?"

"Absolutely nothing. I've sent out my own circular, I'm hoping for an MPR, but when I saw your photos . . ." Die "MPR" waarna Zinti verwys, is 'n vermiste persoon-verslag, algemeen bekend onder die afkorting vir Missing Persons Report. "You won't have any further information on who they might be?"

"Sorry, man, I have zero in terms of ID. Just a few theories about their background. I think they might have some sort of semi-professional connections and experience. Were they killed at the scene?"

"Definitely not. Preliminary post mortem says they were killed late Saturday or early Sunday. My best guess is that the bodies were dropped from the road bridge over the railway line, maybe Monday afternoon. Train driver from the Rovos Rail locomotive called it in around seventeen-twenty on Monday afternoon. He was the third train under that bridge on Monday, but you know . . . Maybe the others just did not see them."

"Captain, thank you very much. If you do ID them . . ."

"You'll be the first to know. There is something that might help. One of the victims had a tattoo. Well, actually, it looks like he tried to have the tattoo removed, but there is still some ink visible . . ."

"Numbers?" vra Griessel, met verwysing na die Nommer-tronkbendes se tatoeëermerke wat gewoonlik lidmaatskap, rang en affiliasies aandui.

"Not as far as I know. This looks like a bird. A crow . . ."

"Is the tattoo in his neck?"

"That's right!"

"Is it sitting on a skull? The crow?"

"Yes, that's what it looks like. How did you know?"

Dis die oomblik dat Griessel weet sy dag gaan nie lyste en kolomme, stelselmatige oproepe en digitale voetwerk wees nie. "The Restless Ravens," sê hy. "They used to be a prominent gang on the Cape Flats, until a few years ago. As far as I know, they are no longer active."

* * *

Cupido plaas sy leë bakkie in die wasbak. Die porsie Tiger Oats was honderd-en-twintig gram, afgemeet, saam met 'n koppie melk en 'n eetlepel heuning vir 'n totaal van eenduisend-tweehonderd kilojoules, alles aangeteken in die Lose It!-applikasie op sy foon.

Hy's weer op koers met sy dieet, en vandag gaan hy daarby hou, kom wat wil.

Hy hoor die foon op die ontbyttoonbank biep, en gaan haal dit.

'n Boodskap van Fritz Griessel af:

oom v, my pel sê prt mt khalil cassiem of prof bo zhang by varsity elek engineering (bion) oor drones. iac, het gechat met foaf in soapie crew, geen drones da. good vibes. sys

Hy lees dit weer, probeer die taal ontsyfer. Dan roep hy in die gang af: "Donnie, wat is 'b.i.o.n.'?"

"Wat?"

"Dit staan in 'n WhatsApp message. 'B.i.o.n.' "

Hy hoor Donovan se voeteval in die gang, dan is die seun hier by hom, skooldrag aan, nog sonder skoene. Hy wys hom die boodskap.

"Daai meen 'believe it or not'."

"En 'iac'?"

"In any case."

"En hierdie?" Hy skuif sy vinger na "foaf".

"Friend of a friend. En daai 'sys' is 'see you soon'."

"Cool," sê Cupido.

"I.m.a.o., jy's a dinosaur, uncle V."

"I.m.a.o.?"

244

"In my arrogant opinion."

Hy wil nog iets sê om sy waardigheid te herwin, maar Donovan is klaar weer in die gang af, na sy kamer toe.

* * *

Om 07:01 soengroet Cupido vir Desiree by die meenthuis se oop voordeur toe sy foon lui. Hy sien dis Dik Arnold van PCSI wat skakel.

"Jis, Arnold," antwoord hy.

"Ons kan vir jou 'n voorlopig gee, die volle verslag gaan 'n paar dae vat."

"Great stuff, Arnold. Hang on . . ." Desiree maak weer die deur toe, Vaughn stap terug na die kombuistoonbank, gaan sit en haal sy notaboek en pen uit sy baadjiesak. "Okay. Shoot."

"Jou plofstof is C-4, jou missiel se brandstof is APCP."

"Arnie, speak to me in a human tongue."

"Okay: C-4. Hoofletter C, koppelteken, syfer 4. Lyk soos putty, die goed wat jy gebruik om 'n ruit in te sit."

"Check."

"Jou C-4 is 'n plofstof vir militêre gebruik. Dis baie stabiel, lekker veelsydig en die plofkrag, in leketaal, skop gat. Soldate gebruik dit byvoorbeeld om brûe of vyandige voertuie op te blaas, maar dit word ook gebruik as 'n plofkop vir kanonkoeëls. Omdat dit, soos ek sê, kwaai gatskop met die plofkrag. Die lieflike ding van C-4 is dat die ouens wat dit maak, wetlik verplig word om 'n chemiese merker daarin te sit. Dis nou sodat geniale mense soos ek en Jimmy dadelik kan sien dis C-4 wanneer ons 'n monster in ons gaschromatografiese massaspektrometer sit. Dié chemiese merker se geleerde naam is DMNB, en ons het dit in al die monsters gekry wat ons saamgebring het van Jardin des Moers af. En deur die nag getoets het, omdat ons geniaal én oulik én behulpsaam is. Vra my nou, hoe help dit jou . . ."

"Hoe help dit my, Arnie?"

"Dit help jou op so baie maniere, Vaughn. Jy weet, dis nie wors-plofstof wat iemand in die mynbedryf in die hande gekry het nie . . ."

"Daai soort wat die cash-in-transit robbers gebruik?"

"Presies. En jy weet dis nie 'n RDX-plofstof wat ons missielman self gedistilleer het nie."

"RDX?"

"C-4 is RDX-gebaseer, maar ek dink nie jy moet nou jou mooi koppie daaroor breek nie. Al wat jy moet verstaan, is dat dit teoreties moontlik is om RDX self te maak. Maar selfgedistilleerde RDX sal nie die chemiese merker DMNB in hê nie. Is jy by?"

"More or less."

"Okay. So, selfgedistilleerde RDX is 'n ding wat baie maklik in jou gesig kan ontplof as jy nie weet wat jy doen nie. Met ander woorde, jou missielman is nie 'n idioot nie."

"So, waar het Missile Man dit gekry?"

"Dis die vraag wat enige selfrespekterende speurder behoort te vra. En die antwoord is, op net een plek: By iemand wat op die swartmark woeker met militêre voorraad, want C-4 is omtrent uitsluitlik 'n militêre applikasie, Vaughn. Baie streng beheer, ons sien dit feitlik nooit in kriminele ondersoeke nie."

"Wat van iemand soos Beyers Botha?" vra Cupido. "Dealer in firearms and ammo, importer from abroad. Hy sal darem daai soort contacts hê?"

"Jy weet hoe dit werk, Vaughn," sê Arnold. "Ons gee jou die info, jy doen die speurwerk."

"Thanks for clearing that up, Arnie."

"Alles deel van die diens. Nou, ons het genoeg stukke bymekaar gesit om te kan bevestig dat dit 'n missiel was. Nie industrieel vervaardig nie, maar steeds vernuftige werk. Dis 'n ou wat weet wat hy doen. Hy't vir die missiel 'n impaksneller gegee, lyk dit vir ons. Dit beteken, jou plofkop tref 'n ding, jou C-4 ontplof . . ."

"Check."

"Raait. Nou, jou missiel se brandstof: Ongetwyfeld APCP."

"Dis daai nuwe charismatic kerk op die Flats?"

Arnold giggel. Dan sê hy: "Dit staan vir 'ammonium perchlorate composite propellant'. Jy hoef nie te worry oor die details nie, wat ek vir jou kan sê, is dat ons sterk vermoed jou APCP is nie van militêre oorsprong nie. Ons is nie seker nie, maar as ek geld moet verwed, sal ek sê dis deur jou missielman self gemeng."

"Hoekom?"

"Okay, die eerste ding wat jy moet verstaan: APCP werk as 'n brandstof vir verskeie soorte vuurpyle. Daar's baie ouens wat vuurpyle as 'n stokperdjie bou, en hulle gebruik APCP. Die Amerikaanse militêre missiele soos jou AIM-9 Sidewinder en Patriot gebruik dit. Dit staan bekend as 'n 'vaste dryfmiddel'. Jy nog met my?"

"Yebo."

"Jou militêre vaste dryfmiddels toets oor die algemeen positief vir hoë-energie-bymiddels soos HMX of CL-20. Ons het daarvoor getoets, en niks gekry nie. Dis hoekom ons dink jou man het dit self gemaak."

"Hoe?"

"Dis maklik genoeg. Jy vat ammoniumperchloraat, jy meng dit met aluminiumpoeier en 'n binder, en siedaar . . ."

"En waar kry ek ammoniumperchloraat, Arnold?"

"Jy google dit en jy bestel dit. Op die internet."

"Hier? By ons?"

"Jip. Handelaars in chemikalieë vir industriële laboratoriums."

"B.i.o.n.," sê Cupido.

"Wat bedoel jy?"

"Arnold, ek dog julle ken al die acronyms. 'B.i.o.n.' meen 'believe it or not'. And just so you know, jy's 'n dinosaur. I.m.a.o. of course."

39

Om 08:34, net ná oggendparade, sit Griessel in kolonel Waldemar "Witkop" Jansen se kantoor.

Die bevelvoerder is op die foon met die stasiekommissaris van die SAPD in Elsiesrivier. "Nathan, ek wil 'n guns vra. Kan julle bystand lewer aan een van my speurders, kaptein Bennie Griessel?"

"Natuurlik," sê die Elsiesrivier-kolonel. "Hoe kan ons help?"

"Moordsaak hier in Idasvallei," sê Jansen. "Slagoffer is 'n voormalige lid van die Diens. Weet nie of jy hom geken het nie. Brandon Maarman, hy was by SANAB en later Beskermingseenheid . . ."

"Ken hom nie, maar as dit een van ons mense was . . ."

"Dankie, kollega. Ek gee vir kaptein Griessel."

Griessel neem die foon. "Môre, kolonel, ons waardeer die hulp."

"Jy's die een wat by die Valke was?" vra die kolonel.

"Ja, kolonel . . ."

"Wil maar net sê dis nie reg wat hulle met jou en Cupido gedoen het nie."

"Dankie, kolonel . . ."

"Hoe help ons vir jou, Bennie?"

"Kolonel, ek is op soek na 'n Ronald Raymond Joster. Sewe-en-dertig jaar oud, laaste huisadres is Clarkerylaan 64, Elsiesrivier. Hy is nie 'n verdagte op my docket nie, maar hy sal kan help met inligting. As julle dalk kan gaan kyk of hy nog daar bly, dan ry ek deur."

"Ek stuur 'n span, Bennie. Gee net weer daardie adres. En jou direkte nommer."

Griessel gee die inligting, dan sê hy: "Kolonel, dankie. Maar net sodat julle weet, Joster kan gewapen wees. Hy's 'n voormalige lid van die Restless Ravens, rekord vir huisbraak en gewapende roof. Skoon sedert 2017. Maar hy is uitgeken as 'n medepligtige in wat ons dink 'n beplande rooftog van 'n juwelierswinkel in die stad was, so 'n week gelede. Rooftog is gekeer, geen arrestasies nie, maar hy was daar. Met wat gelyk het na 'n versteekte handwapen onder die belt."

"Bennie, ek dink ons bring hom liewer in vir jou. As hy nog daar bly . . ."

* * *

Cupido lees weer Fritz Griessel se boodskap. Dan gaan soek hy die Universiteit Stellenbosch se Departement Elektriese en Elektroniese Ingenieurswese op hul webwerf. Hy kyk na foto's van doktor Khalil Cassiem en professor Bo Zhang, en hy besluit, Cassiem is sy beste opsie. Want Cassiem is 'n bruin broer. Hy sal kan connect.

Hy oorweeg die foonnommers en kies die een vir "Algemene Na-vrae".

'n Vrou antwoord.

Hy het al voorheen met die universiteit se mense gewerk. Hy weet akademici is oor die algemeen mense wat glo hulle is vreeslik besig. Dis moeilik om vinnig afsprake te kry. Maar hy weet ook, die admi-nistratiewe personeel is meestal middelklas en wetsgehoorsaam en maklik beïndrukbaar. Veral as jy hulle so 'n bietjie die skrik op die lyf jaag. Daarom gee hy sy volle posbeskrywing. Hy sê hy is kaptein Vaughn Cupido, 'n speurder van Stellenbosch SAPD se Misdaad-ondersoekeenheid, die Ernstige en Geweldsmisdaad-span.

"Genadetjie. Waarmee hou dit verband?" vra die vrou in 'n be-sorgde stem.

"Mevrou, ek moet dringend met doktor Khalil Cassiem praat."

Die vrou sê vir hom: "O liewe land, doktor Cassiem se dagboek is vol tot aanstaande Maandag toe."

"Mevrou, kom ek sê vir jou van my conundrum. Ek is op 'n mas-sive murder investigation. Ruthless killer on the loose, hier in die Stellenbosch in. The clock is ticking voor ons die volgende innocent victim in 'n body bag moet sit. Nou, jou Dok Cassiem se expertise kan my help om daai te keer. Ma' hoe langer ons wag . . . if you get my drift."

"O genadetjie . . . Kaptein, kan ek jou terugskakel?"

Hy gee haar sy nommer.

Nege minute later bel sy.

"Doktor Cassiem sê hy kan jou nou sien, kaptein. Weet jy waar ons kantore is?"

* * *

Die Universiteit Stellenbosch se Ingenieurswese-kompleks beslaan 'n hele groot straatblok tussen Banghoek- en Hammanshandstraat. Dit herinner Cupido baie aan die geboue wat jy altyd in Amerikaanse aksieflieks sien, gewoonlik met dieselfde woorde wat op die skerm verskyn: *CIA HQ, Langley, Virginia.* Langwerpige vierverdieping-strukture uit die jare sestig van die vorige eeu, met witgepleisterde mure, afgewissel deur rooi baksteen.

Net Elektriese en Elektroniese Ingenieurswese sien anders daaraan uit. Dié gebou is vier jaar gelede opgeknap, die baksteen wit en die gepleisterde dele steenkoolswart geverf, met massiewe swart metaal-roosterpanele om die monotoon te breek. Dit lyk nou byderwets en indrukwekkend.

Khalil Cassiem se kantoor is op die derde verdieping van die oostelike vleuel, 'n vertrek net so gemoedelik soos die doktor self – lig wat by die vensters instroom, twee vrolike, geraamde kinderkunsprente teen die muur en drie prototipes van 'n kanariegeel robothond op die lang kas. Hy's 'n lenige, energieke man, dalk net oor die veertig, met gestileerde donker hare en 'n spierwit glimlag. Hy dra 'n blou langmouhemp, bruin chinos en donkerblou Adidas Campus 00s-skoene. Hy groet Cupido met die hand en sê: "You made quite an impression on poor missus Kruger."

"Ja, murder investigation, dan wil ons nie tyd mors nie. Dankie, my broe', lat jy tyd maak."

"Please forgive me, I grew up in the southern suburbs, my Afrikaans is basically nonexistent. Please, take a seat. It all sounds very intriguing . . ."

Cupido herkalibreer. Bruin mense uit die suidelike voorstede is katjies wat jy met ander handskoene moet aanpak. Die "my broe' "-aanslag gaan nie werk nie. Hy gaan sit, haal sy notaboek uit en sê die inligting wat hy gaan oordra, is baie vertroulik. Dis die Gerrie van Graan-moord, en die media is histeries.

"I'm sorry to say, I honestly don't know who that is."

"Ja, I did not know either. Famous Afrikaans soapie actor, it's all over the news. Anyway, I must ask you not to discuss this with anybody for the time being. It could really complicate the investigation."

"Of course. My lips are sealed."

"Thank you, doc . . ."

"Please, call me Khalil."

"Right. So, Van Graan was sleeping in a caravan when he was killed in an explosion early Tuesday morning, on a farm in the Devon Valley. And the forensics show that it was caused by a missile . . ."

"Wow! Really?"

"We have some witnesses who heard what might be a drone, before the explosion . . ."

"That's . . . Just, wow . . ."

"So, I got your name from someone who studied here. I just want to make sure, that's your field? Drones and missiles and stuff?"

"We actually call them UAVs. Unmanned aerial vehicles. And yes, that is indeed, as you say, part of my field. As a matter of fact, we've just published two papers on UAVs. One on collision avoidance systems, one on markerless vision-based localisation for autonomous inspection drones . . ."

"Okay. Cool." Cupido blaai deur sy notaboek tot by sy aantekeninge: "The early forensics report says it was a missile with a . . . I think you call it an impact trigger?"

"Ah. Yes, that would make sense."

"And it used C-4 explosives, and the rocket fuel was APCP."

"Ammonium perchlorate composite propellant."

"That's right."

"Just wow, captain. I mean, an actor? In a soapie?"

"Yes . . ."

"No military ties? Or political history?"

"Why do you ask?"

"Drones capable of carrying and launching missiles . . . Precision guidance . . . We're talking serious weaponry. Sophisticated avionics. We're talking big money. As far as I know, the only people using that sort of armaments in Africa are the Americans and the Russians. But mostly for recon and spying."

"Our forensics people think the APCP was not military grade."

"No? Are they sure?"

"Not one hundred per cent . . . So, the first thing I need to know: Would a movie drone operator be clever enough to build something like this?"

Cassiem frons. "I'd be very surprised. I mean . . . Look, it's going to depend a lot on exactly how sophisticated the system is. And how big the payload. Was this actor deliberately targeted? Were they out to get him specifically?"

"That's what I'm trying to find out."

"Because if that was the case, it would mean an advanced guidance system. And that's a tall order. That's highly sophisticated, highly spe-cialised. Both in terms of knowledge, access to components, assembly and then, of course, control and execution."

"I think they practised first, on a . . ." Hy kan nie nou dink wat 'n "skaapwagtershuisie" in Engels is nie. ". . . a little shed on another farm last Friday morning."

"Wow. And? How was their aim?"

"Perfect. And maybe they also practised out over False Bay, a week ago."

Cassiem vou sy hande agter sy kop, kyk nadenkend na die plafon. "Do you know what the payload was?"

"You'll have to explain what that means."

"The payload. The size, the weight of the warhead, the explosives."

"Not yet. Why?"

"That would tell us more about the missile and the drone. Any chance I could take a look at the wreckage?"

"Would you?"

"I would love to. This is just utterly fascinating."

"I'll see what I can organise. The forensics lab is in Plattekloof . . ."

"No problem. You can just let me know when would be convenient."

"I'll check with the DPCI, thank you, doc. So, one last thing: I'd like to ask you to speculate a little, if you don't mind . . ."

"If I can, then of course."

"Let's say there's this guy. He's in the firearms industry. He used to import hunting rifles and ammo from Europe, now he's got a national chain of shops selling all sorts of weapons – semi-automatic rifles, pistols, hunting rifles, hi-tech optics, that sort of thing . . ."

"Okay . . ."

"Given his contacts, would he be able to buy a drone and a missile from somewhere? Or someone? Stuff that could have hit a caravan on a farm?"

"Captain, the arms industry isn't my field of expertise at all . . ."

"I understand that. But if you had to speculate . . ."

Weer vou Cassiem sy hande agter sy kop, byt sy onderlip. Skud sy kop. "I doubt it. I mean, nothing is impossible, but . . . It's quite a stretch, from recreational shooting to military-grade guided missiles.

And even if he was able to acquire such hardware . . . The command and control of UAV systems – you'll need a land-based or mobile centre, an operator with the know-how and the tools to manage flight, payload and data in real time. We're talking about a substantial operation and huge expenses. I find it very hard to imagine that someone would do all of that to hit a caravan and a man who acts in a soap opera."

Cupido steek sy teleurstelling weg. "There was lettering on the missile. It says 'korp'." Hy spel dit letter vir letter. "Does that mean anything to you?"

Doktor Cassiem sê die woord drie keer, byna onhoorbaar, dan sê hy: "No, can't say that it does."

40

In die ondervragingskamer van Elsiesrivier-polisiestasie se Misdaad-ondersoekeenheid herken Ronald Raymond Joster nie onmiddellik vir Griessel toe hy instap nie.

Dit is 'n neerdrukkende ruimte – 'n staaltafel, vasgebout aan die vloer, drie verslete stoele, mure wat 'n dekade gelede verf gesien het, nou vuil en aan die afskilfer.

Joster sit. Nors, sy vingers klou om die tafelkante. Hy is nie ge-boei nie, want daar was nie 'n arrestasie nie.

Griessel sit die dossier en die Checkers-plastieksak voor hom op die tafel neer en gaan sit. Hy sê: "Die apteek. Kloofstraat Mall. Don-derdagmiddag."

Joster kyk net na hom.

"Ronnie? Ray?" vra Griessel, haal 'n pakkie Chesterfields en 'n aansteker uit die plastieksak en skuif dit oor die tafel na die man toe.

Joster kyk nie eens daarna nie.

"Ronald, ek het jou hulp nodig," sê Griessel. Hy haal 'n blikkie Coke en 'n pak Mexican Chilli-geur Simba-skyfies uit die plastieksak, en skuif dit ook vorentoe. "Help jouself."

"Fokkof."

"Dis wat jy in die apteek ook gesê het."

Geen reaksie nie.

"Jy dink ek wil weet van julle roof by die juweliers."

Joster kyk na die tafel.

"Dis nie hoekom ons hier is nie. Maar dit kan wees."

"Fokkof."

"As jy my nie help nie."

Stilte.

"Ek wil nie weet wie saam met jou was nie, en ek wil nie weet of julle dit weer gaan doen nie. Ek het jou Donderdag 'n guns gedoen. Vandag moet jy vir my een doen."

Geen reaksie nie.

"Die ouens sê vir my hulle het jou by jou ma se huis gaan haal."

Kwaad om die mond.

"Ek is jammer daaroor. As jy wil, sal ek jou gaan aflaai en vir haar sê dit was 'n fout. Jy loop nou 'n reguit pad."

Geen reaksie nie.

Griessel gaan voort: "Maar net as jy my help. Die ding is, Ronald, ek kan dink hoe moeilik dit is om 'n ma te wees. Hier in Elsies. Eers, om jou kind te probeer weghou van die bendes af. En dan, om vir hom in Pollsmoor te gaan kuier as hy sit vir huisbraak en roof. Dit moet moeilik wees. Ma's hou nooit op met bekommer nie."

"Los my ma hier uit."

"Al wat ek wil doen, is om vir jou ma te gaan sê ons het jou gevra om ons te kom help. En vir haar te sê jy hét. Jy's nou op die regte pad."

Joster kyk na hom. Dalk 'n positiewe teken.

"Daar's 'n ma hier iewers op die Flats wat vandag nie weet waar haar kind is nie. Hy's al van Vrydag af weg. Al amper 'n week. En as jy my nie help nie, gaan sy nooit weet wat van haar seun geword het nie. Sê nou dit was jóú ma. Dis mos nie reg nie."

In die ondervragingskamer is dit stil. Buite in die gang roep 'n uniform na 'n kollega, in die veldjie oorkant die polisiestasie blaf twee honde, en 'n patrollievoertuig trek buite met skreeuende bande weg.

Griessel wag.

Eindelik: "Wat wil jy hê?"

"Ronnie? Of Ray?"

"Hulle roep my Joster."

"Okay. Dankie. Joster, hulle het Maandag twee ouens langs die treinspoor by Tulbagh gekry. Doodgeskiet. Hulle kry die mense nie uitgeken nie. Maar die een was 'n Raven. Al wat ek wil doen, is om 'n naam by die ou te sit. Sodat ek vir sy ma kan gaan sê. Dat sy minstens haar seun kan begrawe. En ophou bekommer."

"Die Ravens is history."

"Ek weet. Maar toe julle nog bestaan het, het julle almal mekaar geken."

Joster se hande kom los van die tafelrand af. Hy knik liggies.

Griessel maak die dossier oop en haal die beste skermgreep van die twee mans in die Nissan Skyline uit. Hy skuif die volkleur-uitdruk oor die tafel na Joster toe.

"Dis een van hulle," sê hy.

Joster kyk. Eers onwillig. Maar nuuskierig. Dan trek hy die foto nader, bestudeer dit. Lank. Hy neem die Chesterfields, maak dit oop. Haal 'n sigaret uit, steek dit aan. Trek diep.

Hy kyk weer na die foto. Deur die rook tuur hy na Griessel: "Jy vat my terug huis toe?"

Griessel knik.

Joster skuif die foto terug na Griessel toe, neem die pakkie skyfies en skeur dit oop. "En jy sê vir my ma?"

"Ja."

Joster neem 'n paar skyfies, sit dit in sy mond. Griessel kan die kraakgeluide hoor.

Joster druk 'n wysvinger op die man in die beige beanie. "Dis Javier."

"Javier wie?"

"Javier Farmer."

"Is jy doodseker?"

"Dis 'n kak foto."

"Dis waar."

"Maar dis hy."

"Sy mense nog in Elsies?"

"Hy't nie meer 'n ma nie. Maar hy't 'n broer in die Lentegeur in. Marlon. Werk by die Cape Town Market. In Epping."

* * *

Jansen sit agter sy lessenaar, vryf sy snorretjie. Hy sê vir Cupido: "Ek het vir generaal Khaba gesê, en ek sê nou weer vir jou: Aan my kant is daar 'n duidelike botsing van belange. Ek ken vir Beyers Botha. Ek verskaf van tyd tot tyd handgemaakte kolwe aan sy geweersmede, en sy winkel betaal my daarvoor. So, miskien is ek nie heeltemal objektief nie. Dis hoekom ek so min as moontlik wil inmeng. Maar ek sal my plig versuim as ek nie ook vir jou sê ek dink nog steeds jy blaf by die verkeerde gat nie. En as ek reg is, hardloop die eintlike jakkals al hoe verder."

Cupido sit oorkant hom. Hy is ongemaklik, want hy dink Jansen is dalk reg. Doktor Khalil Cassiem het min of meer dieselfde ding vir hom gesê. Die probleem is dat hy geen ander verdagte of motief het nie. "Colonel, lat PCSI net eers vanmiddag sy huis en sy workshop doen . . ."

"Want hy is al wat jy het."

"True." 'n Bietjie moedeloos, want hy't die media-opskrifte gesien, en hy weet dit is sy eie toedoen. John Cloete hét vir hom gesê hy trek die leeu se stert.

Jansen sak terug in sy stoel, ewe neerslagtig. "Vergeet vir 'n oomblik van al die druk, van die hele sirkus. Wat is die kanse dat dit net iemand was wat teiken skiet, kaptein?"

"Hoe bedoel die colonel nou?"

"Ek kyk na jou brand by Paradijs en ek kyk na jou karavaan en ek wonder: Is dit iemand wat 'n speelding het? 'n Stokperdjie? Iemand in daardie geweste. Bottelary, Devon Valley. Bou dié soort goed vir die sports, vat pot shots vir die pret. En dis net toevallig dat daar iemand in die karavaan was."

"Met military C-4, colonel?"

"In hierdie land is enigiets moontlik."

"True again. Weet net nie waar ons só 'n outjie gaan try kry nie."

"Gemors," sê Jansen. "Dis wat dit is."

Hulle oordink die dilemma in stilte. Tot Jansen sê: "Die professortjie. Cassiem. Vat hom Plattekloof toe. Sou gou jy kan."

"Ja, colonel, ek wag net vir . . ." Cupido se selfoon biep. Hy haal dit uit en kyk. Dis 'n whatsapp van Julian Jenkins, die joernalis: *Nie Botha wat vir Huisgenoot gesê het nie. Was die hair stylist, Megan Murphy. Onthou ons deal.*

* * *

Marlon Farmer is kort, gespierd en kaalkop. Sy T-hemp het sweetkolle onder die arms en die werksbroek is vuil. Griessel het by sy vrugtehandelaar-werkgewer gaan vra waar om hom te kry, en spoor hom diep binne die vrugte-en-groentemark op. Hy is besig om palette op mekaar te pak.

"Meneer Farmer?"

"Jis."

"Is jy die broer van Javier Farmer?"

"Wat de fok het hy nou weer gedoen?"

41

Teen twaalfuur op 'n Woensdagmiddag is die frenetiese handels-aktiwiteit van die vroeë oggendure lank reeds verby. Die massiewe struktuur van die Kaapse varsproduktemark is nou byna spookag-tig stil. Net hier en daar is skoonmakers besig om te vee en reg te pak.

Griessel sit met notaboek en pen in die hand langs Marlon Farmer op 'n stapel vrugtepalette.

"Ek het gewiet dit kom," sê Farmer, elmboë op die knieë, sy kaalge-skeerde kop wat hang. "Javier . . . Jirre, meneer, daai was sy destiny. Hy't loop soek daarvoor. Da' was iets binne-in hom. 'n Gat wat hy nie kon volmaak nie . . ."

Griessel weet dit is beter dat Farmer die dood van sy broer op sy eie manier hanteer. Hy luister net.

Farmer vee selftroostend met al twee sy hande oor sy gesig. "But maybe that's not fair. Maybe het hy net nooit ophou soek na die pad uit nie. Want die fok wiet, ons almal het 'n pad gesoek. Uit die huis uit, uit die Manenberg uit, uit die suffering uit. Maar Javier . . . Sy kop was anners. Die suffering het met daai kop gemors. Hy's my broe', meneer, hy's my bloed, ma' lat ek dit nou maar sê – dis as if hy nie 'n gewete gehad het nie. No remorse. Ever. En altyd die easy way out. Altyd biesag met nwata gedagtes. Eers die Ravens. Full tilt, all in, big ambitions, hy moet nommer een-soldaat wees. Toe is dit die taxi-mafia. Toe . . ."

Marlon Farmer skud sy kop, hy kan dit nie verstaan nie.

Griessel wag.

"Hy's my grootbroer, meneer. My ouboet. Dit was net ons twee. Maar wat kon ek doen? Verkeerde mense, hy was deurmekaar met verkeerde mense. Dis hoekom hy nou witbene is."

Weer die hande oor die gesig. "Jirre. Beter so. Daai reken ek. Dis beter so."

Hulle sit in stilte. Tot Griessel vra: "Die verkeerde mense?"

"Ja, meneer. Van daai wat net so 'n shadow is, niemand wil sê nie, ma' jy wiet, hulle is maaifoedies, hulle werk in die donker. Ek ken nie vir hulle nie. Niemand ken vir hulle nie. Dis nie Numbers nie, dis nie skollies nie. Hulle het vir Javier kom haal, by die taxi's. Hy was 'n enforcer da', toe kom recruit hulle hom, daai was wat ek uitgemaak het . . ."

Asof alles vir hom te veel is om sittend te onthou, staan Marlon Farmer op. Hy loop 'n entjie, draai om, kom terug. "Ons het nie contact gehad nie, ek en hy. Daai is op my, meneer, ek kon nie meer nie. Oor sy choices, oor sy bloodlust. Oor sy koggel. Altyd die koggel, altyd vir my klein maak. Mean. Nasty. Hy't gesê, Marlon, jy werk soos 'n slaaf. Vir wat? There's a better life out there. Sê net, I'll introduce you. Ma' jy moet wiet, jy gaan jou hande so 'n bietjie vuil moet maak. Takes guts, Marlon, het jy die guts? Nee, jy't nie guts nie, jy't nie staaldraad nie, jy't niks. Jy's skief, Marlon, daai's jou problem. Sawwelyf skief, jy's 'n embarrassment as a brother. My eie broer, meneer, wat daai dinge sê, hoe moet ek maak? Toe los ek hom. Amper twee jaar nie vir hom gesien nie. Toe, twee maande terug, toe sien ek vir Javier, da' by die Liberty Promenade, hy kom by die Dunns uit met 'n nuwe kappietop, nuwe beanie, nuwe tekkies, fancy hairstyle. Ek sê, Javier, die taxi's pay vir jou mooi. Hy sê, daai is history, my broe', I'm in the big time now. Ek sê, watse big time? Hy sê, torpedo, baby. Ek vra, vi' wie? Hy sê, let's just say, torpedo on a very silent submarine. Ek sê, wat meen daai? Hy sê, jy sallie verstaan nie, daai meen pro league, with pay befitting the position. Can't say more, it's classified info, very hush-hush. Ma' dis wat jy kry as jy guts het, as jy vir jou 'n rep bou. Dan kom soek die groot honne jou."

"Torpedo?" sê Griessel.

"Hit man, meneer. 'n Ou wat anner mense uithaal. Javier was 'n torpedo by die taxi-mafia, amper vier jaar. Hy was deel van daai squad wat die long-distance-busse so getarget het."

"Dis al wat hy oor sy nuwe werk gesê het?"

"Ja, dis al. Ek het agterna loop vra da' by die taxi's, vir wie werk Javier nou? Oor ek worry, meneer, al help dit fokkol. Toe's dit net groot oë en vinger voor die mond en 'lossit uit'. So, ek sal nou self nie kan sê wa' hy deurmekaar was nie, maar dis verkeerde mense. Da' innie shadows in."

"Dwelms? Wapens? Protection?"

"Meneer, daai is small potatoes. As dit een van daai was, sou die taxi-ouens se oë nie so groot gewees het nie."

Griessel staan op. "Wat dink jy? As jy moet raai?"

Marlon Farmer kyk in die verte, dan terug na Bennie. "Dis nie local nie, meneer. Dis nie Flatse nie, dis nie Cape Town-skollies nie. Dis groter. Dis state capture part two, dis next-level shit. Daai is my gut feel."

* * *

Op pad kantoor toe bel hy vir kaptein Luzo Zinti van die Paarl se Misdaadondersoekeenheid om die identiteit van Javier Farmer met hom te deel.

"That is good news, thank you very much."

"I don't know if it will help," sê Griessel en vertel hom van Marlon Farmer se teorie oor sy broer se skaduwerk.

"A guy like Javier Farmer will be in the system, nè. Mug shots too. Let me see what I can find, and I'll circulate it. Maybe we get lucky," sê Zinti.

"I need to get lucky," sê Griessel.

"Me too. I'll keep you posted."

* * *

By die Esperanza-TV-ateljees moes Cupido veertig minute lank wag om die *Wynland*-haarstilis Megan Murphy te kan sien. Sy was te ontsteld om te kom werk. Toe hy bel, het sy gesê sy sal hom liewer by die *Wynland*-kantore kom sien, sy ry nou in van Brackenfell af.

Hy praat met haar in Elise en Derek Prins se kantoor. Die vervaardigers is afwesig, besig met opnames in die ateljee.

Megan is klein en fyn, die reguit blonde hare baie kort geknip. Daar is 'n goue ringetjie in haar neus. Elke vingernael is 'n ander kleur geverf, die hande wat by die langmoutrui uitsteek onmoontlik delikaat, soos haar onopvallende skoonheid.

Sy sit op Elise Prins se stoel, haar knieë opgetrek, haar arms daarom, asof sy haarself wil beskerm. Sy kyk nie na hom nie.

Hy sê dankie dat sy ingekom het. 'n Klein rol van haar skouers, om te impliseer dat sy nie 'n keuse gehad het nie.

"Megan, hoekom is jy *Huisgenoot* toe met die storie van Lynette Morkel en Gerrie?"

Hy sien hoe haar bleek gesig en nek verkleur. Sy kyk vloer toe.

"Jy moes baie kwaad gewees het," sê hy.

"Jy kan my nie oor dit vra nie," sê sy, haar stem hoog en dun soos 'n rietfluit.

"Hoekom nie?"

"Dit maak my ongemaklik."

Hy sien haar breekbaarheid, haar vrees, en sê: "You know what? I get that. 'Cause why, jy voel nou so half responsible lat hy dood is."

Haar kop sak tussen haar knieë in. Hy hoor die sagte snikke.

Hy hou sy stem sag en meelewend. "Megan, with all due respect, ons sal nou saam moet uncomfortable wees, want met 'n murder case is comfort out the window. We don't have a choice . . ."

Geen reaksie nie.

"Hier's my theory, Megan: Gerrie het vir jou geseduce, net soos wat hy al die ander girls geseduce het. Met sy charm en sy fame en sy wily ways. Hy't sy tyd gevat, want jy was nie keen nie, jy was nie easy nie. Jy't geweet van die reputation, jy was reluctant en jy was bang. Vir seerkry. But the clincher was toe Gerrie vir jou sê hy's lief vir jou. Daai het jou special laat voel, daai het vir jou laat ingee. How am I doing so far?"

Sy vee trane aan haar mou af, knik net.

"I've seen this before, Megan. Party outjies is ma' só, hulle sal enigiets doen om te kry wat hulle wil hê. Want hulle weet da's nie consequences nie. 'Cause why, hy't gedink jy's 'n soft target, a gentle, sensitive human being. And when he moves on, gaan jy te embarrassed en ashamed wees om uit te praat."

Wanneer sy huil, is dit 'n byna onhoorbare geteem.

"En ek scheme hy't jou net eers avoid, ná julle encounter. En toe is jy bewildered, want hy't al daai mooi goed gesê. Ma' toe sien jy vir hulle, vir Gerrie en Lynette, you caught them red-handed?"

Die kop knik.

"Hier? By die studios?"

Nog 'n knik, die snikke is steeds amper onhoorbaar.

"En dis waar hy jou misjudge het. Hy't nog nie geleer van daai ding van 'hell hath no fury' nie . . ."

Sy vee weer trane met die lang moue af.

"En toe dink jy dis tyd om vir hom te unmask. En toe bel jy vir *Huisgenoot.*"

Sy skud haar kop. Nee.

"Megan, ek weet dit was jy."

"Facebook," sê sy.

"Jy't vir *Huisgenoot* op Facebook gemessage?"

Sy knik.

"Okay. Dankie, Megan. But that wasn't the end of it, right? Jy't gedink, as alles uitkom, gaan hulle hom fire of iets. Maybe gaan die relationship met Lynette rotse toe. Ma' toe is daar nie vir hom consequences nie. Het daai jou nog meer kwaad gemaak?"

Sy maak 'n geluid, kort en hoog en seer.

Cupido sê: "Kry dit uit, Megan. It will lighten your load."

Sy trek ineen, huil. Met haar gesig verberg agter die knieë, sê sy snikkend: "Ek het gewens hy was dood. Ek het dit gewens."

"En toe, wat doen jy toe?"

Sy laat die knieë los en haar gesig vertrek in 'n emosie wat hy nie kan peil nie. Sy trek die linkermou van haar trui op, ontbloot die slanke arm. Hy sien 'n aanhaling teen haar arm af getatoeëer: *Dit lyk onmoontlik tot dit gedoen is.* En hy sien die littekens en rofies van snymerke aan haar voorarm, vyf van hulle, eweredig gespasieer, horisontaal oor die ledemaat.

"Ek het myself gesny," sê sy.

"En toe?"

Sy trek die ander mou op. Ses merke, rou en rooi, baie onlangs gemaak. "En toe ek hoor hy is dood, toe doen ek hierdie. Want ek het hom dood gewens. Wat is verkeerd met my? Sê my, wat is verkeerd met my?"

42

Dit neem Vaughn Cupido langer as 'n halfuur om Megan Murphy te oortuig dat haar selfbesering nie beteken daar is iets verkeerd met haar nie. Dis net die produk van die groot pyn wat sy saamdra.

Hy vertel haar van sy kollega Bennie Griessel, wat ook geneig is om sy trauma te internaliseer. En dan drink hy. "Hy's die slimste speurder wat ek ken, ma' daai is hoe hy gecope het, vir 'n lang tyd. And then he went and found help. En nou's hy in recovery. Daai meen nie da's iets verkeerd met hom nie, dis net hoe hy gebou is. I love the guy, sy vrou dink hy's die beste ding since sliced bread. En ek dink jy's great, Megan. Jy's ma' net sensitive gebou, jy moet 'n way kry om te cope, want jy vat die trauma diep. En daai maak jou nie verkeerd nie. Daai maak vir jou special. Da's genoeg unsensitive lieplappers da' buite."

Hy sê dit oor en oor, op verskillende maniere, tot sy ophou huil.

Dan vra hy haar hoe hulle gaan maak om vir haar ook hulp te kry. Kan hy met die vervaardigers gaan praat, haar werkgewers, sodat hulle die koste van terapie kan dra?

Sy skud haar kop. Sy sê nee, hulle mag nie weet nie.

"Okay, cool, I get that. Dis 'n private ding, ons moet private daarmee deal. Ma' nou't ons 'n conundrum. As ek weet jy suffer en jy kry nie help nie, dan gaan ek nie slaap in die nag in nie. Ek gaan worry oor jou. Hoe gaan ons maak?"

"Ek sal iemand gaan sien."

"Cross your heart, word of honour?"

"Ja."

"En dan bel jy vir my? En jy gee vir my die psychologist se nommer, lat ek kan incheck?"

"Okay."

"Jy't my nommer in jou call register. Save hom sommer nou as 'n contact. Onder Ace Detective Captain Vaughn Cupido, Moonlighting Shrink."

Hy kry vir die eerste keer 'n baie breekbare glimlag.

Hy maak seker sy bewaar sy nommer en stap saam met haar na haar motor. Hy sien haar af, klim dan in die Golf en ry kantoor toe. Met 'n sterk renons in Gerrie van Graan en die groeiende vermoede dat hy verkeerd is oor Beyers Botha. En hy voel die verterende honger, want vanoggend se hawermout lê ver. Sy kosbakkie, met een-en-'n-half porsies van Jamie Oliver se gebakte bone wat Desiree gisteraand gemaak het, lê hier langs hom. Teen drieduisend-driehonderd-vier-en-sewentig kilojoules. Dis 'n gereg wat jy by 'n tafel met 'n lepel moet sit en eet. Nie in die kar nie.

*   *   *

Cupido eet in die kantoor terwyl hy luister na Griessel se vertelling oor die Skyline-manne se teregstellingsdood, en oor Javier Farmer, voormalige bendelid en laksman vir die taxi-mafia, wat vir "mense in die skadu's" gaan werk het.

"'State capture part two'. Enige idee wat dit beteken?" vra Griessel.

Cupido se mond is vol boontjies. Hy eet so stadig as wat hy kan om die plesier uit te rek. Hy skud sy kop.

"Dan is ek weer terug by fokkol," sê Griessel.

Cupido sluk. "Makes two of us. Ma' lat ek die bomb in the caravan klaarmaak, Benna, dan kom help ek vir jou. Ek het darem prospects. Doktor Khalil Cassiem, lecturer in Electrical and Electronic Engineering. My secret weapon, my ace in the hole. Baie slim brother. Maybe even slimmer as ek, believe it or not."

Griessel beduie na sy rekenaarskerm. "Kan hy help met oproepregisters?"

"Dink nie so nie."

"Nee wat, dan is hy nie in jou liga nie."

"Moenie my try sweet talk nie, pappie. You're on your own with those spreadsheets."

* * *

Teen 14:36 bel Jimmy van Forensies om te sê Cupido kan maar Longlands toe ry, daar is 'n span wat oor 'n halfuur daar sal wees om Beyers Botha se huis en motorhuis te deursoek. En as hy die "professortjie" môreoggend wil bring om na die oorblyfsels van die missiel te kyk, sal hulle reg wees.

"O, en hier's vir jou nog 'n lekker stukkie nuus, Vaughn. Onthou jy die letters wat op die missiel se skag geverf was?"

"Korp?"

"Dis reg. Ons het die ander stukkies bygesit. Dis nie 'korp' nie. Ons dink dis 'Skorpio'. Met 'n 'k' en 'n hoofletter 's'."

"Skorpio? Like the star sign?"

"Net só. Maar met 'n 'k', nie 'n 'c' nie."

"Slaat my met 'n snotsnoek," sê Cupido. "Any idea what that means?"

"Jy sal sien as jy kom kyk. Daar is stukkies wat weg is, dis nie asof dit helder en duidelik 'Skorpio' sê nie. Die 'k' . . . Dit kan seker 'n 'h' ook wees, maar dan maak niks sin nie. Tensy dit 'n afkorting is. Jy weet, soos in 'Short hit on real pussy in occupied caravan'. Met die laaste 'c' wat in die ontploffing beskadig is."

"As ek nog een acronym moet hoor . . ."

"Ja, ja, nie my beste poging nie. Anyway, al wat ons op die inter-webs kon kry, is Skorpio-handrekenaars. Amerikaanse ding. Hulle gebruik dit om bar codes te scan. Hulle noem dit 'n PDT . . ."

"Jimmy, wat het ek nou net gesê?"

"Ek weet, ek weet, sorry. Dit staan vir Portable Data Terminal. En ons dink nie dit het enigiets met ons missiel te doene nie."

Om 15:12 kry Griessel 'n e-pos van Margerie Sauls. Sy sê hulle het na elkeen van die ses-en-twintig nommers gekyk wat Griessel nie duidelik kon kategoriseer nie. Vier-en-twintig van hulle kan gekoppel word aan van die ondersoeke waarby Brandon Maarman betrokke was. Sy heg die sigblad aan, met 'n kolom waarin sy die besonderhede verskaf.

Hy beantwoord haar e-pos met 'n bedanking. Dan skryf hy die twee oorblywende nommers in sy notaboek neer, bewus daarvan dat hulle sy laaste hoop en kans verteenwoordig. Die eerste behoort, volgens die RICA-gegewens, aan 'n Gerardo Krige. Die tweede is geregistreer in die naam van 'n Nomsa Makwetu.

Hy trek Maarman se skootrekenaar en selfoon nader, en doen op elkeen 'n soektog vir die twee selfoonnommers, en die name en vanne van die eienaars daarvan. Sy hoop is om e-posse, whatsapps of SMS'e te kry wat ook aan dié mense gestuur is. Of dalk net konteks oor wie hulle is in Maarman se kontaktelys.

Daar is niks.

Hy sug, skakel dan die eerste nommer, wat aan Gerardo Krige behoort.

Dit lui lank.

"Hallo, dis Gerardo." Hy praat hard om homself bo die agtergrondgeraas hoorbaar te maak – vuurwapenskote, dit klink na semi-outomatiese pistole.

"Gerardo, my naam is Bennie Griessel. Ek bel van Stellenbosch SAPD se Misdaadondersoekeenheid."

"Is daar al weer 'n wapen gesteel?"

"Nee, ek ondersoek die moord op Brandon Maarman."

"Hoe . . .? Wag, net 'n oomblik . . ." Griessel hoor hoe die skote meteens gedemp raak soos Gerardo die gehoorstuk toedruk. Dan roep die man na iemand: "Cease fire, cease fire, wag nou!"

Die skote hou op.

"Sorry," sê Gerardo. "Ek moes net die ouens stilmaak. Wil jy vir my sê Brandon is vermoor?"

"Ons het geen twyfel daaroor nie."

"Fok. Ons het gehoor dit was 'n ongeluk. Vermoor? Wie sal so iets wil doen?"

"Dis wat ek probeer uitvind."

"Bliksem, ek kan dit nie glo nie. Ek meen . . . Brandon was paraat. Hy was wakker . . ."

"Hoe het jy vir Brandon geken?"

"Hy't kom skiet hier. En 'n kursus of twee kom gee, laas jaar, toe ek die hartomleiding gekry het."

"Kom skiet waar?"

"Mikpunt Shooting Range, hier by Klipheuwel. Hoekom vra jy vir mý oor Brandon?"

"Ek is besig om sy oproepregister deur te werk. Name by die nommers te sit, van die afgelope ses maande. Volgens dié inligting het hy vir jou op 23 Mei gebel, en jy vir hom op 16 Julie . . ."

"Ja. Ons het eintlik te min gepraat, die laaste tyd. En nou's hy weg. Wat word van die land, ek vra jou? Dis net moord en doodslag waar jy kyk."

"Kan jy onthou waaroor julle gepraat het, daardie tyd?"

"Jinne, dis al 'n rukkie terug. As ek reg onthou, het hy gevra of hy 'n slot kan bespreek."

"Om te gaan skiet?"

"Dis reg. Vektor SP2, hy was ernstig oor sy marksmanship met die ding. Baie geoefen. En hy was goed. Ons het net die twee pistol ranges, en hulle is nogal vol geboek, so die manne bespreek vooruit. Kan jy vir my sê hoe hulle hom . . .? Ek meen, Brandon was paraat."

"Ons dink hulle het hom bedwelm. Watse kursusse het hy gaan aanbied?"

"Net die een kursus: Selfverdediging en Pistoolhantering. Baie mense koop die goed, en dan weet hulle nie hoe om dit te gebruik as die pawpaw die fan strike nie. Brandon het die Level Two kom gee, 'n paar keer. Meestal praktiese werk, druktoetse onder simulations, daai soort ding."

"Ek neem aan jy't hom goed geken?"

"Ek reken so. Hy skiet al die laaste . . . wat, amper vyf jaar hier by my."

"Enige idee hoekom iemand hom sou wou vermoor?"

"Dis seker nie moeilik om uit te werk nie."

"O?"

"Daai Nigeriese ouens, of enige van al die ander skarminkels wat hy gebêre het."

"Enige ander moontlikhede?"

"Nee, jissie. Ek meen, Brandon was 'n teddiebeer. Almal het hom net gelike."

* * *

Griessel skakel die tweede nommer.

'n Vrou antwoord. "Hello?"

"Hello, is that Nomsa Makwetu?"

"Yes?"

"My name is Bennie Griessel. I'm calling from Stellenbosch SAPS, the Crime Investigation unit . . ."

"I'm sorry, I don't understand. Why are you calling me?"

"Because you called Brandon Maarman, the private investigator, about four months ago? He passed away last week. The records show that he also called you back, a day later?"

"Uxolo. Sorry, no. I don't know him. I got this number three weeks ago."

"You've only had this number for three weeks?"

"Ewe. On a new contract, they stole my phone."

* * *

Voor hy moedeloos vir kolonel Jansen gaan sê dat hy nêrens kom
met enige van sy lyne van ondersoek nie, stuur Griessel 'n aansoek
– in die hoop dat die bestaande Artikel 205-subpoena nog sal geld –
na die selfoonmaatskappy.

Hy vra vir besonderhede oor die vorige geregistreerde eienaar van
die heel laaste liggie wat nog in die donker van dié ondersoek brand –
die selfoonnommer wat nou aan iemand anders behoort.

43

Kaptein Reginald "Lithpel" Davids werk vir die Inligtingsbestuur-sentrum van die Direktoraat vir Prioriteitsmisdaadondersoeke, ook bekend as die Valke, in Bellville. Sy reputasie as 'n rekenaargenie is wyd en syd bekend in die Kaapse polisiekringe. Sy wilde afro-haarstyl en eksotiese kleredrag ook. Dis hy wat vir Vaughn Cupido om 17:19 skakel.

Cupido staan in die groot Hunting for Africa-jagwinkel langs die Zevenwacht-sentrum, diep bekommerd. Want Forensies kry niks in die geweersmede se werkswinkel nie.

"Lithpel, sê jy't goeie nuus."

"Nie eers 'n bietjie nie, Cappie. Dié Botha-dude is so skoon soos 'n non se gewete. Email, WhatsApp, browser history, you name it. Hy't niks gedelete nie, als is net besigheid, en dié besigheid is als above board. Not even a little porn. So sorry."

Cupido bedank hom, en sê hy stuur 'n patrollievoertuig om Beyers Botha se selfoon en rekenaar te kom haal.

Om 18:21 maak die span forensiese ondersoekers klaar by die winkel.

Hulle sê vir Vaughn Cupido daar is, net soos by Beyers Botha se huis, geen teken van C-4-plofstofresidu nie. Hul draagbare ioonmobiliteit-spektrometers kon ook nie reste van APCP-vuurpylbrandstof identi-fiseer nie, maar hulle sal die monsters deegliker by die laboratorium moet gaan toets om doodseker te maak.

"Shit," sê Cupido.

Want hy het in die deursoeking van Botha se huis en motorhuis ook geen sweem van inkriminerende bewysstukke gekry nie. Geen werkswinkel om missiele en hommeltuie te bou nie, geen stukkies of vylsels aluminium nie. Niks.

Sy teorie lê aan skerwe. En dit nadat hy die leeu se stert getrek het. Nou gaan die roofdier kom om hom te verskeur.

Hy sal moet terug na Lynette Morkel toe.

Maar eers sal hy vir John Cloete moet laat weet. Hy kan maar vir die media sê: Beyers Botha is nie meer 'n verdagte nie.

Dis die minste wat hy kan doen.

* * *

Die misdaadtoneel by Jardin des Joyaux is nou spookagtig stil ná die brandweerpersoneel, wetstoepassers, mediese mense, forensiese ondersoekers en media die terrein ontruim het. Dis nog net die swart brandkolle en enkele stukke woonwa tussen die wingerde wat die verhaal van die tragedie vertel.

Cupido hou voor die opstal stil, kyk in die laaste lig van die dag na dit alles, en gaan klop aan die voordeur.

Saartjie, Lynette Morkel se assistent, maak oop. "Mevrou is in die sitkamer," sê sy.

Hy stap agter haar aan deur die groot, stil huis.

Die aktrise lyk veel beter as die vorige keer toe hy haar gesien het – sy is nou gegrimeer, die hare gestileer, en sy lyk elegant in 'n pienk mohair-trui, 'n wye swart langbroek en swart hoëhakskoene. Sy sit met 'n glas rooiwyn in haar hand, die bottel staan op 'n skinkbord op die koffietafel voor haar.

Sy groet hom met 'n ligte knik van die kop. "Kaptein, ek hoor jy het die hele *Wynland*-produksiehuis in rep en roer."

"Naand, mevrou. Ja, just doing my job . . ."

"En jy kom vir my sê jy het Beyers gearresteer?" vra sy. "Kan ek vir jou wyn aanbied?"

"Nee, ma' dankie. I'm afraid, we'll also have to explore other avenues of investigation. Da' is nie evidence dat mister Botha dit gedoen het nie."

Hy sien sy verstyf. "Ek moes geweet het. Hy's te slim vir julle," sê sy.

"Always nice to get a vote of confidence from the public," sê hy.

Sy sluk aan haar wyn. "Ek bedoel dit nie so nie. Jy moet net probeer verstaan, Beyers is so vreeslik uitgeslape. Wil jy nie asseblief sit nie?"

Hy gaan sit oorkant haar. "In al die jare wat jy en jou man saam was, weet jy of hy met military mense gewerk het?" Hy haal sy notaboek en pen uit.

"Military mense?"

"Yebo. Military institutions, suppliers of military weaponry. Hier. Overseas . . ."

"Is alle wapens dan nie maar militêr nie, kaptein?"

"Nee, mevrou. Ek praat nie nou van hunting rifles en self-defence small arms nie. Ek wil weet of hy met genuine military mense gepraat het. Mense wat explosives maak, of attack drones bou, daai soort ding. Of arms dealers, wat die goed verkoop, die soort wat war suppliers is."

Sy sluk die glas leeg, leun vooroor om die bottel beet te kry, en maak die glas weer vol. Sy neem 'n klein slukkie. "O, ek sou so graag 'ja' wou sê," sê sy. "Maar nee. Ek was natuurlik nie altyd saam wanneer hy gereis het nie. Veral nie die laaste paar jaar nie."

"Hy't nooit iets gesê oor daai klas ding nie? Dropped a name, a hint?"

Weer dink sy. Dan skud sy haar kop. "Nee."

"Okay. Kom ons assume for the moment, dit was nie hy nie . . ."

"Maar dit was, kaptein."

"Mevrou, I've had a long, frustrating day. Humour me, asseblief."

Sy drink nog 'n bietjie wyn en kyk vir hom. Sonder berou.

"Het Van Graan gepraat oor mense wat hom gedreig het? Mense wat vir hom baie kwaad is?"

"In ons bedryf is daar áltyd mense wat vir jou kwaad is. Daar is mense wat dink die rolle wat ons in die telenovelle speel, is regte mense. En as jou karakter iets doen wat hulle nie van hou nie . . .”

“Ek verstaan daai. Maar ek praat van genuine worry. Nie background noise nie.”

“Nee. Niks buitengewoon nie.”

“En jy? Iemand wat vir jou sal wil seermaak? Real intent, real threats?”

“Beyers.”

“Dis al?”

“Ja, kaptein. Jy sal sien. Hoor nou vir my, as jy diep genoeg delf, sal jy sien. Dit was hy.”

* * *

Bennie Griessel ry in die donker huis toe, en hy dink aan sy dag. Aan Ronald Raymond Joster se ma. Hy het Joster by haar huis gaan aflaai. Sy het uit die huis aangestap gekom, met die verbrokkelende sementpaadjie langs na die skewe hekkie toe. Besorgdheid op haar gesig. Hy het vir haar gesê hy is jammer vir die ontwrigting. Haar seun was ’n groot hulp, sy kan trots wees op hom.

Haar verligting en dankbaarheid. Joster s’n ook, ’n vlietende kyk wat dankie gesê het.

Hy wonder: Sal dit ’n verskil maak in die man se toekomstige keuses?

Hy dink aan Javier en Marlon Farmer. Twee broers, uit dieselfde huis, dieselfde omstandighede, dieselfde woonbuurt. Die een word ’n psigopatiese moordenaar, die ander doen eerlike, harde handearbeid om kop bo water te hou.

Waarom?

* * *

Weet hy hoeveel moordsake hy al ondersoek het?

"Nee, ek hou nie telling nie."

Het hy in die afgelope dertig jaar 'n filosofie ontwikkel oor waarom mense moord pleeg? Wat maak van iemand 'n moordenaar?

Sy lyftaal verander. Sy gesig ook. Dit is, eindelik, 'n vraag wat hom interesseer. Sersant Nollie, sê hy, sy Paarlse mentor in die eerste jare van speurder wees, het 'n mantra gehad, 'n soort snelskrif-aanslag: 'n Misdaad is die kombinasie van iemand se geneigdheid tot onwettige optrede, die persoon se agtergrond, en die geleentheid om dit te pleeg.

"Soos wat ek sake ondersoek het, het ek al hoe meer gewonder, waar kom die geneigdheid vandaan? Agtergrond en geleentheid kan jy maklik uitvind, jy doen net jou werk, jy vra die regte vrae en jy kyk na die toneel en die omstandighede. Maar geneigdheid . . . Hoe meet jy dit, hoe verstaan jy dit? Hoe sien jy dit? Want as jy dit kan sien, kan jy die misdaad keer.

"Toe is ek Moord en Roof toe en moet ek Kriminologie-goed leer vir my sersante-eksamen, en die handboek praat van ouens wat 'n ding ontwikkel het: Roetine-aktiwiteitsteorie, of so iets. Dit het gesê 'n gemotiveerde oortreder wat die regte geleentheid raaksien, sal 'n misdaad pleeg as daar nie 'n sterk gesagsfiguur by hom is nie. En dit was vir my ook interessant, want wat beteken 'gemotiveerde oortreder'? As ek reg onthou, het hulle gesê dis iemand wat bereid is om te oortree én die vermoë het. Willing and able. Dit was dieselfde as sersant Nollie se 'geneigdheid'.

"Maar hulle het ook nie gesê hoekom sekere mense meer 'willing and able' as ander is nie. Dit is asof die slim ouens, die sielkundiges en die kriminoloë, te bang is om te vra. Of miskien weet hulle, maar hulle is te bang om te sê."

"Wat dink jy?" vra ek hom. "Het jy 'n teorie, na al die duisende dossiere van jou loopbaan?"

Hy huiwer voor hy antwoord. Hy wend sy blik na elders, sy hande, die kombuis se speseryrak.

"Ja," sê hy. "Ek dink die bereidwilligheid, die vermoë en geneigd-heid is in ons almal. Dit lê en wag. Tot die regte dag, die regte om-standighede. Die meeste mense is net gelukkig dat daardie dag nooit kom nie."

D<small>ERTIG JAAR SE MOORDSAKE</small> – D<small>IE OË WAT ALLES GESIEN HET</small>
deur Marinda Ferreira, vryeweekblad.com (19 November)

* * *

Griessel dink aan Marlon Farmer se woorde: *Die verkeerde mense. Van daai wat net so 'n shadow is, niemand wil sê nie, ma' jy weet, hulle is maaifoedies, hulle werk in die donker . . . Dis nie local nie. Dis groter. Dis state capture part two, dis next-level shit.*

Moet hy hom enigsins steur aan die uitsprake en vermoedens van 'n pakker by die mark? Wie se siening gevorm is deur fluisteringe en gerugte op die Vlakte?

Selfs al neem hy dit ernstig op, wat beteken dit? Hy sukkel om die staatskaping-deel te glo. Nie nou nie, nie meer nie, nie met 'n rege-rende party wat moet mag deel met die opposisie nie. Dinge is dees-dae veel meer deursigtig as in die afgesette president Zuma se tyd.

Wie beweeg in die skadu's?

In dié land is dit steeds moeilik om te sê, gegewe die politieke on-derstrominge, die internasionale georganiseerde misdaadsindikate, die afgetrede diktators en staatstropers van elders wat hier kom weg-kruip.

Hy sug. Die hooimied is nou weer groot. En net een naald bly oor.

Die enkele telefoonnommer wat aan iemand anders behoort het, tot drie weke gelede.

* * *

Die dertienjarige Donovan Coetzee het vir Cupido die dag se episode van *Wynland* op die DStv-dekodeerder opgeneem.

Ná agt sit hy saam met Desiree op die rusbank en speel die video.

"Hoekom kyk ons hierdie, lovey?" wil Desiree weet.

Cupido sug. "Dezzi, I'm drowning in a sea of acronyms en scientific goete. En daai is gevaarlik. Want as jy nie kophou nie, dan verloor jy jou grip en jou insight. Ons kyk hierdie lat ek weer remind kan word – da's mense agter dit als. Da's a murder of a human being. And that's the heart of the matter."

Sy skuif stywer teen hom. "Hoor nou net vir jou. Die een wat vir my vra of hy darem emotionally available is."

"Ja," sê hy. "I'm hot shit. But in all honesty, ek wil try 'n sense kry van Gerrie. En Lynette. I can see, is nie moeilik om hulle te dislike nie, each in her or his own way. But are they so unlikeable lat iemand 'n intricately plotted murder sal uitdink om 'n actor uit te haal?"

"Good call," sê Desiree.

Hulle kyk na die skerm.

Gerrie van Graan is nog springlewendig, die episode vermoedelik weke gelede al opgeneem. Hy en Lynette Morkel is saam in 'n toneel. Sy is die matriarg, Heleen, en hy speel die rol van haar seun Barend. Hulle het 'n argument: die moeder sê vir haar seun dat hulle die plaas gaan verloor as hy nie sy droom om 'n sangloopbaan te volg, prysgee nie.

"En dié twee het sexy times gehad?" vra Desiree fluisterend, want hulle weet Donovan se ore is soos fyn ingestelde radarskottels.

"Kwaai," sê Cupido.

"Weird," sê Desiree.

"Ek scheme hy's 'n beter lover as 'n actor," sê Cupido.

Sy soen hom in sy nek. "Jy ook maar."

"Many a true word has been spoken in jest. Hoor ek 'n invitation da' iewers?"

44

Donderdag, 16 Oktober

Dit gaan 'n wilde dag wees, vir Bennie én vir Vaughn. 'n Dag van omwentelinge en wendings, frustrasie en vordering, adrenalienvonke van hoop, en van moedverloor se vlakte.

Vir Cupido begin dit by die gefortifiseerde Forensiese Wetenskap-laboratorium van die Suid-Afrikaanse Polisiediens in Silwerboomstraat, Plattekloof.

Dit is 'n indrukwekkende gebou, byna dertigduisend vierkante meter groot. Die sentrale kern, in 'n massiewe C-vorm, huisves die onderskeie laboratoriums, met vyf vleuels wat soos tentakels daarvan uitstrek om die nagenoeg vyfhonderd personeellede se kantore en werksruimtes te huisves.

Die hele terrein van nagenoeg drie hektaar is twee meter hoog ommuur. Geëlektrifiseerde draad bo-op dien as finale afskrikmiddel om voornemende indringers uit te hou wat bewysstukke – of die groot hoeveelhede dwelms wat dikwels daar getoets word – wil steel.

Toegang deur die groot motorhek word streng beheer, en die meeste deure in die kompleks werk met biometriese slotte. Daarom dat Cupido en doktor Khalil Cassiem moet wag vir Jimmy, die lang, skraal senior forensiese ondersoeker, om hulle in te laat en te begelei na die chemiese laboratorium.

In teenstelling met sy gewone selfversekerdheid en op-en-wakker, lewenslustige persoonlikheid is Cupido se gemoed nou gedemp. Hy voel die onsekerheid van uit sy diepte wees, hier, in dié wêreld van onkenbare afkortings en onverstaanbare chemie en fisika. Hy voel die druk daarvan om 'n spoedige deurbraak te moet maak in 'n ondersoek wat nêrens kom nie. En hy voel die beklemming dat hierdie sy laaste kans is om die deurbraak te laat gebeur. As Cassiem nie 'n nuwe insig kry nie, is hy basies gefok.

In die teenwoordigheid van die universiteitsdosent is Jimmy die toonbeeld van professionaliteit. Geen kwinkslae of goedige gespot nie. "Welcome, professor," sê hy joviaal en met 'n effens aangeplakte Britse aksent. "It's a pleasure to have a science colleague in our midst."

"Please, sir, I am but a lowly doctor. But I do aspire . . ." sê Cassiem met 'n breë wit glimlag.

Die dosent is vanoggend byderwets uitgevat in 'n wit hemp en blou dubbelborsbaadjie, blou chinos en wit Adidas 00s Beta-skoene. Cupido, wat graag so stylvol aantrek as wat 'n poliesman se salaris toelaat, is 'n bietjie jaloers. Hy wonder wat verdien 'n doktor by die varsity.

Jimmy trek forensiese handskoene aan, en bied vir Cassiem en Cupido elkeen 'n paar aan. "If you want to touch anything," sê hy. "Feel free."

Hy staan terug sodat die doktor sy inspeksie kan doen.

Die herwonne oorblyfsels van die missiel se agterste helfte is netjies op die tafel uitgepak, min of meer in die vorm waarin dit waarskynlik gebou is. Die voorste gedeelte van die missiel was grotendeels in die ontploffing verwoes. Al die opgespoorde klein stukkies puin daarvan is nou langs die missiel se skag gerangskik, asook reste wat vermoedelik die stroombaanbordjies is van wat die begeleidingstelsel was.

Cupido kyk na die gestensilde letters teen die skag van die missiel af. *Skorpio.* Die "S" is saamgeflans uit kleiner stukkies. Dit kan 'n "5" ook wees. Die "k" is ook nie heeltemal duidelik nie. Hy kan verstaan waarom Arnold gesê het dis moontlik 'n "h". Dan tree hy ook terug en kyk hoe Cassiem hom verdiep.

Dit is klaarblyklik die stukkies elektronika wat hom die meeste boei. Hy buk laag daaroor, tel brokkies op om beter te sien, probeer dit in 'n patroon rangskik.

"Not much left of the comms and guidance systems," sê hy ingedagte. "Real shame."

Cassiem skuif sy aandag na die oorblyfsels van die missiel se stert en vinne. Hy laat sy vingers daaroor gly, tel dele op om van nader te bekyk, alles in stilte.

"Fine work," sê hy eindelik.

"Why fine work?" vra Cupido.

"Well, this looks like precision laser welding. Aluminium is notoriously difficult to weld. Very sensitive. If you use the wrong method or process, it damages and marks the metal and the joints, which influences the aerodynamics of the craft. But this is, as I say, fine work. Your missile builder knew what he was doing."

"So, you think someone built it? It's not military issue?"

"Yes. The major clue is in the motor," sê Cassiem, en tel 'n grys buis op, omtrent veertig sentimeter lank, die agterkant swartgebrand. "Looks like a class H motor. Definitely not military. Standard hobbyist edition, I think, although it seems as if all the identifying markings have been removed."

"Class H?" vra Cupido.

"Yes. Rocketry motors are classified by their total impulse."

Cupido hou sy hand in die lug. "Doc, hang on, let me level with you. This whole thing . . . It's a little overwhelming. I mean, all this science stuff . . . I'm not stupid. If you go slowly and speak plainly, I'll get it. And I really need to. 'Cause why, what you see here on this table is maybe my last hope to find the perpetrator."

"Captain, I do apologise, I get carried away sometimes. Occupational hazard, I'm afraid, most of my interaction is with post-grad students. Let me try again: The total pulse of a rocket motor is what determines thrust and duration. In other words, how fast it would go, for how long."

"Right."

"Rocket motors are like . . . You know how you must have different drivers' licences for different size vehicles?"

"Yes."

"So, each vehicle has a different classification, because of their size and their power. Rocket engines are the same. The bigger and more powerful they are, the higher the classification."

"Check," sê Cupido.

"These classifications are expressed through the letters of the alphabet. Low-power motors are usually classed by the letters A to G. Mid-power motors are F and G, and high-power are H and upwards. The scale goes all the way up to Z, and then goes into double letters, but that's space travel grade, irrelevant to what we're looking at."

"Right."

"Okay. Disclaimer: I'm not an expert on the motors themselves. My field is the design of and control systems for unmanned aerial vehicles, commonly known as drones or UAVs. However, our faculty also offers courses in aeronautical and satellite engineering. And these departments have imported rocket motors from the US, for student experiments. I've been allowed to peek at some of them, because I am a total nerd, extremely curious and totally fascinated by it all. And, as the field is related to mine in terms of the electronics involved, I had the opportunity to witness launches, ask questions, and I learnt a lot. It is in that capacity that I say this looks like an H class to me. If you'll allow me, I can take a photo and show it to my more knowledgeable colleagues."

Cupido kyk vir Jimmy, en dié knik. "That would be of great help. But please don't reveal the source of the photo."

"Of course. Discretion and all that."

"Any of those student rocket motors that got stolen?" vra Cupido.

"Good heavens, no. Any class of motor with a total impulse exceeding . . ." Hy keer homself. "Sorry, let me try again. High-powered motors above a certain level require specific permits and certifications. Your H class definitely falls into that category. The sale and use are heavily regulated. My colleagues would, I surmise, be very careful in the storage, handling, designation and subsequent reporting of their use."

"So, not just anybody can buy them?"

"As far as I know the lower-powered motors can be bought without restriction. But H class . . . I'm not sure. Would you mind if I googled it?"

"Please, doc."

Cassiem haal sy foon uit, plaas dit op die vlekvryestaaltafel neer, trek sy regterhand se handskoen af, begin tik op die foon.

"Yes," sê hy, "H class requires level one certification. In order to get certified, the candidate must be registered. To be registered, you have to build, launch and safely recover a rocket using a certified high-power rocket motor in the H to I impulse range. So, to answer your question: No, only qualified and certified people can buy them."

"Doc," sê Jimmy, "so there would be a database of all South Africans with that level of certification?"

"Yes, so I would assume. But can I get back to you on that?"

"Please," sê Jimmy.

"What about the black market for rocket motors?" vra Cupido.

Cassiem lag. "Captain, I'm afraid I live in academia. My knowledge of the black market for rocket motors is sadly lacking." Hy neem 'n foto van die missiel se motor, bêre sy selfoon en trek weer die handskoen aan. "However, I have a class full of fellow nerds that would be very keen to research that sort of thing. Shall I give them the assignment?"

"Please. We need all the help we can get," sê Cupido.

"Consider it done."

"Doc, can we talk about the drone?" vra Cupido.

"Of course."

"What sort of drone would be able to carry one of these?" Hy wys na die missiel se oorblyfsels.

Cassiem wend hom tot Jimmy. "Do we have an indication of the payload size?"

"We estimate it to be in the region of seven to ten kilograms," sê Jimmy. "That's more or less the volume of C-4 needed to create the explosion we saw at the caravan."

"Wow," sê Cassiem. Hy kyk weer na die missiel se oorblyfsels, neem sy tyd om die berekeninge te doen, sê dan: "Okay, for argument's sake, let's say we have a payload of eight kilos. I'm guessing the weight of the missile, including fuel, would be another ten kilos, more or less?"

"That sounds about right," sê Jimmy.

"Mmm. It's entirely possible for a hobbyist with a little engineering skill to build a custom UAV, or modify an industrial one to carry a cargo of . . . let's say twenty to twenty-five kilograms. Something like a heavy-lift octocopter . . ." Hy kyk na Cupido. "Eight propellers, in other words."

"How close to the drone must the guy be who is controlling it?"

"The operating range? That would depend on a lot of factors. The type of radio, line of sight . . . But even with fairly standard equipment, a range of ten kilometres is pretty normal."

"Can you buy drones like that? In South Africa?" vra Cupido.

"Absolutely. The Freefly Alta X, for example. You can order it over the internet, from a local dealer. Carries about twenty kilos, if I remember correctly. It's pricey, though. More than four hundred K. And the operating range is limited. It would be much cheaper and easier to build your own drone."

"Would one of your students be able to build one?"

"Oh, yes. And building it yourself would leave a smaller footprint too."

"What does that mean?" vra Cupido.

"Well, from your line of questioning, I'm making the deduction that our drone builder, being involved in criminal activity, would want to leave as obscure a trail of his purchases as possible."

"Right."

"If it were me, I'd start by determining what type of UAV I'm going to need. And I'd probably use a multi-rotor design . . ."

"What is that?"

"Ah, how can I . . . ? Surely you've seen the little hobby drones people play with. Four propellers, attached to the ends of the letter X?"

"Yes."

"Well, that's a multi-rotor. Four props make a quadcopter, eight make an octocopter. The great advantage of your multi-rotor design is that you don't need a runway. They take off vertically. Which makes discretion and secrecy a lot easier. They're stable, you can control them precisely, and they are extremely versatile."

"Okay."

"So, if I want to build my own multi-rotor UAV, I will source the various parts – the electronics, the frame, motors, propellers, batteries – from different local and international sources. A scattered digital trail. It would be very hard to trace."

* * *

Jimmy lei Cupido en Cassiem na die Analise-laboratorium, die een reg langs die Chemiese Eenheid waar die karavaanmissiel se oorblyfsels uitgestal was.

"Not enough space back there," sê hy. "And the chemistry people had to analise this stuff anyway. So, here you have the only debris left from the farm Paradijs, where the shepherd's hut fire took place on the morning of Friday, 9 October. These are the soil samples we recovered yesterday, at the scene of the fire. They are contaminated, but still useful."

Shepherd's hut, dink Cupido. Hoekom het hy nie gister daai fancy, poetic term geken nie?

Jimmy gaan staan langs die vlekvryestaaltafel. Die reste van die skaapwagtershut se brand is veel meer beskeie as dié van die woonwa. 'n Klompie hopies grond, as en verkoolde hout, 'n paar stukkies verskroeide elektronika en 'n klein swartgebrande silinder, verwring deur die intense hitte.

Cassiem loop tafel toe en buk oor die silinder. "Wow," sê hy.

Hulle wag dat hy moet uitwei.

"This looks like the rocket motor. Much smaller. Probably F or G class. Fascinating . . ."

"Why, doc?" vra Cupido.

"Well, for starters, the payload would have been much smaller. Maybe a two-kilo warhead. And in terms of our missile builder, it seems as if he was working his way up. From F to H, from two kilos to five or more. Where is he going to go next?"

45

Vir Bennie Griessel begin dié wipwarit van 'n dag veel slegter.

Hy maak net ná agt hul kantoor se deur agter hom toe en gaan sit mismoedig by sy lessenaar. Hy kyk na die Windows-skermskut se stadige patrone terwyl hy Witkop Jansen se oggendparade-skrobbering prosesseer.

"Nie een van julle maak vordering nie," het die kolonel vir die vyftien speurders wat teenwoordig was, gesê. Net vyftien, want Vaughn, die gelukkige bliksem, is vanoggend by die Forensiese Wetenskaplaboratorium.

Jansen het met almal gepraat, maar spesifiek na hom wat Bennie Griessel is, gekyk. "Dis net oop dockets waar ek kyk. Moord. Manslag. Huisbraak. Diefstal. Nee, allamagtig, so kan dit nie aangaan nie. Die PK bel my aanhoudend, die PSK skree op my, die media kraai en die hele land lag oor die polisie se onbeholpenheid. En as jy dink ek praat net van kaptein Cupido se sirkussaak, maak jy 'n fout."

Toe het die kolonel uit sy verslagboek gelees. Hy het elkeen van die ander vier-en-twintig aktiewe ondersoeke na ernstige misdaad genoem waaroor die Provinsiale Kommissaris hom bel en die Provinsiale Speurkommissaris op hom skree. "Daar's van julle wat onlangs bevorder is, en ek wonder nou of dit die regte ding was. Daar is van julle wat in my kantoor kom sit en vir my sê julle kom nie uit in die maand nie, julle is te lank al oorgesien vir bevordering. Nou moet julle my mooi ontvang: Met dié syfers gaan HR vir my lag. Met dié syfers gaan ons nêrens kom nie. Met dié syfers gaan jy veediewe in Fraserburg loop vang. Of huismoles op Mamre ondersoek. Ontvang julle my?"

Die koor het neerslagtig geantwoord: "Ja, kolonel."

"Môreoggend gaan julle elkeen hier kom sit met nuus oor julle vordering. Elkeen van julle. Met opgedateerde dockets, elke deel perfek. Ek gee nie om of jy deur die nag moet werk nie. Ek soek resultate, of julle dra die gevolge."

Dit alles het gevolg nadat Jansen so sedig en mooi met Skriflesing en gebed geopen het.

Griessel sug, steek sy hand uit na die muis. Hy hoop Jansen se gebed is verhoor. Daardie deel wat gelui het: "Here, staan ons by in ons taak, in ons stryd teen die donker."

Die skermskut verdamp.

Daar is 'n e-posboodskap van die selfoon-diensverskaffer.

Hy maak dit oop.

Hy sien die nommer waaroor hy navraag gedoen het, het behoort aan ene Aishah Fernandez. Volgens die RICA-inligting wat aan die rekening gekoppel is, wys haar geboortedatum sy was twee-en-sestig jaar oud. Die eksekuteur van haar bestorwe boedel het haar sellulêre kontrak vyf weke gelede gekanselleer.

Want Aishah Fernandez is op 16 Julie oorlede.

Hy sug weer.

Gebede word soms net ten dele verhoor.

* * *

Aishah Fernandez. Dit is die vrou met wie Brandon Maarman op 18 en 19 Mei op haar selfoon gepraat het. Twee maande voor sy dood is, ses maande voor die moord op Maarman.

'n Vrou wie se nommer nie in Maarman se kontakte was nie.

Hy het nie veel hoop nie, begin berusting kry dat dit nog 'n doodloopstraat is.

Hy bestudeer die selfoonmaatskappy se jongste aangestuurde rekord. Dit gee die naam van die prokureurspraktyk wat Fernandez se boedel beredder het: MacAskill Pretorius Molefe.

Hy soek hulle op die internet. Hy sien hulle het kantore in Bree-straat 33, Kaapstad. Daar is 'n nommer vir algemene navrae. Hy skakel.

'n Vrou antwoord vinnig. Hy identifiseer homself en sê hy is op soek na die regspraktisyn wat met die Fernandez-boedel gewerk het.

Sy sê hy moet aanhou vir die boedelafdeling.

Sy skakel hom deur. Dit lui lank.

Nog 'n vrou antwoord.

Weer identifiseer hy homself en verduidelik waaroor dit gaan.

Die vrou vra of dit 'n aktiewe boedelbereddering is.

Hy sê nee, dit lyk vir hom of die boedel al vyf weke gelede afge-handel kon wees. Hy is nie seker nie. Sy sê dié inligting sal op die stelsel wees. Kan sy hom terugskakel, sy sal dit naslaan sodra sy 'n tydjie het.

Hy gee sy nommer, bedank haar en lui af.

Hy sal 'n ander plan moet maak.

Hy haal sy notaboek uit, soek die nommer van Pearl Maarman, Brandon se gewese vrou. Hy bel.

Pearl Maarman antwoord nie. Die oproep gaan oor na stempos. Hy vra haar om hom asseblief terug te skakel.

Dis asof die heelal teen hom is vandag.

Dan bel hy, uit redelose ongeduldigheid, vir kaptein Luzo Zinti in die Paarl om te hoor of hy al enigiets in die misdaadrekord-register oor Javier Farmer, die Skyline-man met die bruin mus, gekry het.

"Nothing out of the ordinary for a former gangster," sê Zinti. "He was in juvenile detention at age sixteen, the records sealed, of course. As an adult, he served two years of a five-year term for dealing in Mandrax, then five for assault with GBH, then nine for culpable homicide. Came out of Pollsmoor five years ago, at the age of thirty-nine. Nothing since. I'm still trying to find the sergeant who put him away for culpable homicide, but it seems he left the Service some time ago."

"Anything on your circular?" Griessel verwys na die navraag wat Zinti aan speurkantore in die Wes-Kaap gestuur het in die hoop dat iemand iets weet van Javier Farmer se onlangse geskiedenis en meelopers.

"Not a thing."

Geen twyfel nie. Die speurgode het teen hom gedraai.

* * *

Pearl Maarman bel Griessel om 11:00 terug. "Ek is regtig jammer, die foon is af as ek in die klas is," sê sy.

"Dis doodreg," sê Griessel. "Ek wil net vra of jy weet wie Aishah Fernandez is."

"Was. Sy's mos oorlede in Junie? Of Julie?"

"16 Julie. So jy weet wie sy was?"

"Ja, ek weet goed. Sy en Brandon was close. Hy't vir haar leer ken toe hy by VIP Protection was, daai tyd. Hy't vir minister Sonjica en haar mense opgepas, nie dat sy baie oppas gekort het nie, maar jy ken mos die government. Blue-light brigades en bodyguards asof dié 'n dictatorship is. Aishah het vir Sonjica gewerk, deputy director-general, or some such."

Griessel ken nooit al die name van die onderskeie ministers in die kabinet nie. Daar is net te veel, en hulle verander boonop voortdurend. Hy vra: "Watter departement was dit?"

"Mining and Energy, dink ek."

"As jy sê sy en Brandon was 'close'?"

"Ja, well, if you ask me, was sy vir hom 'n soort mother figure. Aishah het 'n privileged background gehad, haar pa was mos die owner van Supreme, die clothing manufacturer. Baie geld gemaak, daai tyd, voor die Chinese die rag trade hier kom toemaak het. Anyway, toe Brandon VIP toe is, toe begin hy al hoe meer van Aishah praat. Hy't haar 'missus Fernandez' geroep, nooit op haar voornaam nie. Hy het haar kwaai op 'n pedestal gesit, altyd gesê sy's 'n wonderlike vrou. So kind and generous and humble. As sy tien jaar jonger was, sou ek definitely jealous geraak het . . ."

"Het jy haar ontmoet?"

"Ja, seker drie keer. And to be honest, ek dink regtig sy was good and kind. Very gentle person. My impression was, sy't 'n bietjie van 'n guilt complex gehad. Jy weet, wealthy coloured woman wat deur die outjie van die Flats opgepas moet word. Sy't gevra dat hy haar permanent bodyguard moet wees, sy't hom vreeslik advice gegee, sy't hom even laat register vir 'n law course by Unisa wat sy voor betaal het. Toe hy weg is by VIP, toe los hy die kursus, want hy't nie meer tyd gehad nie. Toe het hy vir haar gaan sien, om te sê sorry. Sy't gesê sy verstaan, sy weet dis moeilik. If he ever needs anything . . ."

"Het hulle nog dikwels kontak gehad?"

"Keep in mind, ons is al twee jaar geskei. Maar toe ons nog bymekaar was . . . Nee, nie wat ek van weet nie."

"Het hulle 'n uitval gehad? Ek sien haar glad nie in Brandon se kontakte nie."

"That's very weird. Hy't nooit vir my iets gesê nie . . ."

"Sy het vir Brandon op 18 Mei gebel. 'n Sondag. Het hy ooit iets daaroor gesê?"

"Nou, 18 Mei van dié jaar?"

"Ja."

"Nee, hy't niks gesê nie. And I must admit, dis ook so 'n bietjie strange. Dis die soort ding wat hy sou gebruik het."

"Hoe bedoel jy?"

"Om met my te connect. Dit was sad, hy wat die relationship so aan die gang wou hou. En nou's ek so spyt ek het hom die cold shoulder gegee. Hy't daai baie gedoen: As mense wat ons saam geken het, vir hom contact, het hy vir my gebel. 'Pearlie, jy sal nie glo met wie ek nou gepraat het nie.' But you know, now that I think of it: Toe sy dood is, toe bel hy niks. Toe bel ek vir Brandon. Om te sympathise, oor hulle so close was, oor hy so impressed met haar was. En hy is duly sad, 'ja, it's very tragic, a big loss'. Ma' subdued. Much less affected than I expected. Dit was asof hy in denial was. Like he did not really want to talk about it. En jy weet, dit was vir my strange – her death being suspicious and all. For a while, at least."

"Suspicious?" Sy hart klop die eerste keer vinniger, sy hoop begin ontvlam.

"Jy weet nie?"

"Nee."

"Die koerante het daai tyd gesê die police are investigating, maybe it's not a natural death. En toe raak dit net stil. Of miskien onthou ek nie reg nie. Google dit, it was a thing, for a while."

46

Die berig wat Griessel eerste lees, het op Netwerk24 se nuusplatform verskyn. Die datumstempel is 22 Julie:

Aishah Fernandez, die prominente Kaapse politikus en lid van die ANC, is op 16 Julie by haar huis in Constantia oorlede. Sy was 62 jaar oud. Die oorsaak van haar dood is steeds onbekend en vorm deel van 'n voortgesette polisie-ondersoek.

Me. Fernandez, die dogter en enigste erfgenaam van die Supreme-kleremagnaat Aziz Keraan, was ten tye van haar dood direkteur-generaal van Mynbou in die Departement van Minerale Hulpbronne en Energie. Sy het in haar lang politieke loopbaan ook gedien as ANC-parlementslid en adjunk-direkteur-generaal van Kernkrag-regulering en -Bestuur.

Haar man, die chirurg dr. Malik Fernandez, is tydens die Covid-pandemie in 2020 oorlede.

Die Suid-Afrikaanse Polisiediens (SAPD) het op 19 Julie aange-kondig dat 'n nadoodse ondersoek sal plaasvind om haar afsterwe te ondersoek, nadat 'n lykskouing bevind het sy is nie aan natuurlike oorsake oorlede nie. Volgens polisiewoordvoerder brig. Athol Mata-kata is die Departement van Gesondheid se finale bevinding oor die presiese oorsaak van dood nog uitstaande, ondanks die finalisering van die outopsie-bevindinge. Inligting voortspruitend hieruit sal met haar onmiddellike familie gedeel word, en nie met die publiek nie.

'n Nadoodse ondersoek word tipies van stapel gestuur wanneer die dood as onnatuurlik bevind word, maar dit ontbreek aan bewyse van gemene spel. Dit laat ruimte vir moontlikhede soos selfdood, 'n ongeluk of ander nie-kriminele oorsake.

Fernandez se dogters, Noor en Gabriella, het op 21 Julie 'n ver-

klaring uitgereik waarin hulle sê hul moeder is oorlede in die gemak van haar huis, en dat die oorsaak van dood nog onbekend is. In die verklaring het hulle 'n beroep gedoen op die owerhede vir spoedige afhandeling daarvan, en op die media en die publiek vir begrip in dié tyd van rou.

Daar was in die dogters se verklaring geen melding gemaak van spekulasie dat haar dood verband kon hou met die skandaal rond-om die Jakkalsputs-diamantmyn in die Noord-Kaap nie. Sommige mediaberigte het beweer me. Fernandez was onder aansienlike druk en spanning weens bewerings van korrupsie in die toekenning van lisensies vir die ontginning van Jakkalsputs.

Die ANC het haar dood as "'n reuseverlies vir die land en die party" beskryf, en me. Fernandez se bydrae as vryheidstryder, par-lementslid, ministeriële amptenaar en dienaar van die mense van Suid-Afrika geloof. 'n ANC-woordvoerder het ook 'n beroep op die media en die publiek gedoen om hulle nie skuldig te maak aan "sin-nelose spekulasie" oor die verlies nie.

* * *

Hy kry in ander intydse media soortgelyke berigte op dieselfde dag.

En daarna, byna niks. Net enkele, kort berigte rondom 2 Augustus wat sê die Departement van Gesondheid se verslag oor die nadoodse ondersoek op Aishah Fernandez is afgehandel. Geen gemene spel word vermoed nie.

Dis al.

Fok, dink hy. Hier trek 'n rokie . . .

Hy meld op die SAPD-rekenaarstelsel aan. Hy wil die MAS-nom-mer van die Fernandez-dossier opspoor, sodat hy die ondersoek-beampte kan identifiseer en die lêer onder oë kan kry. Constantia val onder die Dieprivier-polisiestasie. Hy sleutel die datum van dood in en kry die verwysing. Hy frons. Die speurder wie se naam aan die saak gekoppel is, dra die rang van brigadier. Onmoontlik. Dit moet 'n invoerfout wees.

Hy bel Dieprivier se Misdaadondersoekeenheid en vra of hy met brigadier Khoza kan praat.

Hulle sê daar is nie so iemand nie.

Hy vra of daar enige speurder met dié van by die eenheid is.

Nee, sê die vrou.

Hy lui af.

Baie vreemd. Hy sal met Witkop Jansen moet gaan praat. Maar wat doen hy nou?

Eindelik trek hy Brandon Maarman se rekenaar nader. Hy wil kyk of die private speurder dalk vir Aishah Fernandez e-posse gestuur het. Of iets in sy kalender geskeduleer het.

Daar is niks.

Hy kyk weer na die oproepe tussen Maarman en Fernandez. Sy het hom gebel, op 18 Mei om 20:23. Die oproep het sewentien minute geduur. 'n Lang gesprek.

Op 19 Mei het Maarman haar gebel, om 15:55. Die oproep was net 'n baie kort vier-en-dertig sekondes.

Waarom is sy nie in Maarman se kontakte nie? Waarom is daar geen e-posse of whatsapps tussen Maarman en die vrou wat vir sy Unisa-studies betaal het nie?

Dit is, in die woorde van Pearl Maarman, "very weird".

Hy sit en staar na sy rekenaar, probeer alles uitpluis. Sy oog val op die datums van oproepe tussen Maarman, Fernandez en Gerardo Krige van die Mikpunt-skietbaan.

Maarman en Fernandez praat op 18 Mei en 19 Mei. Maarman en Krige praat op 23 Mei. En dan eers weer op 16 Julie. Die dag van Aishah Fernandez se "suspicious" dood. Krige wat vir Maarman gebel het. Laatmiddag. Lang gesprek.

Miskien toeval. Miskien. Maar nóg Fernandez nóg Krige se kontakbesonderhede verskyn êrens in Maarman se databasisse . . .

Dis nie so toevallig nie. Maarman was georganiseerd met alles. Het hy die kontakbesonderhede uitgevee? Hoekom? Wanneer?

Hy sal dit alles na Witkop Jansen toe neem. Saam met die uitgedrukte Netwerk24-nuusberig. Sodat hulle die ondersoekdossier van Aishah Fernandez se dood kan aanvra.

Hy staan op en loop na die kolonel se kantoor toe.

* * *

Die deure van die Speurkantore in die ou Kommandogebou is dun.

Griessel wil, dokument in die hand, by die kolonel aanklop, maar dan hoor hy die stem binne. Jansen s'n. Luid en rooiwarm: "Nou wil jy vir my kom vertel iemand skiet missiele uit die lug uit op onskuldige mense, en 'n klomp snotkop-studente gaan jou speurwerk vir jou doen?"

"Colonel, dit was 'n offer van die doctor af, en ek . . ." Cupido se stem.

"Nee, o magtig, kaptein. Het jy 'n idee wat gaan gebeur as een van daardie snotkoppe op Tweeter of een van daai goed sê hulle moet die polisie help om die ou te vang wat die verdomde beroemde akteurtjie vermoor het. O, en die moordenaar, dames en here, is 'n missielskieter. Kan jy dink watse strontstorm ons dán gaan tref?"

"Colonel, ek verstaan . . ."

"Nee, kaptein, jy verstaan duidelik nié. Die media dink nog dit was Beyers Botha wat die gas van die karavaantjie aspris oopgelos het. Kan jy jou die waansin indink? Die opskrifte? As hulle weet dis 'n donnerse missiel? En nie een missiel nie. Dis al die derde. En ons het geen idee wie dit is nie, en ons vra studentjies om te help. Studentjies?"

"Daai verstaan ek, colonel, ma' . . ."

"Weet jy hoekom skree die PK op my, kaptein? Nie omdat ons so onkapabel oor ons eie voete val nie. Nie omdat ons geen vordering maak met 'n enkele saak nie. Nee. Hy skree op my, want die geskreë-ry kom van heel bo af. Heel bo. Van die President van Suid-Afrika. En die Minister van Polisie en die Nasionale Kommissaris, kaptein. Al die pad tot hier onder. En hoekom skree hulle, kaptein? Want ons, ek en jy en die hele donnerse span hier onder my, sleep die land se naam deur die modder. In die oë van die Chinese en die Russe en die Arabiere, wat oor 'n week op ons is. Sewe dae, kaptein, voor die hele verdomde BRICS-sirkus dorp toe kom, en saam met hulle, al die adders in ons staatsboesem. Nou vra ek jou, wat gaan gebeur as die missiel-ding uitkom? Dan skree hulle nie meer nie, dan's dit koppe wat rol. Dan maak hulle skoon. En dis nie jóú gat wat in die pad ge-steek gaan word nie. Dis myne en die stasiekommissaris s'n. Gaan jý vir my vrou sê sy moet loop werk soek, want haar man se pensioen is in sy moer in? Sê my."

"Colonel, as ek net iets kan sê . . ."

"Al wat jy vir my moet sê, kaptein, is dat jy nou vir daardie ver-domde professortjie gaan sê hy praat nie 'n woord oor die hele ding nie. Missiele! Besef jy wat gaan van jou ondersoek word, kaptein? As die kommissaris hoor van missiele, gaan hulle die CATS-eenheid inbring . . ." Jansen gebruik die afkorting vir die Valke se Crimes Against the State-eenheid, wat gewoonlik sake ondersoek waar die staat bedreig word.

"CATS, colonel?" vra Cupido. "They're fifty per cent understaffed. Hoe gaan hulle . . . ?"

Jansen val hom weer in die rede: "Maak nie saak nie, ek weet en jy weet hulle gaan so gou moontlik Staatsekuriteit inbring. En die laaste keer wat jy en Bennie Griessel met daardie addergebroedsel deurme-kaar was, was dit so hittete of julle het voetpatrollie in Laingsburg gaan loop."

"Colonel, okay. Cool. Lat ek vir Doc Cassiem gaan sê, hands off, my broe', jy mag nie help nie. En dan? Hoe maak ek? Wa' begin ek met 'n investigation oor rocket motor registers en black-market drone parts? Da's nie 'n single expert in this field in die hele SAPS nie. Nie by CATS nie, nie by State Security nie. Missile Man will live to destroy another day. En dan is ons truly fucked, colonel, if you'll pardon my French."

Griessel staan steeds vasgenael en luister, heimlik trots op sy kollega wat nie sommer gaan lê nie. Hy kan nie mooi hoor wat die kolonel antwoord nie, want die bevelvoerder se stem is nou sagter, asof hy uitgewoed is.

Dan hoor hy weer vir Cupido: "Colonel, ek vra net, trust my judgement. Doc Cassiem is 'n super smart brother. Hy verstaan van discretion. Hy hoef mos nie vir die students te sê vir wat hy die research soek nie. Just consider for a moment: Tien students wat vir ons die werk in 'n dag kan doen, wat vir my of vir CATS of vir wie ook al maande gaan vat. We can nail Missile Man long before the circus comes to town."

Weer kan Griessel die reaksie nie duidelik hoor nie. Die versoeking is daar om sy oor teen die deur te hou, maar dan kry hy skaam vir die afluistery.

Dit is boonop nie nou 'n goeie tyd om met Jansen te kom praat oor sy laaste hoop, Aishah Fernandez, nie. Laat hom eers afkoel.

Hy draai om en stap weg, in die gang af. Net betyds, want sy foon begin lui.

'n Onbekende nommer. Hy wag tot hy ver genoeg van Jansen se kantoor af is voordat hy antwoord.

"Kaptein, dis Wanda Vermeulen van MacAskill Pretorius Molefe. Jammer ek kom nou eers terug na jou, ons is vreeslik besig op die oomblik. Ek het die Fernandez-boedel beredder. Hoe kan ek help?"

"Dankie dat jy bel, mevrou. Ek ondersoek die moord op 'n private speurder in Stellenbosch. Hy het 'n verbintenis met Fernandez gehad, en ek moet uitvind presies wat die verbintenis was. Ek dink Fernandez se dogters sal my kan help. Kan jy asseblief vir my hulle besonderhede gee?"

"Ja . . . Dit is ongelukkig vertroulike inligting, kaptein. Prokureur-kliënt-voorreg."

"Ek verstaan, maar kan jy vir hulle vra om my te kontak? Net 'n paar vrae, dit sal nie tien minute vat nie."

'n Oomblik se huiwering. Griessel vermoed dit is vir Vermeulen 'n lastige versoek, omdat sy so "vreeslik besig" is.

"Wat is die naam van die private speurder?" vra sy.

"Brandon Maarman."

"Ek kyk wat ek kan doen," sê sy. Sonder geesdrif.

47

Griessel sit by sy lessenaar. Ongeduldig, want hy sal moet wag dat Cupido terugkom en Jansen beskikbaar is. Hy hoor die vensterruite vibreer, kyk uit. Hy sien die bome wat buig in die wind, die wolke wat aanskuif uit die noordweste. Kouefront. Dit kom nog reën ook.

Hy draai terug na die rekenaar. Hy sal die tyd benut, sy tydlyn en notas opdateer met die jongste inligting. Want hy begin al hoe meer dink die Fernandez-konneksie is betekenisvol, 'n rokie op die horison, die vuurtjie nog onsigbaar. Maar dis daar. Iewers.

Sondag, 18 Mei:
20:23: Aishah Fernandez bel vir Maarman. Oproep van 17 min.

Maandag, 19 Mei:
15:55: Maarman bel Fernandez. Oproep van 34 sek. Hoekom so kort?

Vrydag, 23 Mei
08:12: Maarman bel vir Krige. Lang gesprek.

Woensdag, 16 Julie:
Fernandez oorlede. 62 jaar oud. Oorsaak van dood onbekend.
19:19: Krige bel vir Maarman. Lang gesprek.

Woensdag, 8 Oktober:
11:03: BMW op Facebook geplaas.
11:24: Oproep van ongeregistreerde selfoon, miskien Javier Farmer en nog een.
18:44: Oproep van dieselfde foon.

Donderdag, 9 Oktober:
12:30: (Ongeveer.) Die Skyline word gesteel in Kenilworth.
14:07: Oproep van dieselfde foon.
14:13: Maarman bel die paneelkloppers.
14:20: Maarman bel vir Margerie Sauls.
15:08: Skyline ry by Idasvallei in. Javier Farmer in die kar.
15:15: (Ongeveer.) Bobby Stravino sien vir Javier Farmer en nog een by Maarman se huis, en die Skyline buite.
17:36: Die Skyline verlaat Idasvallei, met Javier Farmer en nog een daarin.
18:53: Sononder in Idasvallei.

Saterdag, 11 Oktober of Sondag, 12 Oktober:
Javier Farmer en nog een geskiet.

Maandag, 13 Oktober:
08:00: (Ongeveer.) Skyline gekry, Paardeberg.
17:30: (Ongeveer.) Javier Farmer en nog een se lyke gekry naby Tulbagh.

Griessel sit terug en kyk daarna.

Tussen 18 en 23 Mei is daar heelwat aktiwiteit tussen Brandon Maarman en die twee mense wat glad nie êrens op sy kontakte of enige ander vorm van kommunikasie was nie, behalwe vir die oproepe.

Daarna, 'n maand se stilte, tot die dag van Fernandez se dood. Eers meer as twee maande daarna, die moord op Maarman.

Dis dié twee maande wat hom pla. Wat die moontlikheid van 'n verband tussen Fernandez en Maarman se moord skraler maak.

Hy fokus op die tydlyn van die afgelope twee weke se gebeure. Dit vertel 'n paar interessante stories.

Storie nommer een is waar dit alles gebeur het. Skyline gesteel in Kenilworth. Suid-Skiereiland. Toe verskuif alles na Idasvallei by

Stellenbosch. Daarna ry Javier Farmer en nog een noord. Skyline gekry, in die omgewing van Wellington. Dan nog verder noord, die lyke gekry naby Tulbagh.

Dit sê iets, hierdie progressie, hierdie konstante wegbeweeg van waar die Skyline gesteel is. Eers oos, dan noord, noord, noord. Dit spreek van beplanning. Van 'n strategie. Maar wat sit agter die strategie? Want hulle, die mense wat alles beplan het, moes sekerlik geweet het iets kan verkeerd gaan. Iewers in die proses van motor steel, vir Maarman om die bos lei, bedwelm, vermoor. Wegkom. Vir Javier Farmer en sy helper teregstel. Van die lyke ontslae raak.

Wou hulle konstant verder weg van die oorsprong van alles af beweeg? Sodat 'n ondersoeker noord sal kyk?

Miskien.

Javier Farmer. Bendelid. Dwelmhandelaar. Torpedo vir die taximafia.

Dis nie die CV van 'n meesterbrein nie, dis nie die agtergrond van iemand wat so 'n moord sal uitdink nie. Die operasie was moeilik. Hulle moes 'n ou uithaal wat "paraat" was. Gereeld geskiet het. En nie net uithaal nie, maar op 'n manier wat dit soos 'n tragiese ongeluk laat lyk.

En dit het so amper-amper geslaag.

Javier Farmer was 'n stomp voorwerp, 'n gehuurde laksman wat deur sy hele loopbaan moord gepleeg het wat na net dít lyk. Moord. Nie 'n ongeluk nie.

Hy is dan per definisie die soort huurling wat foute sal maak as dit by 'n gesofistikeerde, redelik ingewikkelde operasie kom wat moet lyk na 'n ongeluk. Hy is die soort wat sal vergeet om ligte aan te skakel en deure toe te maak.

En dan is die vraag: Hoekom vir Farmer-die-stomp-voorwerp huur of beveel om dit te doen? Waarom dié risiko neem?

Want jy wil afstand hê. Jy wil geen spore laat wat terug na jou toe kan lei nie.

Jy sê vir Javier Farmer en sy makker: As julle klaar is, kom hier na 'n kleinhoewe naby Wellington. Dis waar ons julle gaan betaal, dis waar ons vir julle 'n ander ryding gaan gee. Dis waar ons die Skyline sal laat uitbrand, sodat julle vingerafdrukke en DNS en die natrium-sitraat en die mediese drup alles verwoes kan word.

Maar dan word hulle tereggestel. Net daar, dink hy. Langs die Skyline.

Want die mense daaragter wou afstand hê, ook van Farmer en sy makker. Geen bewyse nie, geen konneksies nie. Niks moet terug na hulle kan lei nie.

Afstand.

Hoekom wil jy afstand hê?

Want jy kan geïdentifiseer word, omdat Maarman jou ken? Of van iets weet?

Sommige mediaberigte het beweer me. Fernandez was onder aan-sienlike druk en spanning weens bewerings van korrupsie in die toe-kenning van lisensies vir die ontginning van Jakkalsputs.

Is die Maarman-moord gekoppel aan die Jakkalsputs-sage? Het Fernandez sy hulp daarin gevra? Hy was immers 'n voormalige SAPD-speurder en private speurder. Is dit die mense in die skadu's? Private sekuriteitsoperateurs loop dik in die diamantbedryf, mense met 'n newelagtige agtergrond, huursoldate en voormalige polisie-mense en los kanonne.

Fokkit, hy hoop Fernandez se dogters weet of hul ma na Maar-man uitgereik het.

Hy google hul name. *Noor Fernandez. Gabriella Fernandez.*

Hy kry niks wat bruikbaar is om hulle mee te kontak nie.

Sy moed sink. Hy google *Jakkalsputs diamantmyn.*

Net 'n klompie berigte op nuuswebwerwe wat op 6 en 7 Augustus geplaas is. Almal het min of meer dieselfde teleurstellende strekking: 'n Regterlike kommissie se ondersoek na moontlike korrupsie het niks opgelewer nie. Gemeenskapsleiers se agterdog oor en besware teen die toekenning van mynlisensies het nie rekening gehou met bestaande wetgewing en prosedures nie. 'n Woordvoerder van die gemeenskapsleiers het gesê Jakkalsputs se mense aanvaar nou die bevinding. Die Minister van Minerale Hulpbronne en Energie het sy dank uitgespreek oor die oplos van die hele dilemma.

Dié ontknoping was min of meer twee weke ná die dood van Aishah Fernandez.

Beteken dit iets?

Griessel trek weer Maarman se skootrekenaar nader. Hy deursoek die hele inhoud daarvan met die sleutelwoord *Jakkalsputs*.

Hy kry niks.

Hy doen dieselfde met Maarman se selfoon. Steeds niks.

Hy weet regterlike kommissies van ondersoek is in hierdie land nie die alfa en die omega nie.

Tyd om vir Bones te bel.

* * *

Luitenant-kolonel Benedict "Bones" Boshigo is verbonde aan die Statutêre Misdaadgroep van die Valke se Handelsmisdaadtak in die Kaap. Dié boorling van Limpopo het sy bynaam verwerf omdat hy lyk soos 'n lewende skelet – 'n rietskraal langafstandatleet wat die Comrades-marathon twintig keer voltooi het. Hy is die enigste poliesman wat, na Griessel en Cupido se mening, alles weet oor witboordjiemisdaad en maatskappybedrog. En sy gunstelingwoord in Afrikaans is "nè".

"Ja, Bennie, ek weet van Jakkalsputs, nè. Ons het die dockets hier by ons gehad, meer as 'n maand. Daar was nie monkey business nie. Net jou usual local politics, die community wat wou squeeze vir 'n groter payout, toe gaan praat hulle stories by die media."

"Bones, weet jy iets van Aishah Fernandez? Sy was DG by Minerale Hulpbronne."

"She passed, did she not?"

"Ja. In Julie."

"Hoekom dink ek suicide? Daar was 'n rumour . . ."

"Kan jy onthou van waar dit gekom het?"

"Polisie-grapevine, Bennie. Jy weet mos."

"Niks anders oor haar nie?"

"Sorry, Bennie. Nee."

"Fok."

"O, hoe ken ek nie daai gevoel nie, nè."

"Dankie, Bones. Groete vir die manne . . ."

48

Vaughn Cupido kom eindelik by die kantoor ingestap, selfoon teen die oor, sy stem intens en dringend: "Doc, please. Not a word, I beg you. This is my whole career on the line. Not a word about missiles and drones and the Van Graan case. Not to anybody."

Cupido luister. Dan: "Yes, please, if they can still do the research for us. But they mustn't know what it's for. That's crucial . . . That's great, thank you, doc. Thank you. I owe you."

En hy lui af, sak in sy stoel neer, gooi die selfoon op die tafel. "Jissis, Benna, what a morning. Nou net 'n bullet so groot soos 'n missile gedodge."

* * *

Cupido weet nie veel van Maarman se verhouding met Aishah Fernandez, die voormalige direkteur-generaal van Mynbou, nie.

Griessel vra hom daaroor, toe sy kollega klaar vertel het van doktor Khalil Cassiem, missielmotore, studente wat speurwerk gaan doen en onpeilbare woorde soos "Skorpio".

"Daai is . . . Ek weet nie, ses jaar terug? Sewe? Hy't gesê die auntie wat hy moet oppas . . . Was sy nie soort van kwaai ryk nie? Die pa was 'n mogul in die rag trade?"

"Dis reg," sê Griessel.

"Benna, al wat ek kan onthou, is lat Skinny een of twee keer gesê het hy protect vir die auntie, en hoe hy respect lat sy, despite the money, daai werk doen. Serving her country, making a difference. That's it."

"Wat van die Mikpunt-skietbaan? Het Brandon daaroor gepraat?"

"Yes. Gerardo Krige se plek. Dis wa' Skinny gaan skiet het. Hy't gelike lat dit unpretentious is. Niks la-di-da members with cravats and shotguns nie. Net honest working-class shooters."

"Ken jy vir Krige?"

"So 'n bietjie. Ek het 'n paar keer saam met Skinny gaan skiet. Cool dude. Former army sniper of iets."

Voor hy nog kan uitvra, lui Griessel se selfoon. Hy sien dis die prokureursfirma se nommer. Hy antwoord.

"Wanda Vermeulen van MacAskill Pretorius Molefe, kaptein. Ek het met al twee mevrou Fernandez se dogters gepraat. Hulle sê hulle het nog nooit van 'n Brandon Maarman gehoor nie."

"Is jy seker? Hy het hulle ma vir 'n jaar of so opgepas. Hy was haar lyfwag."

"Kaptein, ek het hulle gevra, en dit was die antwoord wat ek gekry het."

Hy hou die teleurstelling uit sy stem: "Dankie, mevrou." Dan, omdat hy desperaat is: "Ek sal nog steeds met hulle wou gesels . . ."

"Kaptein, die vroue het uitdruklik vir my gesê hulle wil nie verder met die polisie of die media oor hul ma se dood praat nie."

* * *

Kolonel Witkop Jansen is klaarblyklik uitgewoed ná die oggend se groot veldslagte. Hy sit nou kopondersteBo en luister geduldig. Griessel vertel hom alles wat hy weet van Aishah Fernandez, en sy vermoede dat Brandon Maarman doelbewus haar kontakbesonderhede en alle kommunikasie tussen hulle van sy rekenaar en foon gehaal het. En dalk dieselfde gedoen het met Gerardo Krige en die Mikpunt-skietbaan.

"En dan's daar nog 'n paar ander snaakse goed ook," sê Griessel. "Die ondersoekbeampte op die Fernandez-saak is volgens die stelsel 'n brigadier Khoza. Maar Dieprivier sê daar is nie so iemand by hulle nie."

Jansen grom sag.

"Die prokureur wat die Fernandez-boedel beredder het, het met die dogters gepraat. Hulle kan nie eens vir Maarman onthou nie. Die man wat hulle ma opgepas het? En die dogters het gesê hulle wil nie verder met die polisie of die media oor hulle ma se dood praat nie. Die media, dit kan ek verstaan. Maar die polisie? Dit klink vir my of 'n lid van die Diens nog vrae gehad het. As ons net kan uitvind wie dit was."

Jansen sug, vryf die snorretjie. "Nog 'n byenes," sê hy. "Asof ons nie al klaar kniediep in 'n ander een is nie. Is jy seker ons wil hierdie een gaan oopkrap?"

"Ons het nie 'n keuse nie, kolonel. Dis die laaste naald in die hooimied."

Jansen leun terug in sy stoel. Hy kyk vir 'n oomblik by sy venster uit, die een wat uitkyk op Adam Tasweg, waar die verkeer konstant besig is. "Bennie, kry jy soms daardie gevoel dat jy wil opstaan en iewers eenkant in 'n kroeg gaan sit? Een van daardie ou kroeë wat so half stil en donker is, en die hout ruik na drank. En dan die glase brandewyn-en-Coke so voor jou op 'n ry neersit, soos soldate. En dan vat jy hulle van 'n kant af, tot die hele wêreld wegraak."

"Ek is nie 'n brandewyn-man nie, kolonel. Jack Daniel's. En Coke. Dis my paradys. En ek kry daardie gevoel minstens ses keer per week."

"Ek gaan vanaand AA toe," sê Jansen. "Vir die eerste keer in nege maande. Het nie 'n keuse nie. Vandag het my weer bang gemaak."

"Ek gaan elke week, kolonel. Die bang los my nooit."

Hulle sit in stilte.

"Jy praat nie uit oor my dinge nie," sê Jansen.

Griessel skud net sy kop.

"Ek kyk wat ek oor die docket kan uitvind."

Griessel staan op.

Cupido bars by die deur in. Sy oë is wild en sy stem dringend:

"Colonel, jy gaan nie like wat ek nou gaan sê nie, maar as ek dit nie sê nie, is jou pension en my career maybe al twee in hul moer in."

Griessel gaan sit weer. Hy wil nie misloop wat nou gaan gebeur nie.

* * *

Toe Griessel by hul kantoor uit is, het Vaughn sy rekenaar aan die gang gekry en Google se soekenjin oopgemaak. Om te probeer antwoorde kry oor die ding wat hom al 'n paar uur lank laat wonder: Die woord wat Missile Man op die buis van die projektiel aangebring het. In swart verf gestensil met blokkerige, militêre letters. Want hy dink nie dit was om dowe neute nie. Dit beteken iets.

Hy het weer die woord "Skorpio" ingetik.

Google het bladsy ná bladsy opgedis oor die "Datalogic Skorpio X4", 'n handrekenaar, en "Skorpio X3 Rugged Mobile Computer, Laser Scanner".

Hy het onthou Arnold van Forensies het dieselfde blikbrein genoem. En gesê dit help hulle niks, want dis bedoel vir pakhuisadministrasie.

Toe tik hy "Shorpio" in. Want die "k" was nie duidelik as jy dit van naderby bekyk nie.

Google het dit dadelik verander na "Scorpio".

Hy het "5korpio" probeer. En "5horpio". Google het weer aangeneem hy maak 'n vingerfout, en aan hom resultate vir "Scorpio" opgedis.

Cupido het "Jissis" gesê en nie geweet wat om nog te doen nie.

Hy het na die skerm gestaar, sy gedagtes elders.

Eindelik weer sy fokus na die skerm verskuif.

Scorpio is the eighth sign of the zodiac, falling between October 23 and November 21, and is associated with the constellation Scorpius.

Hy't 'n geluid van minagting gemaak, want hy glo nie in sterretekens en -wiggelary nie. Black magic bullshit, hy's 'n man vir science, pappie. Al kop hy dit nie altyd mooi nie.

Scorpios are known for their deep emotions and passionate nature, often described as "the most intense sign in the zodiac".

Bullshit, het hy gedink. Ek's 'n Cancerian, en da's niks fout met my emotions, passion en intensity nie. Gaan vra vir Dezzi ná gisteraand. She was a highly satisfied woman.

Hy sien die datum. *October 23.*

Dit registreer nie dadelik nie.

Van iewers, die gedagte: Now there's a little coincidence. 23 Oktober is oor 'n week.

Jansen se woorde: *Sewe dae, kaptein, voor die hele verdomde BRICS-sirkus dorp toe kom.*

En doktor Khalil Cassiem se opmerking, vanoggend by die oorblyfsels van die Paradijs-missiel: *And in terms of our missile builder: it seems as if he was working his way up. From F to H, from two kilos to five or more. Where is he going to go next?*

"Fok," het hy gesê, sy hele lyf aan die tintel van die adrenalien.

Toe spring hy op en hardloop terug na Witkop Jansen se kantoor toe.

* * *

"Ek scheme die missile man oefen om iemand uit te haal as die BRICS brigade dorp toe kom."

Jansen en Griessel kyk net na hom.

"Okay," sê Cupido, "colonel gaan sê dis 'n stretch. En dit ís seker. But hear me out: Missile Man oefen. Daar's 'n goeie kans sy eerste missile was da' oor False Bay, twee weke terug. Tweede een was die shepherd's hut, een week later. Derde een was die caravantjie, en Gerrie van Graan. Elke keer groter. Bigger rocket engine, bigger target, bigger bang. Hoekom? Want hy oefen, colonel. Hy oefen vir iets groter. En wat is groter, colonel? Wat is só groot lat jy nie omgee vir 'n shepherd's hut en 'n karavaantjie, vir collateral damage van iemand in die karavaantjie nie? Wat is so groot lat jy nie worry oor 'n potential media storm en die polieste wat vir jou soek nie? 'Cause he's got much bigger fish to fry. Or blow up. Hierdie is nie 'n hobbyist wat bietjie fun het nie, colonel. Hierdie is 'n man met 'n plan. He's working up to something big."

Jansen kyk steeds na hom, sy gesig emosieloos.

"Colonel?" vra Cupido, net om seker te maak die bevelvoerder hoor hom.

"Sit, kaptein," sê Jansen. "Jy het my aandag."

49

Cupido gaan sit. "Ek is reg, colonel. I can see clearly now: Missile Man het nie geweet daar's 'n actortjie in die caravan nie. Hy't gescheme, let me start small. Maybe a buoy in the water, for starters. Right, buoy blown away, so nou's dit tyd vir a tiny little structure. En ek vlieg my drone so in die nag in, en lo and behold, da's 'n shepherd's hut da' innie berg. Isolated, no human in sight. Perfect. All systems go. En my missile werk, bull's eye, job done. En ek raak lucky, want die hut is vol fertiliser, en daai brand kwaai en die evidence is amper destroyed. Of maybe het hy geweet van die fertiliser, maybe it was all part of his evil plan. En da's niks in die koerante oor missiles nie, en hy dink, cool, Part Two worked like a charm too. So, what next? Part Three, of course. Another step up. Vlieg rond met die drone . . . Wait a minute, check daai caravantjie, net vyf kilo's van die shepherd's hut af. Ek eyeball hom, drie dae lank, en ek scheme daai caravan is abandoned. And it's the perfect size, three times bigger than the hut, lat ek my groter missile da' gaan test. Met sy groter H class motor en sy groter payload. En net om my cunning rocket scientist cleverness te flaunt, paint ek vir die dom Boere 'n woordjie so op die shaft. Ek sê vir hulle, hier's 'n clue, pappies, stop me if you can. En boom! Oh, shit, sorry about the actor dude, but what's a little collateral damage in the bigger scheme of things?"

"Dit bring ons nog nie by BRICS nie," sê Jansen.

"Die cunning-rocket-scientist-woordjie, colonel. Scorpio, but with a 'k'. 'Cause why, he's fucking with us. Skorpio met 'n 'k' takes us nowhere, just down rabbit holes of bullshit. Ma' Scorpio, the star sign, daai begin op October the twenty-third. When does the BRICS circus come to town? Lo and behold, October the twenty-third."

Jansen herkou, klaarblyklik nie heeltemal oortuig nie.

"Colonel, as jy 'n list moet maak van al daai lande wat die Western World individually of collectively die meeste afpis, dan is die BRICS brigade 'n great starting point. Russia, Iran, China . . . The Ukrainians hate the Russians, the Israelis hate Iran, and everybody with a bankrupt factory hates China. We have a plethora of options . . ."

" 'n Plethora?"

"Daai meen, a big fat variety. And it just takes one fanatic with a grudge and a drone and a few kilos of C-4 . . ."

Jansen uiter 'n steungeluid, soos 'n dier in pyn. "Ek hoop jy's verkeerd."

"Ek is reg, colonel. Ek voel daai hier in my beendere."

"Jy weet wat dit sal beteken? Die grootste strontstorm in die geskiedenis van hierdie stasie," sê Jansen. Dan voeg hy by: "Hulle sal BRICS se vergaderplek moet skuif."

"Colonel, nee. Ons is nog nie da' nie."

"Hoe bedoel jy?"

"Vir hulle om die BRICS meeting venue te skuif, moet hulle eers weet van die impending danger. En hulle sal net weet as ons vir hulle sê. En as hulle dit skuif, dan gaan ons nooit hierdie mofo vang nie. Want dan gaan hy weet ons het dit uitgefigure."

"Nee, kaptein, ek gaan nie daardie risiko loop nie."

"Colonel, asseblief. Dié is 'n opportunity. Om vir die brass te wys Stellenbosch-polieste is klas. Kom ons nail hierdie maaifoedie. Daai sal vir hulle wys. We'll be the toast of the town. Knights in shining armour. International superstars of law enforcement, our praises will be sung from Beijing to Baghdad."

"Nee."

"Gee my twee dae, colonel. Daai is al wat ek vra. Twee dae. As ek Sondag niks het nie, dan bel jy die PC. Meer as genoeg tyd, die sirkus kom eers volgende Donderdag."

Jansen vryf sy snor. "Twee dae? Wat gaan ons in twee dae uitrig?

Ons het niks. Net 'n professortjie en 'n paar snotkop-studente . . ."

"Colonel, I beg to differ. Ons het baie. Ons het insight. Ons weet Missile Man is 'n arrogant asshole wat Skorpio met 'n 'k' op sy rocket gaan verf het. En ons weet arrogant assholes dink altyd hulle is slimmer as wat hulle is. En dis daai arrogance, daai superiority complex, wat maak lat ons vir hulle vang. Elke keer. He left a trail somewhere, en ons sal dit kry."

Jansen lyk nie oortuig nie.

"Ons weet ook nou wat sy target is, en ons weet wanneer sy target is. Die doc sê, line of sight, daai is crucial vir long-distance drone control. En long distance is wat hy sal moet doen, 'cause why, die hele dorp gaan next Thursday under State Security siege wees. Hoe kry hy line of sight? Hy gaan iewers in die berg moet staan. En watter berg ken hy nou goed, colonel? Bottelary Hills. Wa' hy die afgelope week ge-operate het. Nou gaan ek traffic cams check, ek gaan soek vir 'n kar wat iewers in daai vicinity was, over and over again. To do his many recces, to go shoot his two missiles. Hy gaan da' wees, op daai footage, as ons lank genoeg kyk. En die snotkoppies, colonel, they might just come through for us. So, ons het nie níks nie. En either way, as ek Sondagmôre niks het nie, dan bel die colonel vir CATS. No harm, no foul."

Jansen vryf met die lengte van sy voorvinger stadig oor sy snor.

Griessel kyk vir hom. Cupido kyk vir hom.

"Bliksem, kaptein, jy't 'n gladde bek," sê Jansen.

"I prefer the term 'silver-tongued devil' myself." Want hy weet hy't die kolonel oortuig.

"Twee dae. En nie Sondagoggend nie. Saterdagaand. As jy dan nog niks het nie, bel ek die Kommissaris. Ontvang jy my?"

"Loud and clear, colonel. Now, if you'll excuse me, I've got an arrogant asshole to catch . . ."

* * *

315

Dit neem 'n rukkie vir kolonel Jansen om sy kop weer by Bennie Griessel se ondersoek en die kwessie van die Aishah Fernandez-dossier te kry.

"Onder die huidige omstandighede dink ek nie ons moet nou die PK bel nie," sê hy, met verwysing na die Provinsiale Polisiekommissaris. "Ek ken die stasiehoof by Dieprivier-stasie. Kom ons hoor by hom. Sê weer die naam van die vrou . . ."

Griessel haal sy notaboekie uit, blaai na waar hy Fernandez se naam en van neergeskryf het, en plaas dit voor Jansen.

Dit neem 'n rukkie om die kolonel by Dieprivier se SAPD-stasie in die hande te kry, en die gewone kollegiale gesels uit die weg te ruim.

Jansen sit sy foon op luidspreker, vra dan of sy eweknie kan onthou van die Aishah Fernandez-saak.

"Ja, o, bliksem, maar te goed."

"Kollega, ons soek die docket. Een van my manne ondersoek 'n moord op 'n oudlid, en hy dink daar's 'n konneksie."

" 'n Konneksie? Fernandez was 'n selfdood, Waldie."

Waldie. Dis die eerste keer dat Griessel iemand hoor wat Witkop Jansen só aanspreek, die verkorte weergawe van Waldemar. Hy besef dis hoe die bevelvoerder homself voorstel aan sy ranggelykes. En dis goed dat Cupido dit nie nou hoor nie. Dan sal hy met groot smaak tot in lengte van dae na die kolonel as "Waldie" verwys.

"Ek verstaan," sê "Waldie" Jansen. "Maar daar's moontlik Deel C-inligting wat my man kan help."

"Ja, dis 'n bietjie van 'n probleem. Ons het lankal nie meer die docket nie. Dis uit ons hande gevat nog voor ons die outopsieverslag kon sien. Direk Pretoria toe. Sover ek weet, het die opdrag van die Nasionale Kommissaris gekom."

"En toe doen hulle die ondersoek van daar af?"

"Daar's niks verder ondersoek nie. Die ding is net onder die mat ingevee."

"Weet julle hoekom?"

"Nee, ons wonder nog steeds. Jy het dit nie van my gehoor nie, maar die sersant hier wat die toneelondersoek gedoen het, het gesê dis duidelik selfmoord, sy weet nie vir wat alles skielik hoogs geheim is nie."

"Duidelik selfmoord?"

"Jip. Pilbottel op die tafel, brief wat haar kinders groet . . ."

Griessel beduie dringend vir Jansen hy wil iets sê. Die kolonel hou die foon toe.

"Die kinders. Ons soek die dogters se kontakbesonderhede," fluister Griessel.

Jansen herhaal die vraag aan die Dieprivier-bevelvoerder.

"Ek sal by die ondersoekbeampte moet hoor. Kan ek jou terugbel?"

* * *

Griessel en Cupido eet om 13:22 die eerste keer sedert Dinsdag saam, in die kantoor. Hulle moes die lig aansit weens die swaar wolke buite. Die reën sif nou aan teen die venster.

Cupido is op wat hy sy "fruit-and-nuts lunch" noem, drieduisend kilojoules van amandels, okkerneute, droë appelkose, bosbessies en veselperske-repies. Griessel het 'n hoender-en-spek-toebroodjie, twee pastrami-en-biltongsmeer-rolletjies en 'n klein pakkie malva-lekker-eiers in sjokolade, alles van Woolworths.

"Benna, jy weet I'm not a quitter," sê Cupido terwyl hy na Griessel se feesmaal kyk.

Griessel knik, sy mond vol kos.

"Ma' dié diet . . . Ek try, Benna, against all odds. Ma' . . . Weet jy hoe lank is ek nou al op 'n body mass van honderd-en-een kilo's?"

" 'n Maand?"

"Vyf weke, pappie. I just don't get it. Ek meen, ek het vir agt dae stilgestaan op hundred-and-nine, amper twee weke op hundred-and-

317

four. It happens. You just have to keep going. Ma' výf weke? Dit maak my mal. Mostly 'cause I know why. Net as ek mooi drie dae se targets gemaak het, on the verge of going down a kg, dan kom 'n docket soos dié en my hele routine is in sy moer in. En dan mis ek breakfast, of ek mis lunch, en teen dinner is ek soos 'n raging lion, en dan kan ek myself nie keer nie. Ma' wat kan ek doen? Hard to believe, I know, but I'm human, after all. I need fuel to be my best self." En hy gooi vier amandels in sy mond.

"Vaughn, ons was nog altyd eerlik met mekaar."

"Damn straight, partner."

"Ek dink jy speel vir tyd," sê Griessel.

"Hoe meen jy?"

"Daar's geen goeie rede hoekom jy nie vir Desiree kan vra om te trou as jy honderd-en-een kilo's weeg nie. En jy weet dit."

"Of course is da' goeie rede. Firstly, al die body mass indexes sê ek is kwaai dik. My ideal weight is ninety kilo's, Benna. Ninety. Daai is nog elf kilo's weg. Secondly, jy weet hoe vrouens is oor wedding pics. Watter blushing bride wil op daai photos staan met 'n man so dik soos 'n drol?"

"Jy's nie dik nie. Jy's net stewig."

"Euphemism vir dik, daai."

"Het sy al ooit iets oor jou gewig gesê?"

Cupido skud sy kop.

"Is sy lief vir jou?"

"Damn straight."

"Is jy lief vir haar?"

"Watse soort vraag is daai?"

"Ek dink jy speel vir tyd, want jy's bang om te trou. Hoekom, weet ek nie. Want dis lekker, as jy die regte vrou gekry het. En Desiree is die perfekte vrou."

Cupido vat 'n veselperske-reep, hap 'n stukkie af. Kou. "Jirre, Benna, sê nou sy sê 'nee'?"

50

Griessel ry ná twee in die gietende reën uit Mikpunt-skietbaan toe, want die Dieprivier-ondersoekbeampte van die Fernandez-saak het nog nie teruggebel nie.

Hy luister na "Cincinnati Jail", die konsertopname van Lonnie Mack. Want Vince Fortuin, die leierkitaar van ROES, wil hê hulle moet dit Saterdagaand by D'Aria speel, vir die groot dertigjaar-huweliksherdenkingpartytjie van die een of ander motorfietsklub se voorsitter.

Bennie weet hoekom Vince dit wil speel. Dit gaan hom die kans gee om sy klein ogies op dun plesierskrefies te trek terwyl hy sy sessnaar so bedrewe laat huil. Vince, met die anker-tatoeëermerk op sy seningrige skouer en die voorliefde vir moulose T-hemde. 'n Platjie. Die een wat per geleentheid gesê het: "I suffer from syncopation – uneven movements from bar to bar . . ." Bedags is hy 'n loodgieter.

Griessel fokus op die bas, die struktuur. Basiese blues. Dis lekker. Dit sal werk. Vince sal die singwerk ook doen.

Die afdraai is net anderkant die Klapmutsrivier op die breë, geteerde R304. Daar is 'n beskeie, verbleikte bord in die veld, met net die enkele woord daarop, in swart hoofletters: *MIKPUNT*. En 'n eenvoudige ikoon van 'n teleskoopvisier se kruisdrade.

Hy neem die modderige grondpad. Dit kronkel deur die golwende landskap van gras- en fynbosveld, klein groepies bloekombome wat hier en daar saamhurk teen die gure weer. Drie kilometer verder is daar 'n hoë hek met 'n ketting en 'n slot daaraan. En nog 'n verweerde bord regs in die veld:

MIKPUNT
SHOOTING RANGE

En net onder dit:

Firearm training
Self-defence training
Call 099 557 558

Griessel hou voor die hek stil. Hy hou die enjin en die ruitveërs aan. 'n Paar honderd meter verder, aan die voet van 'n lae helling, kan hy twee geboutjies sien wat lyk na die soort tydelike konstruksies wat kantore by boupersele huisves. En drie strukture van ou buitebande, onder ou weermag-kamoefleernette en -seile. Hy vermoed dit is die skietvlak en pistoolbane.

Dis wa' Skinny gaan skiet het. Hy't gelike lat dit unpretentious is. Niks la-di-da members with cravats and shotguns nie. Net honest working-class shooters.

Dit is inderdaad hoe dit van hier af lyk. Griessel sien geen motors nie, geen aktiwiteit nie. Toe, weens die weer.

Hy het doelbewus nie vooruit gebel om vir Gerardo Krige te sê hy kom nie. En nou is hy voor dooiemansdeur.

Hy skakel die enjin af, tel sy foon op om te kyk of Mikpunt 'n webwerf het. Hy kry dit maklik.

Dieselfde kruisdraadlogo. 'n Groot foto van vier patrone in verskillende kalibers wat glimmend in 'n ry staan, met drie slagspreuke daaronder, asof Gerardo Krige nie tussen hulle kon kies nie:

Where Accuracy Meets Action
Lock, Load, Learn
Where Skills Meet Steel

Die webwerf se tuisblad sê Mikpunt bied vuurwapen-bevoegdheidsopleiding, asook kursusse in wapenhantering en skietkuns, van beginner tot hoogs gevorderd.

Griessel kies die "About Us"-skakel. Daar is 'n foto van Krige, onder een van die kamoefleernette. Hy's 'n groot man met breë skouers en 'n dik nek, en hy dra 'n groen militêre hemp. 'n Bofbalpet met die logo van die skietbaan op die kop. Bokant die sterk kakebeen en ernstige mond is 'n dik snor, deurspek met grys.

Gerardo Krige, born and bred in Paarl, South Africa, served in the UK's 1st Battalion, The Princess of Wales's Royal Regiment, for eleven years, achieving the rank of Colour Sergeant.

He attended the British Army Training Unit Suffield (BATUS) in Alberta, Canada, for training, and participated in the Canadian International Sniper Concentration (CISC), an event where snipers from various nations participate in training and competitions.

Gerardo also received specialised sniper training at the United States Army Sniper School at Fort Benning, Georgia. In 2011 he deployed with the Princess of Wales's Royal Regiment to Afghanistan as part of Operation HERRICK.

Returning to South Africa after being honourably discharged from his unit in 2019, Gerardo wanted to give back to the community he came from, by sharing his experience and skills as a marksman, weapons specialist and leader. Mikpunt is the focal point of this effort and reflects all the values of excellence and integrity Gerardo obtained in his almost twenty years as a soldier, sniper and non-commissioned officer.

Daar is ook afdelings oor skietbaanveiligheid, skakels na die twaalf kursusse wat Mikpunt aanbied, 'n bladsy waar jy 'n skietsessie kan bespreek, nog een waar voornemende lede 'n aansoekvorm kan invul en die R600 betaal vir 'n jaar se lidmaatskap. Sodat jy net R75 per uur hoef te betaal as jy die skietbaan se geriewe wil kom gebruik. Vir nie-lede is die bedrag R125.

Dis billik, dink Griessel. G'n wonder Brandon Maarman het gereeld hier kom oefen nie.

Maar waarom sou hy dan nie die kontakbesonderhede op sy foon hê nie? Want hier staan duidelik op die besprekingsblad: *Booking is essential to avoid disappointment.*

Dit beteken iets. Krige en Fernandez se totale afwesigheid op Maarman se selfoon en rekenaar. Hy weet nog net nie wat nie.

Hy skakel die Toyota se enjin aan en draai baie versigtig om. Hy wil nie nou, hier tussen niks en nêrens, in die modder vasval nie.

Byna driehonderd meter verder, deur die reën, sien hy die rooi agterligte van 'n voertuig wat ook op die grondpad ry, weg van hom af.

Snaaks, dink hy, niemand het verby gekom terwyl hy voor die hek getalm het nie.

Seker iemand wat die verkeerde afdraai geneem het, wat ook nou 'n modderbemorste kar gaan hê.

Net voor hy weer op die teer van die R304 kom, lui sy foon.

Hy antwoord.

"Kaptein, dis sersant Evelyn Jantjies van Dieprivier. Die kolonel het gesê ek moet bel oor die Fernandez docket."

"Ja, dankie, sersant. Ek is op soek na die kinders se foonnommers. Die twee dogters."

"Dis wat kolonel gesê het. Die probleem is, die docket is al drie maande terug Pretoria toe."

"Ek hoor so. Maar ek het gehoop jy't dalk nog die notas."

"Hulle het alles gevat, kaptein. My notes ook."

"Jou notas ook?"

"Ja, kaptein, alles. 'n Brigadier Khoza was hier, van Crime Detection in Pretoria. Hier by my kom sit, en hy't alles gevat."

"Wat het hy gesê? Hoekom het hulle dit gevat?"

"Hy't gesê hulle moet dit 'manage from a national perspective'. Toe sê ek ek verstaan nie mooi nie. Toe sê hy dis baie sensitive. Oor Fernandez so 'n hoë pos gehad het, en als."

"Maar dit was selfmoord?"

"Duidelik, kaptein. Pille en whisky, selfs die briefie gelos."

"Wat het die briefie gesê?"

"I am so sorry. Please forgive me. I just can't go on. I love you."

"Dis al?"

"Sy't obviously meer woorde gebruik. So drie paragrawe, maar dis wat dit gesê het."

"In haar eie handskrif?"

"Ja. Baie bewerig, ek dink sy het toe al van die pille ingehad."

"Het sy 'n geskiedenis van depressie gehad? Selfmoordpogings?"

"Daai sal ek self nou nie weet nie, kaptein. Voor ek met die familie kon praat, toe het die brigadier als kom vat. Ek wou nog vra oor epilepsie ook . . ."

"Epilepsie?"

"Ja. Oor die pille. Die label op die bottel was Luminal. En toe ek dit google, toe sien ek dis medisyne vir epilepsie."

"Watter apteek was op die label?"

"Constantia MediCare. Hulle het die prescription op die system gehad."

"Wie het haar gekry? Ná sy dood is?"

"Die bediende. In die oggend. Ek dink sy het al die vorige aand die goed gedrink."

"Enigiets wat jou laat dink het dit was nie selfmoord nie?"

"Niks, kaptein."

'n Brigadier van Pretoria wat 'n dossier én notas van 'n oordosis-selfdood kom konfiskeer? Hy wéét nou hier is 'n slang in die gras. Hy wil alles eers deurdink, die implikasies probeer verstaan.

"Sersant, baie dankie . . ."

"Kaptein, wat is die saak wat jy dink connected is?"

"Dis 'n oudlid van die Diens. Brandon Maarman. Private speurder gewees. Hy's verlede Donderdag hier in Idasvallei vermoor."

"O, okay. Dan kan dit nie . . ."

"Kan dit nie wát nie?"

"Dis net . . . In August, toe kry ek 'n call van die NPA. En die investigator vra my dieselfde goed."

NPA is die afkorting wat die meeste SAPD-mense gebruik vir die Nasionale Vervolgingsgesag, die NVG.

"Kan jy onthou wie die ondersoeker was?"

"Dit was 'n kolonel Kaleni. Ek dink sy was eers by die Valke."

"Mbali Kaleni?"

"Dis reg."

Griessel voel die hoop opvlam. Want hy ken vir luitenant-kolonel Mbali Kaleni. "Die Blom", soos Cupido na haar verwys, want dit is wat haar naam in Zoeloe beteken. Sy was hulle bevelvoerder toe hy en Vaughn nog deel was van die Direktoraat vir Prioriteitsmisdaadondersoeke. En in April het hulle haar by die NVG se Ondersoekdirektoraat gaan bystaan met die speurwerk ná die dood van die oudpolitikus Dineo Phiri.

As sy iets weet, sal sy dit met hom deel. Daarvan is hy doodseker.

* * *

Hy hou by Joostenberg Bistro stil sodat hy aantekeninge kan maak van die gesprek, en Mbali Kaleni se nommer kan kry.

Hy bel.

Dit lui lank. Dit gaan nie oor na stempos nie.

Hy ry weer, op pad terug kantoor toe. Hy sal later weer probeer. Sy's deesdae 'n baie besige vrou.

Hy oordink die jongste inligting oor Aishah Fernandez se selfdood.

Dat sy haarself met 'n geneesmiddel-oordosis vergiftig het, maak statisties sin. Vroue doen dit dikwels. Veral stedelike vroue van Fernandez se ouderdom, omdat hulle makliker toegang het tot voorgeskrewe medisyne – en dit kan laat ophoop om die daad mee te pleeg. Dit is, naas ophang, tweede op die ranglys by dié demografiese groep.

Waaroor hy wonder, is die feit dat dit epilepsie-medikasie was.

Hoe laat jy dit ophoop sonder om aanvalle te kry?

En: Hoe kon 'n vrou in haar posisie, direkteur-generaal van 'n staatsdepartement, funksioneer met epilepsie?

51

Toe hy om 16:19 weer by die kantoor is, bel Griessel vir professor Pagel.

"Prof, as jy 'n oomblik het, asseblief. Ek wil weet van Luminal as 'n manier om selfmoord te pleeg."

"Al weer 'n nuwe saak, Nikita?"

"Nee, prof, ek is steeds op die Maarman docket. Maar ek dink daar is 'n konneksie met 'n ander ondersoek, 'n selfdood in Julie."

Pagel is so lank stil dat hy dink sy selfoon het sein verloor. Eindelik sê hy: "Praat jy van die Fernandez-ding?"

"Ja, prof."

"Jy dink daar's 'n konneksie met Maarman se dood?" Skepties.

"Prof, daar's genoeg rede om daarna te kyk. Om eerlik te wees, dis al wat ek het."

Weer stilte. "As ek jy is, hou ek dit stil, Nikita."

"So, prof het Fernandez se post mortem gedoen?"

"Amper. En dis al wat ek kan sê. Kom ons praat liewer oor Luminal as 'n hipotetiese selfdoodmiddel."

"Goed, prof."

"Luminal is 'n fenobarbital. Geskeduleer, en streng beheer. Hulle skryf dit sedert die negentientagtigs feitlik uitsluitlik voor vir epilepsie."

"So hoor ek, prof."

"Die tipiese daaglikse dosis vir 'n vrou wat nog professioneel kan funksioneer en, sê nou maar, twee-en-sestig jaar oud is en so agt-en-vyftig kilogram weeg, sal in die omgewing van sestig milligram wees."

Griessel verstaan, Pagel gebruik die ouderdom en gewig van Fernandez, sonder om dit pertinent te noem. "Okay," sê hy.

"Dit beteken twee eenhede van dertig milligram per dag. Wat sestig pilletjies in 'n maand se voorskrif beteken."

"Okay."

"Vir 'n noodlottige dosis sal ons hipotetiese vrou tussen 'n honderd en tweehonderd van daardie pilletjies saam met alkohol in 'n relatief kort tydperk moet inneem om haar eie dood te kan veroorsaak. Dis veel meer as 'n maand se voorraad, Nikita."

"Sy kon dit laat ophoop het, prof."

"Teoreties moontlik, as jy nie 'n uitdagende pos in 'n hoëdrukomgewing beklee nie. Die makliker opsie sou wees om by meer as een geneesheer en apteek te gaan aanklop."

"So, dis alles moontlik?" vra Griessel.

"Dis moontlik, Nikita, maar dis baie seldsaam. By vroue sien ons bensodiasepiene, antidepressante en barbiturate in nege-en-negentig persent van medisinale oordosisse."

* * *

Teen 17:20 is Vaughn Cupido moedeloos.

Hy het eers in die kantoor sy huiswerk gedoen. As Missile Man hoog in die Bottelary-heuwels wil kom met 'n hommeltuig, vuurpyl en alles wat jy nodig het om dit te lanseer en te beheer, is daar net twee toegangsopsies: Bottelaryweg in die noorde of Polkadraaiweg in die suide.

Die probleem met die suidelike roete is dat jy heuwels se kant toe moet indraai met Stellenboschkloofweg. 'n Enkele pad in. Nie ideaal as jy vinnig moet wegkom nie. En boonop gaan jy nie toegang tot die heuweltoppe kry sonder om op die private grond van wynplase te oortree nie. En daar's by byna elkeen van hulle sekuriteitshekke en toegangsbeheer. Dit het hy duidelik gesien toe hy Paradijs toe is.

Daarom het hy noord gery. Na Bottelaryweg toe, anderkant die Devonvale-gholflandgoed.

Die eerste teleurstelling was die totale afwesigheid van CCTV-kameras by die kruising van die R304 en die Kromme Rhee-pad.

Die tweede teleurstelling was dieselfde gebrek aan monitering waar Bottelaryweg en Saxdowns in Brackenfell kruis.

Toe gaan ry hy die toeganklike agterpaaie oor die heuwels, van noord na suid – Mooiplaas en Hartenberg, Landtscap, Avanti en J.C. le Roux toe. Al dié roetes sou Missile Man toegang tot die kruin kon gegee het. En Cupido hoop dat van die landgoedere private kameras sou hê wat bruikbaar is.

Die eng teer- en grondroetes, die reën en swak sig het alles 'n uitdagende taak gemaak, maar hy het sy tyd geneem. Deeglik gesoek. En geen kameras gekry wat 'n verbygaande voertuig se nommer-plaat sou vasvang nie.

Om 17:20 het hy moed opgegee, terug kantoor toe gery. Voor hy uit die Golf klim, het hy 'n whatsapp aan doktor Khalil Cassiem gestuur: *Any news?*

Net twee minute later het die boodskap gekom: *Contact made with SA Rocketry Ass. 27 members with level 1 certification. 9 Class H motors imported in past year. All accounted for.*

"Damn," sê Cupido sag, want sy moed sink verder. Hy tik 'n antwoord: *Member list include phone and address details?*

Die antwoord kom: *Indeed.*

Hy stuur: *Please email list to vaughn.cupido@saps.gov.za. News on black market?*

Cassiem reageer: *Sending list now. Will have black market info for you at 10:00 tomorrow.*

Hy antwoord met 'n dankie-ikoon, staar dan na die reën op die voorruit. Sy spertyd van Saterdagaand is nou net agt-en-veertig uur weg. Hy sal iets moet doen.

Hy dink. Oorweeg die moontlikhede.

Daar is net een.

Hy kyk na sy horlosie. Skakel die Golf se enjin aan en trek weg met 'n sproei van water, modder en gras. Hy sal 'n landdros moet kry wat laat werk vandag. Vir 'n Art. 205-subpoena. Hy gaan die selfoonnommers van die sewe-en-twintig lede van die Vuurpyl-vereniging met Vlak Een-sertifikasie netnou kry. Hy wil weet waar elkeen van daardie selfone die afgelope twee weke was. Die selfoon-maatskappye sal dié inligting aan hom moet verskaf. Teen die spoed van wit lig.

'n Skoot in die donker. Maar dis al ammunisie wat hy het.

* * *

In die spitsverkeer van Stellenbosch hou die swart Haval H6 'n af-stand van tweehonderd meter agter Bennie Griessel se Toyota. Op die Annandale-pad en Baden Powell-weg vergroot dit na 'n halwe kilometer.

Dit sal hom ook met groot vaardigheid op die N2 – op pad huis toe – agtervolg. Onopsigtelik, professioneel.

* * *

Die reën het bedaar. Die son breek deur anderkant Tafelberg, oor die see, en skyn in Griessel se oë waar hy op die snelweg ry.

Sy foon lui. Dis Fritz. Hy weet dadelik hoekom sy seun bel.

"Hallo, Fritz."

"Haai, Pa, is julle by die huis vanaand?" Dis die eerste keer dat Fritz só onsubtiel is.

"Jy weet ons gaan AA toe op 'n Donderdag."

"Oh, yes, natuurlik. Hoe laat is julle terug?" Hy hoor nou daar is opgewondenheid in die kind se stem.

"Darem seker nie later as halfnege nie. Hoekom?"

"Ons het vandag in Franschhoek begin met die doccie. En . . . Ons het iets lit om vir Pa te vertel. Pa gaan dit nie glo nie."

"Nogal next-level," hoor hy Kayla, Fritz se vriendin, sê. Griessel kan hoor hulle is ook op die pad.

Iets *lit. Next-level*. "Dit sal lekker wees. Ons kan pizza bestel."

"Cool, Pa. Onthou net van Kayla . . . Niks kaas ook nie."

Kayla. Die vegan. "Ek sal dat Alexa bestel." Want hy vergeet soms wat alles vegan-verbode is.

"Cool, Pa, sien julle halfnege."

Griessel glimlag.

Hy lui af, bel dan in die ry weer die nommer van luitenant-kolonel Mbali Kaleni van die Nasionale Vervolgingsgesag se Ondersoekdirektoraat in die Wes-Kaap.

Geen antwoord nie.

* * *

Doktor Khalil Cassiem stuur die lys net voor ses deur. Sewe-en-twintig Suid-Afrikaners wat geregistreer is om H-klas-vuurpylmotors te koop en in te voer.

Cupido bestudeer dit in die kantoor. Dit bevat name, werks- en huisadresse, telefoonnommers en, by sekere inskrywings, ook die maatskappy of instansie waar die persoon werk.

Hy gaan deur elke inskrywing, weer en weer, nie seker waarna hy soek nie. Enigiets. Vanne wat kan dui op moontlike konflik met Rusland, China, Iran? Maatskappye wat militêre bande het? Enigiets. Strooihalms.

Al wat hy kry, is 'n enkele inskrywing van iemand wat op Stellenbosch woon. 'n Professor in Meganiese en Megatroniese Ingenieurswese aan die Universiteit Stellenbosch. Danie Bergh. Sy huisadres is in Dennerandstraat, Dalsig.

Hy gaan soek 'n foto van Bergh, kry dit op die universiteit se webblad. So 'n bietjie Vader Krismis, ronde gesig, gryskop, grys bokbaard en snor, joviale glimlag.

Nie die voorkoms van 'n moordende missielman nie. Maar hy weet voorkoms beteken niks. Hy sit lank na die foto en staar. Onthou die woorde van Khalil Cassiem, toe hulle by die Forensiese Wetenskaplaboratorium was. *I'm not an expert on the motors themselves.*

En dan bel hy professor Danie Bergh se selfoonnommer.

* * *

In die klubhuis van die Lions-organisasie in Dorreystraat, Brackenfell, staan kolonel Jansen op. Hy vryf sy snor. Hy sê vir die nege mede-alkoholiste: "Naand. Ek is Waldemar Jansen. Ek is al vyf-en-twintig jaar op die waterkar. Vanaand is die eerste keer in nege jaar dat ek weer by 'n byeenkoms is. Dit was rof by die werk hierdie week. Rof genoeg om die duiwel wakker te maak. Rof genoeg om vir my te herinner dat ek magteloos is teen die drank. Dis net die Here wat vir my kan weerhou, deur Sy genade. Dis Hy wat my weer vanaand hiernatoe gebring het."

* * *

In die Green Door-byeenkoms in Upper Unionstraat se NG kerkgebou, om 19:17, staan die man met die effe deurmekaar kapsel en die amandelvormige oë op en sê: "Goeienaand. My naam is Bennie Griessel. Ek is 'n alkoholis. Ek is vandag seshonderd-een-en-dertig dae nugter. Ek is dankbaar om hier te kan staan."

"Hallo, Bennie," sê die groep van twaalf mense.

Alexa sit langs hom. Sy vat sy hand en druk dit ondersteunend.

"My seun se naam is Fritz," sê Griessel. "Hy is nou vier-en-twintig jaar oud. Hy is die mens aan wie ek die meeste skade gedoen het met my drinkery. Ons verhouding was vir 'n lang tyd heeltemal stukkend. Dis nou maar die laaste jaar of so dat dit begin beter gaan.

Hy . . . Vandat ek en Alexa in April getroud is, het hy elke Donderdag begin bel, om seker te maak ek kom hiernatoe. Ek het nie mooi geweet wat om te doen nie, want ek wil nie hê hy moet voel dis sy verantwoordelikheid nie. Maar . . . Dis lekker om te weet hy . . . Ek dink hy wil baie graag hê . . . Hy en my dogter, Carla, is baie lief vir Alexa, en ek dink Fritz voel as ek aanhou met kom, sal ek nie dié huwelik ook opmors nie . . ."

Hy hoor Alexa wat 'n enkele snik laat uitglip. Sy druk sy hand styf.

"Vanmiddag het Fritz weer gebel. Maar hy het vergeet dis Donderdag. Hy het gesê hy en sy meisie wil vir my iets 'lit' kom vertel. Ek weet nie mooi wat 'lit' is nie . . ."

Elf van hulle lag sag. Alexa snik en sluk swaar.

"Maar ek dink die feit dat hy vergeet het, die feit dat hy iets met my wil kom deel . . . Dis . . . iets. Dis . . . nogal lekker. En inspirerend. Om aan te hou. Dis al wat ek wou sê. Dankie."

52

"Vanoggend, toe klok ons in by die fortress," sê Fritz.

"Dis totally amazing," sê Kayla. "En Viktor Sokolov is so nice."

"Jy kan nie dink hierdie ou was Spetsnaz nie," sê Fritz.

"Dis soos in Rusland se Navy Seals," sê Kayla.

"Hy was Spetsnaz in Afghanistan, in 1988," sê Fritz.

"Hy sê dit was crazy hectic," sê Kayla.

"Maar hy's moerse down to earth," sê Fritz. "En die plek. Pa, dis legit. Daar's die mansion, drie verdiepings, en Pa moet die staircase sien . . ."

"Very Neoclassical," sê Kayla. "Hierdie grand entrance hall, en dan die sweeping staircase . . ."

"Maar jy kom nie net sommer in nie. Sy hele estate het 'n moerse muur, dis kameras, dis armed guards met AK47's, die main entrance het twee hekke, daai staal is só dik. Chopper landing pad, off-grid solar, alles. Toe vra ek vir Viktor . . ."

Kayla sê: "Ons wil nog vir hom mister Sokolov sê, maar hy's net soos in: 'Viktor. With a *k*.' "

"Ja," lag Fritz, "toe sê Kayla vir hom: 'I'm Kayla with a *K*.' Hy't dit nogal gelike. Anyway, toe vra ek vir Viktor, dink hy daar's dudes wat vir hom gaan kom, met al die security. Weet Pa wat sê hy? Hy sê: 'The past is never dead.' Hoe cool is dít?"

"Kayla, my kind," sê Alexa, "jou pizza word yskoud. Joune ook, Fritz."

"O ja," sê Fritz en vat 'n hap.

"Toe wil ons die soort van intro interview doen," sê Kayla. "Ons begin met die setup, toe sê Viktor, nee, hy gaan óns eers interview."

"Toe sit hy agter óns kamera, en hy's nogal dope, hy sê, nou's hy Michael Parkinson . . ."

"En ons weet nie eers wie dit is nie," sê Kayla. "Ek moes dit gaan google."

"En," sê Fritz, "hy vra ons wie ons is. Waar ons vandaan kom, en hy vra wat doen my pa? En ek sê my pa is 'n speurder, en hy sê, o, genuine, wat is my pa se naam? En ek sê vir hom . . ."

"Hierdie is crazy," sê Kayla.

"En hy sê, Bennie Griessel? Stellenbosch? En ek sê ja. En hy sê, o ja, ek het van hom gelees. Die een wat die private eye se dood ondersoek, jissou, hy sal graag met Pa wil gesels. Hy was ook 'n poliesman, toe hy twintig was. In Katarinaburg. Voor hy Spetsnaz geword het . . ."

"*Yekaterinburg*," sê Kayla.

"Yes," sê Fritz.

"Ja, Fritz, jou baasspeurder-pa is baie beroemd," sê Alexa. "*Vrye Weekblad* wil so graag oor hom 'n profile doen. Bennie, Marinda het vandag weer gebel. Toe sê ek vir haar Sondae is die beste. Toe vra sy wat van eerskomende, enige tyd, jy kan net sê wanneer jou pas."

Dit is Fritz en Kayla se uitdrukkings wat maak dat hy ingee. Die verwagting, die trots.

"Die kinders kom Sondag eet," sê Griessel. "Wat van vieruur se kant?"

"Dis die ander groot nuus," sê Fritz. "Ons kom nie dié Sondag nie. Ons is in lockdown. By die fortress."

"Want Viktor se comrades kom kuier," sê Kayla.

"Uit Moskou," sê Fritz. "En weet Pa wie is een van hulle?"

"This is sick," sê Kayla.

"Viktor se estate gaan in total lockdown wees, want een van die ouens is die hoof van die Federal'naya sloeshka . . ." sê Fritz.

"Sluzhba," sê Kayla.

" Bezo . . . pas . . . nosti," sê Fritz, stadig.

"Nailed it," sê Kaya. "High five, babe."

Hulle stamp hul palms teen mekaar.

"Wat op aarde is dit?" vra Alexa.

"Die FSB," sê Fritz.

"Russian Federal Security Service," sê Kayla.

"Die ou KGB. Alexey Bakutin. Dis die main dude se naam."

"Hy's like a super spy," sê Kayla.

"En ons gaan hom ontmoet," sê Fritz. "Saterdagoggend."

"Hectic," sê Kayla. "Enigste downer is, ons mag nie record nie."

"Maar ons mag met hom praat," sê Fritz.

"Oor sy en Viktor se shared history. Bakutin was Viktor se kaptein in Afghanistan," sê Kayla.

"Anyway, Viktor sê hy wil vir Pa nooi vir ete eendag," sê Fritz.

"Hy's mal nuuskierig," sê Kayla. "Oor hoe dit is om 'n speurder te wees in die Kaap."

"Wat sê Pa?"

"Ja," sê Griessel. "Sê vir hom as hy mooi saamwerk met my seun, nooi ek en Vaughn hom eendag kantoor toe. Vaughn is baie interessanter as ek."

"Dis nie waar nie, Bennie. Jy's vir my so absoluut fassinerend," sê Alexa. "Kayla, kom ek maak julle pizza warm. Jy't nog niks geëet nie, g'n wonder jy's so skraal nie."

* * *

Is daar, ná al die jare, steeds vaardighede waaraan hy werk? Professionele tekortkominge?

"Behalwe die drank?" vra hy met ironie.

Ja, behalwe die drank.

"Ek het gister weer besef jy kan jou nie losmaak van al die ander goed in jou lewe nie. Jou perspektief . . . Hoe sal ek sê? Die oë waarmee jy na alles kyk, is hier, in hierdie kop. En jou kop is alles wie en wat jy is. So, jou perspektief, van hoe jy na 'n ondersoek kyk, is baie persoonlik. Elkeen s'n is anders. En omdat jy elke dag anders

is, maak dit ook dat jy goed op 'n sekere manier sien. Ek weet nie of ek nou . . ."

Ek sê vir hom ek verstaan. Joernalistiek is ook so. My perspektief in 'n onderhoud word ook beïnvloed deur wie ek op daardie gegewe oomblik is.

Hy knik, dankbaar. "Die ding is, dis nie net hoe jy sien nie. Dis ook wat jy nié sien nie. Omdat goed wat in jou lewe gebeur, soms maak dat jy dinge miskyk. En dan kan dit 'n groot gemors wees."

"Het daar gister so iets gebeur?"

"Ja," sê hy. "Maar ek kan nie daaroor praat nie."

<small>Dertig jaar se moordsake – die oë wat alles gesien het</small>
deur Marinda Ferreira, vryeweekblad.com (19 November)

* * *

Hy hoor Alexa se rustige asemhaling, voel die warmte van haar lyf hier langs hom. En die warmte hier binne hom.

Fritz, vanaand.

Daar was 'n trots in die kind. Dat die miljardêr-wapenhandelaar, die voormalige Spetsnaz-soldaat, die onderwerp van hulle eerste dokumentêre rolprent, weet van sy pa. *Jissou, hy sal graag met Pa wil gesels.* En: *Viktor sê hy wil vir Pa nooi vir ete eendag.*

Fritz, wat halfnege in die aand vir hom dit wou kom sê. Wat môreoggend weer om sewe-uur by die "fortress" moet gaan aanmeld vir opnames, wou dit met sy pa kom deel.

En toe Alexa sê dat *Vrye Weekblad* 'n onderhoud kom doen . . . Hy kon sien dis iéts. Vir Fritz en Kayla. Dis hoekom hy finaal ingestem het om die Marinda-vrou Sondag te sien. Oor Fritz se uitdrukking.

Feit is, hy het nooit gedink sy seun sal weer trots wees op hom nie.

Sy dogter, Carla, is anders. Hy kon, deur die verlore jare van groot suip, deur die egskeiding, deur alles, haar liefde voel. Haar begrip, op 'n manier. Asof daar iets van hom in haar is, iets wat maak dat sy verstaan.

Maar Fritz is sy ma, Anna, se kind. Onverbiddelik. Reguit. Swart of wit.

Daarom het hy nie gehoop of verwag dat sy seun eendag trots op hom sal wees nie. Daarom dat hy sy emosies vanaand moes wegsteek.

Hy wag vir die slaap. En iewers, net buite sy begrip, soos 'n jakkals wat ver weg en onsigbaar tjank in die donker, is daar iets wat vra vir sy aandag, vir sy oordenking.

Maar hier, by die kampvuur-warmte van sy seun se trots, wil hy net die knusheid daarvan nou geniet. En niks anders nie.

53

Vrydag, 17 Oktober

Op pad werk toe, douvoordag op dié sonnige, helder Vrydagoggend, bel Griessel weer vir luitenant-kolonel Mbali Kaleni van die NVG.

Hy kry steeds nie antwoord nie. Dit kan net een ding beteken: Sy's druk besig met 'n ondersoek. Iewers.

Want hy weet, sy sou al sy oproepe gesien het, en teruggebel het as sy kon. Hulle het nog altyd 'n goeie verhouding gehad. Toe hy destyds haar mentor was by die Wes-Kaapse Afdeling Speurdienste en Misdaadintelligensie, toe sy later hul bevelvoerder by die Valke se Ernstige en Geweldsmisdaadeenheid was. En nou, in April, toe hy en Vaughn haar bygestaan het in die Phiri-moordondersoek.

Haar verhouding met Cupido, daarenteen, was nog altyd so 'n bietjie stormagtig. Want "Die Blom" is metodies en reëlgehoorsaam in die oortreffende trap. Sy weier selfs volstrek om enige snelheidsperke in haar motor te oorskry, of onwettig te parkeer. En Vaughn is basies die teenoorgestelde.

Mbali is iewers, absoluut gefokus en baie besig. Sy sal terugbel. Wanneer sy kan.

Hy sal eers oggendparade gaan bywoon. Sy slae by Jansen gaan vat. Soos 'n goeie poliesman. Dis immers hoekom Kaleni van hom hou. Wanneer hy nugter is.

* * *

Professor Danie Bergh van die Universiteit Stellenbosch se Departement Meganiese en Megatroniese Ingenieurswese is korter as wat Cupido verwag het. En ronder ook.

Om 08:12, ses-en-dertig uur voor Vaughn Cupido se spertyd verstryk, staan hulle in die chemiese laboratorium van die Forensiese Wetenskaplaboratorium in Plattekloof by lang, skraal Jimmy.

Gistermiddag het Cupido na Bergh se foto op die universiteit se webwerf gekyk, en dr. Khalil Cassiem se woorde onthou: *Disclaimer: I'm not an expert on the motors themselves. My field is the design of and control systems for unmanned aerial vehicles, commonly known as drones or UAVs.*

Toe bel Vaughn vir Bergh, want dié professor is bes moontlik *an expert on the motors themselves.* En toe vra hy hom of hy bereid sal wees om na 'n H-klas-vuurpylmotor te gaan kyk. In streng vertroulikheid.

Nou staan Bergh met sy foon in die hand, die kamera op die motor gerig, die vergrootglas-applikasie aan. Hy sê: "My maskas."

"Wat, prof?" vra Cupido.

"Ek het gehoor dit kan gedoen word. Nog nooit gesien nie."

"Wat, prof?"

"3D-drukker," sê Bergh.

"Prof?"

"Jy weet, industriële 3D-drukker . . ."

"Prof, let's get something straight. Dis rocket science dié. Letterlik. Not my field."

Bergh kyk op na hom. "O. Natuurlik, natuurlik. 3D-drukkers is eintlik ongelooflik. Wat dit is, is 'n robot-aanleg wat goed bou. Die meeste mense maak die fout om te dink dis soos die inkdrukkers wat ons ken. Dit is nie. 3D-drukkers is masjiene wat enigiets laag vir laag kan bou. In drie dimensies. Jy ken 'n croissant?"

"Ja, prof."

"Jy weet, 'n croissant is eintlik deeg wat so gelamineer is? Dun strokies deeg op mekaar?"

"Ja, prof."

"Nou, dis wat 'n 3D-drukker doen, maar met metaal en plastiek en gevorderde komposiete. Dit spuit letterlik die materiaal lagie vir lagie om 'n voorwerp te vorm. Wat jy doen, is jy kry vir jou 'n rekenaarontwerp van, sê nou maar, hierdie motor se onderdele. En dan programmeer jy jou drukker om dit te vorm, en jy verskaf die regte materiaal. En dan staan jy terug, en jy wag dat hy klaarmaak. Met verstommende presisie."

"Hoe weet jy dié motor is 3D printed?" vra Jimmy.

"Wel, die eerste indikasie is die totale afwesigheid van enige reeksnommers. Dit is gewoonlik hier op die hulsel ingegraveer. As jy dit wil verwyder, sal jy moet slyp, wat ook 'n merk sal laat. En dan . . . Kyk hier . . ." Bergh hou die foon só dat Jimmy na die vergrote beeld kan kyk. "Sien jy die hulsel hier? En die spuitkop. Kan jy die fyn strepies sien? Soos die jaarringe van 'n boom?"

"Ja."

"Dis die lagies wat die drukker maak."

"Cool," sê Jimmy.

"Prof, waar kry ek só 'n 3D printer?"

"Ons praat hier van industriëlegraad masjiene, kaptein. Wat hulle noem 'metal additive manufacturing systems'. Selektiewe lasersmelting, of elektronstraal-smelting. Hulle gebruik baie sterk lasers of elektronstraling om metaalpoeier ineen te smelt. Dink titaan of Inconel . . ."

"Prof, ek try al daai goed dink, en ek kry niks," sê Cupido. "Ek kop lat dit next-level shit is, ma' sê nou ma' ek wil my motortjie so laat print, wa' kry ek die printer? Hier op die dorp?"

Bergh lag. "Jou next-level-shit-3D-drukker gaan jy nie hier op die dorp óf in die land kry nie. Ons praat van honderde duisende dollars se masjinerie wat in baie duur skoonkamers opereer. Jy sal moet Amerika toe. Of Duitsland. Frankryk. Japan. China . . ."

"So, ek gaan soek so 'n ding op die internet, en ek sê, boys, print gou vir my dié?"

Bergh kyk na die motor. Dan kyk hy na al die ander reste van die missiel op die tafel. Hy sê: "Kaptein, ek dink ek verstaan nou wat jou behoefte is. Dis nie te moeilik om af te lei dat jy, 'n speurder van Stellenbosch, 'n saak ondersoek waar hierdie projektiel gebruik is nie. En ek lees my koerant elke oggend saam met ontbyt. Ek is bewus van 'n onlangse ontploffing naby die dorp. Jy soek na iemand wat die projektiel self aanmekaargesit het, nadat hy die motor se komponente met 3D-drukwerk laat doen het. Nie waar nie?"

"Yebo," sê Cupido.

"Op grond van alles wat ons hier sien, is dit seker logies om af te lei dat ons projektielbouer nie geïdentifiseer wil word nie, want daar is 'n ernstige misdaad betrokke."

"Damn straight."

"Nou goed. Vanuit daardie perspektief: As ek so iets sou beplan, sal ek die onderskeie komponente van die motor – die hulsel, die spuitkop en die aandrywer-greinondersteuning – se planne by verskillende 3D-drukverskaffers ingee. In China. Of Taiwan. Dit is jou beste kans, ouens wat gretig is vir besigheid, en nie te veel vrae gaan vra nie. En ja, jy sal hulle op die internet kry, as jy weet waarna jy soek."

"Damn," sê Cupido.

"Ja, om só 'n ou se spoor te probeer kry . . . Dit gaan vrek moeilik wees," sê Bergh.

"Okay. Hoeveel ouens in dié land gaan weet hoe om dit alles te doen?" vra Cupido.

"Nee, jong, daar's baie. Onthou, ons het 'n honderd of wat ouens wat vir Denel op hul missielprojekte gewerk het. Ons het so vier of vyf maatskappye wat kontrakwerk doen vir wapenontwikkelaars wêreldwyd, almal met 'n tienstuk ingenieurs wat sal weet. En dan is daar nog 'n klompie akademici ook. Ek bedoel, as jy my 'n miljoen of wat gee, sal ék dit vir jou kan doen."

"Shit," sê Cupido.

Die hek van die Mikpunt-skietbaan is om 09:21 oop.

Griessel ry deur na waar die vyf voertuie net duskant die tydelike geboutjies staan. 'n Rooi vlag beweeg liggies in die bries.

Toe hy uitklim, hoor hy die semi-outomatiese skote op die skietvlak klap. Hy gaan maak die Toyota se kattebak oop, haal sy oormowwe uit en sit dit op sy kop. Dan loop hy na die gebou waar 'n bord bo die oop deur sê *Office / Reception*.

Die geweerskietbaan is links. Dit strek suid, vir wat hy skat driehonderd meter is. Ghongs op 'n honderd, tweehonderd en driehonderd meter, 'n paar teikens op dié afstande. Daar is niemand wat dié baan nou gebruik nie.

Die aksie kom klaarblyklik van agter die buitebandmure van twee pistoolbane, regs van die geboutjies. Hy sien 'n groepie mans in hul twintigs en vroeë dertigs onder die kamoefleer-skadunet by 'n tafel sit. Daar is pistole en aanvalsgewere op die tafel, boksies ammunisie. Hulle wag vir hul beurt op die pistoolbaan, en kyk nuuskierig en takserend na Griessel.

Hy ken die soort. En die subkultuur. Sekuriteitsmense. Kontant-in-transito-wagte. Jonk en jeukerig vir aksie, vir die sneller trek. Praat oor niks anders nie.

Hy lig sy hand om te groet. Niemand groet terug nie. Hy weet hoekom. Hy lyk nie na een van hulle nie.

Die deur van *Office / Reception* is oop. 'n Man sit agter 'n ou metaallessenaar. Bennie herken vir Gerardo Krige, die foto op die webwerf moes redelik onlangs geneem gewees het. Krige is fors, groter as op die foto, 'n teenwoordigheid. Alfa-man. Sy neus is in die beginstadium van verraad oor die feit dat hy drink.

Griessel haal sy oormowwe af en stap na binne.

Die kantoor is relatief netjies. 'n Groot vuurwapenkluis, nou toe, en twee metaal-liasseerkabinette teen die muur. Vier kantoorstoele, 'n Oosterse tapyt wat uitrafel op die vloer. 'n Paar teikens teen die muur opgeplak met uitstekende skietgroeperings, en 'n groot plakkaat wat aankondig:

SHOOTING RANGE RULES
Lock & Load with Respect

En onder dit, tien reëls wat daarop gemik is om die skietvlak veilig en georganiseerd te hou.

Krige kyk hom op en af. "Kan ek help?" vra hy met 'n mate van waaksame nuuskierigheid.

"Bennie Griessel, SAPD. Ons het oor die telefoon gepraat . . ." Hy moet hard praat om hom bo die vuurwapens se geknetter hoorbaar te maak.

"O. Ja. Oor Brandon. Asseblief, maak sommer die deur toe. Die cowboys . . ." Hy beduie na buite: "Dis Vrydagoggend, dan maak hulle my mal."

Griessel maak die deur agter hom toe. Dit is aansienlik stiller in die vertrek.

Krige beduie na 'n oop stoel. "Sit, asseblief." Minder nuuskierig. Meer waaksaam.

Griessel gaan sit, haal sy notaboek uit.

Hy hoor 'n whatsapp op sy foon inkom, maar ignoreer dit. Hy sê: "Gerardo, jy gaan nou vir my die waarheid vertel oor Brandon. En ek gaan vir jou sê hoekom jy die waarheid gaan vertel."

54

Daar's 'n fyn frons van beheerste irritasie op Krige se voorkop. "Ek het klaar vir jou die waarheid vertel," sê hy.

Griessel weet hy gaan nie 'n oudsoldaat, 'n skerpskutter wat in Afghanistan ontplooi was, kan ontsenu nie. Hy hou sy stem kalm en redelik.

"Gerardo, ek weet jy het nie. Ek kan dit nie nou bewys nie. Maar ek sál. En wanneer ek dit kan bewys, gaan ek vir jou kom arresteer. En jy ken die regulasies. As jy 'n kriminele rekord het, verloor jy jou lisensies. Vir die skietbaan. Vir jou wapens . . ."

"Luister, ek weet regtig nie waarvan jy praat nie."

Griessel sê niks.

Krige leun vorentoe, sy voorkop in erns gekreukel: "Ek meen . . . Brandon . . . Jis, dis sleg, die hele ding. Vermoor. Dis . . . Jinne, dis erg. Maar eerlikwaar, ek het hom nie só goed geken nie. Hy't kom skiet, en ek het gesien hy ken sy storie. En hy's nie 'n cowboy nie. Toe praat ons, oor 'n paar biere. Toe hoor ek hy's hierdie oudpoliesman, hy was 'n VIP bodyguard. Toe sê ek ek soek goeie mense om te kom help met die kursusse. Hy was gewillig, maar sy skedule was maar kwaai. Ek het 'n paar keer gebel, dan sê hy, nee, hy's besig met 'n ondersoek, hy kan nie. Tot my hartomleiding, verlede jaar. Toe sê ek vir hom ek is in die nood, asseblief, kan hy vir my net die een kursus doen. Selfverdediging en Pistoolhantering. Level Two. Die mense het klaar betaal, ek kan nie kanselleer nie. Toe sê hy, okay. En dis dit. Behalwe as hy kom skiet het, jy weet, kom oefen het."

"Kom ons praat oor die oproep van 23 Mei, die dag toe hy jou gebel het . . ."

"Nee, o hel, Mei is ses maande terug. Kan jý onthou wat 'n ou ses maande terug vir jou oor die telefoon gesê het?"

"Nou die dag kon jy. Toe sê jy Brandon wou 'n bespreking maak om te kom skiet."

"Dis al waaroor ons oor die telefoon gepraat het die afgelope jaar. Ek onthou nie iets anders nie."

"Veertien minute lank?"

"Komaan, kaptein. Jy weet hoe dit is as 'n ou bel wat jy . . . Ek meen, ons was nie dik pelle nie, maar . . ."

"Waaroor het julle gepraat?"

"Ek kan nie presies onthou . . . Hy't seker gevra, hoe gaan dit ná die hart-op. En ek het vir hom gevra oor . . . sy ondersoeke, hy't my altyd vertel van sy ondersoeke. Die Nigeriërs, daardie soort van ding. Veertien minute is fokkol as jy lanklaas met 'n ou gepraat het."

"En op 16 Julie? Toe bel jy hom. Dis net drie maande terug. Kan jy dít onthou?"

"Ek het vir hom 'n werk aangebied."

Griessel sien die oordrewe beheer in die man, die skouers nou stil, die hande ook. En die antwoord wat so vinnig en glad kom. Dis die derde teken dat hy moontlik lieg. Die eerste was die lang, ongevraagde relaas oor hoe swak hy Maarman geken het. Die tweede was die verdedigende woordkeuse – *ek kan nie presies onthou . . .*

"Watse werk?"

"Ek het dit oorweeg om bodyguard training te offer. Toe wil ek hoor of Brandon sou belangstel. Om die instructor te wees."

"En?"

"Hy't gesê, die geld is nie die moeite werd nie. Want ek kon nie vir hom getalle waarborg nie."

"Jy lieg vir my."

"Fok jou. Dis wat gebeur het." Die skouers en die kakebeen is vorentoe gestoot, aggressief.

Griessel steur hom nie daaraan nie. "Hoe gereeld het Brandon kom oefen?"

"Hy het nie die laaste tyd kom skiet nie."

"Hoekom nie?"

"Hoe moet ek weet?"

"En voor dit? Verlede jaar? Die eerste ses maande van dié jaar?"

"Een keer per maand. So iets."

"En elke keer moes hy 'n tyd bespreek?"

"Dis reg."

"Per telefoon?"

"Dis reg."

"Whatsapp?"

"Miskien. Ek onthou nie hoe elke ou 'n slot bespreek nie."

"Hy't vir vyf jaar lank een keer per maand kom skiet . . ."

"Ja."

"Maar nie in die laaste tyd nie?"

"Dis wat ek sê."

"Lekker toevallig. Hy wat so skielik ophou nadat jy vir hom werk aanbied."

"Wat wil jy hê moet ek sê? Ek weet nie wat in sy lewe aangegaan het nie."

Griessel knik. Hy blaai deur sy notaboek tot hy by sy tydlyn kom. Hy sê: "Al ooit gehoor van Aishah Fernandez?"

"Nee."

"Direkteur-generaal van Minerale Hulpbronne?"

"Nog nooit nie."

"Vier dae nadat Brandon met haar gepraat het, bel hy vir jou."

"Vier dae? Watse kak is dit?"

"As dit al was, sou dit kak kon gewees het. Maar op die oggend van Woensdag 16 Julie kry hulle vir Fernandez dood in haar bed. En daai aand, negentien minute ná sewe, bel jy vir Brandon oor 'n moontlike werk vir hom. En daarna kom hy nie meer by jou skiet nie."

"Jy mors nou my tyd. Regtig. Dis vir my moerse belangrik om 'n goeie verhouding met die polisie te hê. Moerse belangrik. Maar jy maak dit nou moeilik met al dié kak."

"Het jy ooit vir Brandon 'n whatsapp gestuur?"

"Ek weet nie. Miskien. Ek kan nie onthou nie."

"Brandon het die afgelope ses maande baie nommers gebel. Maar daar is twee nommers wat baie eienaardig is. Al twee is nommers van mense wat hy goed ken. Jy en Aishah Fernandez. Mense wie se kontakte op sy stelsels moes wees, onder normale omstandighede. Mense aan wie jy sou verwag hy ook whatsapps of e-pos sou gestuur het. Maar dis die twee mense wat jy nié op sy foon of op sy rekenaar kry nie. Nêrens. Niks."

Krige gluur net vir hom.

"Hier is 'n ou wat een keer per maand 'n tyd moes bespreek om te kom skiet. By dieselfde skietbaan. Maar hy het nie die skietbaan in sy kontakte nie?"

Krige trek sy skouers op.

"Gerardo, hier's my aanbod," sê Griessel. "Vertel my nou die waarheid. Alles. As dit my help om die ouens te vang wat vir Brandon vermoor het, en as jy nie daarby betrokke was nie, sal ek sorg dat jy jou lisensies behou."

Griessel sien die effense huiwering, die oorweging van die aanbod, net vir 'n breukdeel van 'n sekonde, voor die gesig in verontwaardiging vertrek. "Daarby betrokke was? Hoe de fok kan jy dít sê? Hy was my vriend."

"Jy't gehoor wat ek sê."

Krige skud sy kop, steeds gekrenk.

"Laaste kans."

"Ek het vir jou die waarheid vertel."

Griessel maak sy notaboek toe en sit dit in sy baadjiesak. Hy staan op. "Ek sien jou wanneer ons jou kom toemaak," sê hy. Hy tel sy oormowwe van die tafel af op, sit dit op sy kop en stap uit.

Hy loop tydsaam kar toe, want hy wil vir Krige tyd gee om van plan te verander. Die "cowboys" kyk na hom. Hy groet weer, maar niemand groet terug nie.

Hy gaan staan langs die Corolla, haal sy foon uit. Een nuwe whatsapp. Hy maak dit oop, sien dis van Mbali Kaleni.

Bennie, I am so sorry. I am in Pretoria on an investigation. I will be back late tonight. Can we talk tomorrow morning? I'll be at the office at nine.

Geen emoji's of afkortings nie. Tipies.

Hy antwoord haar: *No problem, thank you, colonel. See you at nine.*

* * *

Khalil Cassiem bel vir Cupido net ná tien.

"Vaughn, the guys really loved the assignment, you should have seen the enthusiasm. Official permission to roam on the Dark Web. They really went for it."

Hy hou nogal daarvan dat die slim broe' hom nou op sy voornaam aanspreek. En hy het nie die hart om vir Cassiem te sê dit maak nie meer saak nie, want hy weet nou die H-klas-motor in die woonwa-ontploffing was met 'n 3D-drukker gemaak. Daarom sê hy: "Did they find anything, doc?"

"Well, yes and no. In terms of H class rocket motors, there was nothing readily available and for sale. But here's the fascinating thing: They found two groups of, shall we say, 'entrepreneurs', who were willing to steal rocket motors, if the students could supply the location where they could be stolen. At a price of course. Quite a steep price. Oh, and both groups seem to be in Eastern Europe."

"That is fascinating, doc . . ."

"They also found three vendors for guided systems circuitry. You know, the electronics involved. Including proximity sensors and impact triggers. At least, people who say they have access to such circuitry. Probably Chinese in origin, we can't be certain."

"Okay . . ."

"And for aluminium, aluminium welders, and APCP ingredients, they say it's very easy to get everything you need without the Dark Web. It's freely available through normal channels."

"Doc, thanks, I really appreciate it."

"I'm so sorry we can't be of bigger help, Vaughn."

"You did your best."

"Well, if there's anything else, just let me know. I'm taking the family to Grootbos for the weekend. Bit of whale watching, getting the kids away from their phones and into nature. But I'll keep an eye on my phone, and we're back by Sunday night."

55

Hulle sit by een van die klein tafeltjies van Fishaways by die Boord-sentrum, kwart oor een in die middag – Cupido met die stokvis en slaai, minder as tweeduisend kilojoules, en Griessel eet die garnaal-en-stokvis-"hot pot".

"Jissis, Benna," sê Cupido.

"Ja," sug Griessel.

"At least het jy nog vir Die Blom as jou last chance hotel. Ek het fokkol."

"As Mbali die dogters se foonnommers het. En as die dogters sal praat. En as hulle van Brandon weet. En 'n moontlike konneksie. Dis baie asse."

"Jy het tyd, partner. Baie tyd, no pressure." Cupido kyk na sy horlosie. "Mine runs out in twenty-nine hours. En ek sê jou, dit kon a hundred-and-nine gewees het, dit help my niks. 'Cause why, da's nie 'n manier om dié mofo te vang nie. Dis soos een van daai random serial killers. As hy nie 'n fout maak nie, vang jy hom nooit. Ek meen, wie wil hy uithaal? 'n Iranian? 'n Russian? 'n Chinaman? Nou sien ek Pakistan en Indië like mekaar net so min. So it could be an Indian on his radar, for all I know. Ek kyk die proffie vanoggend so, Danie Bergh, hy lyk soos iemand se grandpa. Ma' sê nou ma' hy's 'n member van een van daai far-right lunatic fringe Afrikaner groups en al wat hy wil doen, is om 'n statement teen ons govern-ment te maak. Of om ons Minister of Finance uit te haal oor hy die value added tax wil opstoot? It's like a box of chocolates, pick your favourite grudge. Speaking of chocolates, is daai hot pot lekker?"

Griessel lieg, want hy sien die begeerte in Vaughn se oë. "Dis okay."

"Never had a case that made me feel so stupid, Benna. Ek moet vir hulle ammal vra, sorry, doc, explain daai vir my, want ek's 'n idiot.

Die probleem met al hierdie moerse boffins, hulle is net slim oor 'n bietjie. Die een fokken boffin weet van UAVs en hy ken 'n H class rocket motor as hy hom sien, ma' hy het nie 'n fokken clue die ding is met 'n 3D printer gemaak nie. Nou moet ons 'n ander boffin kry om dít vir ons te sê. And the clock is ticking. At least they know their fields. Ma' ek, Benna, ék weet fokkol van fokkol."

"Dis nie waar nie. Jy's die beste speurder wat ek ken."

"Daai fly nie meer nie, Benna. Speurder wees, in this day and age. We're dinosaurs. Has-beens. We're not keeping up, the bad guys are way out in front with technology. UAVs. UAPs. AI. Don't get me started on AI. Donovan sê nou die aand vir my, nee, hy skryf nie meer essays nie, AI does it for him. Jy log net in en jy sê, Grok, baby, write an essay of four hundred words on my day in the city. En Bob's your uncle, da' het jy dit. En Donnie sê jy kan vir daai AI sê, nee, daai is te sophisticated, write it like a thirteen-year-old. And boom. Done."

"Bliksem," sê Griessel.

"But wait, Benna. There's more. Nou reken Donnie AI is coming for us. AI gaan almal se jobs kom vat. Ons s'n ook. Hy sê een van die dae, as da' 'n crime is, dan feed jy die AI met al die forensics en die scene details, en hy sê vir jou, Vaughnie, here's the list of suspects, go arrest the maaifoedie. Donnie sê, uncle V, julle gaan ammal data loggers word, daai's al."

Griessel skud sy kop. "Miskien in Amerika. Maar in dié mal land? Gaan nie gebeur nie. Geen AI sal kop of stert uitmaak nie."

"Maybe. But it's all useless to me at this moment. En dis hoe ek voel. Useless. Jy't gesê ek's op die diet oor ek bang is vir trou. Made me think, long and hard. En ek kan nou vir jou sê ek is nie bang vir trou nie. 'Cause why, ek en Dezzi en Donnie, ons is klaar soos 'n real family. Living like married people. En ek like daai, Benna. Ek like daai kwaai. Ek ek soek dit, long term. That's not what scares me."

"Iets maak jou bang."

"True, that. Jy't my laat dink, Benna. Ruthless self-analysis. 'Cause why, jy's gewoonlik spot on. En jou timing ook, want dié week, toe kry ek die clarity. Dié week, van intellectual humiliation. Jy ken vir my, partner. Confidence is my rocket fuel, my APCP, which is scientist speak for the same thing, just so you know. Very positive self-image, nog altyd gehad. Met rede, pappie, shit-hot crimebuster, kyk ma' na my rekord. Tot dié week toe. Meet the new Vaughn. The drowning man, way out of his depth. Exposed as an intellectual lightweight, a pretender, a fraud. Nee, Benna, help nie jy skud jou kop nie. Ek weet wat jy wil sê: Dié is real rocket science, very intricate, specialised stuff. Next level, advanced shit. And you'd be right. Daai is nie wat my 'n lightweight maak nie. Is omdat hulle dit explain het soos vir 'n kind, en ek het nog steeds nie die goed mooi gekop nie. And we *have to*, in our line of work. Ons moet daai prentjie in full HD sien, of ons is in ons moer in. Nou gaan jy vra, wat het dit met Dezzi en marriage te doene? Well, let me tell you: Dezzi is sensational. En sy werk saam met al hierdie cool dudes, venture capitalists en techno geniuses and hot-shot 'treps – slim, sleek, super smart motherfuckers. Met geld en tyd om te gaan buff up in die gym ook nog. Ek sien mos hoe kyk hulle vir haar. Sulke lang oë, pappie. She can pick and choose. Why would she settle for Witless Vaughn Cupidiot, the Incredible Bulk?"

* * *

Nadat Cupido bedaar het, sê Griessel: "Kies net 'n datum en vra haar. Op die regte plek. Dis belangrik. Vir vrouens. Die plek. Die 'hoe' is nie so erg nie, maar dit moet 'n romantiese plek wees."

"Ek weet. Vir oorvertel. Vir die legend."

"Kies 'n datum."

"Ek moet eers vir Missile Man vang."

"Hoe?"

"Ek scheme Witkop gaan môreaand die docket vir die SSA gee, en ek scheme hulle gaan net die BRICS meeting venue skuif. Only option, smart thing to do. En dan is Missile Man at least pretty screwed. En daai gaan vir my al die tyd gee wat ek kort, Benna. Ek en die South African Revenue Services. En jy ken vir SARS. Hyenas of the urban jungle, wa' hulle vasbyt, los hulle nie. Why SARS? 'Cause why, dis wa' jy vir Customs and Excise kry. Daai dudes hou rekord van alles wat jy import. Drone motors en batteries, 3D printed little rocket engines, alles. Of course het Missile Man nie op die papiere geskryf dis 'n rocket engine nie, ma' daar sal 'n spoor wees, Benna. En ek en SARS gaan daai spoor kry."

"Dit gaan maande vat."

"I don't care. Nail gaan ek vir hom nail."

"En jy gaan dán eers vir Desiree vra?"

"One thing at a time."

"Jissis, jy's lekker bang." Griessel staan op. "Gaan ons die docket admin doen?"

"What else is there, partner?"

* * *

Moskou, 19:29

Die drie voertuie ry in gelid deur die sekuriteitshek van die Vnukovo Internasionale Lughawe, dertig kilometer suidwes van Moskou.

Voor en agter is twee swart Mercedes G-klas-sportnutsvoertuie, blou ligte draaiend op die dak. In die middel is die lang swart Aurus Senat, swaar gefortifiseer en indrukwekkend.

Die drie voertuie hou voor die Vnukovo-2 terminaal stil, langs die wit Tupolev Tu-214-passasiersvliegtuig.

Die lyfwagte van die Russiese Federale Beskermingsdiens spring uit. Een draf na die Aurus se agterste passasiersdeur en maak dit oop. Wanneer hy die teken van sy bevelvoerder kry dat alles veilig is, knik hy vir die insittende.

Die man wat uitklim, is in sy sestigerjare, 'n waardige figuur, lank en aantreklik. Sy naam is Alexey Bakutin. Hy is die hoof van die Federal'naya Sluzhba Bezopasnosti, ook bekend as die Russiese Federale Sekuriteitsdiens, of FSB.

Drie lyfwagte stap saam met hom oor die teer na die wagtende vliegtuig. Binne wag sewe ander lede van die FSB reeds.

Omdat Russiese vliegtuie sedert die begin van die jaar deur die Europese Unie, die Verenigde State en Kanada verbied is om hul lugruim te gebruik, het die vlieëniers 'n vlugplan ingedien wat hulle oor Turkye, die Midde-Ooste en Afrika sal neem.

Die vlug sal stiptelik om 20:30 vertrek.

Om 04:15 behoort die Tupolev in Luanda, Angola te land vir brandstofhervulling, 'n prosedure wat tussen negentig en honderd-en-twintig minute kan duur. Dan lê die laaste been van tweeduisend-negehonderd kilometer na Kaapstad voor. Die geskatte tyd van aankoms in die Moederstad is om 09:30.

56

Saterdag, 18 Oktober

05:55

Die Tupolev Tu-214-passasiersvliegtuig styg op van die Quatro de Fevereiro Luanda Internasionale Lughawe.

Alexey Bakutin het 'n goeie nagrus in die gemaklike bed van sy private kajuit gehad, hy drink nou koffie en kyk uit aan die stuurboordkant. Hy sien die kronkelende kuslyn, dorre Cazanga-eiland, en die lang vinger van die Ilha de Luanda-skiereiland.

Hy het meer as vyf-en-twintig jaar gelede daar oorgebly, in 'n seefrontoord. As 'n Spetsnaz-kaptein en raadgewer vir die People's Movement for the Liberation of Angola, die MPLA.

Hy onthou die eiland se verlate strandhuise, eens groot en luuks, en toe spookagtig leeg, net só agtergelaat deur die vlugtende Portugese. Hy onthou die drie maande in die bosse en hitte en insekte van hierdie land. Hy wonder of die mense saam met wie hy gewerk het nog leef. En wat hulle nou doen. Goeie mense. Almal van hulle. Hy moet onthou om vir Viktor te vra. Miskien het hy kontak gehou. Viktor het immers nog 'n dekade lank ná die burgeroorlog wapens aan hulle verkoop.

Hy sien daarna uit om Viktor te sien. Die goeie ou dae te herleef. Vanaand gaan niemand nugter slaap nie.

* * *

07:22

Vaughn Cupido en Desiree Coetzee lê in die bed, al twee met hul selfone besig.

Desiree maak 'n inkopielys, want sy wil Marokkaanse kefta-tagine kook. Een van Vaughn se gunstelinge, en die kilojouletelling is laag. Sy's 'n behendige kok. Kosmaak is vir haar ontspanning en ontvlugting van die gewone werksdruk in die week. Dit herinner haar aan die gemoedelike warmte van naweke in haar ma se kombuis in Athlone.

Cupido het "Grootbos" gegoogle. Want doktor Khalil Cassiem het gesê dis waarheen hy sy gesin die naweek neem. *Bit of whale watching, getting the kids away from their phones and into nature.*

Hy dink dis 'n lieflike idee. Dit sal vir Donnie ook goed doen om van die PlayStation en die TV en die engte van die woonbuurt af weg te kom.

Hy kyk na die Grootbos-foto's: 'n Dek wat uitkyk op die see. Blommende fynbos, twee walvisse wat in die branders baljaar, twee rooikatte in 'n sandpad. 'n Kompleks met 'n sprankelende swembad.

Legit, dink hy. Dis wat Donnie sal sê.

Dan fluit hy saggies deur sy tande.

"Wat?" vra Desiree.

"Check dit uit," sê Cupido. "Die doctor van die varsity, the drone man, vat sy family na dié plek toe . . ."

"Dis pragtig."

"Dis insane," sê hy. "Forty grand per night for the family suite. En daai is low-season rates. Wa' kry hy daai soort moola?"

"Lovey, a lot of them do specialist consulting work for big bucks."

Cupido sug. "True, that. Ja. At least het hy my nie gecharge vir 'n consultation nie."

* * *

07:38

Bennie en Alexa Griessel eet vir ontbyt 'n kaas-en-spek-omelet op die balkon van hul huis in Brownlowweg, Tamboerskloof. Dit is die huis wat Alexa by haar oorlede man geërf het, 'n mooi Victoriaanse ontwerp. Die balkon kyk suid uit oor Tafelberg. Tafelbaai lê glinsterend uitgestrek na die noorde.

Griessel sit na die berg en staar.

Hy wou vanoggend daar gaan ry het met sy ou swart Giant-bergfiets. Maar nou moet hy vir Mbali Kaleni gaan sien. Om nege. En as hy die Fernandez-dogters se kontakbesonderhede kry, sal hy eers kyk of hy met hulle kan praat.

Miskien vanmiddag met die fiets gaan ry? Hy het drie weke laas oefening gekry. Sy werkskedule was eenvoudig net te dol en hy sien nie kans om vyfuur in die oggend in die donker te gaan ry nie. Soggens is immers al opsie, die enigste tyd wat hy min of meer kan beheer.

Alexa kyk op van *Die Burger* wat voor hulle oop lê. "Marinda het bevestig sy kom môre so vieruur se kant. Ek kan nie wag vir die artikel nie, Bennie. Iemand moes dit al lankal gedoen het."

"Ek sê nog steeds sy moet liewer met Vaughn gaan praat."

* * *

08:55

Die Nasionale Vervolgingsgesag se moderne, spierwit Kaapse kantore is by Buitengracht 115 in Kaapstad, net 'n paar honderd meter van die hooggeregshof in Keeromstraat. Dit is vier verdiepings hoog en beslaan 'n hele straatblok, tussen Leeuwen-, Bree- en Pepperstraat.

Griessel kry parkeerplek in Leeuwenstraat en stap na die ingang om die hoek. Hy ken die plek, want hy en Vaughn het in April 'n paar weke lank hier gewerk. Die ontvangspersoon in die voorportaal is nuut. Hy sê vir haar hy het 'n afspraak met kolonel Kaleni.

Sy vra vir hom om te wag, en maak 'n oproep.

* * *

08:56

Die kaptein op die Tupolev is 'n permanente lid van die Rossiya Spesiale Vliegeskader, die eenheid wat Russiese staatsvlugte beman. Hy het al voorheen vir Alexey Bakutin as passasier gehad. Hy weet die hoof van die FSB hou daarvan om op hoogte gehou te word van vordering en aankomstye.

Die kaptein aktiveer die interkom en sê: "Aan ons bakboordkant kan u nou die Namakwa Nasionale Park sien. Dit beteken ons oor-blywende vlugtyd is drie-en-dertig minute. Ons aankomstyd in Kaap-stad is nege-dertig en ons behoort net ná nege-vyf-en-dertig die deur te kan oopmaak. Die Kaapse weer is mooi. Ons verwag 'n tempera-tuur van negentien grade en 'n ligte windjie van net sewe knope."

* * *

09:01

Cupido en Desiree hou agter die Checkers-supermark in Stellenbosch se Blomstraat-parkeerarea stil en klim uit haar rooi Mini Cooper.

Hy het gesê hy wil saamkom. "Ek soek 'n boring, uneventful Saturday morning, lovey. You know, like normal people do."

"Met jou gun in jou belt?" het Desiree gevra.

"Lovey, het ek vir jou gesê, this is my pistol, this is my gun . . ."

"Ja, ja, this is for shooting, this is for fun. But you know what I mean."

"Ek voel net naked sonder die pistol, lovey."

"Ek moet seker bly wees jy dra dit nie in die bed nie."

"Jy dink nou weer aan my gun . . ."

* * *

09:07

Bennie Griessel en Mbali Kaleni sit in haar kantoor, weerskante van die lessenaar. Teen die muur agter haar is 'n perfek-gespasieerde, geraamde fotokroniek van haar lewe en loopbaan, trots uitgestal. Net links van die deur hang steeds die geraamde plakkaat van die *Captain Marvel*-rolprent, met 'n groot foto van die akteur Djimon Hounsou daarop. Die plakkaat is deur die akteur onderteken, met die boodskap daarby: *To Mbali. With best wishes.* Hy en Cupido het lank gespekuleer oor hoe sy dit onderteken gekry het.

Griessel sien die tekens van stres en moegheid in haar. Kaleni het gewig aangesit. Haar lessenaar, altyd so netjies, dra swaar aan die dossiere. En wanneer hy haar vra hoe dit gaan, oortuig die "I am well, thanks for asking, Bennie" nie heeltemal nie.

Hy weet haar pos is besonder spanningsvol. En die Nasionale Ver- volgingsgesag is onder groot druk. Daar is 'n gebrek aan ervaring, hulle het te min personeel en die begroting is al weer gesny.

Hy sê hy is jammer om haar op 'n Saterdagoggend te kom pla.

"I was coming in anyway. How can I help you, Bennie?"

"It's about Aishah Fernandez, colonel. I know you wanted infor- mation about the case, about a month or so ago."

Hy sien die vlugtige verbasing, en dan die verstywing, asof sy haar skanse oprig.

"I cannot comment on that," sê sy.

Omdat sy nie wil lieg nie, dink Griessel. "Colonel, all I need is to contact Fernandez's daughters. If you could help me in any way . . ."

"Why?" vra sy versigtig.

"I am investigating the murder of a former member of the SAPS. His name is Brandon Maarman. He was killed in Stellenbosch, at his home, on Thursday, the ninth of October. By people who tried very hard, and did a lot of planning in this regard, to make it look like an accident. His cellphone records indicate that he spoke to Fernandez on . . ." Hy kry die regte notas in sy boekie: ". . . the eighteenth and nineteenth of May . . ."

"But she passed away in July."

"So you do know about the case."

"Bennie, this is . . . complicated."

"My case too, colonel. You see, the victim knew Fernandez very well. She was like a mother to him. But he seemed to have erased her from everything – his contacts, his messages, everything."

"When?"

"I don't know. But I wouldn't be here if I didn't believe that her daughters might know something. And her death . . . There are so many red flags. I think he knew something about her death. I believe he knew it wasn't suicide. And then someone killed him before he could talk. Or do something about it."

Sy skud haar kop. Hy weet nie of dit is omdat sy iets weet en nie saamstem nie, of omdat sy dink hy het die kat aan die stert beet nie. "Colonel, all I want to do is to talk to the two daughters. Just a few questions. Ten minutes of their time. I can't trace them on the internet, I think they got married, and I don't know what their surnames are now."

"Your victim. Maarman. He was a member of the Service. The VIP Protection Unit."

"Yes."

"He worked for Fernandez. In 2017."

"Yes . . ."

"Tell me exactly how he was killed."

* * *

09:11

Die vrou sit by 'n tafel teenaan die venster in die Soaring Hawk Spur op Kaapstad Internasionale Lughawe. Sy kyk uit op die aanloopbaan en die lughawe se vliegtuig-laaiblad. Sy is alleen, smaakvol aangetrek, agt-en-dertig jaar oud.

Haar handsak is langs haar op die sitbank. Daarin is onder meer 'n klein verkyker, waaraan sy kort-kort senuagtig vat, asof sy haar-self wil herinner dat sy dit saamgebring het.

Op die tafel is die leë bord waarin haar avokado-roosterbrood was. Sy het pas weer koffie bestel, want sy weet nie hoe lank sy daar gaan wees nie.

Sy sien die vliegtuig wat kom land, kyk stip daarna. Dan tel sy haar selfoon op, aktiveer dit. Sy kyk na 'n foto op die skerm. Van 'n Tupolev Tu-214 in die kleure van die Russiese staat.

Die een wat kom land, lyk anders. Dit is nie 'n Tupolev nie.

Sy skakel die foon weer af, kyk dan vlugtig rond of enigiemand aan haar aandag skenk.

57

09:15

Griessel het aan Kaleni sy hele teorie oor die Maarman-moord uit-
gelê, en in die proses gesien hoe haar spanning toeneem.

Nou vra sy: "Did you find any reference in Maarman's communi-
cation to a person named Cheswill Kammies?"

"No. I don't think so. I can go check. Who is that?"

"Cheswill Kammies is the reason why I have been in Pretoria since
Thursday evening."

Hy wag dat sy meer moet sê, maar sy staan op en loop om die les-
senaar, na die oop kantoordeur toe. Sy kyk links en regs in die gang
af, maak dan die deur toe, kom sit weer. Nou leun sy vooroor, vleg
haar hande inmekaar met klein, senuagtige vingerbewegings, asof sy
met 'n groot vraagstuk worstel.

Hy wag. Hy het haar nog nooit só gesien nie. Sy, wat altyd so uit-
gesproke seker is van haar morele standpunte, van reg en verkeerd.
Wat vir niks terugdeins nie.

Die hande kom eindelik los, sy plaas hulle voor haar op die lesse-
naar, skuif haar stoel nog verder vorentoe.

Instinktief leun hy ook in. Haar stem is skaars meer as 'n fluiste-
ring: "I know I can trust you. But you have to understand, this is . . .
very, very delicate. This is dangerous, Bennie. On many levels. And
I don't only mean our careers. You will not be able to tell *anyone*.
Especially not Vaughn."

"I understand."

"Do I have your word?"

"Yes, colonel."

Sy weifel steeds, asof sy die waarde van sy woord oorweeg. En
dan knik sy.

"We were not involved with the Fernandez case at all. Until August. When our director, Annika Johnson . . . You met her, when you worked here . . ."

"Yes."

"Annika received a written message that was hand-delivered at our reception desk on the nineteenth of August. The message was from Gabriella Petersen. It asked if they could meet regarding a very sensitive matter . . ."

Griessel herken die voornaam: "Are we talking about Gabriella, the daughter of Fernandez?"

"Yes. She took her husband's surname. She works at the University of Cape Town's Law Faculty, in the Democratic Governance and Rights Unit. Gabriella and Annika have been friends for many years. Since their student days."

"Okay."

"In the note, Gabriella said she cannot come to our offices, because she thinks she is being watched. She said she would be waiting in the Oppenheimer Library on the campus, in one of the group study rooms, on Friday the twenty-second of August, at noon. Annika went. And then she came back, and came straight to my office. I contacted Dieprivier station for the Fernandez docket that afternoon."

"Why, colonel?"

"Gabriella Petersen did not believe her mother committed suicide. She was sure that Aishah was killed by the Russian Security Service."

"Why would they kill her?"

Sy kyk stip na hom. Sy fluister. "She was raped, Bennie. In Moscow. Six men. In the hotel room."

* * *

09:21

Vyf kilometer weg van asembenemend mooie Franschhoek en skaars 'n kilometer van die Bergrivierdam, hou Fritz Griessel en Kayla Santos stil by die indrukwekkende hek van die Sokolov-landgoed.

Hulle sit in Fritz se Suzuki Swift en wag vir die sekuriteitsman met die pistool en tweerigtingradio op die heup wat aangestap kom. Dieselfde een wat die vorige drie dae aan diens was en hulle dus reeds ken. Maar elke keer is dit dieselfde ritueel: Hy kom vra vir 'n ID-kaart, loer onder die motor met 'n spieël aan 'n stok, en hy deursoek die kattebak en die agterste sitplek. Sonder 'n glimlag, sonder 'n sweempie hartlikheid.

Elke ander oggend het Kayla na die metaalletters op die muur langs die hek gekyk. *Nebesa*. Viktor het vir hulle gesê dit beteken "hemel". Want dit is wat dié plek vir hom is, hier teen die flank van die berg. En Kayla het gedink dit is 'n goeie naam.

Nou kyk sy egter na die agt wagte agter die hek. Voorheen was daar net vier. Hulle is almal gewapen met gewere. Sy ken nie vuurwapens nie. Fritz het gesê dis AK47's. Dit lyk vir haar na gevaarlike wapens, gedra deur gevaarlike mense.

Dit is sekerlik bykomende sekuriteit vir die aankoms van Alexey Bakutin.

Dit gaan radical wees, dink sy. Kiff.

* * *

09:21

"Lovey, ons sal moet Woolies toe. In Jamestown," sê Desiree Coetzee. "Checkers het nie cilantro nie. I just don't get it. Hulle het pancetta, hulle het chorizo, ma' hulle het net nooit cilantro nie."

"Go figure," sê Cupido. "Is reg, gaan jy. Ek wag da' by Stellenbosch Books, as jy my net weer kan kom optel."

"Stellenbosch Books?" wil sy weet, want Vaughn is nie 'n leser nie.

"Just wanna browse," sê hy.

"That's new."

"Ja. Ek scheme, maybe it's time to, you know, broaden my know-ledge."

"About what?"

"Stuff."

"What stuff?"

"Daai is wat ek wil gaan browse."

Sy gee hom 'n kyk. "Vaughn Cupido, you never cease to amaze me."

"That's me, lovey. Always enigmatic."

* * *

09:22

"Raped her?" vra Griessel, wat alles probeer begryp.

"Yes. Because she was fearless," sê Kaleni.

Hy wag vir meer.

"That's what we think, Bennie. They raped her to stop her. To put fear into her. To silence her."

"Who?"

"We can only speculate."

"Silence her about what, colonel?"

"It's not a simple matter, Bennie. We think . . . Fernandez told her daughter that it started some years ago. Do you remember, during the Zuma presidency, when Rosatom, the Russian state-owned com-pany, received the contract to build a new nuclear power plant for us?"

Hy onthou dit vaagweg. "Yes . . ."

"Aishah Fernandez was the deputy director-general for the Depart-ment of Mineral Resources and Energy back then. On the Energy side. She knew, from a very early stage, that the deal was a state capture venture, one big pit of corruption, kickbacks and nepotism. She fought it, tooth and nail, but she was simply overruled. Deputy directors only have so much influence. And so she became a whistle-blower for the people who took legal steps against the government on the matter. In 2017 our High Court ruled that the deal was illegal and unconstitutional. So it was cancelled."

"And they raped her for that eight years later?"

"No. But it did contribute to what happened. Because she had established herself as a woman of integrity, a fearless woman who served her country, not herself. She was raped for something that had happened in the CAR last year. The Central African Republic. You know Fernandez was promoted to director-general of Mineral Resources, three years ago?"

"Yes."

"Okay." En dan vertel Mbali vir hom die volle verhaal – stadig soos altyd, metodies soos gewoonlik – dieselfde een wat Gabriella Petersen in Augustus aan haar jare lange vriendin Annika Johnson oorvertel het in 'n studiekamer van die Oppenheimer-biblioteek. Kaleni praat sameswerend sag, met tussenposes waartydens sy loer en luister of daar nie dalk iemand in die stil gange buite is nie.

Sy sê een van Aishah Fernandez se verantwoordelikhede in die nuwe pos was om Suid-Afrikaanse myn- en eksplorasiemaatskappye te ondersteun wanneer hulle in 'n ander Afrikaland wou prospekteer of ontgin.

Meer as 'n jaar gelede het 'n maatskappy met die naam Buffalo Exploration haar hulp kom vra. Want Buffalo het, met die toestemming van die regering van die Sentraal-Afrikaanse Republiek, afgekom op een van die rykste neerslae van litium in die wêreld. In die tropiese woude van die SAR. Litium is 'n skaars mineraal. Die aanvraag daarna is massief en groei byna daagliks, omdat dit 'n kernbestanddeel in litiumioon-batterye is – die soort wat wêreldwyd in honderde duisende elektriese motors gebruik word.

Buffalo se versoek was dat Fernandez moes help om met die SAR-regering te onderhandel vir 'n litium-ontginningslisensie. Hulle wou die myn vestig en bedryf. Die maatskappy was uiteraard meer as bereid om die verwagte tamaai winste ruimskoots met die SAR-regering te deel. Hulle het geweet hoe dinge werk in Afrika, en veral in dié polities onstabiele, korrupte land.

Fernandez was skepties oor die moontlikhede. Die grootste enkele rede hiervoor was die Russe. Die president van die SAR het in 2016 aan bewind gekom met die militêre hulp van Rusland, in die vorm van die Russies-geborgde Wagner-huursoldategroep wat teenstand onderdruk en rebelleleiers vermoor het. Wagner-soldate dien steeds as dié president se persoonlike lyfwagte, hulle is sy bewind se waarborg en beskerming. In ruil daarvoor het die SAR destyds aan Rusland 'n belastingvrye lisensie gegee vir die ontginning van enige minerale hulpbronne.

"But because she never shirked her duties, she agreed to go with the Buffalo people, and talk to the government of the CAR," sê Kaleni.

En tot almal se verbasing en vreugde het hulle 'n ooreenkoms vir 'n tienjaar-lisensie beklink. Ondanks die feit dat Buffalo die presiese ligging van die litiumneerslag verbloem gehou het. Om voor die hand liggende redes.

In November van die vorige jaar het twee jong Suid-Afrikaanse ingenieurs, Marnus van der Merwe en Levi Silverman, met ses werkspanleiers en 'n paar vragte masjinerie na die SAR vertrek om 'n pad na die beplande myn te bou.

Hulle het die pad op 10 Januarie voltooi. Dieselfde dag dat die lede van die Buffalo-ekspedisie almal deur 'n helikopter van die Wagner-huursoldategroep by Layangba uitgemoor is.

Of feitlik almal. Een van die werkspanleiers, Joseph Moroka, en twee SAR-arbeiders het daarin geslaag om te ontvlug. Moroka het 'n maand later in Kampala, Uganda, aangekom, en met Buffalo se hoofkantoor in Johannesburg kontak gemaak.

Aishah Fernandez sou op 7 Junie in Moskou aan verteenwoordigers van die Russiese regering haar ultimatum oordra: vergoed die oorledenes se naasbestaandes, oortuig die president van die SAR om Buffalo Exploration se mynlisensie te herstel en waarborg die onderneming se veiligheid met die ontginning van die litium volgens die oorspronklike kontrak . . . of sy maak die besonderhede van die Layangba-slagting aan die internasionale media bekend en lê 'n klag by die Wêreldhof.

Maar sy het nooit die geleentheid gekry nie.

58

09:29

Die vrou in die Soaring Hawk Spur sien hoedat die wit passasier-straler land. Sy skakel haar foon aan en kyk na die foto. Dan weer na die vliegtuig.

Dis 'n Tupolev Tu-214. Daar's dun rooi-en-blou strepe horisontaal oor die romp. Die Cyrilliese letters wat РОССИЯ uitspel. *RUSLAND*.

Sy kyk deur die restaurant. Niemand gee aandag aan haar nie.

Sy aktiveer die Telegram-applikasie, verbaas deur haar kalmte, want sy het gewonder hoe sy gaan reageer.

Sy stuur die boodskap: *Arrival*.

Die foon vibreer. Sy ontvang die antwoord: *Good*.

Sy sit die foon neer.

Sy moet nou wag. Totdat die vliegtuig tot stilstand kom. Totdat die konvooi daar gaan stilhou. Eers dan sal sy die verkyker uithaal. Om te sien in watter voertuig Alexey Bakutin klim. Sodat sy ook dié inligting kan aanstuur.

Sy wonder, sal haar hande bewe wanneer sy hom sien? Sal sy haar kalmte kan behou?

* * *

09:32

In Stellenbosch Books, Andringastraat, staan Vaughn Cupido voor die rak met populêre wetenskapsboeke.

'n Vrou kom nader gestap. "Môre, meneer, kan ek help?" vra sy.

"Jis, thanks," sê hy. "Ek is Vaughn."

"Danica," sê sy en skud die hand wat hy aanbied. "Is jy op soek na iets spesifieks?"

"Bietjie van 'n conundrum," sê Cupido. "Is da' boeke as jy net soort van jou general scientific knowledge 'n boost wil gee? Like, shake off twenty years of after-school rust. Get a grip on the latest developments?"

"General scientific knowledge?" vra Danica.

"Yebo. Kind of a crash course, if you get my drift. A starting point. A launch pad to bigger and better things."

"Mmm," sê sy. "Kom ons kyk. Het jy al Jared Diamond gelees?"

"Danica, ek het nog nie eens vir Neil Diamond gelees nie."

Sy lag, haal dan 'n boek van die rak af.

* * *

09:40

In die Soaring Hawk Spur sit die vrou met die verkyker voor haar oë.

Sy moet haar elmboë op die tafel stut, want nou bewe haar hande.

Is daar iemand hier wat haar dophou?

Dan is alles verby.

Haar instink is om weer deur die restaurant te kyk, maar sy dwing haarself om te fokus op die Tupolev. Vier voertuie het by die trappe stilgehou. Almal swart. Drie BMW-sedans en 'n bonkige Audi Q8.

Net soos Brandon Maarman vermoed het. En met sy lewe daarvoor betaal het.

Die wagte kom met die trappe af. Eers vier. Dan nog twee. Almal gewapen.

Een van hulle beduie boontoe, na binne die vliegtuig.

Sewe mense. Vyf mans, twee mooi, jong blonde vroue. Hulle klim in die BMW's.

En dan, agterna en op sy eie, soos 'n koninklike, Alexey Bakutin. Sy voorkoms is in haar geheue ingebrand.

Hy stap tydsaam en statig tot op die parkeervlak. 'n Wag hou die deur van die Audi vir hom oop. Hy kyk oor die lughawegebou heen. 'n Oomblik lank voel dit vir die vrou of hy na haar kyk, in haar oë.

Dan verdwyn hy in die voertuig en die wag druk die deur toe, draf om en gaan klim voor aan die passasierskant in.

Die konvooi vertrek.

Die vrou sit die verkyker terug in haar handsak. Sy neem haar foon, en stuur die Telegram-boodskap: *Audi Q8. Black. Now.*

* * *

09:41

Mbali Kaleni sê sy het die Dieprivier-speurder op 22 Augustus gekontak in 'n laaste poging om inligting in die hande te kry.

Want toe die Kaapse NVG-direkteur, Annika Johnson, by die SAPD-hoofkantoor in Pretoria navraag doen oor die Fernandez-dossier, was die amptelike reaksie dat die saak gesluit en die lêers verseël is in belang van nasionale veiligheid.

"That was when we realised the powers that be knew exactly what had happened. And they were terrified that it would leak out. For so many reasons. It would have severely damaged our moral standing – we took Israel to the International Court of Justice for genocide in Gaza, but we don't condemn the Russians for such an atrocity. It would have destroyed our relationship with Russia, a strategic and economically vital relationship. It would have done huge damage to our BRICS standing and the upcoming summit. And you can only imagine how it would have wrecked any chance of progress with the sensitive tariff negotiations with the USA."

"So, what did you do?" vra Griessel.

"Nothing, Bennie. There was nothing we *could* do. Until the phone call I received on Wednesday night. About the death of Cheswill Kammies."

09:44

"Moi yunyye druz'ya," sê Viktor Sokolov, sy arms joviaal uitgestrek. Hy kom met die swiepende trappe af, 'n vet beer van 'n man, grys-swart hare op die skouers, dik silwer baard.

"That means 'my young friends'," sê Kayla.

"Ah, malyshka, your Russian is improving so much."

Sy hou daarvan dat hy haar "malyshka" noem. Hy het gesê dis iets soos "baby girl".

"You look very smart today, Viktor," sê Kayla, want hy het 'n donker dubbelborspak aan en dra vir die eerste keer 'n das.

"Yes, malyshka. In Russia we respect the office and the man. So, Fritz, are you excited to meet the great Alexey Bakutin? You know he is the second-most-powerful man in Russia, da?"

"I'm super excited," sê Fritz, besig om die twee groot rugsakke met kameras agter die groot rusbank te rangskik, sodat dit nie die netheid van die groot ontvangsvertrek sal bederf nie.

"Remember, no camera, tovarich. Please, no camera."

"And if he says it is okay?"

Viktor Sokolov lag. "Ah, tovarich, you are a brave young man. Go ahead, ask him. I would love to see his face."

Fritz grinnik. Hy haal sy foon uit die K-Way-drasak op sy heup, en druk die knoppie vir stilmodus. Want Viktor hou nie van onderbrekings wanneer hulle praat nie. "Onthou, babe," sê hy vir Kayla. "Foon op silent."

"Did you see?" vra Sokolov en beduie na die vier musikante wat stoele en musiekstaanders langs die oprit regskuif. "We have a little quartet. They will play the state anthem when Alexey arrives."

* * *

Kaleni sê sy het drie dae gelede, Woensdag laatmiddag, 'n oproep gehad van 'n mevrou Ruby Kammies van Macassar.

Mevrou Kammies was gebroke. Sy het pas gehoor haar gewese man, Cheswill Kammies, die pa van hul dogter, is dood nadat hy al die vorige nag van die sewende verdieping van sy woonstelgebou in Sunnyside, Pretoria, geval het. Die polisie het aanvanklik vermoed dit is selfdood. Tot hulle die pistoolkluis in sy slaapkamer oopge-maak en 'n koevert ontdek het. Op die koevert het gestaan: *Open urgently in the event of my death.*

Die speurder het die koevert oopgemaak. Die brief het gevra dat wie ook al die brief kry, die verskafte nommer van mevrou Kammies moet skakel, en vir haar die volgende boodskap lees: *Ruby, vergeef my my sondes. I tried my best, but you and Skye deserved better. As jy hierdie lees, is ek mof. Jy moet weet, I did it for my two girls. Bel vir Mbali Kaleni. Sy is nou by die NPA in die Kaap. Sê vir haar dis die Russians wat my uitgehaal het. Vir Skinny ook. Oor ons gehelp het om Aishah Fernandez se dood te avenge. We owed it to her. We paid a debt of honour. Love you and Skye forever. Cheswill.*

"He knew Maarman?" vra Griessel, verstom.

"They served together in die VIP Protection Unit. They both knew Fernandez very well."

Bennie onderdruk die swetswoord wat op sy tong kom lê. Want daar is dinge in sy kop wat begin konneksies maak, daar is 'n drin-gendheid, 'n onrus. "Colonel, the Russians . . ."

"Yes. Kammies was sector manager for the company that man-aged perimeter security for the Russian Federation, Pakistan and Kenya. They all have their embassies along Brooks Street in Pretoria. All we know is that he visited those embassies every day."

"No, I mean, the Russians. That would mean . . . their security service . . ."

"Yes, Bennie, the FSB. The same people who raped her."

"Jissis," sê hy, want hy dink aan Fritz en Kayla wat vanoggend die hoof van die FSB gaan ontmoet. En hy dink aan Cheswill Kammies se brief – *om Aishah Fernandez se dood te avenge.* Hy moet nou dink, hy moet nou prosesseer en verstaan, hy is skaars bewus van Kaleni se afkeurende kyk oor die ydel woord wat hy gebruik het.

"So, now you know who probably killed Maarman too, Bennie. And there will be very little you can do. My advice would be to just let it go. Don't harm your career again. Don't try to speak to the daughters. Gabriella won't say a word. And Noor Cassiem totally ignored Annika's calls."

"Who?" sê hy.

"The other daughter. Noor."

"Her surname is Cassiem?"

"Yes. She is married to a lecturer at the university. They live in Stellenbosch, by the way . . ."

* * *

09:49

Die vrou het haar rekening by die Soaring Hawk Spur op Kaapstad Internasionale Lughawe in kontant betaal.

Sy stap uit. Sy is bewus van haar versnelde hartklop, van die lighoofdigheid van haar spanning. Sy weet daar is niks meer wat sy kan doen nie.

Dis nou in Khalil se hande.

Haar naam is Noor Cassiem.

* * *

09:50

"Fok," sê Griessel.

"Bennie!" sê Mbali Kaleni.

Hy hoor haar skaars. Want hy sit versteen, daar's te veel goed in sy kop, te veel implikasies om te probeer verstaan.

"Bennie?"

Die gedagtes skarrel in sy kop, soos rotte in die donker. Hy probeer vatplek kry, alles struktureer.

"What's wrong?" vra sy bekommerd.

"Everything," sê hy.

Dan spring hy op en begin deur toe hardloop.

59

09:51

Griessel is halfpad in die gang af, nie seker of hy reg onthou nie. Het Fritz gesê die FSB-man kom Saterdagoggend aan?

Wat is die Rus se naam? Dit ontglip hom nou, in sy dringendheid, al twee die Russe se name, die handelaar en die spioenbaas.

Saterdagoggend. Dit kan hy onthou. Fritz het gesê die FSB-man kom vanoggend aan.

Maak nie saak nie, hy sal bel, vir Vaughn ook, hy sal . . .

Hy steek vas. Draai om, hardloop terug.

Mbali het opgestaan agter die lessenaar, sy kyk bekommerd hoe hy aankom. "Bennie, what is going on?"

"The address, do you have the address for Noor Cassiem?"

"No. I can try to get it. Why? Why are you . . .?"

"No time, colonel, there is no time. I'll explain later. If you get the address, could you whatsapp me? It's urgent."

"Yes."

"Thank you." En dan is hy weer in die gang af, probeer in die hardloop vir Fritz bel.

Dis sy eerste prioriteit. Hy moet sy seun in die hande kry.

* * *

09:52

Viktor Sokolov beëindig die oproep en sê vir Fritz en Kayla: "They are on their way." Hy kyk na sy Rolex Submariner. "They will be here by ten-thirty. Knowing how they drive, maybe before then."

"How do they drive?" vra Fritz.

"Very fast, tovarich. Those FSB agents, they are the most skilled drivers in the world. Very highly trained for everything. And Alexey's team. They are the . . . How you say, the cream of the cup."

"Of the crop," sê Kayla.

"That's it. The crop."

"Why don't they come by helicopter?" vra Fritz en beduie na die landingsplek anderkant die groot swembad. "It's much faster."

"Good question, my friend. Because there are no bulletproof helicopters in your country. Alexey's car, the one that will bring him, it is bulletproof. Windows, doors, roof, everything. You will see."

"Legit," sê Fritz.

Hy voel nie die vibrasie van sy foon in die heupsak nie, want dit lê knus tussen sy beursie en sy ligmeter.

* * *

09:55

Griessel sluit die kattebak van die Corolla oop, haal die blou lig uit, slaan die bagasieruim toe en draf na die bestuurdersdeur toe. Klim in, prop die lig in, plaas dit op die instrumentpaneel. Skakel die Corolla se enjin aan.

Hoekom antwoord Fritz nie sy fokken foon nie?

Die Corolla trek met skreeuende bande weg. Die Buitengracht-kruising se verkeersligte is rooi, so hy moet stilhou, kyk. Te veel verkeer vir oorjaag. Hy gryp sy selfoon. Cupido is op snelbel. Hy skakel.

* * *

09:56

Cupido sit en lees, voor op die bank by Stellenbosch Books se venster.

Hy moes kies tussen drie boeke wat Danica aanbeveel het: *A Short History of Nearly Everything* deur Bill Bryson, *Sapiens: A Brief His-*

tory of Humankind van Yuval Noah Harari en Jared Diamond se *Guns, Germs and Steel: The Fates of Human Societies.*

Hy het laasgenoemde gekies, want hy wil nie weet wat die geskiedenis van goed is nie – hy wil weet wat nóú in die wetenskap gebeur. Die Harari-boek is 'n dikke ding, en hy't gereken da's klaar een ou in dié relationship wat dik is, daai is genoeg.

Nou is hy nie seker of hy die regte keuse gemaak het nie, want die voorwoord se opskrif is *Why Is World History Like An Onion?* en die eerste sin lui: "This book attempts to provide a short history of everybody for the last 13,000 years."

Maar die vriendelike, hulpvaardige Danica het gesê dis briljant, en sy staan daar agter die toonbank en kyk nou en dan na hom. In die hoop dat hy daarvan sal hou.

Hy sal maar moet deurdruk.

Sy foon lui. Seker Desiree wat sê sy is hier.

Hy haal die foon uit.

Dis Benna.

Hy antwoord: "Jis, partner, het jy geweet, world history is like an onion?"

"Vaughn, jou missielman is Cassiem. Die dosent."

Cupido ken daardie stem, daardie dringendheid. Hy staan op van die bankie af, die betekenis van Griessel se stelling tref hom. "Fuck me," sê hy terwyl Jared Diamond op die grond val en Danica bekommerd na hom kyk. "Hoe, Benna?"

"Dis nie BRICS nie, Vaughn, dis die grootbaas van die Russe se Staatsekuriteit. Die FSB. Dis vir hom wat Cassiem wil uithaal. Want die FSB het sy skoonma vermoor. Aishah Fernandez."

Cupido is uit by die boekwinkel se deur, op die sypaadjie, die adrenalien vloei, en begrip ontwyk hom. "Die doc is Fernandez se skoonseun?"

"Ja. Vaughn, dis die FSB wat vir Brandon ook laat doodmaak het."

"Fuck me," sê hy weer.

"Kry Cassiem se adres, Vaughn. Dit gaan nou gebeur. Vanoggend. In Franschhoek."

Te veel inligting, te vinnig, hy moet die veg-of-vlug-impuls onderdruk: "Franschhoek?"

"Ja. By . . ." Griessel kan steeds nie die Russe se name onthou nie. "Fok. By 'n Rus, hy't 'n paleis daar . . . Vaughn, ek sal later verduidelik. Kry net die adres. Gaan keer vir Cassiem."

"Die FSB dude het vir Brandon uitgehaal?"

"Feitlik vir seker."

"Benna, then I'm with the doc on this one. Laat hy die Russian motherfucker moer toe blaas."

"Fritz en Kayla, Vaughn. Hulle is by die plek waarheen die FSB-ou op pad is. Hulle skiet 'n dokumentêr. En ek kry nie vir Fritz in die hande nie. Ek is op die fokken N2, ek is nog minstens 'n halfuur weg."

"Jirre."

"Kry die adres, Vaughn. Kry 'n span. Gaan keer hom. Ek bel nou vir Witkop."

"On it," sê Cupido.

En dan besef hy hy het nie vervoer nie. Desiree is nog in Jamestown, by Woolies.

* * *

10:00

Griessel bel weer vir Fritz.

Geen antwoord nie.

Hy swets, vleg deur die verkeer, jaag so vinnig as wat die Corolla en die omstandighede toelaat. Kwaad vir Fritz, want die kinders is permanent op hul fokken fone, tot jy hulle probeer bel.

Hy moet vir Fritz 'n stemboodskap stuur. Dis die enigste opsie.

Hy vat sy foon met sy linkerhand raak, probeer WhatsApp oop-maak. Kyk op. Vragmotor voor hom, hy moet uitswaai. Dit gaan nie werk nie.

Hy rem skerp, net voor die lughawe-afrit, trek af op die padskouer, links van die geel streep.

Kry Fritz se profiel op WhatsApp. Hou die mikrofoontjie se ikoon vas. "Fritz, julle moet wegkom by die Rus. Nóú. Julle moet daar wegkom. Moet niks sê nie, klim net nou in jou kar en kom weg daar. Asseblief, vandag moet jy my vertrou. Asseblief."

Hy stuur die boodskap. Sien hoe dit deurgaan. Twee vaal regmer-kies. Boodskap deur, maar ongelees.

Hy wag. Die regmerkies bly vaal.

Hy vloek.

* * *

10:01

Cupido staan vasgenael voor Stellenbosch Books.

Hy moet Khalil Cassiem se adres kry. Daar is net een plek waar hy dit vinnig kan bekom. Die universiteit. Kampussekuriteit. Hy ken die mense daar. As hulle aan diens is.

As hy bel, gaan die een of ander weekend warrior vir hom sê, sorrie, kom wys jou badge.

Hy sal moet ry.

Maar Desiree en die kar is nie hier nie.

Hy moet vir Desiree bel.

Dan sien hy oorkant die straat vir Boeta Prinsloo. Muscle Man. Van Pretôria. Padelraket-winkeldief, die een wat homself lights out geval het in die Eikestad Mall.

Boeta Prinsloo klim in 'n klein wit Hyundai Getz in.

"Boeta!" skree hy, en begin hardloop.

Die student kyk na hom. Cupido sien hoedat hy skrik, die angs.

"Dis okay, ek soek net 'n lift!" roep hy.

Danica van Stellenbosch Books kom by die winkel uit met die Jared Diamond-boek in haar hande.

Sy sien hoe Cupido in die Hyundai klim.

Sy skud haar kop. Hy't seker nie van die boek gehou nie.

* * *

10:01

Hy moet vir Kayla bel, vir haar sê Fritz moet na sy foon kyk. Hy het nie Kayla se nommer nie.

Hy bel vir Alexa. Hy trek weg terwyl dit lui.

"Bennie, is jy op pad?" vra sy. "Ek het gedink ons kan Oranjezicht-plaasmark toe gaan . . ."

Hy moet nou baie rustig praat, want hy wil nie hê Alexa moet haar bekommer nie. Want sy sal. "Nee, ek moet eers werk toe. Ek probeer vir Fritz bel, maar hy antwoord nie. Kan jy vir Kayla bel? En vir haar sê?"

"Wat gaan aan?"

Hy het nie 'n wit leuen gereed nie. "Ek wou hom net iets gevra het . . ."

"O?"

Hy onthou van die onderhoud met die vrou van *Vrye Weekblad*. "Ek wil vir hom vra of hy regtig okay is met die onderhoud môre. Ek sal seker oor die egskeiding moet praat."

"Dis goed dat jy daaraan dink, Bennie. Is die kinders nie besig by die Russiese man nie?"

"Hulle is. Maar ek moet met Fritz praat. Voor môre."

"Okay. Ek bel gou vir haar. Lief vir jou. Mooi ry."

"Lief vir jou ook."

60

10:05

Hulle staan voor die dubbele voordeur van Viktor Sokolov se paleis van 'n huis en kyk op na die drie vlae wat langs mekaar op drie hoë vlagstokke hang.

"You know that one, malyshka?" Sokolov wys na die vlag heel regs, bloedrooi, met 'n goue ster, hamer en sekel.

"That's Russian?"

"No, zayka, that is the old USSR. That is the flag that Alexey and I grew up under. That is the flag we will restore to the Motherland one day." Hy wys na die vlag in die middel, in wit, blou en rooi. "That is the flag of the Russian Federation. The one that you will see on Red Square today."

Kayla voel haar selfoon in haar broek se agtersak vibreer. "Oh, okay," sê sy, en haal die foon uit.

Sy sien dis Alexa wat bel. Sy wil nie ongeskik wees teenoor Viktor nie. Sy sal later vir Alexa terugbel.

Sy druk die oproep dood en sit die foon terug in haar sak. Sy kyk na die vlag wat links hang. Suid-Afrika s'n. Dis nice van Viktor om dit ook hier te hang.

* * *

10:06

Griessel probeer sy kop kalm kry.

Hy moet vir kolonel Jansen bel. Vir hom sê om Franschhoek-patrollievoertuie na die Rus se landgoed toe te stuur. Om vir Fritz en Kayla te waarsku. Maar eers moet hy die wapenhandelaar se fokken van onthou . . . Wat wás dit?

En dan kry hy dit, iewers tussen die warboel in sy brein: Viktor met 'n "k".

Dan kom die van. Solokov of Sokolov, so iets.

Sy sinapse begin vuur, maak verbindings, laat hom onthou: die FSB-hoof is Alexey. Amper soos Alexa. Die man se van ontwyk hom steeds. Maar dit maak nie saak nie.

Hy hou een oog op die foon om Jansen se nommer raak te druk terwyl hy die N2-verkeer hanteer. Sy derde poging is suksesvol.

"Bennie." Hy klink gesteurd, is seker besig met sy geweerkolwe.

"Kolonel, die missielman se teiken is 'n ou met die naam Alexey, die hoof van die Russe se Staatsekuriteit. Alexey gaan vanoggend aankom by 'n Viktor Solokov, of Sokolov, se landgoed by Fransch-hoek. Dié Viktor sit agter die moord op Maarman. Ek dink die mis-sielman gaan hulle al twee probeer uithaal. Binne die volgende uur of twee."

Jansen antwoord nie. Griessel het nie nou tyd om op reaksie te wag nie. Hy sê: "Die probleem is, my seun is op die oomblik op dié Viktor se landgoed, en ek kry hom nie in die hande nie. Ek weet ook nie presies waar die landgoed is nie, maar Franschhoek-stasie be-hoort te weet. Kan kolonel asseblief vir hulle vra om mense te stuur. Om my seun en sy meisie net daar weg te kry? Ek is op pad, maar ek dink nie ek gaan betyds wees nie."

Stilte op die lyn.

"Kolonel?"

"Hou aan. Ek skryf neer. Jou seun. Wat is sy naam?"

* * *

10:07

Desiree Coetzee stap in by Stellenbosch Books.

Cupido is nie daar nie.

Sy haal haar foon uit, kyk of hy 'n boodskap gestuur het.

Daar's niks.

Bleddie Vaughn. Tipies.

* * *

10:08

In die Hyundai Getz sê Boeta Prinsloo van Pretôria: "Oom, ek wil net sê ek is baie dônkbôr dat oom vir my 'n tweede kôns gegee het. Ek sal dit nie opmors nie."

"Boeta," sê Cupido, "ek like daai attitude, ma' ek moet nou dink, en jy moet nou jaag. Okay?"

"Okay, oom."

Cupido maak sy oë toe. Hy dwing die teleurstelling en woede oor Cassiem uit sy kop, die slim brother wat hom belieg het. En die voorbode van onheil wat hy voel – something very bad is about to happen. Hy dwing homself om te fokus op die dilemma op hande: Griessel het gesê dit gaan nóú gebeur. Vanoggend.

In Franschhoek.

Wat het Franschhoek en Paradijs se shepherd's hut en die cara-vantjie gemeen? Dis alles naby Stellenbosch. Rondom. As jy line of sight wil hê, dieselfde plek gebruik om jou drone en jou missile te control, wa' gaan jy staan?

Simonsberg.

Ma' Cassiem is 'n sly brother, Cassiem het hom gespeel soos 'n jazz violin, miskien is line of sight net nog 'n liegstorie. Nevertheless, hy kan nie ver wees nie.

Maar waar?

Hy voel die veg-of-vlug-impuls, hy moet iets doen, nóú.

Hy haal asem, maak sy oë oop.

Laat hy eers die adres kry, soos Benna gesê het. And take it from there.

Boeta Prinsloo hou voor Kampussekuriteit stil.

"Boeta, nou's jy my hero, dankie," sê Cupido, en spring uit.

"Moet ek wôg, oom?" vra Boeta.

Cupido se foon lui. Hy sien dis Desiree. "Nee, dis okay, dankie."

Hy neem haar oproep. "Lovey, sorry, bit of a crisis, lives in danger. I'm at Campus Security, ek drop vir jou 'n pin."

Dan lui hy af en begin na die voordeur toe hardloop.

* * *

10:12

Op die N2. Griessel ry so vinnig as wat hy kan, sy fokus verdeel tussen die verkeer en die kommer.

Dan maak sy kop die verbindings. Viktor met 'n "k". En Cupido in Witkop Jansen se kantoor, Vaughn se hele ding oor Skorpio met 'n "k".

Hy weet nie presies hoe dit alles verbind is nie, maar dis nie toevallig nie.

Die skuld brand deur hom. Hy moes dit al Donderdagaand gesien het. Nadat Fritz-hulle by die huis was. Maar toe was sy kop vol verwondering oor sy seun se aanvaarding en goedkeuring. Toe mis hy dit. Hy onthou daardie aand in die bed, die klein vonkie in sy brein wat gekom en gegaan het. 'n Verskietende gedagte, 'n verlore assosiasie. En nou het hy sy seun se lewe in gevaar gestel met al die emosionele bagasie wat sy aandag afgelei het.

Daar was nóg dinge wat hom ontglip het.

Fritz het gesê Viktor met 'n "k" wou vir hom wat Griessel is ontmoet. *O ja, ek het van hom gelees. Die een wat die private eye se dood ondersoek.*

'n Skatryk Rus wat in Franschhoek bly, stel belang in misdaad in 'n bruin buurt van Stellenbosch?

Onwaarskynlik.

Hoe het hy dít ook misgekyk?

En hoe meer hy daaroor dink, hoe meer hy alles meet en pas, hoe groter word sy kommer en sy teleurstelling in homself: Daardie Sondag, twee weke gelede. Toe kry Fritz uit die bloute die oproep van Viktor se persoonlike assistent, om te sê Viktor sal met Fritz en Kayla praat oor die dokumentêr.

Skielik. Net 'n dag nadat *Die Son* berig het oor Griessel en die Maarman-ondersoek.

Dis nie toevallig nie.

Die man wou inligting hê, 'n bron na aan die ondersoek. Of 'n hefboom. En die ondersoekende beampte se seun is die perfekte bron. En hefboom.

Marlon Farmer se woorde: *Dis verkeerde mense. Da' innie shadows in.*

En: *Dis nie local nie, meneer. Dis nie Flatse nie, dis nie Cape Town-skollies nie. Dis groter. Dis state capture part two, dis next-level shit. Daai is my gut feel.*

Farmer was reg. Dis next-level shit. En nou het Griessel die mense in die skaduwees gekry. Die mense wat vir Brandon Maarman uitgehaal het. Viktor met 'n "k". En die FSB.

Mense wat vir Fritz en Kayla vanoggend by hulle het.

Dis sy skuld. As hulle iets moet oorkom, is dit alles sy skuld. Want hy's 'n fokken dom poliesman.

Dan lui sy selfoon en hy sien dis Mbali Kaleni.

* * *

10:14

"Doktor Cassiem se huisadres is eleven Grande Avenue in Nuweland," sê die vrou by Kampus-sekuriteit.

Cupido antwoord haar nie. Hy staar na die rekenaarskerm waar sy die inligting gekry het, en hy dink, dis 'n totale fokkop dié. Nuweland is 'n uur se ry, en Cassiem gaan nie daar wees nie.

Wat kan hy maak?

Sy foon lui.

Dis Griessel.

"Benna?" antwoord hy.

"Mbali het die adres gekry, Vaughn."

"Ek ook, Benna. Newlands. Moerse conundrum, partner."

"Nee," sê Griessel. "Dis 'n ou adres. Banhoek. Hulle het vier maande terug Banhoek toe getrek. Hoofweg nommer twee."

"Gotcha," sê Cupido, want alles maak skielik sin. "Dis wa' ek hom gaan kry."

61

10:15

Cupido voer die adres in op sy foon se Google Maps, druk dan met sy vinger op "Start".

Die applikasie sê dit is twaalf kilometer van hom af, en die reistyd is negentien minute. Want Google verstaan Stellenbosch se frustrerende verkeer.

"Dankie, auntie," sê hy vir die kampus-sekuriteitsbeampte, en hardloop uit die kantoor uit.

Hy sien vir Desiree in die Mini Cooper aankom. Hy hardloop na haar toe, sy arms waaiend.

Sy kom hou hier voor hom stil.

"Vaughn Cupido, you have some explaining to do," sê sy vies.

"Dezzi, move over, I'm driving."

"Nee, lovey, nie voor jy asseblief sê nie."

* * *

10:18

Die geplaveide inrypad van Viktor Sokolov se landgoed strek van die gefortifiseerde, bewaakte hek teen die Robertsvlei-teerpad pylreguit tot voor die groot herehuis. Daar maak dit 'n sirkel, waarvan die simmetrie bederf word deur die klein parkeerterrein na links.

Die klassieke kwartet – twee viole, 'n altviool en tjello – sit op die grassoom van die parkeerterrein, in die koelte van die jong eikebome. Hulle het hul instrumente ingestem en maak nou reg om, as finale oefening, die volkslied van die Russiese Federasie een keer deur te speel voordat die belangrike eregas opdaag.

Ses gewapende wagte staan nuuskierig en kyk op die inrypad. Elkeen het 'n leer-lyfband om die middel, met handwapens, ammunisie, en tweerigtingradio's wat daaraan hang.

Op die trappe wat lei na die groot huis se dubbele voordeur, staan Viktor Sokolov, Fritz en Kayla. En heel bo, langs die voordeur, is vier jong vroue, almal slank, blond en aantreklik. Dit is die eerste keer dat Fritz hulle sien, en hy kan maar net raai watter rol hulle op dié dag gaan vertolk.

Die kwartet begin speel.

Viktor staan met toe oë, vol emosie, hand oor sy bors.

Fritz staan een trappie hoër as Kayla. Sy leun teen hom aan, omdat dit vir haar mooi is.

Hy luister na die musiek, trek haar teen hom aan.

Dit is die drukking van Kayla se sitvlak teen die heupsakkie om Fritz se lyf wat maak dat hy sy foon kan voel vibreer.

Uit gewoonte en nuuskierigheid staan hy effens terug, rits die sakkie oop en loer na die skerm.

Hy sien dis sy pa wat bel. Daar is kennisgewings van vier verbeurde oproepe, ook van sy pa af, en 'n stemboodskap.

Fritz oorweeg dit om die oproep te ignoreer, want dit is 'n gewyde oomblik dié. Dan besef hy hoe uitsonderlik dit is. Sy pa sal nie so baie bel én 'n stemboodskap laat as daar nie iewers fout is nie.

Hy kyk na Viktor Sokolov. Die Rus staan steeds met sy hand oor sy bors, sy oë toe.

Fritz beweeg op teen die trappe. Kayla kyk om, maak vir hom groot oë. Hy wys vir haar die foon, maak 'n gebaar van bekommernis. Hy stap verby die vier blondines, tot net buite sig van Viktor. Hy antwoord die foon in 'n fluisterstem.

* * *

10:20
"Pa? Wat is fout?"

Griessel hoor musiek op die agtergrond, wonder wat daar gebeur. Hy is op Baden Powell-weg, was op die punt om moed op te gee. Sy hart spring. "Fritz! Hoekom antwoord jy nie? Julle moet wegkom daar. Nóú."

"Pa? Wat sê Pa?"

"Fritz, ek kan nie verduidelik nie. Nou moet jy my met jou lewe vertrou. Jy en Kayla moet dadelik wegkom van Viktor se plek af. Klim in jou kar en ry. Dis doodsake, Fritz, asseblief!"

"Pa, sorry, die musiek . . . Ek hoor nie mooi nie. Doodsake?"

"Kom net weg daar. Sê jy moet . . . Sê jou pa het 'n hartaanval gehad, julle moet hospitaal toe."

"Here, het Pa 'n hartaanval gehad? Watter hospitaal?"

Griessel is raadop. "MediClinic Stellenbosch. Maar julle moet jaag. Nóú, Fritz. Ry nóú, anders is dit te laat."

'n Oomblik van stilte. Griessel se polsslag neem toe, want wat kan hy nóg sê om die kind te oortuig?

"Okay, Pa. Hou uit, ons kom, Pa moenie nou doodgaan nie. Asseblief, Pa, moenie doodgaan nie."

Hy hoor die vrees in sy seun se stem. Dit resoneer hier in sy bors, die emosie en skuldgevoel, maar hy sal later om verskoning vra.

Die lyn is dood.

Hy hoop net hy was betyds.

* * *

10:21

Die amptelike lengte van die Russiese Federasie-volkslied, in volle orkestrale weergawe, is drie minute en vier-en-dertig sekondes.

Wanneer Fritz Griessel by die trappies afhardloop, is die kwartet 'n halfminuut van klaar af.

Hy trippel af tot by Kayla, fluister in haar oor: "My pa is in die hospitaal. Ons moet jaag."

Kayla is heeltemal uit die veld geslaan. Wanneer die betekenis van Fritz se woorde tot haar deurdring, wanneer hy aan haar arm trek, is daar weifeling en konflik in haar. Is dit só dringend? Want dit is nie fatsoenlik om nou te beweeg nie. Dis oneerbiedig teenoor hul galante, sjarmante gasheer.

"Fritz . . ." sê sy gedemp. "Moet ons nie net . . ."

Viktor kyk om.

"I'm so sorry," sê Fritz. "My dad is in hospital. He's had a heart attack." Hy trek vir Kayla, wat haar teëhou.

" 'n Hartaanval?" vra Kayla. Nou snap sy die dringendheid.

Sokolov se oë vernou in agterdog. "Are you sure?"

"Yes. He said it's . . . doodsake. Life and death . . ." Hy en Kayla begin teen die trappe af beweeg.

"Then you must go," sê Sokolov. "You can wave to Alexey when he comes past. They are just minutes away."

Fritz vat Kayla se hand. Hulle hardloop na die linkerkant van die huis, na die ingang tot die kelderverdieping, waar die Suzuki Swift staan.

Viktor kyk hulle agterna.

Een van die gewapende sekuriteitswagte kom na Viktor toe aangestap, radio in die hand.

* * *

10:22

"There is a police vehicle at the gate," sê die wag vir Sokolov.

"What do they want?"

"They want to speak to the boy." Die wag wys na Fritz en Kayla, wat om die hoek verdwyn.

"Why?"

"They did not say."

Sokolov frons, want hier's iets aan die gang. "Ask them why."

* * *

10:23

Deur die Helshoogtepas. Die Mini Cooper se bande skree om die draaie.

Hy het vir Desiree gevra om kaptein Rowen Geneke, die skofhoof by Stellenbosch-SAPD se Misdaadkantoor, te bel, want haar sel is aan die Mini se Bluetooth-stelsel gekoppel.

Nou skree hy vir Geneke: "Hoof Road, Rowen, Banhoek Valley, dis net so onderkant Languedoc. Ek soek backup. Stuur alles wat jy het, want die mofo het missiles en goed."

"Affirmative, Vaughn. Groot-Drakenstein is die naaste stasie. Ek stuur hulle solank. Soek jy Taakmag?" Hy verwys na die elite taktiese eenheid van die SAPD wat ontplooi word wanneer daar gewapende teenstand verwag word.

Die naaste Taakmagspan is in die Paarl. Daarom sê Cupido: "Nee, da's nie tyd nie, Rowen." En omdat Groot-Drakenstein se SAPD-stasie klein is, sê hy: "Stuur Stellenbosch se mense ook. En sê net vir Drakenstein hulle moet by die hek wag as hulle voor my daar is. I'm in a red Mini Cooper."

"Sy dollie is ook in die kar, Rowen," sê Desiree. "Nikse geskietery nie."

62

10:23

Fritz en Kayla kom in die Suzuki Swift van onder die kelder uitgery.

"Jou pa het jou gebel?" vra Kayla.

"Ja, babe."

"Terwyl hy 'n hartaanval kry?"

"Ja."

"Hoekom het hy vir jóú gebel?"

Hulle ry verby Viktor Sokolov, wat dringend met een van die sekuriteitswagte staan en praat. Fritz lig sy hand om Viktor te groet. Die Rus kyk nie na hulle nie.

"Ek dink dis omdat ons die naaste is."

"Die naaste?"

"Hy's in Stellenbosch. MediClinic."

"Dis hectic, Fritz. Ek is so jammer."

* * *

10:23

Die Suzuki is honderd meter in die geplaveide pad af, op pad na die hek toe.

Die sekuriteitswag sê vir Sokolov: "The policeman says he doesn't know why. The boy's dad just wants him to leave."

Sokolov frons. Hy weet wie die seun se pa is. En hy weet as Bennie Griessel sy seun hier wil weghê, is daar net een moontlikheid: die speurder weet.

Van Brandon Maarman.

En dis 'n verrassing. Want hy het Griessel laat agtervolg die laaste week. Daar was geen teken dat hy naby aan 'n deurbraak is nie.

Iets moes gebeur het. Nou. Net voor Alexey opdaag.

Moet hy Alexey laat weet hy moenie kom nie?

Moet hy die seun keer?

Die sekuriteitswag se radio kraak. 'n Stem van die hek af: "The convoy is approaching the gate."

Alexey is hier.

Dis te laat, dink Viktor Sokolov. "Let the boy go," sê hy.

* * *

10:24

Die wagte by die hek staan opsy. Fritz en Kayla ry deur. Hulle sien die vier motors aankom, twee BMW's, dan 'n groot swart Audi Q8, dan nog 'n BMW.

"Dis Alexey," sê Kayla, en waai.

Hulle ry by die konvooi verby.

Alexey Bakutin, die hoof van die Russiese Federale Sekuriteitsdiens, waai nie terug nie.

Kayla draai om, kyk hoe die motors deur die hek ry.

Die kwartet sal seker nou begin speel.

Fritz verminder spoed by die Robertsvlei-aansluiting, maar hy gaan nie stilhou nie. Hy wil hospitaal toe, na sy pa toe.

Kayla sien iets in die lug, direk na die suide, hoog.

"Kyk," sê sy, en wys. "Wow. Drone."

"Dis huge," sê Fritz.

Dan verdeel die tuig daar bo. Een word twee.

'n Vuurspoor deur die blou lug. Dit pyl op hulle af.

Fritz trap rem. Hulle kyk. Dan verloor hulle sig daarvan wanneer dit oor die Suzuki se dak verdwyn.

"Rad," sê Fritz, want sy kop sê dis Viktor wat vuurwerke gereël het, en hy het niks daarvan gesê nie. Maar hy moet ry, want sy pa . . .

Dan hoor hulle die ontploffing. Al twee se koppe ruk na agter.

"Oh, my word," sê Kayla.

'n Bol vuur voor Viktor Sokolov se huis. En dan die swartgrys rook wat soos 'n paddastoel blom.

63

Griessel jaag by die Stellenbosch-vliegveld verby, bel weer vir Fritz, want hy wil weet of die kinders veilig is . . . en hy wil die groot wit leuen oor die hartaanval regstel. Hy wil die kinders keer om vir Alexa te bel en te vra of sy weet haar man is in die hospitaal.

"Pa!" antwoord Fritz. "Is Pa okay?"

"Fritz, ek het nie 'n hartaanval gehad nie. Waar is julle?"

"Pa?"

"Waar is julle, Fritz?"

"Pa, ons is . . . Pa, daar was hierdie moerse ontploffing, Pa. Ek dink . . . Jissie, Pa, dis erg, daar's mense dood, ek dink Viktor ook. En Alexey . . ."

"Is jy en Kayla okay?"

"Ja, maar . . . Pa? Pa het nie 'n hartaanval gehad nie?"

"Ek moes julle daar wegkry, Fritz. Ek is jammer."

Hy hoor hoe Fritz alles probeer begryp, hoe hy stamel en sukkel. Tot by: "O! Okay! Pa het . . . Hoe het Pa geweet . . . ?"

* * *

Cupido hou voor die oop draadhek van Hoofweg 2 stil. Dis 'n afgesonderde kleinhoewe. 'n Kort grondoprit. Die huis is agter bottende perske- en appelkoosbome, lanklaas gesnoei. Buitegeboue ook. Beskeie plek. Nie wat hy verwag het nie.

Hy besef, dié plek is sentraal. Halfpad tussen Stellenbosch en Franschhoek. Simonsberg is nou agter sy rug, soos 'n sentinel.

Alles maak nou sin.

"Lovey, asseblief, nou ry jy huis toe," sê hy vir Desiree.

"Vaughn. Be careful."

"Always."

Hy sien die SAPD-patrollievoertuig van Groot-Drakenstein in die pad aankom. Hy wil uitklim. Desiree trek hom aan sy arm nader, en soen hom. "I love you."

"Love you too," sê hy, klim uit en kry die Vektor SP1-pistool in sy hand. Hy beduie vir die patrollievoertuig om hier by hom stil te hou.

Desiree het oorgeklim na die bestuurderskant. Sy trek weg.

Daar is 'n sersant en 'n konstabel in die polisiebakkie. "Julle wag hier. Niemand kom hier uit nie," sê hy vir hulle.

Hulle knik.

Hy draf in die oprit op, sy pistool gereed, tevrede dat die vrugtebome vir eers genoeg skuiling bied.

Alles is stil.

Die huis is reg voor hom. Effe verwaarloos. Alledaags. Lyk na drie slaapkamers, dalk, so vyftig jaar gelede se praktiese, middelklasargitektuur. Staal-veiligheidshek voor die voordeur, toe.

Hy staan agter 'n boom. Om te kyk, sy hartklop te laat bedaar, die adrenalien te verwerk.

Na links is 'n dubbelmotorhuis met houtdeure. Dit lyk of daar 'n skuur agter die huis is, die grootste deel daarvan buite sig.

Hy sien die antenna wat bo die skuur uittoring, vyftien meter hoog. 'n Dun swart naald. Aan die bopunt is twee klein roosters en dwarsbalkies, soos 'n vis se ruggraat.

Bingo.

Agter die huis strek 'n strook vergroeide veld, eens 'n geploegde land, Hottentots-Hollandberge se kant toe. Geen honde nie. Cupido hou nie van honde nie, so hy is dankbaar.

Ook geen hoenders, skape of melkkoeie nie. Khalil Cassiem is nie hier vir die boerdery nie – vat nie 'n rocket scientist om daai uit te figure nie.

Hy hoor 'n deur wat toegaan.

Voetstappe op die gruis. Cupido buk agter die boom in.

Khalil Cassiem kom om die hoek, geklee in 'n swart sweetpak. Swart On Cloud-skoene. Missile Man in full, hip regalia.

Die doktor is ongewapen, houtgerus.

Die opgeboude afwagting, die adrenalien, alles plof uit in 'n antiklimaks. Cupido lag.

Hy tree agter die boom uit. "Jis, doc, lyk my Grootbos se whale watching het nie so lekker uitgewerk nie."

Cassiem gaan staan, skok oor sy gesig.

"Jy't so baie gelieg, ek scheme daai deel van nie Afrikaans verstaan nie, is ook bullshit," sê Cupido.

Die man staan stil, net sy hande begin bewe.

"Vrou en kinders hier?" vra Cupido. " 'Cause why, we don't want them hurt."

Cassiem skud sy kop.

"Cool bananas. Now show me mission control, da' by die antenna. En dan gaan ons lekker chat."

"There is nothing you can do," sê Cassiem.

"Ek gaan jou gat arrest, doc. Moord op Gerrie van Graan. Trek vir ons die tracksuit se honnejassie stadig uit." Want hy wil seker wees daar is niks onder die baadjie nie.

"That was unfortunate. But this is war."

"Unfortunate? Gaan sê daai vir sy mammie. Uit met die honnejas, doc. Nou. Stadig."

Cassiem trek die baadjie uit. Hy het 'n wit T-hemp onder dit aan.

"Lig die T-shirt op."

Cassiem gehoorsaam.

Cupido laat die pistool sak.

"I sent an email to the Minister of Mineral Resources, two hours ago," sê Cassiem. "To his personal account."

"I don't care. Kom, stap aan, show me what you've got."

Cassiem begin aanstap, links om die huis, in die rigting van die skuur. "You *will* care. Soon."

"Hoekom, doc?"

"We recorded my mother-in-law. On video. Before they killed her."

"They? Who are 'they'?"

"The Russians. FSB. They hacked the pharmacy in Constantia to make it look like she used epilepsy medication. And then they drugged her and they killed her. And do you know why?"

"I'm sure you're going to tell me."

"Because she was about to go public. With everything. About what the Russians did. About her own government, who did nothing, who told her to shut up. I wrote to the Minister, saying that we'll release that recording to CNN and *The New York Times* today. If you prosecute me, or harm me or my family in any way."

"Doc, jy't vir my gelieg soos 'n tannetrekker. Jy't vir my in my gesig gekyk, 'n broe', en jy't vir my deceive. I don't believe a word."

* * *

Die skuur is in skemerte gehul. Cassiem skakel die ligte aan.

"Mission control" is 'n tafel, stoel, vier groot rekenaarskerms, vier rekenaars en 'n klein stuurstok. Kabels tussen die rekenaars, en een wat lei na buite, vermoedelik na die antenna.

Teen die agterste muur van die skuur is ou, verweerde houtrakke. Daarop staan vreemde en bekende elektriese en handgereedskap, 'n paar velle aluminium, geïntegreerde stroombaanpanele, elektriese koord in rolle van verskillende diktes en dit wat lyk na twee vuurpylmotors wat uitmekaargehaal is. Gasbottels en sweistoerusting heel onder. Dromme met chemikalieë teen die ander muur. 'n Witbord op 'n staander met berekeninge in rooi en swart ink. In die boonste regterkantste hoek is 'n foto opgeplak van 'n vrou in haar sestigs.

"Is that Fernandez?" vra Cupido.

"Yes," sê Cassiem.

"Sit, doc." Cupido beduie na die stoel, terwyl hy alles om hom probeer inneem. Dan sê hy: "Die caravan. Daai plek is agter die berg. No line of sight van hier af."

"There's a relay station on Simonsberg. And another one up there." Cassiem wys na die Hottentots-Hollandberge.

Cupido skud net sy kop in verwondering. "Skorpio. Daai was om ons te laat dink dis vir die BRICS brigade."

"Yes. It was."

"But why the 'k' in Skorpio?"

"Misdirection. Confusion. I thought that if I made it too blatantly clear, the investigators would get suspicious . . ."

"Too blatantly clear that the BRICS meeting was the target, which it wasn't?"

"Yes."

"Congrats, doc. It almost worked."

"And there was a personal reason too. The 'k' was for Brandon. Revenge. For his murder."

"Brandon Maarman?"

"Yes. Do you know the Orion myth? In Greek mythology?"

"No."

"Orion was the great hunter. He was stung to death by a scorpion. That's what happened to the great hunter Viktor Sokolov. The man who had Brandon killed. He is Viktor with a 'k'."

64

In die kleinhoewe se stoor neem dit doktor Khalil Cassiem langer as twee uur om alles aan Griessel, Cupido en kolonel Witkop Jansen bloot te lê. Hulle lei om die beurt met vrae, notaboekies in die hand.

Cassiem sê Aishah Fernandez het Brandon Maarman in Mei gebel en gevra dat hy haar moet kom sien.

Die baie kort oproep van 19 Mei was toe Maarman die volgende dag by haar huis aangekom en geskakel het sodat sy die hek vir hom moet oopmaak. Want hulle wou nie gehad het enige van haar besoekers moet talm voor die hek nie. Die FSB het haar voortdurend dopgehou.

Cassiem en sy vrou, Noor, was ook daar tydens die ontmoeting.

Die ander dogter, Gabriella, was nie ingesluit nie. Sy het geglo in die amptelike kanale van die regering waarin haar ma met soveel onderskeiding gedien het.

Dit was Noor, die vuurvreter-dogter, die sterk, onverbiddelike Noor, wat Maarman die agtergrond gegee het. Van die slagting in die Sentraal-Afrikaanse Republiek, van hoe Aishah Moskou toe is om te gaan eis: Herstel die mynlisensie en betaal vergoeding aan die families van almal wat deur die Wagner-huursoldategroep uitgemoor is, of sy gaan Wêreldhof toe.

Toe verkrag hulle haar. En hulle sê hulle sal dieselfde met haar dogters en haar kleindogters doen as sy nie stilbly nie.

Noor het vir Maarman gesê daar moet vergelding wees. Die Russe moet betaal. En as hy enigsins waardering het vir alles wat haar ma, Aishah, vir hom gedoen het, sal hy help.

Brandon Maarman het op daardie oomblik na Aishah gekyk. Vir bevestiging. Fernandez het geknik. Dis wat sy ook wou hê.

Hoe? het Maarman gevra.

Noor het gesê tydens Oktober se BRICS-byeenkoms in Kaapstad gaan daar ook 'n vergadering van al die hoofde van die onderskeie lande se spioenasiedienste wees. Wat Alexey Bakutin, die hoof van die FSB, gaan insluit. En haar man, Cassiem, het 'n plan om hom mee uit te haal. 'n Plan wat al die gewone veiligheidsmaatreëls kan omseil.

"Brandon had to do two things. The first was to gather intelligence," sê Cassiem. "We needed to know when Bakutin was coming, where he would be staying and what vehicles his entourage would be driving."

Maarman het by die Russiese konsulaat in Kaapstad en die ambassade in Pretoria kontakte probeer werf. In Pretoria was dit maklik, want een van sy oudkollegas het daar gewerk. Cheswill Kammies, nog een van Aishah Fernandez se voormalige lyfwagte, wat 'n ereskuld teenoor haar gehad het.

Die Russiese konsulaat in Kaapstad was moeiliker. "A day after Brandon received the information about Bakutin's planned visit to Viktor Sokolov in Franschhoek, and the type of vehicles they would use to transport him, his Cape Town consular contact disappeared. A week later, they killed my mother-in-law. Three months later, they got Brandon. And then they killed Cheswill Kammies too."

* * *

Griessel sê vir Cassiem dat sy missiel nie net vir Bakutin en Sokolov uitgehaal het nie, maar ook vier onskuldige mense – die lede van 'n musiekkwartet van Stellenbosch.

"That is terrible," sê die dosent. "We will pay their families restitution."

"With what?" vra Cupido.

"My mother-in-law's estate was substantial," sê hy. "She inherited her father's fortune."

"Dis hoe jy betaal het vir al die rocket motors? En die 3D printing en al daai jazz?" vra Cupido.

Cassiem knik.

"The other thing Maarman had to do," sê Bennie Griessel, "was to get the C-4 from Gerardo Krige. The former soldier."

"That was his second responsibility, yes. But I don't know where he got it from," sê Cassiem. "He never said."

* * *

Hulle neem Cassiem na die Stellenbosch-polisiestasie om sy arrestasie te prosesseer.

Voor hulle klaar is, stap vier lede van die Valke se CATS-eenheid in. Die kaptein in bevel sê hulle is daar in opdrag van die Nasionale Kommissaris. Om Cassiem vir ondervraging weg te neem.

"Fok julle," sê Vaughn Cupido. "Hy's my collar."

"Kêrels," sê Witkop Jansen vir die CATS-speurders, "laat ons eers die papierwerk doen."

Die kaptein sê: "I'm sorry, colonel. We can't let you do that. Just a minute . . ." Hy haal sy foon uit, maak 'n oproep. Hy gee die instrument vir Jansen.

"This is bullshit," sê Cupido, terwyl die kolonel luister na die stem op die foon. Hy sê 'n paar keer "Yes, general", in sy swaar Afrikaanse aksent.

Hy lui af, gee die foon terug aan die kaptein. "Ons sal hom moet laat gaan," sê hy vir Cupido en Griessel.

"Colonel, hy's 'n moordenaar," sê Cupido.

"Vaughn, dit kom van heel bo af. Laat die man loop." In daardie stemtoon wat vra of hy sy bevelvoerder mooi ontvang.

65

Sondag, 19 Oktober

In die middag. Dis net Bennie Griessel en die joernalis Marinda Fer-reira in die kombuis.

Hy het sy bes gedoen, want sy is Alexa se vriendin en sy is hoflik en professioneel, maar nou wil hy klaarkry. Hy het al heeltemal te veel gepraat, te veel goed gesê. Vaughn gaan vir hom lag as dié ding gepubliseer word. Die ROES-orkeslede ook. Hulle weet almal hy's net gewoon. 'n Ou wat sy werk probeer doen en baie foute maak.

Hy wens Alexa en Fritz en Kayla wil inkom en hom van alles ver-los. Hulle wag in die sitkamer, hy kan soms hul stemme hoor.

"Laaste vraag," sê Marinda. "Suid-Afrika se misdaadstatistieke is van die slegste in die wêreld. Hoekom? Hoekom is dit so erg hier by ons? Veral geweldsmisdaad."

Hy steek sy sug weg. Dis die vraag wat elke haas vir jou vra as hulle hoor jy is 'n poliesman. Hy het dit al soveel keer probeer be-antwoord, maar dis asof die mense 'n ander verduideliking soek, asof hulle wil hê hy moet erken daar is iets met dié land se burgers verkeerd.

"Ek dink die eerste probleem is dat ons statistieke die waarheid is," sê hy.

"Hoe bedoel jy?"

"Ek dink daar is baie lande wat lieg oor hulle syfers. Omdat hulle kan. Vat Sirië. Of Nigerië. Somalië of Zimbabwe. Of Rusland. By ons is dit omtrent onmoontlik om die syfers te kook. Daar is oorsig, daar is komitees en stelsels . . . Ons syfers is akkuraat. Dis die waar-heid."

"Maar jy kan nie stry nie. Ons s'n is besonder hoog. Hoekom?"

* * *

Ek kan sien hy worstel met die antwoord. En dit is te verstane. Die kwessie is ingewikkeld, selfs vir sosioloë en sielkundiges.

"Ek dink daar is drie goed wat 'n invloed het," sê hy. "Ek weet nie of die een belangriker is as die ander nie, maar . . . Die eerste een is armoede. Die meeste misdaad, ek sou sê tagtig persent, is in arm gebiede, en daar is drank en dwelms betrokke, en die slagoffer en die misdadiger is aan mekaar bekend. Die tweede een is . . . Jy moet verstaan, dit is net hoe dit vir mý lyk . . ."

"Ek verstaan."

"Die tweede een is die verskil tussen ryk en arm."

"Die ongelykheid in die land?"

"Dis reg."

"En die derde?"

"Afwesige pa's."

"Is dit nie juis as gevolg van armoede en ongelykheid dat pa's afwesig is nie?" vra ek hom.

"Seker," sê hy.

Ek wil hom vra of hy 'n afwesige pa was. Gegewe die posttraumatiese stres, die alkoholisme en die werksdruk. Maar hy staan op, 'n teken, vermoed ek, dat die onderhoud verby is.

Oomblikke later kom sy seun, Fritz, in. Vier-en-twintig jaar oud, 'n filmmaker. En ek sien met hoeveel liefde en bewondering hy na sy pa kyk.

Dan weet ek.

*DERTIG JAAR SE MOORDSAKE – DIE OË WAT ALLES GESIEN HET
deur Marinda Ferreira, vryeweekblad.com (19 November)*

Een van my groot beroepsvreugdes is die geleentheid om 'n klomp baie slim, ruimhartige mense gedurende die navorsings- en skryfproses te ontmoet. Vir almal wat 'n aandeel daarin gehad het, 'n baie groot dankie vir jul raad, ondersteuning, kennis, tyd, insig, geduld, verbeelding, vriendskap en liefde. Die foute, leemtes en vele digterlike vryhede in hierdie boek is net myne. Die res is danksy jul onbaatsugtigheid. Baie, baie dankie aan:

- Maygene de Wee, wat die saadjie geplant het. Ek kan maar net hoop dat ek aan haar verwagtinge kon voldoen.
- Die formidabele en geniale dr. Anet Potgieter, wat vir my die geheimenisse van missiele en hommeltuie blootgelê het. Sy is 'n baanbreker en wêreldleier op haar gebied.
- John Alexander van Royal Investigations op Stellenbosch, die beste private speurder wat ek ken.
- Luitenant-kolonel Elmarie Myburgh van die Suid-Afrikaanse Polisiediens se Ondersoekende Sielkunde-afdeling, wat altyd sonder skroom bereid is om al my (soms netelige) vrae te beantwoord en my blapse te help regmaak.
- Jan Steytler, die avontuurlustige, onstuitbare geoloog wat Afrika se reënwoud-ervarings so geduldig en omvattend met my gedeel het.
- Joan Felix van die Stellenbosch Munisipaliteit se Gemeenskaps- en Beskermingsdienste.
- Dr. Johan Steytler, wat immer verseker dat die mediese inligting in die boek geloofwaardig bly.
- My vrou, Marianne, se oneindige aanmoediging, geduld, begrip, liefde, versorging en ondersteuning.
- My agent Isobel Dixon en redakteur Etienne Bloemhof, die twee mense sonder wie ek nie 'n skrywersloopbaan sou gehad het nie. Hoe sal ek

ooit genoegsaam dankie kan sê vir jul vertroue, ondersteuning, onberis-
pelike professionaliteit en vriendskap?

- Eben Pienaar, reklamebestuurder, vir al die harde werk nadat die boek
  eindelik die lig sien. Dit bly 'n plesier om saam met hom te werk.
- Die hele span by die uitgewery, veral Carolyn Meads, die administratie-
  we personeel en die proeflesers Liesl Roodt, Brenda Barrow en Cobus
  Nothnagel. Ook Mike Cruywagen en Nudge Studio vir die omslagont-
  werp en Susan Bloemhof vir die tipografiese versorging.
- Marette Vorster, wat die jongmense in die boek se taal (en emoji's) op
  koers hou, en Mart-Marié Schoeman, vir al die klein regskonsultasies.
  Ek weet Sondae se middagetes sal nooit genoeg vergoeding wees nie.
- Laura Seegers en al my ander vertalers, buitelandse redakteurs en uit-
  gewers, wat elkeen op hul eie manier 'n bydrae tot my boeke lewer.
- Die boekverspreiders en die personeel van elke boekwinkel wat *Skorpio*
  op die rak gaan sit. Sonder julle kan skrywers nie bestaan nie. Eweneens
  is ons brood en botter te danke aan elke boekkoper wat swaarverdiende
  geld betaal en nie swig voor die versoeking van digitale rowery nie.
- Dankie ook aan al die mense wie se name tussen aantekeninge, digitale
  notas en afgesnyde foonoproepe verlore geraak het.